朝鮮近代文学選集＝7

思想の月夜

ほか五篇

李《イ》泰《テ》俊《ジュン》

◆熊木 勉＝訳◆

平凡社

思想の月夜

ほか五篇

李泰俊《イテジュン》

熊木 勉 訳

目次

短編集

凡　例

- 本書は李泰俊（一九〇四〜？）の長・短編小説六作品を選び、訳出したものである。李泰俊の生涯と各作品の解題は、巻末の「解説」を参照されたい。
- 本文中の（　）は、原文にある括弧であり、〔　〕は訳注として訳者が補ったものである。
- 本文中で傍点「、」を付した箇所は、原文で日本語をハングル表記で表した箇所である。また、訳出にあたり、表現として日本語であることをとくに強調したい箇所では、傍点にあわせカタカナ表記も部分的に用いた。
- 原文中に、ハングルのみで示された人名には含意を念頭におきつつ音によって漢字をあて、その場合には〔音訳〕の注を付した。
- 原文中に、現在の観点からして差別的ないしは不適切と思われる表現が見られるが、作品の歴史的な背景を示すものと考え、そのまま直訳、もしくはそれに近い表現で訳出した。
- 朝鮮では一里が約四百メートルであるが、日本式にして一里を約四キロメートルとして訳出した。
- 底本と初出は、巻末の「解説」を参照されたい。

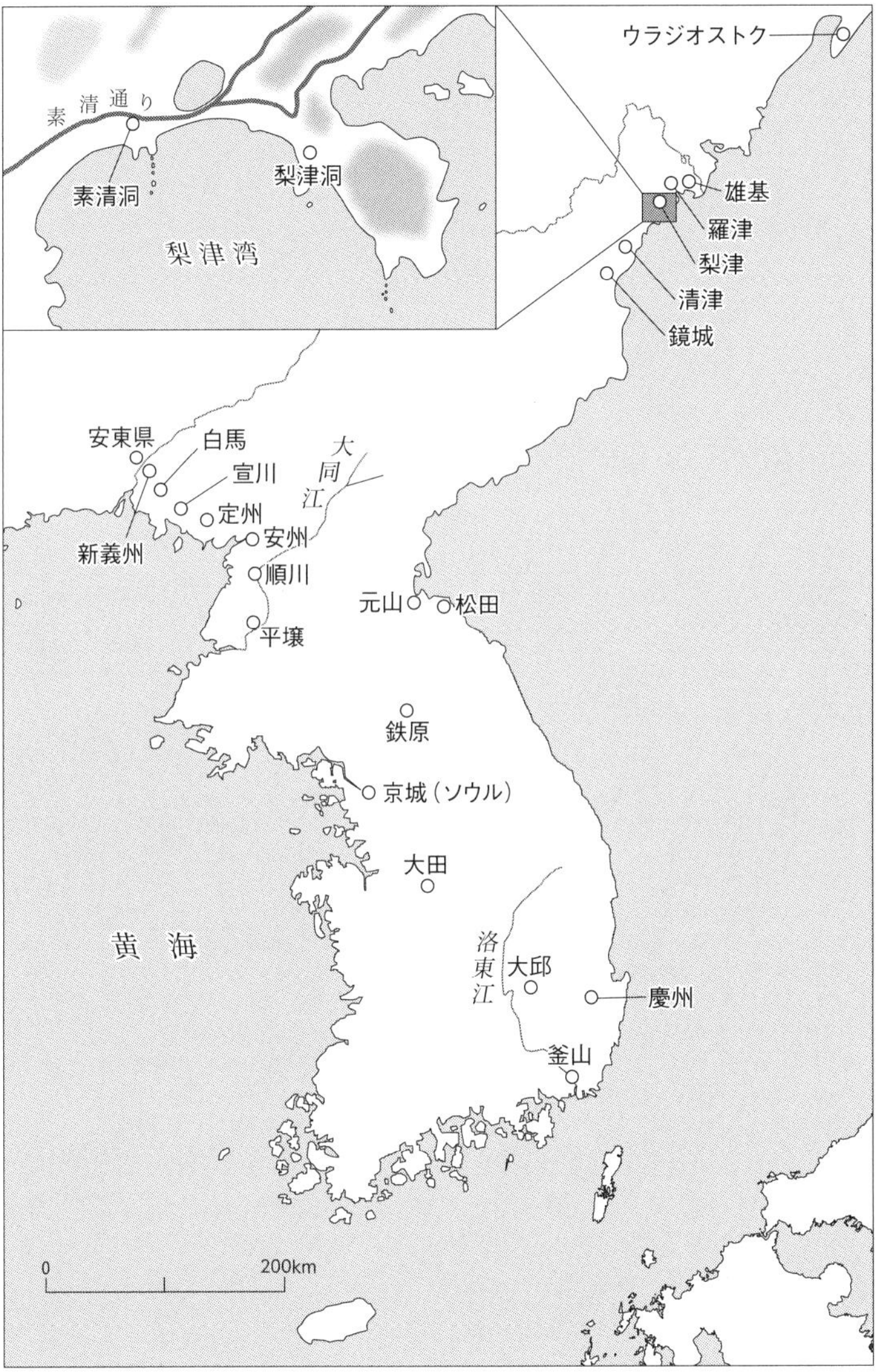

植民地期のころの朝鮮半島

京城（現・ソウル）市街図（1930年頃）

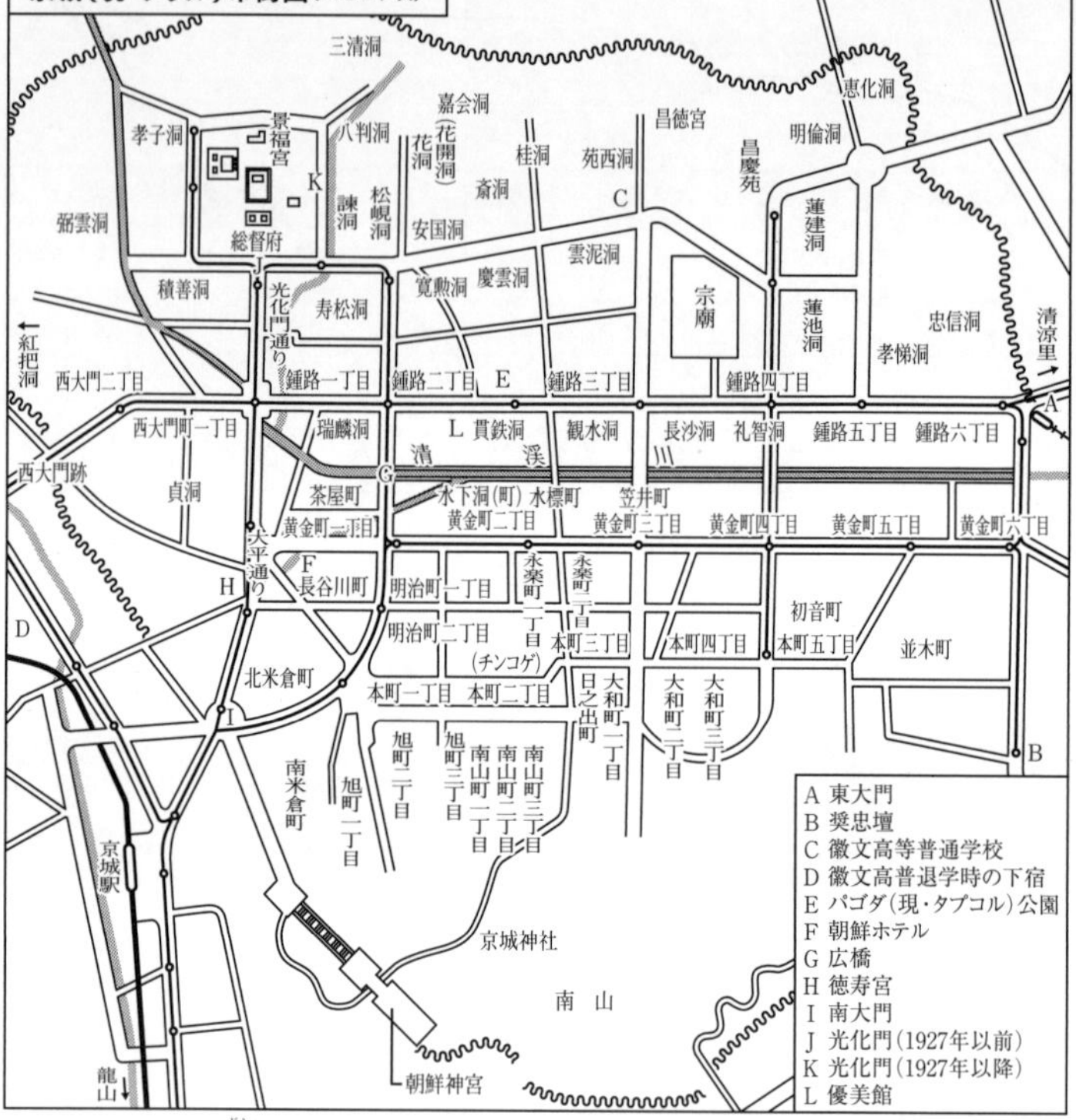

・主要地名のみ記した。「洞《ドン》」はのちに「町」となる。
・『思想の月夜』のみならず、短編まで念頭におき、1930年ごろの簡便な地図を提示した。
・李泰俊が徽文高等普通学校を退学したときの住所は「蛤洞70」であった。上の「D」に示した。
・光化門は1927年に総督府により景福宮の東側に移動させられている。李泰俊がソウルで苦学した1920年代前半期には現在の光化門と同じく「J」の位置にあった。

思想の月夜

作者のことば

神は何のために夜をお造りになられたか。私たちを眠らせるために、私たちを何も考えずに休ませるためにお造りになられたのであれば、夜は何のためにあれほどに美しくなければならないか。

「星が出て、月が出て……」モーパッサンの小説に出てくる、ある神父のことばであったように記憶している。

東洋でも「月夕《げっせき》」といえば「感物懐人之詞」(物に感じて人を懐《おも》うことば)と伝えられている。夜が、そして月夜があることによって、人類はどれほどに考えることを知り、考えることで人類はどれほどに真なるものへと近づき、美しくなったか。

思えば、私たちの感性の慈母であるこの「月夜」は、暦《こよみ》の上にのみ訪れるものでもない。人生一生においても月夜はあり、一つの世代が去り、また訪れる間にも月は昇り、私たち若者をして華麗な夢想と、沈痛なる思索へと導かせる蒼白の夕べが、確かにあるように感じられる。

こうした「月夜」の話は、自ずと感傷に傾くおそれもなくはないが、しかし、私はいくら健康な知性であっても、まずその根本を潤沢なる感性にたずねずしては、それこそ水流れ、花開く明日を期することは難しいものと信じる。これが私が好んでこうした題材を書こうとする意図であるが、ここではただ最後まで読まれることを願うのみである。

一九四一年二月二十五日

夢想は思想の月夜である。*

――ルナール

*岸田國士訳『ルナアル日記〈一八九七年―一八九九年〉』（白水社、昭和十年）からの引用ではないかと推測される。

最初の月夜

月よ、月よ、明るい月よ、
李太白の遊んだ月よ、
あの、あの、あの月の中に……

島一つない海の向こうから、美しい蠟燭がともるように浮かんだ月は、瞬《また》く間にまん丸く海面にもう一つ浮かび上がった。

子供たちは歌を終えてぱちぱちと手を叩く。海に浸ったようにも思われたが、月は少しも濡れていなかった。

草家三間《チョガサムガン》の家〔藁葺《わらぶ》きの小さな家〕を建て、
両親、父母とともに……

松彬《ソンビン》はまだ、みなに合わせて歌を歌うことができない。村の子供たちが我さきにと相手になってくれはしたが、今晩は姉がそばにいないことも少し寂しい。一人ぼんやりとまだゴロシン〔ロシアのゴム靴〕の底がほのかに温かく感じられる砂に足を埋めて、ただ月を眺める。

月は誰かが空から引き上げるかのように揺らめき浮かぶ。月は眺めるほどに両目一杯に満ちてしまう。目を閉じると、今度は皓々《こうこう》とした月がぐるぐると回り、倒れそうになる。目を開けると、その月はあっという間に海の果て、空の彼方へと退いていく。そしてもうしばらく見ていると、月はまた大きくなる。萩《はぎ》の盆ほどにも大きくなるかのようである。あるとき、祖母に、

「月はどれくらいに大きいかい?」

と聞かれた。姉は、

「食器の蓋くらい」

と即座に返事をしたのだが、松彬《ソンビン》は何ほどに大きいのかすぐに比べるものが思いつかず、ただ月を見つめていると、さらに、

「銀銭ほどだろう?」

と言う。

「うん」

「もう、おまえは……。そんなに小さいかい。萩の盆ほどに見えないかい。魚を乾かす萩の盆だよ」

「なるほど、そうだ、そうだ」

と、祖母、父、母、そして鄭書房《チョンソバン》〔書房《ソバン》は官職のない人の名字につけて呼ぶ語。「~さん」程度の意〕までみんな笑った。しかし、今宵は月を眺めるのでもなく、みな泣いてばかりいるのが幼心にも何や

ら不安であった。

「人はどうして死ぬのかな。父さんは本当に死んだのかな。今日、土に埋めたあの棺《ひつぎ》というものの中には本当に父さんが入っていたのかな。じゃあ、どうやって天に上がっていくのかな。お墓に行ってお参りを一杯したら、煙のように……」

月は突然に楽しいよりは哀しいものに見えはじめ、少し恐ろしくさえも見える。海には小さな波一つ起きていない。そこに月の影が柔らかな絹を敷いたかのように美しく光を落としている。カモメの鳴き声がどこからか聞こえる。しかし、カモメは見えない。松彬《ソンビン》は、祖母と母がこの海辺に来るたびにただ雲がもくもくと浮かぶばかりの海の果てを眺めつつ、「うちのあたり《ウリゲ》は今、何々の花が咲いていることでしょう! うちのあたり《ウリゲ》は今、何々の菜あえ《ナムル》、何々の果物が旬でしょうね!」と言っていたのを思い出す。

「あの月の出るところが〝ウリゲ〟というところなのかな」

松彬《ソンビン》はどの方向がその「ウリゲ」というところなのか分からないが、「ウリゲ」についてのいくつかの印象は頭の中に残っていた。裏山に登った鄭書房《チョンソバン》が何枝もの真っ赤な山ツツジの花を手折《たお》ってくれたこと、七月《チロリ》〔ハングルのみで示された人名には含意を念頭におきつつ音によって漢字をあてた。以下、この場合「音訳」と記す〕の背におぶわれて甕《かめ》置き台に上がり、柔らかなビロウドヒョウタンボクの実をもいで食べたこと、そしてどこか父が郡主をしているところから持ってきたという色はきれいだがひどく渋い柿を食べたこと……。

「ここには、どうしてユスラウメもないのかな」

こんなことを考えていると、

「松彬《ソンビン》？」

と、そばに来て立っている子がいる。

「松彬《ソンビン》、おまえの父ちゃん死んだとよね？」

松彬《ソンビン》はすぐに返事ができない。

「今日、おまえの父ちゃん、山に埋めたろ？」

「そう」

「どうやって埋めたとね？　なぁ、俺たち明日、葬式ごっこやらんとね？」

「棺は？」

「棺？　板で作るっちゅうよ」

「うん。あの舟を作るみたいなので」

「棺のまま、土の中に埋めたとね？」

「そうだよ」

「そんで、土を一杯かけて、最後にはお墓をまぁるく造るんさね？」

「そう」

「おまえ、おまえの父ちゃんの死ぬところ、見たとね？」

松彬《ソンビン》は首を振った。

「見んかった？」

「僕、寝てた」

「おまえんちじゃ、何でおまえの父ちゃんがさきに死んだ？」

「君んちは？」

「うちは、祖父《じい》ちゃんがさきに死んだとよ。で、うちの父ちゃんさ、まだ生きとうもん」

松彬《ソンビン》は月に満ちた目をしばらく瞬かせながら考えてみる。

「うちは祖父ちゃんがいないから」

「じゃあ、おまえの祖母《ばあ》ちゃんが死なんと」

「何？　お祖母ちゃんが？」

「そうよ」

「こいつ！」

松彬《ソンビン》は自分より三、四歳も上の子に殴りかからんばかりに食ってかかる。

「馬鹿さね。年寄りがさきに死ぬってことも知らんとね？」

「……」

松彬《ソンビン》はただ胸が張り裂けそうで、何も言い返すことができなかった。

父を亡くして家中が涙に暮れていても涙の一滴も出なかった松彬《ソンビン》に、祖母についてだけは死ぬということばが出るだけでも穏やかではいられない。松彬《ソンビン》は実際のところ、この祖母が母方の祖母であることも知らずに育った。

松彬《ソンビン》は今、六歳である。彼の父が死んだこの地は、また松彬《ソンビン》が祖母と母のそばを離れて一人月を眺めながら、たとえ単純なものであったにしても月夜にものを考え、人生について考えるということをはじめて経験するこの地は、東北の国境からそれほど遠くない、豆満江《トゥマンガン》を渡ってロシア領ウラジオストクの海岸にある小さな漁村である。咸鏡道《ハムギョンド》の人々がヘスエと呼ぶウラジオストクの少し手前で、朝鮮人だけでいつからか十余戸が集まって暮らす、名前もはっきりしない村落である。前方には海、後方には中腹まで畑の畝《うね》が段々になった傾斜の丘陵、そしてヘスエのほうに目をやると異国的な二階建ての一軒家が遠くに見える。ここの人々は白壁と窓ガラスのきらめくその家をマウジェの家と呼んだ。あとで知ったことだがロシア人を総称してマウジェと呼ぶのであった。

松彬《ソンビン》はそれが中国語で「毛子《マオツ》」を意味することをまだ知らなかったが、大変に賤《いや》しんだ呼び方であることは推測できた。ここの人々は「なるほど《クァヨン》」ということばを多く使う強いなまりでロシア人たちの悪口をよく言った。マウジェたちは鶏のおろし方を知らなくて生きたまま毛をむしるだとか、牛を料理しても内臓は食べることを知らなくて捨てるだとか、油であれば豚の油はもちろん、灯火に用いる獣臭い牛油の蠟燭までも餅を切って食べるが如しであるとか、獣のようにひどく未開な人種であるかのように悪口を言った。しかし、松彬《ソンビン》には分からないことであった。賤しんで呼ぶマウジェの家であるのに、白壁にガラス窓の二階建ての家はこの村のどの家よりも立派に見えたし、ときにそのマウジェの子らが馬車に乗って大きい犬を十四あまりも引き連れてこの村に魚を買いに来ると、彼らの目と髪の毛はなるほど何やら獣のようでもあったが、服と靴がまぶしく美しい上に、馬車もここの人々の荷車《スルギ》よりは格好がよく清潔であり、さらに反射する鉄でできた糸巻きほどの大きさのもので、口にあててずらしながら吹くと音が出るもの〔ハーモニカを指すものと思われる〕は、その澄んで響く、そして力強くもある不思議な音色が、今にも花が咲き、虹がかからんばかりにうっとりとさせるものであった。また、聞くところによると、このあたりの土地はすべて丘の上のマウジェのところのものだが、自分たちはついぞ耕すこともなく放置してあるのを朝鮮人たちがお金もまったく払わずに住み暮らしているとのことであった。

松彬《ソンビン》は何より、あの音の出る「糸巻き」が欲しかった。松彬《ソンビン》はねだると何でも聞いてくれる祖母にあれを買ってほしいと言った。祖母はヘスエに行くまでは買うことができないと言った。泣きながらだをこねると、父のそばで看病をしていた母は、

「もうすぐ父さんが治ったら、私たち、ヘスエにずっと住むのよ。そうなったら、あれだけじゃないのよ。アコーディオンも買って……」

と言った。そして父も咳《せき》を堪《こら》えつつ小さな声で、

「だから、今日は父さんのようにおまえも髪の毛を切ろう。頭を結《ゆ》ったままヘスエに行くと、オタマジャクシだってからかわれるんだぞ」

と言った。父と母は、以前から髪を切ろうと言っていた〔朝鮮では成人男性はまげを結い、未婚男性は髪をおさげにした。ここでは朝鮮の近代化に伴う断髪を指す〕。松彬《ソンビン》はほかの子らにからかわれそうでいやだったし、祖母もこれまで味方となって反対してくれていた。松彬《ソンビン》には何のことだか分からない話であったが、

「おまえの父さんがよその国に行って髪の毛を切ってきたかと思ったら、開化〔新しい知識や文化により世を変えること。朝鮮では開化に大きな葛藤があった〕だの逆賊だのと追いつめられて、ここま

で来たんだよ」

と言って、祖母は、髪を切ってしまうとこの幼い孫までも何かひどい目にあうかのように、おびえるのであった。

しかし、祖母もこの日だけは何も言わないばかりか、父はそれが何か大ごとでもあるかのように松彬《ソンビン》をじっと見つめて、

「私の無念な胸の内は、おまえの髪を切ったぐらいで晴れるものではないが……」

と、突然にうっとむせび泣くのであった。母も一緒に泣くのであった。そしてこの日、母はついに鋏を持ってきて手に取り、祖母に向かって、

「松彬《ソンビン》が十歳になるころを見ていてください。そのときには髪を切っていない子のほうがきっと馬鹿にされましてよ」

と、松彬《ソンビン》の髪を切ろうとした。祖母は驚いて飛び上がった。

「おまえの子なんだから髪を切るのは好きにしたらいいけれど、おまえは今、臨月も近い。鋏なんて恐ろしいもの、手にするもんじゃない!」

娘の手から鋏を奪い、自ら外孫のおさげをほどいて耳もとのところから切りはじめた。祖母の手はぶるぶると震えていた。松彬《ソンビン》は毎朝、顔を洗うのがいやだったが、顔を洗うのより何倍もいやなのが髪を梳《す》くことであった。いやでいつも逃げ回るこの外孫の髪を梳くために、祖母は櫛《くし》入れをおろす前に、まず松彬《ソンビン》が好きなゆで卵を目の前でゆでてやったりもした。そんなにも苦労してなだめて大切に伸ばした髪の毛を、長く伸ばしても一度も甲紗《カプサ》〔上質の絹〕のおさげを下げさせてやること

もできず切ってしまうその髪がもったいないだけでなく、この母方の祖母の手が震えているのには、より深い理由がさらに別のところにもあるのであった。

この祖母は、自分の産んだ子は娘一人のみであった。そのころ江原道《カンウォンド》鉄《チョル》原《ウォン》あたりで「六富者さん」と言えば、同じ門中で六軒の金持ちが集まって住む龍潭《ヨンダム》の李《イ》氏のところを指した。その中でももっとも金持ちの家に娘を嫁がせたのである。娘のおかげでよいものを食べ、着るものにも心配することはない生活であった。さらに、婿は若くしてソウルに行き来して、すぐに官位が上がりはじめた。娘は遠く完営《ワニョン》（全州）にまで夫の任地についていくにあたり、この寂しい実家の母も親孝行として同伴させた。のちに婿が徳源《トクウォン》監理《カムニ》〔監理《カムニ》は通商事務を管轄した監理署の長〕として元山《ウォンサン》に赴任してからは、ソウルから東大門《トンデームン》の外に出ると、何もかもが自分の婿の世であるかの如く、恐れるものなどなかった。そんな婿が、どうしたことか家にも寄らずにソウルに何度か行き来したかと思うと、突然に家産を減らしはじめるのであった。宗家の財産で大切な土地をあたふたと捨て値で売り飛ばし、十銭玉の銀銭と二銭五分の白銅銭を牛五頭にのせてソウルへと発《た》った。三ヶ月後に「長崎」というところから手紙が来て、さらに三ヶ月後に「神戸」というところから手紙が来てからは二年間も連絡が途絶えていた。そして、ある日、暗くなりかけた夕方に、一人の喪服を着た者が庭さきでそのとき五歳であった松彬《ソンビン》をしばらく見つめていたかと思うと、彼の手を引いて中門から中へ入ってくるのであった。みな目を丸くしたが、喪笠の下からあらわれた顔は松彬《ソンビン》の父であった。松彬《ソンビン》の祖父母が亡くなって随分経っているので彼が喪服を着る必要はない。しかし、顔はみすぼらしくはなっていたが松彬《ソンビン》の父に間違いない。麻孝巾《トゥゴン》〔喪中にかぶる頭巾〕を脱ぐと髪を切っていた。僧のような剃髪ではなく少し斜めに髪を分けて両側に流し、周りの部分だけを浅くぐるりと刈った、ここの人々がはじめて見る髪形であった。どうしたことかまだ夕暮れであるにもかかわらず門を閉めさせ、使用人たちにまで自分が帰ってきたことを伏せておくように言った。ただ、おじにあたる人だけを呼び寄せ、一番鶏が鳴くまで小声で話していたかと思うと、二人は手を握り、声を殺して泣くのであった。そして妻と義理の母を呼び、家と土地でわずかに残ったものをすべて売るのだと伝え、間島《カンド》〔中国東北部の地方〕とやらいうところに行き、この鉄原《チョルウォン》より、ソウルより大きい都市をつくり、ここの一家親戚までもみな連れていくのだと言った。今回はまず自分の家族は連れていくが、義理の母は好きにするようにとのことであった。そしてすべての準備をおじに任せ、夜が明ける前に五里も離れた宝蓋山《ポゲサン》の寺に身を隠した。ところが、一日でも遅れていたら家で捕まったであろうほどの勢いで、すぐに義兵〔外敵を退けるための自発的な兵〕らが押し寄せてきた。家々が大騒ぎになった。李《イ》某を引き渡さないと村中に火をつけると脅すのであった。

お金と反物と牛を何匹か屠《ほふ》るもてなしにより火はつけられずに済んだが、あれこれと尋ね回った義兵たちは宝蓋山《ポゲサン》まで押し寄せ、松彬《ソンビン》の父をついに捕《とら》えてしまった。李《イ》氏の家から渡したものもあり、すぐに殺されはしなかったが、半殺しになるほどにこっぴどい目にあった。開化党〔韓末に政治制度の改革と開化を図った党派〕というのは二の次で、逆賊という名前がついたその日には、家門一同がひどい目にあう時代で、義兵隊長を満足させるほどの莫大なお金を貢いで、血みどろになった李監理《イカムニ》を担架に載せて連れ帰ってきた。義兵隊は一つだけではなかった。また、それぞれが連絡をとっているのでもなかった。別の隊がやってくると、もう一度、同じ目にあわなければならなかった。李監理《イカムニ》はようやく家の中を歩けるほどになると、あたふたと故郷を発った。徳源監理《トクウォンカムニ》は開港した元山《ウォンサン》の外交行政官であるので、ロシア領事館とは以前から面識がある。ロシア船にさえ乗せてもらえれば、まずウラジオストクに行くことができ、そこに行けばヨーロッパ直系の文明を視察しながら、一方であちこちに散らばっている同志たちと連絡をとって、ソウルの頑迷な勢力圏から遠く離れた西北間島《カンド》一帯を中心として、そこに広がっている朝鮮人たちを集め、この地に日本の維新のようなものを起こす大きな意志を、李監理《イカムニ》はその血の沸きたぎる胸の中に深く抱いていたのである。

　こうした李監理《イカムニ》の心の内を彼の妻でさえ完全に理解できなかったのだから、彼の義理の母がどうして理解することができただろう。たった一人の娘が名も知らぬ地に永住するというのだから、今回離ればなれになったら永遠の別れになってしまうだろうし、さらに以前のように財物を充分に持って発つのでもなく、婢僕《ひぼく》たちが何人もついていくのでもなかった。腹心である鄭書房《チョンソバン》だけがついていくので娘の身の回りの世話をしてくれる人もおらず、子は姉弟だけであるが、上の子のときから産まれてすぐに乳母とこの祖母に任せきりであったため、娘である松玉《ソンオク》も息子である松彬《ソンビン》も自分の母親よりは祖母になついているほうで、たとえ死地に赴くことになろうとも離ればなれとなって残ることはできないわけであった。結局、還暦の過ぎた老人が荷馬で元山《ウォンサン》まで来るのも苦労であったが、元山《ウォンサン》から乗った火輪船〔外輪式蒸気船〕では船酔いのため何日かかったのかさえ分からないほどに朦朧とした。しかし、着いてみると、最後まで苦しんだのは誰よりも婿であった。義兵たちの銃床で容赦なく打ちつけられた彼の胸は、体の内部での傷がなおさらにひどいようであった。ロシア人の医者が何日か往診して、こんな都市ではなく空気のよい静かな海辺に行って静養するようにと言うのであった。そうして、静かな漁村を訪ね歩き、この朝鮮人たちだけの名前もはっきりしない漁村にまで流れ着いたのである。

「この人が倒れてしまった日には……？」

義理の母親の胸は病人よりもさらに暗澹たるものであった。一家親戚一人いない万里の他国、持ってきたお金は日ごとに減り、どちらが東か西かも分からない老幼たちだけを残して婿が倒れてしまった日には、どんな鬼神の餌食となるか分からない。幼い孫の髪を切ることにさえ何やら不吉な予感ばかりが押し寄せる。手が震えて、鋏をちゃんと扱うのが一苦労であった。頭を洗うと、松彬《ソンビン》は鏡を見るさきから父親に呼ばれた。父親は骨しか残っていない手で、幼い息子の髪を切った頭を、腕がしびれるほどに撫《な》でつづけた。

「ヘスエに行ったら、機械で切るのだそうだ。もう、シャッポも買ってかぶって……勉強して……父さんが何をしにここに来たのかも知らなければならないし……」

しかし、父はある日、雄基《ウンギ》からやってきた使いの者から何の知らせを聞いたのか床を叩きながら慟哭《どうこく》した。この日から父は病《やまい》が再発して、この息子の髪を切った頭にシャッポを一度もかぶせることもできず、ハワイ、神戸、長崎、ソウルなどに散らばっている同志たちに一報を知らせることもできぬまま、燃えたぎるような理想を抱いて、月の浮かぶ波の静かな異国の窓の下、三十五歳で恨《ハン》の多い人生を終えてしまったのである。

祖母は死んだ婿の息子である松彬《ソンビン》に、幼い上に喪に服するだけの髪もないのに、麻のかぶり物をかぶらせ、中単《チュンダン》〔男性の喪服の下に着る袖の広い衣服〕も作って着せ、物寂しい葬列についてこさせようとした。しかし、松彬《ソンビン》の母はこれを聞き入れなかった。まだ年端も行かぬ子供に喪に服させることは無邪気な心をくじけさせることであるし、さらに夫の最後の願いがこれからどんな苦難の中であれ子供たちの気持ちだけは萎縮させせぬよう育ててほしい、というものであったと言うのであった。

こうして松彬《ソンビン》だけでなく九歳の松玉《ソンオク》も父の葬式の日には朝はやくから隣家の婦人に背負われ、あるいは手を引かれて海辺へと出てきた。貝殻を拾いながらハマナシの実をもいで遊んだが、母も祖母もみな山のほうへと行く様子であったので、松玉《ソンオク》と松彬《ソンビン》もそちらに行こうとせがみ、やっと父の墓の近くまで来ることができた。ちょうど下棺《ハグワン》〔棺を墓穴におろすこと。通常、周囲から布紐で支えながら棺をおろす〕のときで、隣家の婦人は精一杯に松彬《ソンビン》を高く抱え上げ、白濁色の棺が人々の持つ布紐に乗せられて沈むように地面の中に入っていくのを遠目から見せてくれた。そして、祖母が泣く母をなだめ、鄭書房《チョンソバン》が泣く祖母をなだめるのも、ハシバミの陰からはっきりと見ることができた。大きくよく実ったハシバミはとても香ばしかったが松玉《ソンオク》も松彬《ソンビン》も何やら哀しい気がして、もいでくれるのを食べずにただ両手に握りしめていた。しばらくして松玉《ソンオク》が声をあげて泣きはじめると、隣家の婦人は慌てて、今日はおまえたちを泣かしてはならないと強く頼まれたのだと、静かにするようになだめながらまた海辺に連れ戻してしまったのである。夏ではあったが月は何日にもわたって明るかった。夕暮れに曇っても夜はいつも晴れており、松彬《ソンビン》が母と祖母のひそひそ声に目が覚めると、月は窓を明るく照らし、波の音がはじめて聞くかのように聞き慣れない音に感じられた。いつも父が寝ていた場所には母が横たわっていた。寝ぼけた頭を整理しながらじっと考えてみると、そう、父は死んでもういないのであり、母と祖母が夜遅くまで眠らないで話しているのは、よくは分からないが、これからどのように生きていくかという相談のようであった。そうして考えてみると、松彬《ソンビン》も、自分も母や祖母と同じく心配をするのがよいことであるようにも思われた。母と祖母はしばらく口を閉ざしている。松彬《ソンビン》は静かに目をやった。うっかりすると姉が祖母のこちら側の乳房まで両方とも引っ張っていって手にして眠る。祖母が真ん中で寝るときは、向こう側の乳房が姉のもの、こちら側のは自分のものであった。それぞれが自分のほうだけ触ることになっていたのが、姉がこちら側の乳房まで引っ張っている。松彬《ソンビン》は、かっとして姉の手を払いのけた。

「おまえ、寝てないんだね」

祖母が驚く。

「僕のおっぱい……」

「この子ったら。もう、いくつだと思っているの?」

と言って、今日は母が松彬《ソンビン》を引き寄せる。尻をぽんぽんと叩いて、胸にぎゅっと抱き寄せた。しばらくそのまま抱きしめて、

「ああ、息苦しいよ」

と言うと、やっと離してくれた。母の目は薄暗い月光にうっすらと光っていた。

その後、ひと月も経っただろうか。松彬《ソンビン》家は鄭書房《チョンソバン》をヘスエに送り、朝鮮へと帰るための朝鮮木船を一隻、この渡船場に引き入れた。松の枝をたくさん切った。船の一番くぼんだ部分にそれを敷

き、いつ掘ってきたのか泥水にいまだ汚れてもいない父の棺をその中に載せた。そこに、さらに松の枝をかぶせて引っ越しの荷物まですべて載せ、松彬《ソンビン》の家族はロシアの地を出発した。風に乗りそこねると一日の距離も十日はかかる帆船で、何日かかるのか、またどの港に向かうのか、松彬《ソンビン》には分からない。ある日、波が強くうねった。船酔いをしない松彬《ソンビン》も立ちあがるとすぐに倒れ、転がり、ご飯も船頭がこそげ取ってくれるお焦げだけを食べて、一日中、祖母の腕につかまって横たわっていた。

この日の夜である。雨が降った。波は次第に荒くなった。臼《うす》を搗《つ》くかのような舳先《へさき》を波は殴りつけるというよりは飲み込まんばかりであった。ぐっと沈み込むときは海の底へと沈むようで鳥肌が立ったが、船にも何かの霊魂があって必死に抗《あらが》うかのように、毎度うまくもち直した。突き上がるたびに、船の上に流れ込んだ水はざぁっと左右に滝が流れ落ちるようであり、帆柱のびゅうびゅうという音と器皿の転がる音、松彬《ソンビン》は何よりもそれらの音が怖かった。大人が起きて座るだけでも頭が上につくほどの船室、あちこちから海水がぼとぼとじょろじょろと入ってくる。ひっかぶった布団がみな塩の浮かぶ海水まみれであった。三日間、一かけらの紅蔘《ホンサム》〔高麗人参を蒸して乾かしたもの〕を口にしただけの祖母と母であったが、よりによってこの波がもっとも激しい夜のさなかに、母は産気づくのであった。よりによってこの日にというよりも、臨月になった母胎が激烈な揺れに耐えきれず、突然に陣痛が始まるのであった。

分娩の世話をするのは祖母しかいなかった。しかし、祖母は胃液まで吐き、自分の手足さえろくに動かせず倒れ込んでいた。灯りをつけることも、尿瓶《しびん》にまたがっていることもできない。真っ暗で、音が激しく、寒く、人の背ほども突き上げたかと思うとその十倍ほども下がり落ち、海の中に真っ逆さまに打ちつけられるようなこの狭苦しい木船の船室で、母はついに破水してしまった。海水に濡れた布団は、さらに羊水にまみれた。

「どうすれば……？」

娘のこの一言に死人のように倒れ込んでいた老いた母は、やはりそれでも母は母なのであった。

「産神さまも……」

恨み言が自ずから口をつき、七転八起そのものではあったが、産母よりは体を動かすことができた。鄭書房《チョンソバン》を呼び入れて蠟燭をつけて持たせ、産母の上にかぶさったり、ともに倒れ、転がったりしながら、赤ん坊は汚れた水にまみれつつも、ともあれ後産までを無事に済ませた。

「臍の緒を切ってどうする？　臍の緒もろとも海に捨てよう。どうせ、女の子で月もちゃんと満たして生まれてきたかどうかも分からない子。これを生かしておいたら、おまえが死ぬものと思うんだよ」

松彬《ソンビン》の母は松玉《ソンオク》のときからずっと乳母に任せきりであったせいか、乳がまったく出なかった。これから海路が何日続くのかも分からないし、明日にでもどこかの港に入って陸地に上がるとしても婿の亡骸《なきがら》をまず葬らねばならず、残された五人が身を置くところもまったくあてがないのである。さらに、娘は婿の看病を一年以上もしたせいで、妊婦とはいえひどく顔色が悪く、ときどき手足が熱くなり、風邪をひきやすく、咳も止まらず、ほかの子を産むときはさほど食欲の減退はなかったが、ほとんど食事をとっていないも同然で、子供はおろか母からして重湯を飲まなければならないような状態であった。乳もなく乳母もなしにこのままこの子を生かそうとすれば、間違いなく母が重い病気にかかることがはじめから慮《おもんぱか》られたのであった。

「目をぎゅっとつむって、海に投げるんだ。沈清《シムチョン》は父親の目を見えるようにするために印塘水《インダンス》に身を捧げたそうじゃが〔朝鮮の古典『沈清伝《シムチョンジョン》』では主人公の清《チョン》が盲目の父の目が見えることを願い自ら人身御供となり海に身を投じた〕、この赤子がこの家族を無事に生かしてくれるのならどれほど助かるか。何しろこの海は尋常じゃない……」

しかし、産母の耳には、産まれた娘の泣き声と波の音のせいもあったが、この切なる自らの母親の声が一言も耳に入らなかった。鄭書房《チョンソバン》に、

「はやく、この子の父親に娘が無事に産まれましたと申し上げてください」

と、死んで亡骸となってさえ安らかになれぬ夫への思いと、名前をつけてくれる人もなく遺腹の娘として産まれた末娘を哀れむ気持ちに、涙があふれるばかりであった。

天候は夜が明けてやっと雨もやみ、風もおさまりはじめた。産母は船方らを呼び、清津《チョンジン》が目的地というわけではないので、どこであれ近くに船着場らしいところがあれば船をつけてほしいと頼んだ。船はこの日の朝、岩が列になって並んでおり、船乗りたちの目印となっている「ノドルリョンクッ」を通った。そこを曲がって入っていくと梨津《ペギミ》という小さな港がある。船はそちらへと向かい、昼どきになって梨津《ペギミ》に錨《いかり》をおろした。

産母は何より体の震えをどうすることもできなかった。体をろくに動かすこともできないし、船をおりて誰の家に行けばいいものやら、船が陸地に着くと産母は途方に暮れるよりほかなかった。

もとより小さい港で宿もなかった。ここらの家は、庭の離れや舎廊棟《サランチェ》〔客間を兼ねた主人の書斎がある別棟〕もなく、ただ馬屋《マグッカン》と台所《プオク》と居間《アンパン》がみなつながった鼎厨間《チョンジッカン》という間、その奥部屋、せいぜいその隣りに脇部屋が一間ついている、そうした形式の家ばかりで、一間の部屋を見つけることはそう簡単ではなかった。しかし人々は情に厚く、産母の気の毒な事情を聞いて自分のことのように率先して斡旋してくれる老人たちが多かった。夕食どきも近くなって、二つの家に一間ずつ、二間を見つけて、産母もやっと上陸し、松彬《ソンビン》の父もまずこの日の夜に海辺にではあったが仮葬をした。

最初の港

この李監理《イカムニ》の遺族は、故国に帰って最初の港、梨津《ペギミ》で三七日《サムチリル》〔子供が生まれて二十一日〕を送った。お産を終えた母子は心配していたよりは元気なほうであった。産母は毎日作る新鮮なわかめ汁とご飯を美味しく食べ、そのおかげか奇跡的に乳も不足しないほどには出はじめた。子供の名前は海で産んだからと産母が自ら海玉《ヘオク》と名づけた。新しい世代である松玉《ソンオク》、松彬《ソンビン》、海玉《ヘオク》の三人の時代が、この雄基《ウンギ》湾の片隅にある小さな港、梨津《ペギミ》で始まるのであった。梨津《ペギミ》は、「李監理《イカムニ》家」ではなく「李松彬《イソンビン》家」としての最初の港となったのである。

梨津《ペギミ》で平地と言えば素清《ソチョン》通りへと通じる道だけであった。この道でさえ、波が強いときには海に浸され、山の尾根に沿って遠回りして歩かねばならなかった。家々はカササギの巣のように、みな山すその斜面に沿って庭もなしにはりついていた。海はどの家からも窓からいくらでも見えた。海だけがここの人々の無限の田畑であった。穀物は山村の人々がときどき持ってきて、魚と交換していくのである。

松彬《ソンビン》の母は梨津《ペギミ》での三七日《サムチリル》の間、夢の中でさえどうしたらよいかを考えずにはいられなかった。

「朝鮮の地に帰ってきたからには、一家親戚のもとに帰るべきなのでは?」

しかし、すぐに、

「誰が喜んでくれるかしら……」

こう考えると、気が塞《ふさ》がった。家の一つも残っていない。一斗落《マジギ》〔一斗分の種を蒔《ま》くほどの広さ〕の土地もない。墓の管理費をまかなうための田畑がわずかに残っているだけなのに何を頼っていけよう。哀れんでくれるのは夫のおじ一人だけであるが、一族の中で生活がもっとも苦しい。過去には財産だけでなく権勢でもみなを圧倒していたため、内心うまくいくよりも悪くなるのを願ったかもしれない、そんな家がむしろ多いようであった。さらにこの家のせいで義兵の乱まで経たことが一度や二度ではない。あのよき田畑を、あのよき先祖代々の財産を、何のために手あたり次第に売り飛ばすのか。李監理《イカムニ》のことをご先祖の墓の場所が悪くて厄災に憑《つ》かれた人物、さもなくば単なる軽薄な人物としか見ることのできない彼らなのであった。

「どうせ物乞いするのであれば、いっそ知らないところで物乞いをしよう」

加えて、夫から託された唯一の願いが、子供たちの心をくじけさせないように育ててほしいということであった。両班《ヤンバン》〔朝鮮時代の特権的な身分階層〕もおらず金持ちもいない、いっそ梨津《ペギミ》のようなまったくの片田舎が、粟飯《あわめし》を食べることがあったとしても、子供たちを萎縮させることがないように思われた。また、夫があれほどまでに財産も命も風塵のようになげうった大きな理想の舞台であった間島《カンド》の近くに留まって住むことはできないまでも、遠く離れて背を向けてしまうことは亡くなった夫の思いにあまりに申し訳なく、罪であるかのようにも思われた。しかし、梨津《ペギミ》では魚も獲れないようでは暮らしてはいけない。子供たちを教える書堂《ソダン》〔漢文などを教える私塾〕もない。それで、梨津《ペギミ》の高台にある素清《ソチョン》通りへと引っ越してきたのである。ここは清津《チョンジン》と富寧《プリョン》から雄基《ウンギ》へと通じる大通りが村の真ん中を通っている。客主屋《ケクチュチブ》〔商品の委託売買や行商人の宿泊などを兼ねた宿〕もあり、雑貨店もあり、反物屋もあり、さらに半里あるいは一里おきに小さな村落が散在しており、書《ソ》堂《ダン》も巡回してくる。松彬《ソンビン》らはここに家を買った。そしてすぐに鄭書房《チョンソバン》、松彬《ソンビン》の祖母が飲食店を始めたのである。

ここの人々は、緑豆は植えても、清泡《チョンポ》〔緑豆の粉を煮固めた食べ物〕を食べることを知らなかった。清泡《チョンポ》を煮ると普段食べ慣れない食べ物なので飛ぶように売れた。また、小麦粉が清津《チョンジン》から入ってきても水団《すいとん》にする程度で、餃子《マンドゥ》やミルカルクク〔手打ちうどん〕を作ることも知らなかった。もち米で餅を作ることはあっても、粳米《うるち》で餅を作ることを知らなかった。それで、餃子《マンドゥ》とミルカルククと雑煮《トックク》〔粳米の餅を薄く切って入れる〕も飛ぶように売れた。いつからか「江原道屋《カンウォンドチブ》」と呼ばれ、「会寧邑《フェリョンウプ》〔邑《ウプ》はやや大きめの村〕や清津邑《チョンジンウプ》に行っても江原道屋《カンウォンドチブ》ほどのところはない」と、江原道屋《カンウォンドチブ》の料理の味は、遠く会寧《フェリョン》、富寧《プリョン》、清津《チョンジン》、雄基《ウンギ》にまで噂が広まった。松彬《ソンビン》の家族はさほどの困難もなく生計を立てることができた。この年の冬、松彬《ソンビン》の父を梨津《ペギミ》の海岸から素清《ソチョン》通りのそばへと移葬し、松彬《ソンビン》は書堂《ソダン》に入り、翌年の春には馬で行くと二日の距離である会寧邑《フェリョンウプ》に新しく学校が設立されたという話を聞いて、九歳になった上の娘松玉《ソンオク》を母が自ら連れていき、学校の先生の家に寄宿させて学校に入れまでした。

松彬《ソンビン》は書堂《ソダン》に行くのがいやだった。第一に、祖母のそばを離れるのがいやなのであった。家ではいつも雑煮《トックク》、餃子湯《マンドゥクク》がぐつぐつと煮立っている。祖母に「ねぇ……」と一言言えば、

「雑煮《トックク》かい？」

「ううん」

「じゃ、餃子《マンドゥ》？」

「そんなのやだ……」

「じゃ、卵をゆでてあげようか？」

それでも「ねぇ……」と言えば、祖母はいつも財布の紐をほどいた。すると松彬《ソンビン》はあの清津《チョンジン》から入ってきた五色に色付けされたトアリ〔頭に荷物を載せて運ぶときに頭に置く輪状の敷き物〕のように平べったい飴を買いに走るのであった。母は祖母のせいで子供がわがままになってしまうと、ときには口論までしたが、祖母は、

「食べさせるために働いているんだ。誰のためだと思っているんだい」

と言い、書堂《ソダン》に行くのがいやだと言うと、

「やめておしまい。李監理《イカムニ》の息子は専属で学ばないと。かけもちの書堂《ソダン》なんて似つかわしくもない」

と言い、松彬《ソンビン》が快く書堂《ソダン》に行く日でも、松彬《ソンビン》が見えなくなるまで立ちつくして涙ぐんだ。こんな祖母のそばをわずかの間でも離れるのはいやだったし、それに先生も塾生たちもみな気に入らなかった。みなことばが違っていた。松彬《ソンビン》が聞くには彼らのことばのほうがおかしいのに、彼らは松彬《ソンビン》が何かを言うとわぁと笑った。頭髪も松彬《ソンビン》だけが散髪していたのでからかわれた。勉強もつまらなかった。千字文を覚えるのに、集中さえすれば十回読み書きするだけで一日分はすぐにも覚えられそうだった。しかし、集中することができなかった。二十名を超える年長の塾生たちが、鼻が本につくほどに頭を下げたかと思うと後頭部が壁にぶつかるかと思うほどに後ろに反らして、杵《きね》を搗くように頭を前後に動かしながら各々が青筋を立てて大声を出して読むのである〔朝鮮でよく行われた漢字を覚えるときの動作〕。勉強をしているのではなく、単に喚《わめ》いているのである。松彬《ソンビン》はいくら声を張り上げても自分の声が自分の耳に入ってこなかった。集中できない。ぼんやりと座っていると細長いトネリコの鞭で床に置いた本を叩かれる。すると、葦《あし》を革のようになめしてきれいに編んだ座布団〔咸鏡道《ハムギョンド》特有の座布団〕からふわりと埃《ほこり》が舞い上がる。埃に鼻の周りをしかめると、枝の鞭で背中を叩かれた。そんなとき、松彬《ソンビン》は我慢をして適当に声を出しながら体を動かしたりもしたが、どうしても叩かれたところが痛ければ、声をあげて泣いた。すると、ほかの子供たちの音読の声がぴたりと止まる。先生は横目で、

「おい、何で泣いとうとね?」

と言う。

「うるさくて、読めません」

と言うと、

「何がさね」

と、外国人のように意思が通じない。それで、松彬《ソンビン》は千字文を一冊やり終えても、実際のところはただの百字もろくに覚えていなかった。母がそれに気づいた。すぐに先生を訪ねて、うちの子はほかの本を習うのは急ぎませんから、何年かかろうとまず千字文一冊だけでも知らない字が一つもなくなるまで繰り返しやらせてほしいと頼んだ。松彬《ソンビン》は、ぼろぼろになった千字文をもう一度はじめから習うこととなった。子供たちは、みなからかった。母も、

「この子は、大きくなってもこんな調子だったらどうしましょう」

と、心底、心配しているふうであった。しかし、祖母だけはいつでも松彬《ソンビン》の側であった。

「心配ないさ。松彬《ソンビン》がここの子らに劣るとでも？　生まれが違うんだよ」

「お母さんたら、肩の持ちすぎです。じゃ、一緒に入って一緒に千字文を始めた子は、今、史略をすらすらと読んでいるのに、うちの子はずっと千字文。二度目の千字文もちゃんと覚えられないのは恥ずかしくありません？　あの子の父さんが生きていらしたら、どうなさったでしょう。あの子があの調子だったら、罰を受けないで済んだかしら」

「人は大きくならないと分からないもの。「軟鉄は熱すれば鉄より熱い」ってね」

と言って、祖母は最後まで松彬《ソンビン》の味方であった。祖母だけはきっと自分の気持ちを分かってくれそうであった。史略を二、三頁、一字も間違えずにそらんじる子をみな神童であると賞賛するが、松《ソン》彬《ビン》は心の中では決してその子に劣らない自信のようなものが湧いた。そして、祖母のその「生まれ

が違う」ということばを何とか形にして母を驚かせたかった。それで、ある日、昼ご飯を食べに帰ったとき、

「母さん、僕、文を書いてみるから、読んでみる?」

と言った。

「この子ったら。千字文を二年もかけて習っている子が、文を作るですって?」

しかし、祖母は、

「そうとも。この子が文を書けないとでも?」

と、松彬《ソンビン》が文を書いているのを見たことがあるかのように、すぐに硯《すずり》箱を持ってきた。

硯箱は、飲食代のつけを母が帳簿に記すために使うもので、硯に墨がたっぷりとすってあった。

硯を見ると、松彬《ソンビン》はふと思い出すものがあった。

「母さん。僕が文を作ったら、あの桃の形の硯滴《けんてき》〔水入れ〕をくれる?」

父が使っていた陶器の天桃《チョンド》硯滴が松彬《ソンビン》には玩具のように思われて、以前から欲しかったのである。

「うまくできたらね」

松彬《ソンビン》は筆を取って、ざら紙の巻紙にこのように書いた。

「千字再読児　万文不読知〔千字を再読する児《こ》、万文を読まずして知る〕」

祖母はいつでも松彬《ソンビン》の味方であったが、松彬《ソンビン》の文が読めなかった。しかし、母はこの程度の文は読むことができた。母は本当に驚いた。豚を屠《ほふ》らせ、餅を作らせ、先生と書堂《ソダン》の子らを全員呼んで、あと延ばしにしていた千字文修得の宴を即座に行ったのである。しかし、松彬《ソンビン》が欲しがっていた天

桃硯滴はくれなかった。

「おまえの父さんの形見はこの硯滴一つだけ。いつか大きくなって、こういうものを大切にできるようになったらあげるからね」

松彬《ソンビン》が千字文を完全に修得すると、春になっていた。八歳の春である。夏には毎年、詩文を習っていた。松彬《ソンビン》は千字文の次にただちに唐詩の勉強を始めた。

「可憐江浦望〔憐《あわれ》むべし江浦《こうほ》の望〕」をいくら詠んでもその意味は分からなかった。しかし、単調な千字文を読むよりは楽しかった。はっきりとしたものではないが「只在此山中　雲深不知処〔ただこの山中に在らん、雪深くしてところを知らず〕」などは実際に雲の立ち込める大きな山を見やりながら読んでいるせいか、ある程度は情趣さえ感じられるようであった。そして、松彬《ソンビン》は文を作るのが楽しかった。書堂《ソダン》に次第に情が移っていった。花煎《ファジョン》〔もち米などの粉をこねてツツジなどの花をまぶして焼いた菓子〕の野遊会の日は一年でもっとも楽しかった。ここでは四月八日〔釈迦の誕生日〕ごろになると、ようやくカラムラサキツツジが満開になる。灌仏会《かんぶつえ》として花煎《ファジョン》の野遊会に出かけた。父兄たちはもち米の粉と胡麻油と釜を持ってきて、塾生たちは沙板《サパン》〔文字の練習をするための器具の一つ〕を手に、蜜蜂のぶんぶんと飛ぶ背よりも高い花畑の中に入り、こぶしほどにふくらんだツツジの花を摘むのである。ここの書堂《ソダン》には粉板《プンパン》〔油で溶いた粉を塗って染み込ませた板。文字の練習をするのに用いた〕がない。衣装箪笥の引き出しのようにへりの低い木製の箱を作り、そこに砂を入れ、筆ほどの太さに萩を削って砂に文字を書くのである。書いては揺らし、また揺らしては書く、これが「沙板《サパン》」で、沙板《サパン》は犬を調理する夏の川狩りでは犬肉に薬味をまぶすための容器にもなり、花を摘む花煎《ファジョン》の野遊会では花入れにもなるのであった。花畑に座って食べる花煎《ファジョン》は、油のにおいではなく花の香りそのものであった。花の香りでお腹が一杯に満たされると、花詩会《コッシフェ》が開かれる。子供たちは貫珠《クワンジュ》〔詩文などでよくできたところにつける丸〕をもらうと、紙や筆や食べ物などの賞がもらえる。松《ソン》彬《ビン》の五言二首はかなり年長の子らのものを退けて、いずれも貫珠《クワンジュ》をもらった。紙と筆をもらった。

「お祖母ちゃんも、母さんも、どんなに誉めてくれるだろう！」

松彬《ソンビン》は走って家に帰った。もちろん、祖母も母もとても喜んで誉めてくれた。しかし、母はしきりに涙ぐんだ。母は近ごろ、だんだん臥《ふ》せる日が多くなった。この日も、顔も洗わず髪も梳かずに横になっていたが、松彬《ソンビン》が賞をとってきたということで床から起き、そしてしばらくして涙を拭《ぬぐ》ったあとに顔を洗い、髪を梳いて、新しい服まで取り出して着たあと、松彬《ソンビン》にその書いてきた詩ともらった賞をそのままに持たせ、父さんの墓に行こうと言った。父の墓は梨津《ペギミ》のほうにしばらくおりて、右側に折れ、海のそばの丈のごく低いハマナシ林を過ぎ、芝生のまばらに生えはじめた小高い丘にあった。まん丸く、海に臨む、墓石一つない寂しい墓。母は息子の詩と賞を墓前にきちんと置かせ、拝をさせた。芝生と砂で手のひらがちくちくとしたが、父の魂に喜んでもらうにはそんなことは我慢しなければならないと思った。拝を終えると、母は突然に顔を海のほうに向けた。心の中で泣くのであった。祖母はここに来るといつも通りを行く人までがみな振り返るほどに声をあげて泣いた。祖母のほかのことはすべてよいのだが、声をあげて泣く、そのことだけはいやだった。母はいつも声を出さずに泣くので、周囲のことは気にしなくてもよかった。松彬《ソンビン》も胸のあたりがじんとするのを感じながら、ただ海を静かに眺めて立っていた。火輪船の煙一つ見えなかった。何度も繰り返し聞こえる波の音も、こんなときはひときわ重たく聞こえた。ちゅん、ちゅん、ちゅんと、山鳥が真っ青な空に翼を広げて飛び立った。母の哀しみはそうそう尽きそうになかった。母が振り返るのを待つだけ待って、前に回って顔を見ると、母は手の甲で涙を拭い、松彬《ソンビン》を強く抱き寄せて腰をおろしながら、

「鉄原《チョルウォン》……あの龍潭《ヨンダム》のこと、覚えているでしょう？」

と言った。

「少し……」

「あそこに行って住みたくない？」

「お祖母ちゃんも、母さんも行くのなら」

「お母さんは……」

母は最後まで言うことができなかった。母は咳をした。咳のあと、頭を反対に向けて何かを吐き出し、砂をそこにかけていた。

この年の秋である。松彬《ソンビン》の母は鄭書房《チョンソバン》に萩を切ってこさせ、大きくも小さくもないほどの背負うのにちょうどよい行李を一つ編んだ。蓋まで編んでから、障子紙を内側と外側から幾重《いくえ》にも貼った。そして、天気の晴れる日を待って、鄭書房《チョンソバン》のほかに人を一人雇って松彬《ソンビン》の父の墓を掘り返した。まだ完全に骨となっていない亡骸を、顔を一度も背けることなく腕まくりして手ずから骨を取り出した。水を汲んできて磨き、また磨きして、一つずつ白紙ですべて包んで行李にきちんとしまった。この日の夜は家に安置した。蠟燭をともして通夜をした。そして、夜が明けると鄭書房《チョンソバン》に路銀のほか

に半日耕《パンナルカリ》〔牛を使って半日で耕すことができるほどの田畑の広さ〕の土地なりとも持てるほどのお金を手厚く与え、夫の遺骨を背負わせて陸路で先祖の墓への帰葬の道に送り出すのであった。祖母は海玉《ヘオク》のお守りのために家に残り、母と松彬《ソンビン》だけが一里ほどにもなる峠の頂上まで父の遺骨の見送りに出た。母は繰り返し鄭書房《チョンソバン》に頼んだ。

「小川一つ渡るときも、あらかじめ知らせてあげてください。雨の日は何日でも泊まっていかないといけませんよ。きっと気をつけて。必ず下が平らであるのを見てから、下におろしてあげてください……」

母は以前のように鄭書房《チョンソバン》にぞんざいなことばは使わなかった。そして、最後に、

「松彬《ソンビン》。おまえは大きくなったら、鄭書房《チョンソバン》に恩を返さないといけないのよ」

と言った。鄭書房《チョンソバン》も涙をとめどなく流しながら、

「お坊ちゃん。勉強をうんとなさってください……いずれソウルに勉強にいらしてください……はやく大きくなってお父さまの志を遂げてください……この私もまたお坊ちゃんにお仕えして死ねるのなら、何も思い残すことはありません」

と、何度も振り返り、振り返りしながら曲がりくねった山道を下っていった。母は松彬《ソンビン》を抱き寄せながら石の上に腰をおろした。鄭書房《チョンソバン》の姿は山のふもとへと下ってもう見えなかった。粟田と、平らに広がる砂原。その間を果てしなく南へと延びる道。鄭書房《チョンソバン》は随分と経ってから山を完全におりて、その道に姿を見せた。振り返って見上げながら手を振った。母も手を上げてはやく行くようにと知らせた。鄭書房《チョンソバン》は足早に歩いているようだった。しかし、遠ざかるほどに力ない足どりのよう

に見えた。いつの間にか鄭書房《チョンソバン》は米粒ほどに小さくなった。

米粒ほどだったのが、粟粒ほどになった。道もぼんやりとさきがかすんでいた。視線をそらして、また見てみると、粟粒ほどだった姿さえよく見えない。松彬《ソンビン》の母はふうっとため息をついて、そのときになって夫に、

「どうかご無事で……私はどうやらここの土に……」

と言いながら、立ち上がろうとした。しかし、一点だけを長く凝視したせいか、眩暈《めまい》を感じてふたたび座り込んだ。しばらく経ってから、山鳥の声に耳を慣らし、額の汗を拭い、モミジの枝を一本手折って松彬《ソンビン》に与え、それからようやく歩きはじめた。

その後、何日も経たずしてのことである。馬に乗って三日で行くことのできる鏡城《キョンソン》というところに慈恵病院《ジャヘ》ができて、どんな病気でもお腹を切ってまで治すという噂が聞こえてきた。松彬《ソンビン》の母は胸を切ってでも自分の病を治さなければと決心した。夫の遺骨を先祖の墓に送れないでいることだけが心残りになっていたのだが、いざ送り出してみると、せめて遺骨だけでもそばに置いているときより、寂しさが一層募るようであった。

「私までがここで倒れた日にはこの子らは……」

松彬《ソンビン》の母は馬に乗ることができず、駕籠を作ってそれに乗り、海玉《ヘオク》の世話を祖母に任せて鏡城《キョンソン》の慈恵《ジャヘ》病院へと出発した。

鄭書房《チョンソバン》が行ってしまい、母は病気の治療に出かけ、松玉《ソンオク》は会寧邑《フェリョンウプ》に行っており、松彬《ソンビン》のところは松彬《ソンビン》と祖母と乳児である海玉《ヘオク》との三人だけの家族であった。それでも、松彬《ソンビン》は朝食をはやくに食

べて書堂《ソダン》に行かねばならず、祖母は日中から夜にかけて「江原道屋《カンウォンドチブ》」の仕事をやらねばならなかった。しかし、鄭書房《チョンソバン》がいなくなったにしても、さほど人手が足りないようには感じなかった。薪《たきぎ》はもとより買って焚いていたし、水汲みと、豚を屠ること、餅を搗くことが大仕事であったが、これらはすべて村の若者たちが来てやってくれた。

この通りには婚期の過ぎた年齢の女性が七、八人いた。彼女たちは松彬《ソンビン》の母の弟子となっていた。松彬《ソンビン》の母は時間の合間をみて彼女たちを集めて諺文〔ハングル〕を教え、手紙の書き方を教え、裁縫も足袋《ポソン》の型紙の取り方まで教え、食べ物もこの地では知られてはいなかった薬食《ヤクシク》〔栗や棗《なつめ》などを黒砂糖や蜂蜜などと混ぜて炊いたご飯〕、水正果《スジョングヮ》〔生姜と桂皮《けいひ》の煮汁に砂糖や蜂蜜を入れて干し柿や松の実などを加えた飲料〕まで教えた。彼女たちは松彬《ソンビン》の母を慕っていた。松彬《ソンビン》の母が病院に行く日も早朝から集まって寄り添い、自分たちの母親であるかのように心配してくれた。順番でやってきて水汲みをしてくれたり、当番で海玉《ヘオク》を見てくれたり、手が足りなければ客の食膳を運んでくれたりもした。豚を屠ったり、餅を搗いたりといった彼女たちの力に余るものは、彼女たちの兄を呼んでくれた。

ここの子供たちは男女ともに三文字の名前が多かった。男の子なら在民乭《ジェミントル》や仁金乭《イングムトル》のように三文字で「乭《トル》」の字が多くつき、女の子なら玉灯女《オクトゥンニェ》とか三夢女《サムモンニェ》とか三文字で「女《ニェ》」の字が多くつくのだが、「女《ニョ》」はきまって「女《ニェ》」と発音した。松彬《ソンビン》の祖母はこの「何とか女《ニェ》」という名前を到底覚えることができなかった。三夢女《サムモンニェ》に西粉女《ソブンニェ》と言ったり、西粉女《ソブンニェ》に向かって玉灯女《オクトゥンニェ》と言うのはしょっちゅうであった。彼女たちが困るのはただ自分たちの名前をちゃんと呼んでもらえないことだけで、この家の娘や嫁たちであるかのように、水仕事であれ何であれ、厭わずに手伝ってくれた。松彬《ソンビン》の母はひと月で慈恵《ジャヘ》病院から帰ってきた。咳が少しましになっただけで痰が出るのは相変わらずらしく、薬を風呂敷に一包み持って帰ってきた。その風呂敷の中身は自分の薬だけではなかった。松彬《ソンビン》の母は病院に行っている間、種痘の接種の仕方を学んできたのである。一日休んだあと、毎日十人ずつ、ここの通りの子供たちだけでなく、梨津《ペギミ》、三叉路《サムゴリ》の隣村の子供たちにまでみな無料で接種してやった。しかし自分の病は病院に行ってきた甲斐がほとんど見られなかった。

　雪が降りしきるころには、とうとう病床に伏してしまった。夫の遺骨が何百里になるのか、その距離も分からないはるか遠い地に無事に着いたかどうかをひたすら気にかけた。人間の魂が本当にあるのであれば、百年の計の大いなる経綸を抱いて先祖からの地を発ち、何も成就できぬままに病み、年端も行かぬ妻子のみ天涯に残したまま一人白骨となって帰るのだから、どうして魂とて泣かずにおられようかと思われた。心が痛むと病はさらに悪化した。

　故郷からは鄭書房《チョンソバン》が出発してから六十日あまりでようやく知らせが来た。夫のおじからの手紙であった。遺骨が無事に着いたこと、「メボンジェ〔地名〕」で一番格式の高い墓の隣りに埋葬すべきところだが、ここには近々鉄道が敷かれるため、「メボンジェ」の地勢が断たれて既存の墓も何か災いを被《こうむ》るのではないかと気にかけているところで、「メボンジェ」には埋葬できず「コンギクル」というところに手厚く葬ったこと、残った財産もないだろうに子供たちと一緒にそこでどうやって暮らすのかということばがあるだけで、こちらに来いとは書かれていなかった。松彬《ソンビン》の母は一層悲嘆に暮れた。北国の冬は雪が五月雨《さみだれ》のように降りしきるのであった。大晦日のころである。書堂《ソダン》のある上の村《ウンマウル》に行っているときであった。夜更けまで雪が降りしきった。道が閉ざされて子供たちは書《ソ》堂《ダン》でそのまま寝ることになった。火を暖かく焚いた部屋で文を一度読み、夜食としてゆでた鮎の卵が器に一杯分出てきて、一握りずつ分けてもぐもぐと食べているときであった。素清《ソチョン》通りから若い男一人が膝まで埋まる雪道を松彬《ソンビン》を連れにきたのである。連れにきた人は先生に何かを囁《ささや》いた。先生は目を丸くして松彬《ソンビン》にはやく家に帰るように言った。松彬《ソンビン》は怖かった。なぜ連れにきたのかを尋ねることもできぬまま背負われた。膝まで埋まる雪の中、道が分かるはずもなかった。途中で三ヶ所に人が立っていて、大声をかけてくれるのであった。松彬《ソンビン》はそのとき、はじめてここの人々の厚い人情を悟った。

松彬《ソンビン》が雪を払って部屋の中に入ると、村の老人たちが大勢集まった中から、祖母が出てきて迎えた。赤くなった祖母の目にはまた涙が溜まっていた。両手をぶるぶると震わせるばかりで、いつものように大声をあげて泣く力さえない。村の老人たちがみなそばで祖母をいたわりながら、

「松彬《ソンビン》、どうするとね」

「本当に困ったよ」

「婆さんが、せめて私ほどの年だったら……」

と、松彬《ソンビン》を哀れみ、上座《アレンモク》の白い一重の掛布団をめくるのである。母は静かにまっすぐ横たわっていた。寝ているさまと何ら違いはなかった。

「この子はまだ泣くことも知らんとよ」

と、村の老人たちは松彬《ソンビン》の代わりに声を出して泣いた。祖母もまた泣き声をあげた。松彬《ソンビン》は泣き声を聞いて胸がはじめてどきりとした。泣き声で家が大騒ぎであるのに、母の閉じた目はぴくりとも

しない。いくら深い眠りであってもこんなことはあろうかと思われた。

「母さんが死んだんだな。死んだ人というのはこういうものなのかな」

今すぐにでも目を覚ましそうなのに、この騒々しさの中でも何の反応もない。母は目の前にいるのに、本当の母はどこかに脱《ぬ》け出ていったかのようであった。

「死んだ人って、急に他人になるものなのかな」

松彬《ソンビン》は敷布団の外に出ていた母の手に、何度かためらってから、そっと触ってみた。石のように冷たい。松彬《ソンビン》はすぐに手を離した。自分の手まで冷たくなるのを感じた。しかし、涙は到底出そうになかった。松彬《ソンビン》は、父を亡くしたときからすぐに声をあげて泣く祖母の泣き声にうんざりしていた。姉と楽しく遊んでいても祖母の泣き声のせいで興醒《きょうざ》めすることが何度もあったし、また近所の人たちに哀れみをかけられるのもいやだった。

それなのに、祖母がこれでまたなおさらに泣くようなことになったことだけが松彬《ソンビン》はまず心配であった。その上、村の老人たちが松彬《ソンビン》にも泣けと言った。泣けと言うので松彬《ソンビン》は目がなおさらに乾き、涙が出なかった。乾いた目のまま、松彬《ソンビン》は鶏の鳴くころにはそのまま寝てしまった。

降りしきる雪はやんだものの、何日か積もりつづけた雪は何とか井戸道などが通してあるだけで、地面のまったく見えない雪の海となり、人足が途絶えてしまった。松彬《ソンビン》の母の葬式の日を決めることができなくなった。その上、故人の遺言が、ほかでもなく自分の夫の墓であったあの場所、あそこに埋めてほしいというのであった。大通りでさえ見当がつかないのに、すでに封墳《ポンブン》〔土を盛り上げて造った墓〕もない墓の位置をどうやって探し出せよう。五日間をそのままにしていると風が吹きはじめた。風はやむことなく三日間吹いた。ここの家々の屋根には網がかぶせてあったが、それがちぎれて藁が吹き飛ぶほどに強い風が襲った。低地には雪がうずたかく吹き寄せた代わりに、大通りとやや高くなったところは、箒《ほうき》で掃いたよりもきれいに雪が吹き飛んでしまった。松彬《ソンビン》の父の墓は小高い丘の上にあった。九日にしてようやく葬式を済ませた。松玉《ソンオク》には、葬式を終えてから迎えの者と馬とを会寧《フェリョン》に送った。葬式の日、松彬《ソンビン》は幾度もつむじを曲げた。耳が冷えるのに何もかぶらせずに麻の首経《サムテドゥリ》〔喪服を着るとき頭に巻く藁に麻布を巻いたもの〕だけをかぶらせ、ぶるぶると震えているのに白の中単《チュンダン》〔二二頁参照〕しか着せてくれないのである。祖母がそうさせるのなら不平も言うのだが、村の大人たちがそうさせるのであり、しかも柩輿《ひつぎごし》のあとを歩いてついてこさせ、木の枝を杖として持たせて、「アイゴー、アイゴー」と声をあげて泣きながら行かねばならないというのであった。松彬《ソンビン》は、

「母さんは、どうして死んで僕にこんな思いをさせるんだろう」

という恨みだけで、哭《こく》する声も涙もまったく出なかった。書堂《ソダン》に行かなくてもいいことだけはよかった。豚の膀胱を使って太鼓を作り、とんとんと叩きながら遊んだ。村の大人たちは、

「小さい子供やなかろうもん。九歳にもなっとうに……」

と叱った。何日かして松玉《ソンオク》が来た。松玉《ソンオク》は家に入るさきから母を呼んで泣いた。墓に行っても泣き、家で朝晩に食事を霊前に供えながらも泣いて、村の大人たちはみな松玉《ソンオク》を、

「大人さねえ」

と誉め、海玉《ヘオク》を哀れみ、上等の魚でも獲れれば持ってきて「海玉《ヘオク》に食べさせて」とは言うものの、松《ソン》

彬《ビン》にくれるという人はいなかった。松彬《ソンビン》は次第に人の顔色を気にするようになった。以前であれば自分の名前をまず呼んでくれた人々が知らないふりをしてしまう寂しさを知りはじめた。

母の墓に若草の生える春となった。子供たちが次第と海辺に遊びに出てくるようになった。松玉《ソンオク》はむずかる海玉《ヘオク》をおぶって、ときどき、海辺へと出た。「ノドルリョン」のさきに立ち並ぶ岩がはっきりと見える。以前、母があの岩々を眺めながら、

「あのノドルリョンのさきで海玉《ヘオク》を産んだのよ。お祖母ちゃんは何度も海玉《ヘオク》を海に捨てようって言ったのよ」

と言って笑っていたことを思い出す。松玉《ソンオク》はすぐに目の前がかすんだ。涙を拭い、ああんとむずかる海玉《ヘオク》を前に抱き直して、

「海玉《ヘオク》？　あのずっと向こうの岩をごらん。前に立っているのは新郎岩《シルランバウィ》、その次に立っているのは新婦岩《セクシバウィ》、その次のはお伴岩《フヘンバウィ》、その次は着物岩《オッバリ》、お餅岩《トクバリ》……」

と、妹をあやした。貝殻を拾いはじめると、いつの間にか母の墓のあたりにまで来ていることもしばしばであった。墓に行って貝殻をすべて置き、海玉《ヘオク》をおろして遊んでみるが、松玉《ソンオク》がいつも感じるのは、どうしてこんなにも静かなのかしら、どうして母さんはこんなにも知らないふりをするのかしら、ということであった。恨むような気持ちになって墓を見つめても、いつも軽やかな風に葉っぱが揺れるばかりであった。

夏が過ぎ、秋となった。江原道屋《カンウォンドチブ》の営業は秋から忙しくなるのであった。村の人々は相変わらず松彬《ソンビン》のところの餅を搗いてくれるし、豚を屠ってくれるのであるが、いつまでも人の世話になって

ばかりはいられないことであり、さらに松彬《ソンビン》の祖母が娘にまで先立たれると目がだんだんと悪くなった。村人たちは十二歳の松玉《ソンオク》に入り婿を迎えろと言った。また、ある人は息子がいるのだから入り婿を迎えるのではなく、はやく松彬《ソンビン》に嫁をもらえと言った。この家に出入りする娘たちの中では西粉女《ソブンニェ》という子がもっとも品があった。松彬《ソンビン》は九歳であった。一番理解がはやくていつも誉められ、容姿も娘たちの中ではきれいであった。松彬《ソンビン》の母が何かを教えるときも、ほとんど倍ほどの八歳も年上で、何度か松彬《ソンビン》をおぶってくれたこともあるのだが、十七歳である。松彬《ソンビン》のいから結婚しろと勧められ、しかも、西粉女《ソブンニェ》の側でそれを望むのであった。それでも構わなった。松玉《ソンオク》と西粉女《ソブンニェ》に任せれば、自分は座って指示さえしていれば営業はしていけそうであったし、また今日であれ明日であれ自分が死ぬことがあっても、西粉女《ソブンニェ》の父母が自分よりはよほどましに松彬《ソンビン》の生活の面倒を見てくれそうでもあった。

しかし、何度もあらためて考え直してみると、それは至らぬ考えであった。婚姻は人生における重大事である。松玉《ソンオク》であればまだともかく、松彬《ソンビン》はこの家の息子である。あの東大門《トンデームン》外に何代にもわたって名をとどろかせた李《イ》家の宗孫《チョンソン》〔宗家を継ぐ孫〕である。一時、辺境に没落したからといって身分にそぐわぬ婚姻が道理にかなうだろうか。さらに、本家の祖母でもない母方の祖母である自分が、後ろめたくて家門の祠堂《しどう》に告げられもしないようなことをどうして決断できようか。祖母は松彬《ソンビン》の先生を訪ねて松彬《ソンビン》の故郷の門中に手紙を書いてほしいと頼んだ。松彬《ソンビン》は母まで亡くし、自分は老いて世事に疎《うと》く、この子たちを教育することもできないので、門中でこの子たちを連れていくなり、そうでなければせめて一度だけでも誰か来て、この子たちの教育と婚姻について意見を聞かせてほしいと伝えた。

故郷からはなかなか返信がなかった。ところが、江原道屋《カンウォンドチブ》の営業に異変が生じた。ある日、梨津《ペギミ》に汽船が入ってきたと道行く人々がみな海辺に駆け出し、ある人は直接、梨津《ペギミ》にまで走っていった。汽笛の音も素清《ソチョン》通りまで響いてきた。汽船はその日のうちに雄基《ウンギ》のほうに行ったが、翌日ふたたび梨津《ペギミ》へと寄港して、さらに清津《チョンジン》方面へと向かった。およそ七、八日後に汽船がふたたびあらわれた。みな前回よりも大きいとか小さいとかを言い争った。雄基《ウンギ》の北の方面に行く人たちは船で雄基《ウンギ》まで直行したし、梨津《ペギミ》の北側に行く人たちは梨津《ペギミ》まで船に乗ってやってきたので、結局、梨津《ペギミ》のほうが栄えて素清《ソチョン》通りから人足が遠のいてしまった。汽船の音がするたびに松玉《ソンオク》と松彬《ソンビン》は食事の匙《さじ》を放り出して走って出たが、松彬《ソンビン》の祖母は汽船がこの上なく恨めしかった。そもそも婿が他国に行ったりしたのもあの汽船のやつのせいであり、残った財産をすべて売り、故郷を発ってロシアへと渡ったのもあの汽船のやつのせいなのであった。しかし、そんな汽船も、ある日、嬉しい客を乗せてきてくれた。鉄原《チョルウォン》から松彬《ソンビン》のところの親戚の一人が訪ねてきてくれたのである。

明け方の喇叭音

松彬《ソンビン》の堂叔《タンスク》〔父のいとこ〕にあたる人であった。一人ではなく尹生員《ユンセンウォン》〔生員《センウォン》は年配の人の姓につけて呼ぶ語。「～さん」程度の意〉という食客《しょっかく》を連れてきていた。松彬《ソンビン》はこの日も書堂《ソダン》で本を読んでいる最中に家に帰された。祖母はまた声をあげて泣いたかのように声がかすれている。

「おまえのおじさんにあたる方がいらしたよ。入ってお辞儀をなさい」

入ってみると、二人であった。上座《アレンモク》に座った人のほうが若かったが、その人にまずお辞儀をさせられた。下座《ウンモク》に座った人にもお辞儀を済ませると、上座《アレンモク》に座った人が煙管《きせる》を置きながら、手を引き寄せた。

「子供が大きくなるのはあっという間だな！　おまえ、私が分かるかい？」

よく見てみると、以前に龍潭《ヨンダム》で会ったことがあるような気もする。顔は色白で、ひげが薄いながらも上品な風采であり、すぐに涙がにじんだかと思うと、ぽろぽろと笠《カッ》の紐へと流れ落ちる。

「兄さんもこの子をここに残して……」

と言って、泣いた。下座《ウンモク》に座っている人はただ煙草を吸うばかりで、松彬《ソンビン》に、

「おまえ、何歳だい？」

と聞いた。

「九歳とよ」

「ははは。もう完全に咸鏡道《ハムギョンド》の子だな」

ここの人々は紙を切って自分の手で煙草を巻いてつばでくっつけて吸うのであるが、この人ははじめから巻かれた煙草を小箱から取り出して吸っていた。青の台紙に赤の珊瑚を描いたその煙草の箱が、松彬《ソンビン》は欲しかった。姉が横にいようものなら、さきに「あれ、僕のやもん」と、今のうちか

ら自分のものにしておきたいところである。おじであるという人の煙管もこちらではじめて見るものである。真っ赤でまだら模様になっている。虎の肛門に刺さって血がついたというトウキビの茎のさきっぽ〔民話「お日さまとお月さま」で虎に追われた兄と妹が天からおりてきた縄で救われ、それぞれ月と太陽になり、虎におりてきた縄は腐っていて虎がトウキビ畑に落ちたという話による〕のように形がよく節もない。松彬《ソンビン》は、

「これ、真竹？」

と聞いた。おじも涙を拭って笑いながら、

「おまえは……。ブリキの羅宇《ラウ》〔煙管の雁首《がんくび》と吸口とを接続する竹管〕だよ」

と言った。松彬《ソンビン》家は家を売った。重いものはすべて売った。村の人たちは集まって所帯道具を買いながらもみな別れを惜しんだ。松彬《ソンビン》の祖母は鶏を一羽おろし、焼酎も一本買って、松彬《ソンビン》に持たせて書堂《ソダン》へと行った。松彬《ソンビン》は先生に別れの挨拶として酒を献じ、拝をして退いた。友達たちはみな「松彬《ソンビン》は汽船に乗るんだ！」と羨ましがった。実際、松彬《ソンビン》は楽しかった。汽船に乗るのも楽しかったし、故郷に行けば学校があってそこに通えるということも楽しかった。しかし何やら少し、その楽しみは物足りないものであった。母がいて一緒に行くことができればもっと楽しかっただろうし、友達も何人かは連れていくことができればもっと楽しかっただろうし、姉の友達の中でも西粉女《ソブンニェ》や玉灯女《オクトウンニェ》が一緒に行ってくれればもっと楽しいだろうと思われた。

　月の明るい晩であった。汽船が梨津《ペギミ》に寄って雄基《ウンギ》へと向かった。翌日、その船が戻ってきたら松彬《ソンビン》らが乗る予定の、その前日の晩である。書堂《ソダン》をやめた松彬《ソンビン》は、姉の友達たちと一緒にかくれんぼ

をして遊んだ。垣根の下、路地の裏、どこに行ってもこの村は砂が海辺のように溜まっていた。ぺたんと座り込んで探しに来るのを待つ間、月は「ここにいるよ」と声を出してみなに知らせるかのように明るい。走ってきた胸の鼓動がおさまるほどになると、波の音が今さらながらに聞こえてくる。松彬《ソンビン》はふとロシアの海岸を思い出す。あそこで遊んだ友達たち、そして父を亡くしたときのあの明るい月夜の日々まで思い出すころには、姉や玉灯女《オクトウンニェ》がやってきて見つかってしまうのであった。今度は松彬《ソンビン》が鬼になる番である。ちょうど、さっき自分が隠れていたところから探しに来てみると、西粉女《ソブンニェ》の月のように丸い顔があった。西粉女《ソブンニェ》はすばやく小さな声で、

「ねぇ、じっとしてて」

と、松彬《ソンビン》を引き寄せた。

「どうして？」

「うちら……」

「何？」

「うちら……、みんな探しに来るまで、じっとしとらん？」

「うん！」

二人はどこかの家の煙突の後ろにあった、稲むらの隙間にぴったりと入り込んで座った。がさがさと音がするので、西粉女《ソブンニェ》は松彬《ソンビン》を立たせ、自ら抱き寄せた。西粉女《ソブンニェ》の胸の高鳴りが、松彬《ソンビン》にまで感じられた。

「明日の晩には、あんたたちはあの月を汽船から見ようとね！」

「おねえちゃんは?」

「うちは……」

と、西粉女《ソブンニェ》は松彬《ソンビン》のあごを持ち上げて顔を月光に照らし、しばらく息がつまるほどに近くで見つめると、

「うちは、毎晩、一人でここに出てきて見とうよ」

と言った。

「一人?」

西粉女《ソブンニェ》は頷きながら泣き出しそうな表情で月を見上げた。

翌日は窓の外が明るくなる前から家の中がみなの声と食器の音で騒々しかった。松彬《ソンビン》もいつもよりはやく目が覚めた。母を亡くしたときのように村の年配の女性たちが座る場所もないほどに多く集まった。姉の友達たちも早朝からたくさんやってきて、朝食を作るのを手伝った。西粉女《ソブンニェ》は人目のつくところでは松彬《ソンビン》のそばには来ず、遠くからときどきちらっと視線を送るばかりであった。松《ソン》彬《ビン》は昨晩、西粉女《ソブンニェ》が「毎晩、一人でここに出てきて……」と言っていたのを思い出した。しかし、ただ思い出しただけであった。家に集まった人たちは、ほとんど全員が松彬《ソンビン》の母の墓にまでついてきた。松彬《ソンビン》は一番最初に墓に酒を供えて拝をした。声を出して泣くのは祖母だけではなかった。老人たちはみな自分のことのように声をあげて泣いた。いや、老人たちだけでなく、西粉女《ソブンニェ》、玉灯女《オクトゥンニェ》もみな、松玉《ソンオク》とともに泣いている。

「女って、どうやら大きくなっても、おばあさんになってもよく泣くものなんだな!」

そう思いながら、松彬《ソンビン》は母の墓をもう一度振り返りたい衝動もなく、大通りに走って出てきてしまった。梨津《ペギミ》まで来てくれた人も何人もいた。汽船は時間どおりに来た。汽船への艀《はしけ》に乗ったあと絶壁のように黒くそびえる汽船に乗り込んだ。ああ！　あの煙突から白い水蒸気を吐き出しながら鳴る汽笛の音の雄々しさ。目に見える陸地の山々は、みなそれを受けて音を大きくこだまさせた。穏やかな波が次第に高くなり、やがて白く海面をかき分けながら進んでいく汽船の速さ！　海と陸地とがくるりと回ったように見えたかと思うと、梨津《ペギミ》はまったく見えなくなり、素清《ソチョン》通りが近くに見えてくる。母の墓がはっきりと見える。通りの前の斜面には村人たちが出てきて立っているのが見えた。みな手を振っている。松彬《ソンビン》も手を振った。波の音さえなければ大声を出してもみたい。目がかすんで何も見えないと言っていた祖母は、

「じゃ、おまえの母さんの墓も見えるんだね！」

と言って、またひたすら泣いた。松玉《ソンオク》は、海玉《ヘオク》が風にあたってむずかるので、すぐにおじについて船室へとおりていった。祖母も船酔いのため長くいられずにおりていった。松彬《ソンビン》だけが一人じっと静かに立って素清《ソチョン》通りを見つめていた。通りは二軒が一軒に、二人が一人にと、次第に小さくなり遠ざかっていった。村人たちが手を振っているのかどうかよく分からないほどになると、島のように海ににゅっと突き出た「カチュングチ」〔地名〕のさきが通りも人々も完全に遮ってしまった。「カチュングチ」のさきはだんだんと梨津《ペギミ》の側へと滑るように移動し、やがて母の墓のあたりまでも隠してしまった。

「ああ！　母さんのお墓……」

振り返ると甲板には誰もいない。視線を戻すと、母の墓のあたりはまったく見えなくなっていた。松彬《ソンビン》はそのときになって、不意に涙がぽろぽろとこぼれて泣いた。それぞれの港にすべて寄港するこの穏城丸《オンソンファン》という船は丸七日にして元山《ウォンサン》に着いた。元山《ウォンサン》からはすでに線路が敷かれていて、松彬《ソンビン》ははじめて汽車に乗った。汽船よりももっとはやいのに驚いた。祖母によると、以前は鉄原《チョルウォン》から元山《ウォンサン》まで出るときは馬に乗って五日かかったという。ところが、この汽車は半日で着いてしまうのである。李監理《イカムニ》の一族が集まって暮らす「龍潭《ヨンダム》」は鉄原《チョルウォン》停車場でおり、さらに一里ほどソウル方面に歩かなければならない。こうして龍潭《ヨンダム》に着いたときには日が暮れていた。村の景色は何も見えなかった。松彬《ソンビン》らを連れてきてくれたおじの家へと入った。ぼんやりと記憶にある離れがあり、母屋があり、母屋には居間《アンパン》と板の間《テチョン》と越房《コンノンパン》〔板の間《テチョン》を隔てて居間《アンパン》と向かい合った部屋〕がある家で、祖父の代にあたる人、祖母の代にあたる人、そしておじさん、おばさんたちが松明《たいまつ》をともした中庭《マダン》へ、ランプをぶら下げた板の間《テチョン》へとみな集まった。松彬《ソンビン》はさせられるがまま何度も拝をした。みな「可哀想に、可哀想に」と言った。中には泣く人までいた。しかし、抱き寄せてくれる人は誰もいなかった。何か手や足の不自由な人を目の前にしたかのように、繰り返し「可哀想に」と言われることが松彬《ソンビン》はいやであった。夕食を食べ終えるとすぐに眠気に襲われて瞼《まぶた》が重くなったが、どこで寝たらいいのか分からない。この家の子らはすでにさっさと自分たちの寝床に入っているようであったが、松彬《ソンビン》には誰も寝るようには言ってくれなかった。祖母に眠いという素振りを見せたが、祖母もまたこの家の人たちの顔色をうかがうばかりである。松彬《ソンビン》はにわかに家のことが懐かしく思い出された。素清《ソチョン》のことである。

松彬《ソンビン》がうとうととして何度も首をこっくりと落とすところに、ようやく大人たちは席を立った。ところが灯火が明るくぽかぽかと暖かいその居間《アンパン》で寝ろというのではなく、中庭《マダン》を隔てた離れ部屋《トゥルアレッパン》に行けというのであった。入ってみると灯火が今にも消え入りそうにちらつき、久しく空けてあった部屋に火を入れたかのような煙のにおいと唐胡麻のにおいが入り混じって鼻につく。しかし、横になると松彬《ソンビン》はすぐに眠ってしまった。

窓の外はまだ暗かった。松彬《ソンビン》は何かの音で目を覚ました。

「パッパラ、パッパラ……」

目が覚めるといつも聞こえていた波の音ではない。鉄で作った何かを人が吹いて鳴らす音のようであるが、横になっているよりは起き上がりたくなるような音であり、起きたらすぐに駆け出てみたくなるような力の湧く音である。

「あれ、何の音?」

「喇叭《ラッパ》の音よ」

姉は会寧邑《フェリョンウプ》でときどき聞いたことがあるという。そのとき、中庭《マダン》のほうへと誰かがせわしく飛び出てくる音がした。松彬《ソンビン》はすばやく上半身を起こし、引き戸のガラス窓に目を近づけた。外は夜が白みかけていた。松彬《ソンビン》と同じ代の兄にあたる二十一歳の人で、すでに結婚して息子まで一人いるという、五親等にあたるこの親戚の長男である。こちらに背を向けて履き物の紐を結んでいるところで、足には脚絆を巻いていた。上着《チョゴリ》の上にチョッキを着て、真っ黒なシャッポのあご紐をおろしてかけている。靴紐を結び終えると手に取ったのは、柱の横に立てかけてあった銃であった。革製の紐までもついたそれをさっと肩にかけて、走っていく。喇叭は、今度は二本が同時に鳴らされている。松彬《ソンビン》は胸が高鳴った。

「何だろう？」

「騒動でも？　……あ、そうだ！」

松彬《ソンビン》はそのときになって鄭書房《チョンソバン》のことを思い出したのである。

「お祖母ちゃん。ここに鄭書房《チョンソバン》はどうしていないの？」

祖母はすぐに答えなかった。

主人というよりも上官のように思って仕えた李監理《イカムニ》の恨《ハン》の多き白骨を自らの背に負い、その先祖代々の墓に奉安して戻るとき、愚鈍なところはあっても震える魂の火が消えることはなかった。かつて李監理《イカムニ》が言うには、

「義兵らを悪く言ってはいけない。彼らの沸き立つ血はどれほど尊いことか。ただ、彼らを率いる人々が時勢を分かっていないだけだ……」

恨《ハン》であるというのであった。主人が無念の死を遂げたことだけで言えば、仇《かたき》同様の彼らではあったが、主人自らも彼らが義を重んじる人々であることに変わりはないと言い、今さらこの腹立たしさを晴らすすべがあるわけでもなく、鄭書房《チョンソバン》は風前の灯火のような運命となることを知ってか知らずか、手ぬぐいをぎゅっと締めて義兵隊に身を投じたのである。「石橋《トルタリ》」がどこなのか、石橋《トルタリ》の戦いで死んだという話もあり、そこでは生きのびたが行方が知れないという話もあった。外はすぐに明るくなった。松彬《ソンビン》はそそくさと服を着て外へと出た。見慣れない村であるが、よく見ると何やら記

憶が夢のようにかすかにある道であり、家々であり、山々であった。遠くなりつつあった喇叭の音は向かい側の山から聞こえてくる。銃を肩からかけた人が百人以上、松林に駆け上がっている。よく見てみるとひと組ではなくふた組になってそれぞれが反対側から登っていく。先鋒が互いに近づくと、喇叭の音がかき消されるほどに大きな声があがった。しかし実際の戦闘のようではなかった。水を汲みにいく女性たちもしばし足を止め、平然と目をやっているのである。

龍潭《ヨンダム》には学校ができていたのである。本家の長男（松彬《ソンビン》の父）が散髪しただけでも異端視していた彼らも、急激な時代の流れに逆らうことはできなかった。本家の墓がある「メボンジェ」の地脈が断たれてしまうと門中の者が集まって何日も騒ぎたてたが、敷設される線路を遮るすべもなく、トンネルを掘るのに両側から同時に掘っていっても一寸のずれもなく土の中でつながる彼らの能力を見て、四書三経を覚えるだけではやっていけないことを遅まきながらも悟った。舎廊棟《サランチェ》〔二七頁参照〕の一間にあった書堂《ソダン》を二十間《けん》（一間は広さを表す場合、通常一坪、つまり六尺（約一・八メートル）平方であるが、おおむね七尺、地方によっては八尺平方のこともあり、日本の一坪よりやや広い）あまりの広さで新築し、一日耕《ハルガリ》〔牛で耕すのに一日かかるほどの畑の広さ〕ほどの畑をならして運動場として「私立鳳鳴学校《ポンミョン》」という看板を掲げたのである。

こうして「龍潭書堂《ヨンダムソダン》」が「私立鳳鳴学校《ポンミョン》」となるにあたっても、事は容易ではなかった。老人たちは何よりも学校となると散髪しなければならないということからして大ごとであると考えた。身体髪膚《はっぷ》は父母からの授かりもの、髪を切ることはそもそも孔孟の道を損なう始まりであるとして、煙管が折れんばかりに床を叩いて反対する門中の老人もいたが、幸い、財政に実権を持つほどの人たちは父親をはやく亡くしていた。とりわけ「上村《ウンマル》の参奉《チャムボン》〔参奉は従九品の官職〕」と呼ばれる松彬《ソンビン》の五親等のおじは咸興中軍《ハムンチュングン》〔中軍は朝鮮時代における次官将官〕であった父親の気骨を受け継いでいた。率先して散髪をし、自ら校長の責務を負い、ソウルまで行って数学、地理、歴史、教練の四人の教師を招聘《しょうへい》してきた。中でも教練教師は、解散〔一九〇七年に大韓帝国軍は解散させられた〕していくらも経たない、銃剣は持たないにしても軍服そのままの若い将校であった。銃を失った彼の目には、炎がめらめらと燃えたぎっていて、号令一つで死んだ者をもすっくと起き上がらせんばかりであった。ただし、鳳鳴《ポンミョン》学校の学生といっても十歳から三十歳あまりまでいた。邑《ウプ》〔二九頁参照〕からはもちろん、二、三里離れた村落からもおさげ髪《トッコモリ》を切り、まげを切って集まっていた。二、三十歳の壮丁だけで百人を超す。彼らは年齢が二、三十歳であるだけで「気をつけ」をしても足一本ろくにじっとさせられず、口一つろくに噤《つぐ》んでいられない。この武官の教練教師は最初の日、教練の授業を途中でやめて村にある斧という斧をすべて集めさせ生徒たちに持たせて山に登った。斧折《おのおれ》樺《かんば》を切ってきたのである。木工たちを集めて木銃二百梃を作らせた。そして自分と同じ部隊にいた喇叭吹きを連れてきて生徒たちに喇叭の吹き方と太鼓の叩き方を教えたあと、軍隊の訓練をさせるのであった。そして毎日、この村の生徒たちだけは夜明け前に起こし、二手に分かれて前方の山の峰まで突撃の競走をさせるのであった。松彬《ソンビン》は毎朝、喇叭の音で目が覚めた。波の音で目が覚めた素清《ソチョン》通りの朝よりも何かしら爽快であり、力が湧き、意味のあることであるように感じられた。むくっと起きてガラス越しに中庭《マダン》を見ると、この家の兄さんはきまって脚絆を巻いた足に靴紐を結んでいた。紐を結び終えると銃をとって梨花《イファ》（帽章）の光るシャッポのあご紐をおろしてかぶり、走っていくのであった。

「僕もはやく学校に入りたい！」

しかし、松彬《ソンビン》はいつまでも祖母と姉と海玉《ヘオク》とともにこの家で自分たちの家のように暮らしていくわけにはいかなかった。ある日、安峡《アンヒョプ》の地の「モシウル」というところから、やはり五親等にあたる人が一人やってきた。背が高くて体の線が細く、目がとても大きいが威厳よりも慈愛のありそうな顔立ちの人であった。この人は息子がおらず、松彬《ソンビン》を息子のように育てたいと連れに来たのである。松彬《ソンビン》は行きたくなかった。しかし、祖母が一緒に行くというので、やむをえず姉と海玉《ヘオク》を龍潭《ヨンダム》に残して「モシウル」に行くことになった。

「モシウル」までは龍潭《ヨンダム》から山道で七里であった。この人ももともとは龍潭《ヨンダム》に暮らしていたが、生活が貧しくて山奥に入った人で、馬一匹を準備することもできなかった。明け方に出発して、一日中、履き物を脱いで川を渡ったりしながら、とぼとぼと山道を歩いた。「トウネ」という大きい川を渡ると、はるか一里半も登らなければならない「セスムク」峠《コゲ》という峰がある。この峰を越えてさらに一里半を下ると正面に立ちはだかるように山があり、背の側からも山の迫る山峡に約二十戸が集まって暮らす村が「モシウル」である。薄暗くなってから、松彬《ソンビン》はむくんだ足を引きずりつつ、祖母に引かれてこの村に到着した。

村に入ると犬たちが吠え、それからまもなく松玉《ソンオク》ほどの女の子一人がどこからかあらわれて、この安峡《アンヒョプ》のおじさんに「お父さん！」と駆け寄った。おじさんは、

「おまえにも、弟ができたのだよ」

と言って、松彬《ソンビン》と道ではじめての対面をさせた。

この安峡《アンヒョプ》のおじさんの娘は名が貞善《チョンソン》で、松玉《ソンオク》と同い年であった。一人娘で甘やかされているようであった。おじさんはまだ家に着いていないのに龍潭松房《ヨンダムソンバン》（開城《ケソン》の人の店という意味らしい）で買ってきたお菓子の袋を開け、鴨の形の菓子を取り出すのであった。

「松彬《ソンビン》にもあげなさい」

「この子は来る途中で食べたんじゃないの？」

「帰ってからおまえと一緒に食べさせようと思って、まだあげていないよ」

すると、自分がさきに頭の部分をぽきっと割って食べたものを一つくれた。松彬《ソンビン》はそれを手に祖母のほうを見た。祖母も食べろとは言わない。しかし、貞善《チョンソン》が見ているところで捨ててしまうわけにはいかない。それで、チョッキのポケットに入れてしまった。

貞善《チョンソン》が走っていったところを見ると、萩の垣根に囲まれた小さな草葺きの家である。すぐにおばさんが出てきた。おばさんは松彬《ソンビン》の祖母の手をとって涙を流した。松彬《ソンビン》に、

「もう、こんなに大きくなったのね！　七月《チロリ》におんぶされていたのが昨日のことみたいなのに……」

と言ったが、松彬《ソンビン》にはまったく記憶にない人である。部屋に入ってみると、ランプがともり、壁紙の貼られた部屋はさほど暗くなかった。

文箱もあり、文箱の上には時計も置かれ、鏡台もあって、以前にはよい暮らしをしていたようであった。板の間があるはずのところは土間のままで越房《コンノンパン》〔五二頁参照〕が一間あった。松彬《ソンビン》は粟の混ざった夕食を何口か口にしただけで済ませ、ススキで火を焚き、煙のにおいのする越房《コンノンパン》ですぐ

に倒れ込んで眠ってしまった。

松彬《ソンビン》は七里の道を歩くのは生まれてはじめてであった。眠るとすぐに手足ともに熱くなった。汗がじっとりと浮かんだ幼い額にしきりに手をやる祖母の手は夜通し震えていた。自分も齢《よわい》七十にして山道七里を一日にして歩くとは、以前であれば死ねと言われるのに等しいほどにつらく思われたことであろう。手足が痛みを通り越してずきずきと疼《うず》いたが、松彬《ソンビン》のはあはあという疲れきった寝息を前にして、気持ちは自分の手足のことにまで及ぶ余裕がなかった。

「真綿にくるまれて育てられたこの大切な子が……」

眠りはむごいもの〔どのような状況下でも眠りは訪れる意〕と言うが、それは嘘であった。前後の山から聞こえる獣の鳴き声が、ただただうら寂しいばかりである。

「いっそ、素清《ソチョン》でそのまま暮らしていれば！」

松彬《ソンビン》の祖母はすぐに後悔した。松彬《ソンビン》をこの深い山奥に残し、海玉《ヘオク》と松玉《ソンオク》も龍潭《ヨンダム》に残して、もう自分はこの李書房《イソバン》のところとは縁を切らなければならない。「モシウル」からは同じく七里だが、龍潭《ヨンダム》からは三里隔たった「チンメンイ」に夫のたった一人の弟が住んでいた。以前、姪（松彬《ソンビン》の母）が与えたわずかばかりの田畑で暮らしてはいるが、このざまになっていく兄嫁を決して喜んで迎えるはずはない。しかし、切迫した身であってみれば背に腹は代えられなかった。娘の嫁ぎ先よりは夫の弟の家のほうが近しく思われるものである。

祖母が「チンメンイ」に行かなければならないということを聞くと、松彬《ソンビン》は食事も喉を通らなかった。しかし、泣いてわがままを言うこともできなかった。おばさんにちらりと横目で見られると、

叱られるよりももっと気が滅入り、貞善《チョンソン》は、

「離れたくなかったら、あんたもついて行けば？　乞食みたいに……」

と、皮肉った。本当に、松彬《ソンビン》はいっそ乞食になってでも祖母について行きたかった。しかし、祖母までもが、なぜか一人で行かなければならないと言うのであった。

すでに「モシウル」の山々には雪が白く舞っていた。雪が積もると道を歩けなくなるからと、祖母は明日に、明日にと延ばしていたのを、とうとう発ってしまった。松彬《ソンビン》はおじさんに手を引かれて「セスムク」峠《コゲ》の近くまで祖母を見送った。祖母はしきりに目に涙が溜まり、目の不自由な人のように杖をつきながら歩いた。十歩も歩かずして何度も振り返った。松彬《ソンビン》もとめどなく涙を流した。おじさんに引かれていないほうの手で何度も目を拭った。

祖母が見えなくなると、やがて泣き声が川の流れの音に混ざって山あいから聞こえてきた。おじさんはすぐに松彬《ソンビン》の手を引いて帰途についた。

この日から松彬《ソンビン》は「モシウル」の子となった。「モシウル」には書堂《ソダン》がない。子供たちは鳥を捕まえるのと柴刈りが仕事であった。松彬《ソンビン》にはまだ友達がおらず、貞善《チョンソン》のあとをついて歩いた。貞善《チョンソン》が雑巾を洗いに小川に出ると松彬《ソンビン》は尿瓶《しびん》を持ってあとに従い、貞善《チョンソン》がハムジ〔木製の容器〕を頭に載せて精米所に行けば松彬《ソンビン》は篩《ふるい》や箕《み》を持ってあとに従った。貞善《チョンソン》は松彬《ソンビン》をわずかの間もそばから離れさせなかった。話し相手にもなり、お使いもよくするからであった。お使いはすればするほど増えていった。あるときは台所から貞善《チョンソン》の呼ぶ声がした。走っていくと、一歩足を動かせば充分に手が届くのにわざわざ松彬《ソンビン》を呼び出すのであった。あるときは部屋から差し迫った声で呼ばれた。走っ

て行くと、自分の使った尿瓶に蓋をしろというのであった。それくらいのことはむしろましであった。大人の見ていないところで何かをこぼしたり割ったりしたときは、みな松彬《ソンビン》がしでかしたことになった。松彬《ソンビン》は悔しさよりも、叱られるどころか体罰を代わりに受けてまでも、貞善《チョンソン》を喜ばせられることが幸いであるとさえ思っていた。

隣り近所の子供たちとも次第になじみ、方言もここの言葉に慣れていった。松彬《ソンビン》はその子たちに鳥を捕まえるわなの作り方を習った。雀のわな、四十雀《しじゅうから》のわな、頬白《ほおじろ》のわな、この三つを作った。雀のよく来る牛飼いの家の甕《かめ》置き場には雑穀のわらを敷いて米粒をはさみ、頬白のよく来る茂みの下には稲藁を敷いて稲穂をはさみ、四十雀のよく来るユスラウメの下にはユウガオの実を割ってそこにユウガオの種をはさんだ。そして、つやつやとした色のきれいな鳥が、ふくよかな羽をばたばたとさせる姿を思い描きながら甕置き場へ、茂みへ、ユスラウメの下へと歩き回るときは、耳が冷えるのも忘れて胸までも高鳴った。高なる胸は、いつも無駄足に終わるのではなかった。あるときは頭に黄色い冠のある頬白がちょうどわなにかかったばかりで羽をばたつかせていたし、あるときは雀がかかったものの、時間が経って硬く凍っていたりもした。こうして歩き回っていると、自ずと貞善《チョンソン》が呼ぶときにその場にいられないこともしばしばであった。貞善《チョンソン》は腹を立てた。すると松《ソン》彬《ビン》が一生懸命に捕まえた甲斐もなく、鳥は貞善《チョンソン》に力一杯に垣根の向こうに放り投げられ、しまいには鳥のわなや籠までかまどに放り込まれてしまった。

松彬《ソンビン》は次第に昼が嫌いになった。夜も貞善《チョンソン》の隣りで寝てはいるが、明かりを消してしまえば何もさせられることはない。祖母のことを思い出すこともでき、松玉《ソンオク》と海玉《ヘオク》、そして素清《ソチョン》にある母の墓、貝殻や金砂《きんしゃ》の多い海辺、そこで好きなだけ遊んだ友達たちのこと、また龍潭《ヨンダム》のあの喇叭の音。立派な学校に通いたいといくら考えようとも、誰にも邪魔されない。しかし夜が明けるとまた終日、気を遣って過ごさねばならないことを考えると、朝が来ることが松彬《ソンビン》には恐ろしくさえあった。

しかし朝は毎日訪れた。短い冬の日中が松彬《ソンビン》には脂汗がにじむほどに長く感じられた。それでも長い三冬〔陰暦の十月、十一月、十二月〕の九十日も何とか過ごすことができた。小川の氷が解けはじめ、村の子供たちが銛《もり》を作って魚を獲りに出て回るときであった。ある日、日も暮れかけたころ、松彬《ソンビン》は雑巾と痰壺《たんつぼ》を洗いに小川へと出てきた。おじさんは何の病気か、いつも黄色い痰をたくさん吐いた。十年来の病気で、龍潭《ヨンダム》からここに引っ越してきたのはよい水を使うためというのも理由の一つであった。痰壺は一日に二回ずつ洗うことになっていて、松彬《ソンビン》は朝夕に小川に出てきた。この日、松彬《ソンビン》が雑巾を水につけてゆすいでいると、鮒《ふな》一匹が洗濯石の下から出てきて飛び石のほうに入っていくのが見えた。松彬《ソンビン》は腕まくりをしてすぐに飛び石の下に手を入れた。鮒はいつの間にかすり抜けて真っ白な鱗を光らせながら別の石の下に入った。こちらの石からあちらの石へ、あちらの石からまたこちらの石へ……。そうしているうちに雑巾が流されてしまった。橋の下はまだ氷である。雑巾はそちらに入ったらしく、見えなかった。松彬《ソンビン》はすぐに貞善《チョンソン》の険しい目つきと体罰のことが頭によぎった。道を見やった。まだ貞善《チョンソン》が松彬《ソンビン》を呼びに来てはいない。松彬《ソンビン》は石を拾って氷に投げてみた。かちんと石は滑って転がっていくばかりであった。

貞善《チョンソン》が使っていた山奥のどこにでもある火かき棒を一本焼いてしまっただけで、何日もひどい目にあったことのある松彬《ソンビン》は、雑巾を探し出さなくては帰ることができない。しかし、川の中は時間が経つにつれて暗くなり、流れていったさきは水ではなく割れない氷である。松彬《ソンビン》はふと以前に祖母から聞いた「コンチュイパッチュイ」の話〔継母のいじわるで苦労する娘が、ヒキガエルや牝牛、雀らに救われ、結局、貴人に嫁ぐ物語〕を思い出した。コンチュイのために絹の服、花飾りの駕籠《コッカマ》、それに天から黒い牝牛がおりてきたように、自分にもお母さんが黒い牝牛でも遣わしてくれたら！黒い牝牛がお祖母ちゃんのところに連れていってくれたら！　せめて、なくした雑巾だけでも探してくれたら！　松彬《ソンビン》は涙ぐみ、暗くなっていく空を見上げた。そのときである。空から、

「松彬《ソンビン》かい？」

と、確かに祖母の声が聞こえた。

「お祖母ちゃん！」

「おお、松彬《ソンビン》かい？」

今度は道の上から聞こえる。松彬《ソンビン》ははたと我に返り、飛び石に上がって道の上を見つめた。道から白っぽい人影がよろよろと倒れんばかりにあたふたと小川へおりてくる。

「ああ、本当に……お祖母ちゃん！」

「ああ……」

間違いなく祖母であった。

「ああ、私の大切な孫が……ここで一人で何をしていたんだい……」

祖母である。その衰えた目に涙が雨のように流れ、久しぶりに見る松彬《ソンビン》の顔を食い入るように近くからのぞき込むと、震える声さえ出てこなかった。

「松杉《ソンビン》かい？　松杉《ソンビン》かい？」

「お祖母ちゃん！」

「手がこんなにひび割れて……」

松杉《ソンビン》の祖母はすでにひと月あまり前に「セスムク」峠《コゲ》の手前まで一度来たことがあった。「トゥネ」〔川の名。五七頁参照〕を渡って山道を登ると、湧き水が幾重《いくえ》にも凍りつき、険しい氷の道となっていたため、無駄骨を折っただけで五里の道を引き返してしまった。龍潭《ヨンダム》にいる松玉《ソンオク》と海玉《ヘオク》にはひと月に一度ずつ会いに行ったが、松杉《ソンビン》からは冬の間ずっと元気でいるのかどうか手紙の一通も受け取ることができなかった。気をもむほどによからぬ夢を見た。よからぬ夢を見た次の日の朝は、道中で雪に埋もれて死ぬことがあろうともじっとしてはいられなかった。杖を引きずりながら安峡《アンヒョプ》に向けて発とうとすると、義弟はこの寒いときに自分に死体を捜させるつもりかと怒鳴りつけた。

木こりたちに谷あいの氷もようやくぱりぱりと割れはじめたと聞くと、すぐに松杉《ソンビン》の祖母は「モシウル」へとやってきたのである。今度は幸い「セスムク」峠《コゲ》を越えることができた。「モシウル」村に入ると、松杉《ソンビン》の祖母は、ちらりとでも目に入るものはすべて松杉《ソンビン》に見えた。水ぶくれのできた足が地面から突き出た石にあたろうと、木の切り株に引っかけようと、飛んで行かんばかりにあたふたと歩いて何度も転んだ。七十年の人生において、こんなにも一刻さえも惜しいほどに慕わしく、歩くのがもどかしいのははじめてであった。よその家の子を勘違いして「松杉《ソンビン》かい？」と呼んでみた。垣根にかけられた洗濯物を見間違えて「松杉《ソンビン》かい？」と呼んでみた。そして、小川のそばに立っているのがかすかに見えたのが、本当に松杉《ソンビン》だったのである。祖母も孫も死んでも二度と離れまいとするかのようにぎゅっと抱き合った。

この日の夜である。また久しぶりにオンドルを焚くにおいのする越房《コンノンパン》で明かりもなしに祖母と孫は並んで横になった。

祖母は何かごそごそとしていたかと思うと、腰のあたりから大きな桃のようなものを取り出した。

「それ、何？」

「以前におまえが欲しがっていたものだよ」

「あ、硯滴《けんてき》！」

春の月が古い窓にぼんやりと映っていた。松彬《ソンビン》は祖母の懐《ふところ》で温もった陶器の硯滴を両手で持ち、月光に照らし、頬にあて、かすかな父の記憶とはっきりとした母の記憶にそっと耽《ふけ》った。

「おまえの父さんが使っていたものだよ。考えてもごらん、おまえは勉強をしないと……」

「ここには本もないし、書堂《ソダン》もないよ」

「だから、今回は私と帰ろう。私の目の黒いうちは、おまえに勉強させないで放っておいたりはしないよ」

松彬《ソンビン》は幼心にも祖母のことばにあまりに感動して胸がつまり、しばらくの間、何も答えられなかった。

祖母は何日間か様子を見て、貞善《チョンソン》とその母が隣りの家に行っている間に、貞善《チョンソン》の父にこのように話を切り出してみた。

「お宅で育てていただければ私の体こそ楽ではありますが、あの子ももう十歳、ちゃんと勉強していれば、もう論語、孟子を読んでいる年なのに、ここでは習おうにも習うところがありません。他人行儀にお思いになるかもしれませんが、まだ、私がわかめや雑貨を担いで行商でもすれば、あの子一人くらいは何とか世話できるかと思います。自分の名前が書けるぐらいになるまでは、私にお預けください」

貞善《チョンソン》の父は、いかにも驚いたふうであった。

「ご老体で商売とは、いかがなものでしょう。それから、あの子をあちこち連れて歩きながらどうやって勉強を習わせると？」

「龍潭《ヨンダム》だと、米さえ出せば、あの子一人くらい食べさせてくれる家はあるかと思います。龍潭《ヨンダム》の学校で習わせます。学費といってもいくらにもならないでしょう」

「そうですな」

と、貞善《チョンソン》の父はすぐには返事をしなかった。祖母が来てからは、昼も夜も半分になってしまったかのように時間がはやく過ぎていった。しかし、祖母は貧しいこの家に来て、春の糧食を一食でも多く食べるのが申し訳なく思われた。

祖母はまた黙って何日か様子を見て、ふたたび話を切り出してみた。その間、あちらのほうでも考えたところがあるようであった。

「なるほど仰るとおりです。私たちも龍潭《ヨンダム》から一族を離れてここに来たのは生活のためだけではありませんでした。私が土疾《トジル》〔その地方の水質や土質が合わなくて生じる病〕の気が生じて、ここの水がよいというので病を治すつもりで来たのです。しかし治るどころかこちらに来て痰がだんだんとひどくなりました。考えてみると来てはならないところに来たようです。そのうち龍潭《ヨンダム》に戻らなければなりません。娘も次第に年ごろになりますし、松彬《ソンビン》もせっかく育てるのであれば、私たちとて当然に勉強させたいと思っています」

こうなると、松彬《ソンビン》の祖母は松彬《ソンビン》をどうしても連れていくと言い張ることができなくなってしまった。松彬《ソンビン》はふたたびおじさんに手をとられて「セスムク」峠《コゲ》の頂上近くまで祖母を見送り、そのうら哀しいせせらぎと祖母の泣き声を背にして引き返しておりてきた。

硯滴は、松彬《ソンビン》が祖母にまた持ち帰ってもらった。今は置いていってもらったところで自分が持つべきものではないように思われたからであった。

祖母は夏に真桑瓜《まくわうり》をひと背負い買って、もう一度来ていった。

稲穂の垂れはじめる初秋である。この「モシウル」で伝染病がはやった。あちこちの家で寝込まずに済む人が少なくなり、貞善《チョンソン》の家でもかろうじて貞善《チョンソン》の母と松彬《ソンビン》だけは除き、貞善《チョンソン》の父と貞善《チョンソン》は寝込んでしまった。ひと月あまりを病み、山葡萄の熟するころ、二人とも汗をたくさんかいて、ひと山を越したと思った矢さきであった。どうしたことか貞善《チョンソン》の父が突然に病が悪化して死んでしまった。まだあちこちの家で病んだり死んだりの状態で、龍潭《ヨンダム》に訃報を送ることもできなかった。松《ソン》彬《ビン》の祖母も知らないでいるしかなかった。秋にふたたび来てくれるかと思っていたが、どういうわけか雪が激しく降りはじめる時期になっても来てくれなかった。

おじさんが亡くなると、松彬《ソンビン》はさらに孤独になった。貞善《チョンソン》が悪口を言ったり叩いたりすると、それでも目につきさえすれば、そのたびに誤りを正して貞善《チョンソン》を叱ってくれた。そんなおじさんが亡くなってしまった。

松彬《ソンビン》は痰壺を持って小川に出て行かない代わりに背負子《しょいこ》を背負って山に登りはじめた。この村の子供たちがやっているようにコジャバリ〔クヌギの切り株〕を得るためであった。

クヌギを切って残した根もとを斧の背で打つと、凍っている時期なので根まで割れる。これを乾かして火にくべると火力が強いだけでなく、火鉢の火が長持ちし、消すと炭にもなるのである。

ある日、「セスムク」峠《コゲ》の中腹まで上がって、コジャバリを取った。自分が背負えるだけ一杯に背負った。背負子を扱うのも、今や手慣れたものである。何歩も歩かずして、向かい側の道のほうで一つがいの雉《きじ》がばたばたと飛び上がった。よく見ると、誰かがいる。

「あっ!」

祖母であった。松彬《ソンビン》はすぐに松の茂みに身を隠した。声をあげたいほどに嬉しくはあったが、この薪の荷を背負った格好を見ると祖母の心がいかばかりに苦しいかと、すぐにそのことがまず慮《おもんぱか》られたからである。

松彬《ソンビン》はそばに薪の荷をおろした。鼻の奥がつんとして、目が潤んでくる。涙を拭いて見おろすと明らかに祖母である姿は、老人らしからぬはやさで陰になった山道をおりて行っていた。松彬《ソンビン》はこぶしをぎゅっと握った。空を見上げた。どこからか母がこの光景を見下ろしてくれているようであった。

「母さん! 僕はお祖母ちゃんと一緒にいたいよ! 僕も学校に行きたい!」

松彬《ソンビン》は背負子の棒のさき〔朝鮮の背負子は下におくとき棒に立てかける〕を地面にもう一度深く差し

込み、背負子が倒れないように立てかけ、道へと駆けおりた。

「お祖母ちゃん?」

「ああ!」

「お祖母ちゃん? 僕だよ」

「一体どうしたんだい? ここで?」

「……」

今度は、松彬《ソンビン》がさきに泣き出した。冬の間、ずっと我慢していた涙であった。

「何をしているんだい? ここで? うん?」

「鳥を捕まえに……鳥……」

と、松彬《ソンビン》は祖母にはじめて嘘をついた。

家に帰ると、大人たちが集まり、おじさんの霊座〔位牌をまつるところ〕の前でみな泣いているところなのに、貞善《チョンソン》は松彬《ソンビン》を鋭い眼差しで呼びつけた。

「あんた、背負子はどうしたの?」

「……」

「斧は?」

「……」

「晩ご飯がもらえると思って?」

松彬《ソンビン》はぶるぶると震えた。この世で貞善《チョンソン》のことばが一番恐ろしいのである。もう夜であった。霊座のほうから泣き声が聞こえてきて、おじさんが亡くなったときの恐ろしさがまたこみ上げてくる。それに「セスムク」峠《コゲ》は昼でも虎が出るというところである。

「一日かけて七里の道を歩いてきたお祖母ちゃんにまで晩ご飯を出してくれなかったらどうしよう」

松彬《ソンビン》は自分も空腹であることに、そのときになって気づいた。腰紐をぎゅっと締めた。空を見上げた。真っ暗である。しかし化け物であれ虎であれ、何が出てこようとも、どこであっても母が出てきて守ってくれそうであった。祖母は地上にいるが、母は空の上にいて、いつでも自分を天から見守ってくれていると信じた。松彬《ソンビン》は「セスムク」峠《コゲ》のほうへと走った。半里ほどにもなるところである。谷あいから狐の鳴く声が聞こえる。後方からは犬が吠えるのも聞こえる。恐ろしい影が目の前にあらわれては消える。松彬《ソンビン》は「母さん？　母さん？　母さん？」と、念仏を唱えるように母のことだけを思いながら、母だけを信じながら、ほとんど全力で走った。しかしこんなときは耳が敏感になり、恐ろしい音があちこちからしきりに聞こえてきた。うぉん、うぉん、うぉん、うぉん……と、これまでまったく聞いたことのない、人間の声でもなく、動物の声でもないものが聞こえる。全身がぞくっとして動けなくなってしまった。しばらく気を落ち着かせてあらためて聞いてみると、大きな岩の下へと水がつたい流れ込む音であった。水の音と分かると、驚いたことに対する腹立たしさよりは怖がらなくてもいいことが嬉しい。ふたたび走った。道ではなく山である。木がみな切られていて、ときどき枝を広げた若松だけが真っ黒に見えるのが、何かが隠れているようでそばに近寄りたくない。

夜に見るのは昼に見るのとは違い、背負子を探すのにしばらく苦労した。背負子を担ぐと背中がひやりとし、汗でびっしょりと濡れていることに気づいた。

戻り道はさらに恐ろしい。後ろから何かがしきりに追いかけてきているようである。何としても捕まえようとしているかのようで肝を冷やす。そっと道の傍らに寄って後ろを振り返ってみる。幸い前を通り過ぎるものも、後ろからやってくるものも見えない。遠い空に星たちだけが輝いているのが、母がそこにいて「さあ、心配しないでゆっくり行きなさい」と言ってくれているようであった。道に出て歩いた。村の家を一軒過ぎるとさらに気が楽になった。忍び足で中庭《マダン》に入って台所の裏手にそっと荷をおろし、斧を土間に持っていくと、部屋の戸が開く。祖母であった。

「どこに行っていたんだい？」

「ご飯は済んだ？」

「さあ、食べよう」

祖母は待っていた。

「困った子だねぇ。久しぶりに私も来たんだし、お姉ちゃんの夕食の片付けも遅れるのに、どこに行っていたんだい？」

松彬《ソンビン》は胸がつまってご飯が喉を通らなかった。貞善《チョンソン》が前でじっと見ているので唇を噛んで泣くのを耐えるしかなかった。

しかし、松彬《ソンビン》は、今回は祖母と一緒に龍潭《ヨンダム》に帰ることができた。貞善《チョンソン》のところは貞善《チョンソン》に婿を迎えてでも「モシウル」にそのまま住みつづけることにし、松彬《ソンビン》は彼の祖母の希望どおりに送り出してくれた。

松彬《ソンビン》も祖母も飛ぶように軽い足どりで「モシウル」を発った。短い冬の日ではあったが、ほぼ日没までには龍潭《ヨンダム》に着いた。ちょうど線路の敷かれた土手を、汽車がシュシュポッポと通り過ぎていく。松彬《ソンビン》はじっと立って、汽車が完全に見えなくなるまで眺めていた。

「お祖母ちゃん?」

「何だい?」

「あの線路、ここの学校の人たちが作ってもらったの?」

「違うよ……」

松彬《ソンビン》はいささか意外であった。松彬《ソンビン》は久しぶりに松玉《ソンオク》と海玉《ヘオク》に会った。海玉《ヘオク》は見違えるほどに大きくなっていた。しかし、松玉《ソンオク》も海玉《ヘオク》も素清《ソチョン》のときより、二人とも垢《あか》じみて古くなった服を着ていた。その垢じみて古くなった服のまま、翌日には祖母とともに一里も離れたところにある父の墓に行った。素清《ソチョン》から最初に来たときに訪れなければならないところであったが、そのときは門中の大人たちは子供たちを互いに押しつける話し合いで忙しかった。

父の墓は小さかった。墓前の台石も石柱もなかった。狭すぎて充分に後ろに下がって拝をすることもできなかった。

「おまえが大きくなったら、おまえの家を建てる前に、まず父さんと母さんの墓からちゃんとしたものにしないといけないよ」

祖母のことばであった。

龍潭《ヨンダム》には上のほうと下のほうに二つの谷間がある。下の谷間は「白鶴谷《ペクハクコル》」で、上の谷間は「上谷《ウッコル》」である。松玉《ソンオク》と海玉《ヘオク》がいるおじさんの家は白鶴谷《ペクハクコル》の入り口にあり、上谷《ウッコル》にも別のおじさんの家が一軒ある。ここでは三親等であれ五親等であれ七親等であれ、目上であればみなおじさん《チャグンアボジ》と呼ばれる。上谷《ウッコル》のおじさんは片腕が不自由であった。松彬《ソンビン》はその人の服の紐とすその紐を結ぶような世話をしながらその家に住むことになった。上谷《ウッコル》のおじさん夫妻は松彬《ソンビン》が故郷に来てはじめて感じる情のある大人たちであった。春からは学校にも通うように言い、松彬《ソンビン》が漢文はここの二年生の子らよりもできるので算術と諺文〔三九頁参照〕と唱歌だけ試験を受ければ二年生に入ることができると、自ら算術の加減法と諺文を教えてくれた。問題は唱歌であった。何でもいいので一曲だけ歌うことができればよいというのであった。そのころ鳳鳴《ポンミョン》学校の生徒たちは「鋳鉄の骨格、石のこぶし、少年男児」だとか「きらり、きらり、東明王《トンミョンワン》〔高句麗《コグリョ》の始祖〕の刀」だとか「学徒よ、学徒よ、青年学徒よ」だとか、こうした唱歌を歌ったが、「学徒よ、学徒よ」は上谷《ウッコル》のおじさんも歌うことができた。しかし家の中で、しかも子供たちや使用人たちのいる前で、ひげを伸ばしたいい大人が、そしてまだまげをそのままに残し、体面上は旧式のままである大人が声を出して「学徒よ」を歌うことはできない。

祖母は「チンメンイ」に帰った。しかし、近いところなのでときどき来た。

春になった。学校の卒業式があるということで、学校の運動場には松で飾った門を立て、万国旗をかけ、卒業生の家では餅を作ってそれを蒸籠《せいろう》や器に入れたまま運び、豚も何匹か屠ったようであった。松彬《ソンビン》も見物に行って餅と肉をもらって食べた。写真を撮るのも見物した。在学生らは前に座らせ、卒業生らは立たせ、その後ろには校長以下、先生たちと村の大人たちがみな机を置いてその上に立った。卒業生らは卒業証書を持ち、大人たちも何かしらを手にして撮るものであるらしく、玉篇《オクピョン》〔漢字字典〕を広げて持つ人もおり、前に撮った自分の写真を持つ人、懐中時計を取り出して蓋を開けて手にする人もいた。

鳳鳴《ポンミョン》学校では卒業式が終わったあと、すぐに新入生を募集するのにあわただしかった。松彬《ソンビン》は唱歌を一つ歌わなければならないことに焦りはじめた。松玉《ソンオク》は会寧邑《フェリョンウプ》で学校に通っていたから唱歌をいくつか歌うことはできる。しかし、「もしもし亀さん、私の言うこと聞いとくれ」といったものにすぎず、ここの学校で歌うものは一つも知らず、また知っているとしても松玉《ソンオク》は海玉《ヘオク》をおぶっていつもお使いに追われ、松彬《ソンビン》と静かに向き合って座る場所もひまもなかった。ところが、ある日、上《ウッ》谷《コル》のおじさんがメボンジェに行こうと言った。

メボンジェにはこの龍潭李《ヨンダムイ》氏の祖先の墓がいくつもあった。それで大人たちはメボンジェに遊びに行くときも必ず衣冠を正した。おじさんは笠をかぶって出かけた。墓はそのままに通り過ぎて松林の茂みへと入っていった。松彬《ソンビン》も黙ってついていった。きょろきょろと見渡して誰もいないことを確認すると、ほかでもなく、松彬《ソンビン》に唱歌を教えてくれるのであった。「学徒よ」の唱歌であった。

「学徒よ、学徒よ、青年学徒よ。壁の柱時計を聞きなされ。一つ二つと鳴る鐘の音は、鳴って戻ることなく、人生百年、走馬の如し」

はじめは、教えるおじさんからしてまったく調子が合わなかった。おかしな声が出て喉をならすのにしばらくかかり、調子はじっとしていては全然感じが出なかった。足踏みをするとようやくそれらしい調子になった。

「学徒よ、学徒よ、青年学徒よ。壁の柱時計を聞きなされ」

この二節だけようやく松彬《ソンビン》が一人で歌えるようになったときである。どこからかけらけらと笑い声がした。振り返ってみると木こりの子らがずっと隠れてこの光景を見ていたのである。上谷《ウッコル》のおじさんは怒鳴りつけて、子供たちを追い払った。

メボンジェを三度行き来したころには、松彬《ソンビン》は「学徒よ」一曲を一人で上手に歌うことができた。そして難なく鳳鳴《ポンミョン》学校二年生に入学し、月謝はおろか教科書も帳面も鉛筆も学校でもらえる時代で、心配なく勉強できるようになった。

誰よりも祖母が来て喜んだ。邑《ウプ》に行って帽子も買ってくれた。またここは裕福な家々であるので、この家で数日、あの家で数日と、何日間も龍潭《ヨンダム》で泊まっていった。帰り際も松彬《ソンビン》や祖母は「モシウル」でのようにひたすら哀しいということはなかった。

松彬《ソンビン》は学校の勉強が面白かった。また、明け方の喇叭の音に目を覚ますのが楽しかった。松彬《ソンビン》も木銃を一丁もらった。ほかの生徒のように脚絆までは巻けなかったが、草鞋《チプセギ》をしっかりと横縛りして、弾丸もない木銃ではあったがずっしりとしたものを担ぎ、はやく走ってこいと急《せ》かさんばかりの喇叭の音を耳にすると、ぼんやりとではあるが男子たるもの勉強だけができてもいけないという、ある種の気概のようなものを感じた。年齢はまだ幼いほうであったが、松彬《ソンビン》は険しい「モシウル」の山をコジャバリの荷を担いで軽々と走った足なので、大きい子たちにさほど劣らなかった。勉強はもちろん、体育の点数も松彬《ソンビン》は大きい子たちに負けなかった。一学期の試験で、松彬《ソンビン》は、子供までいるという二十歳も近い大人も何人かいる四十人あまりの中で、いきなり二番になった。

夏休みになった。龍潭《ヨンダム》には村の真ん中を流れる小川があり、酒幕《チュマク》〔宿屋を兼ねた酒屋〕の下のほうにくだると金鶴山《クマクサン》の深い谷間に水源を置いた「ハンネ」川《チョン》が深く澄んで流れている。水浴びと魚獲りが大人子供を問わず季節の楽しみである。上谷《ウッコル》のおじさんも釣りを楽しんだ。松彬《ソンビン》はいつも一緒についていって餌をつけ、魚を釣り針からはずし、そして自分も横で釣りをすることができた。それだけでなく、夏は裸足《はだし》で歩いてもよく、服もひとえで洗いやすく、それほどみすぼらしい感じがしなくてよかった。

しかし、秋になると松彬《ソンビン》は気持ちが萎《な》えてしまった。祖母が来るたびに草鞋《チプセギ》や麻鞋《ミトゥリ》を一、二足ずつ買ってくれはしたが、次に祖母が来る前に踵《かかと》のところに隙間ができることが多かったし、合わせ服となってからは、どの食膳ででも一緒に食べることのできる食事などとは異なり、衣服は誰も頃合いを見計らって糸をほどき、洗い、糊付けし、砧《きぬた》で打ち、縫って、火のしをあて、着させてくれることなどできないのであった。

至るところ青山あり

秋夕《チュソク》〔陰暦八月十五日の中秋節〕になった。何日か前から友達たちが秋夕《チュソク》になると言って喜んでいるのが松彬《ソンビン》には内心憂鬱だった。加えて、学校の授業もないという。勉強をしないで遊ぶことは松《ソン》彬《ビン》もいやではない。しかしみなが新しい服を着る日、一人古い服のままでいることが、いやというよりも恐ろしくさえあった。祖母も秋夕《チュソク》の日の朝まで来なかった。祖母が来ても草鞋《チプセギ》や麻鞋《ミトゥリ》までで、革靴や新しい服まで仕立てて持って来ることはできないであろう。家々では日も上がるさきから新しい服を着た子供たちが中庭《マダン》で走り回っていた。六親等、八親等にあたる親戚の子らは、みな足袋《ポソン》までが新品であった。腰紐やすそ紐、革靴は、どれも大事な祝日に合わせて邑《ウプ》でなくソウルへと門中から使用人を送って買って来させたものである。一族の自分の弟にあたる子は革靴をはいていて、冬に着るマントまでもう買ってあるのだと自慢した。こんな日は、朝食までほぼ昼食も近くなってやっと順番が回ってくるのが、松彬《ソンビン》をさらにうんざりとさせた。上谷《ウッコル》のおばさんはそれとなく松彬《ソンビン》を可愛がってくれる。しかし婚家暮らしの身なので、残った食べ物を折をみていつも食べさせてはくれても、松彬《ソンビン》に合うような余分な服、しかも新しい服などあるはずがなかった。

「松彬《ソンビン》の服を洗ってあげないといけなかったわね!」

松彬《ソンビン》はことばだけでもどれほど有難いか知れず、汁《クック》の器に涙を落とした。

朝食が済むと、大人も子供もみな外套《トゥルマギ》だけでなく脚絆まで巻いて、墓に茶礼《チャレ》〔祖先に対して行う祭祀の一つ〕に出かけた。松彬《ソンビン》は遠く離れた母の墓が恋しく、せめて近くの父の墓に行きたかった。しかし、父の墓は一里も離れており、人里離れた山の中にある。祖父の墓はメボンジェのどの墓よりも荘厳であったが、隣りに別の祖父の代にあたる人たちの墓があって、みながそちらへと登っていく。松彬《ソンビン》は舎廊《サラン》〔客間を兼ねた主人の書斎がある部屋〕の上房《ウッパン》〔二間続きでオンドルの焚き口から遠いほうの部屋〕に隠れ、家の中が静かになってから外に出た。メボンジェの墓ではみな花のように色とりどりの服を着ていた。松彬《ソンビン》はすぐに下の村へとおりた。松玉《ソンオク》と海玉《ヘオク》のいる親戚の家のあたりをしばらくぐるぐると回ってみたが、松玉《ソンオク》も海玉《ヘオク》も姿が見えない。中庭《マダン》では使用人の子までがトンチョゴリ〔男性が着る上着《チョゴリ》〕なりとも白く洗ったものを着ており、近くに行く勇気が出ない。松彬《ソンビン》は向かい側の山に登った。松玉《ソンオク》が雑巾や尿瓶を持ってしばしば出てくる白鶴谷《ペクハクコル》の小川がよく見下ろせるところである。お昼を過ぎるころまで座っていると、思ったとおり姉が海玉《ヘオク》をおぶってあらわれた。

姉はチョゴリだけは洗って着ているようで白かったが、下は濃い藍色の下衣《チマ》で、新しいものなのか古いものなのか見分けることができなかった。足袋《ポソン》と草鞋《チプセギ》はほつれていて、明らかに前からはいていたもののように見えた。姉は雑巾を小川に浸すと海玉《ヘオク》を下におろした。海玉《ヘオク》は上下ともに以前から着ていた服、裸足のままである。姉は海玉《ヘオク》の頭を何度か撫でたあと、洗顔をさせた。雑巾を洗い終えてからもすぐには立ち上がらず、向かい側の金鶴山《クマクサン》のほうの空をぼんやりと眺めていた。松彬《ソンビン》は「姉さん」と声をかけたかったが、なぜか声を出せなかった。姉は立ち上がって今度は海玉《ヘオク》を歩かせながら雑巾を手に戻っていってしまった。

松彬《ソンビン》はその場に座っているのが味気なかった。立ち上がってハシバミの木を探しはじめた。ある木にはかなり大きい実がなっていた。むいては食べ、また摘み、山すそからしばらく分け入って上に登っていくと、突然何やら鳥のように美しい声がした。

「あなた、誰?」

薄紅色の上着《チョゴリ》に薄緑の下衣《チマ》を着た少女である。ここの子たちとは違って色白で可愛らしい。松彬《ソンビン》がどうしてよいか分からずただ立っていると、

「ねぇ、そこの花を、私に折って頂戴」

と言う。松彬《ソンビン》はそのときになって自分の前に視線をおろした。淡い桃色の山菊一本が美しく頭を垂れていた。松彬《ソンビン》はすぐに斜面に手を伸ばして手折り、上のほうにいる少女へとさっと渡した。少女は真っ白な手を差し出して受け取った。そして、黒い瞳でしばらく松彬《ソンビン》を見やると、

「有難う」

と言って、戻っていった。少女が見えなくなると、何人もの人がしゃべる声が聞こえる。そこはどこかの家の墓のようであった。

「あの子は誰だろう?」

松彬《ソンビン》がいくら考えてみても、龍潭《ヨンダム》では見かけたことがない。

「名前は何だろう?」

あの色白の顔、黒い瞳、美味しいものを食べたばかりのように油っこく光っていた赤い唇、そしてふっくらとした手。松彬《ソンビン》はしばらくの間、立ち去った少女の顔を思い浮かべてぼんやりと立っていた。その可愛らしい少女はふたたびあらわれることはなく、みなのしゃべる声も次第に遠ざかっていった。静かである。少女に手折ってあげた山菊の茎には、まだ一本の花が残っている。それも手折った。かぐわしい香りがただよう。松彬《ソンビン》は、鼻にあてて香りをかぎながら山すそをおりて来てしまった。

村に戻ってみると、すでに茶礼《チャレ》を終えて、色とりどりの服を着た人たちが墓をおりはじめていた。松彬《ソンビン》はどこに行けばいいか分からなかった。子供であれ大人であれ新しい服を着た人には誰であれ

会うのが恥ずかしかった。しかし、新しい服を着ていない者は自分のほかには誰も見えない。松彬《ソンビン》は小川へと行った。小川でも飛び石ごとに誰かが立って遊んでいる。農夫たちであったが、彼らも新しい服である。松彬《ソンビン》は上流のほうに遠く離れた水車小屋へと行った。昨日までは夜遅くまで餅にまぶす穀物の粉を搗いていたが、今日は臼ものんびりと休んでいる。ここだったら誰もいないだろうと思って来たのだが、ここにも人がいた。幸い、新しい服を着た人ではない。乞食の爺さんであった。恵んでもらった松葉餅《ソンピョン》を食べながらトアリ〔三〇頁参照〕を編んでいた。翌朝に食べ物を乞う家には、あらかじめトアリ一つずつを贈って、乞食の中では優遇されている「トアリ爺さん」であった。

「ほう、おまえはどこの家の子だい？　新しい服も着ないで」

「……」

松彬《ソンビン》は乞食爺さんに対してまで顔が火照った。

「顔は……。ふむ、ちゃんとした家柄の子のようじゃが……。さぁ、餅を一つあげよう」

松彬《ソンビン》はお腹がすいていたが、

「いりません」

と、水車小屋を出てきてしまった。そこからもう少し上流のほうに行くと葬儀屋がある。そこへは近づくのが恐ろしい。川へとおりた。秋の川はひときわ水かさが減って、石がところどころに見えていた。しおれた山菊を川に投げ、魚が潜んでいそうな石を選んでそっと持ち上げてみる。泥が湧き上がる。つばを吐いて、

きれいに澄めよ、
きれいに澄めよ、
泉を掘ってあげるよ、
きれいに澄めよ

と唱えると、泥が静まる。澄んだ水の底には背に砂をのせたザリガニがあらわれる。砂をはたはたと起こしながら呼吸するドジョウもあらわれる。さらに、あの石この石へと……。しかし、泥が静まるとあらわれるのは、ザリガニやドジョウだけではなかった。あの黒い瞳に色白の少女が、何かを話しかけてくるかのようににこやかにあらわれた。驚いて見ると少女は水の泡のように消えて、そこには砂利や砂の底があらわれる。松彬《ソンビン》はザリガニもドジョウも捕まえる気を失《な》くしてしまった。しかし、松彬《ソンビン》はこの日、小川のほかはどこに行くのも退屈であった。

夕暮れどきから月がとても明るい。しかし、昼のお日さまのように新しい服と古い服をはっきりと区別させはしない。松彬《ソンビン》はやっと元気を取り戻して、子供たちの中に入った。そして最近新しく習った唱歌、

「向かいの家の一男《イルナム》は、貧しいせいで、お粥を一日一杯、食べられない」

を歌いながら村へとおりてきた。学校の校庭から、何人もの子供たちが唱歌を歌うのが聞こえる。松彬《ソンビン》たちも一緒にそこに行こうと「クントルタリ〔大きい石の橋の意〕」に来てみると、川を渡る飛

び石ごとに人が何人も立っている。大人も子供らもみな意地悪にどいてくれない。すると、真ん中の石に昼に山で見たあの可愛らしい少女が立っているのであった。「ユンスおじさん」と手をつないで立って月を眺めているのである。月の光に映った少女は梨の花のようであった。ユンスおじさんの名前は「潤洙《ユンス》」で、松彬《ソンビン》の遠い親戚にあたる。松彬《ソンビン》と同じ世代の子らはみな「潤洙《ユンス》おじさん」と呼ぶ。頭は散髪しているが既婚であり、学年は四年生である。しばらく立って見ていると、少女も潤洙《ユンス》おじさんのことを「おじさん」と呼び、潤洙《ユンス》おじさんは少女を「恩珠《ウンジュ》〔音訳〕」と呼んだ。

「恩珠《ウンジュ》！　恩珠《ウンジュ》！　姓は何だろう？」

松彬《ソンビン》は、少女の名前までも可愛らしいと思った。恩珠《ウンジュ》は松彬《ソンビン》に気づいていなかった。それからいくらも経たずして、彼女はおじさんと一緒に帰ってしまった。恩珠《ウンジュ》がいなくなってから、松彬《ソンビン》はようやく月を眺めた。ふと素清《ソチョン》のことを思い出した。西粉女《ソブンニェ》と一緒にあの砂の柔らかい細道の裏や垣根の下へと行ってかくれんぼをしたことが懐かしい。松彬《ソンビン》は学校の校庭へと向かう友達たちから離れて、白鶴谷《ペクハクコル》のほうへと行った。そして、ちょうどよかったと思われたのは、姉が海玉《ヘオク》と一緒に上村《ウンマル》に上がってくるのに会えたからである。

「晩ご飯、食べた？」

「うん。姉さんは？」

「……」

姉はすぐに顔をゆがめ、泣き出してしまった。そして、片手には棗《なつめ》を何粒か、もう片手には栗を何粒かくれた。松彬《ソンビン》はそれを海玉《ヘオク》と分けて食べながら露の降る他人の家の野菜畑のわきで夜が更けるまで月見をした。夜遅くまで眺めたのは月であったが、この日の夜、松彬《ソンビン》の夢に見えたのは月ではなく恩珠《ウンジュ》であった。目が覚めて考えてみると、ぼんやりとではあるが、そばに恩珠《ウンジュ》がいないことが不満に思えるほどにひどく寂しかった。学校に行く途中で潤洙《ユンス》おじさんの家を何度ものぞいてみたが、恩珠《ウンジュ》は見えなかった。昼食の時間である。潤洙《ユンス》おじさんを先頭に何人もの子らが線路の土手に上がった。ソウル行きの汽車が停車場を出発し、この龍潭《ヨンダム》の前を通り過ぎる時間になったのである。みなに聞くと、恩珠《ウンジュ》は潤洙《ユンス》おじさんの姉の娘で、秋夕《チュソク》で来ていて今からソウルの家に帰るということであった。松彬《ソンビン》も鉄道の土手に上がった。すぐにメボンジェの曲がり口から雷のような音がしたかと思うと、真っ黒な汽車が棒飴のように長々と走りながら近づいてきた。貨物車両が五、六両過ぎたあとに客車となるのであるが、二番目の客車に手ぬぐいが旗のようにはためいた。手ぬぐいは近づいたかと思うと白い線となり、いつの間にかずっと向こうへと通り過ぎていく。通り過ぎてから考えてみると、窓を開けて手ぬぐいを差し出していたのはどこかの婦人で、その横で閉まった窓に両手を一杯に広げて、額もつけ、丸い目をして外を見ていたのが恩珠《ウンジュ》であった。すでに汽車はガタンゴトンとハンネ川《チョン》の橋を渡ろうとしていた。その音が消えると、汽車はふたたび山陰へと消えて行ってしまうのである。

「ソウル！」

松彬《ソンビン》は山々が幾重にも重なるはるか西の空を眺めた。以前に鄭書房《チョンソバン》が「いずれソウルに勉強にいらしてください」と言っていたことも思い出される。「勉強さえちゃんとやれば、ソウルに行くことができる！」という気になった。松彬《ソンビン》はこぶしをぎゅっと握った。

二学期の試験では優等であるうえに一番になった〔席次以外に「優等」という評価が別途あったと考えられる〕。三学期にも、また三年生になっても、首席を年上の生徒たちに譲らなかった。

この三年生の夏休みのある日、松彬《ソンビン》は上谷《ウッコル》のおじさんについてハンネ川《チョン》の上流の「ソンビソ」というところに釣りに出かけた。潤洙《ユンス》おじさんがさきに来て釣りをしていたところで、いつソウルから来たのか恩珠《ウンジュ》が横にいた。行ってみると、恩珠《ウンジュ》も昨年の秋に花を折ってくれと頼んだことを思い出したのか、しばらくじっと松彬《ソンビン》を見つめた。そして、潤洙《ユンス》おじさんは恩珠《ウンジュ》が暑がるからと松彬《ソンビン》に山に登って柏の葉を何枝か折ってくるように頼んだ。松彬《ソンビン》はすぐに走っていき一抱えほども手折ってくると、恩珠《ウンジュ》は日差しを遮るだけでなく下にも敷いて座りながら、また「有難う」と言った。ところが、魚がさっぱり釣れなかった。それで上谷《ウッコル》のおじさんは田んぼにでも行くからとさきに帰り、松彬《ソンビン》も釣り道具を片付けて、浅瀬へと入って手探りを始めた。石の下からかなり大きい魚を捕まえることができた。恩珠《ウンジュ》はおじさんの隣りを離れて松彬《ソンビン》のほうにやってきた。松彬《ソンビン》は捕まえた魚二匹の頭を口にくわえ、手探りを続けた。

「魚臭くないの?」

恩珠《ウンジュ》が聞いてくる。

「いや」

と答えて、口にくわえていた魚を落としてしまった。恩珠《ウンジュ》はすぐに流れていく魚を取ろうとして足を滑らせた。松彬《ソンビン》がすぐに抱き起こしたが、ひじを石ですりむき、服を半分ほども濡らした。それでも恩珠《ウンジュ》は、流れていって見えもしない魚を、

「どうしよう?」

と、申し訳なさそうに見やっている。

「あれくらいのやつは、また捕まえればいいよ」

恩珠《ウンジュ》さえそばにいてくれたら、いくらでも捕まえられそうだった。

「生け捕りにできないの?」

「そんなことないよ。生け捕りにする? 一緒に?」

「うん!」

恩珠《ウンジュ》はすぐに容器を持ってきて、松彬《ソンビン》は魚の鱗《うろこ》一枚も傷つけないように丁寧に捕まえた。こうしてしばらく楽しく捕まえていると、あたりが急に暗くなった。金鶴山《クマクサン》と空の色がともに真っ暗になる。そのとき、潤洙《ユンス》おじさんに呼ばれた。行ってみると、釣り針が何かに引っかかって引き上げられないのであった。

「僕が入ってはずしてこようか?」

松彬《ソンビン》は自ら請うて出た。深さが一尋《ひろ》〔両手を広げたときの長さ。約一・八メートル〕を超える川は空が曇ってさらに真っ青に見えた。

「怖くないの?」

恩珠《ウンジュ》が心配してくれることで一層勇気が湧いた。松彬《ソンビン》は濡れたところでお日さまさえ出ればすぐに乾いてしまうひとえの袴衣《コイ》〔男性用のひとえのズボン〕をはいていたので、単衫《チョクサム》〔ひとえの上着〕だけを脱いで放り投げ、両耳の穴につばを入れて蛙のように水の中に飛び込んだ。釣り針が引っかかった木の切り株ごと、一息で引き上げた。

「すごいわ！」

恩珠《ウンジュ》は潤いのある瞳を輝かせて感嘆する。すると、ユスラウメの実のような雨がぽとぽととこぼれ落ち、雨で大きな山がかすんでしまう。ソンビソの尾根へと上がるさきから、打ちつけるような土砂降りの雨が降り注いだ。恩珠《ウンジュ》は血の気が引き、雨粒に息がつまってはあはあと息を荒らげまでした。雨は村に入るまでずっと降りつづけた。松彬《ソンビン》は恩珠《ウンジュ》が気に入ってくれた生きた魚を入れた容器を持ったまま潤洙《ユンス》おじさんの家へとついて入った。

潤洙《ユンス》おじさんと恩珠《ウンジュ》はすぐに柔らかく乾いた服に着替えて出てきた。それを見た松彬《ソンビン》は一層ぶるぶると震えがきて、単衫《チョクサム》を脱いで絞って着ると、草の匂いにハエがしきりにたかった。恩珠《ウンジュ》は板の間のさきに出てきて魚をのぞき込んで喜んでいたが、松彬《ソンビン》にハエが群がっているのを見て、

「ちょっと下がってよ」

と、顔をしかめた。そのとき、恩珠《ウンジュ》の外祖母が倉から器に盛った真桑瓜《まくわうり》を持ってきた。ちょっとずつ切ってみて、真っ黒によく熟したものは自分の息子と外孫にむいてやり、端にどかした白くまだ熟していないものを松彬《ソンビン》にむいて、食べるように勧めた。

「いりません」

「この子ったら。大人がくれるものはもらうもんだよ」

それでも松彬《ソンビン》はもらわなかった。食べずに堂々としていたほうがましで、食べて恥ずかしい思いをするのはいやであった。すぐにその場から離れ、雷まで鳴って雨が一層激しく降りつける中に走

り出て、上村《ウンマル》へと帰ってきた。そして、

「恩珠《ウンジュ》！　あんなやつ！」

と吐き捨て、もう会うものかと下の村《アレンマル》に行くのもよしてしまった。

姉の松玉《ソンオク》が嫁に行くという話が出た。本当かと姉に聞いてみると姉は顔を赤らめて黙っているばかりであった。姉が今いるおじさんの家よりもっとよいところに正式にその家の嫁となって行き、いつも絹の服を着てきれいに飾り、使用人たちに丁重にもてなされて暮らすことができるのであればそれはいいことであるが、海玉《ヘオク》がどうなるのか松彬《ソンビン》は心配であった。祖母が来たときに聞いてみると、本当に、

「姉さんは、もう心配しなくてもよくなったよ」

と言った。

「邑《ウプ》の中でもセミクル〔地名〕で一番裕福な寧越《ヨンウォル》家の嫁に行くんだよ。おまえの母さんが生きていてもこんな話は断るはずはないさ」

「寧越《ヨンウォル》家って何？」

「新郎の父親はもう亡くなったけれど、昔、寧越《ヨンウォル》郡主をしていたそうだ。おまえもいつか道長《ドチャン》官《グワン》〔行政区域「道」の知事〕にでもおなり」

「海玉《ヘオク》はどうするの？」

「今のあの家にそのまま預けるしかないね。それでも両班《ヤンバン》の子、年ごろになれば結婚相手がいないことはない。女の子はいくらつらい思いをして育ったとしても、嫁ぎ先にさえ恵まれればそれまで

だよ。私はおまえがはやく偉くなるのを見て死ねたら思い残すことはないよ」

「道長官《ドチャングヮン》になれば、偉いのかな？」

「そうとも！」

松彬《ソンビン》は目をぎゅっと閉じた。胸に「道長官《ドチャングヮン》」が深く刻まれた。

翌年の春になると、松玉《ソンオク》は四人輿《サインギョ》〔四人で担ぐ駕籠〕に乗って邑《ウプ》に行ってしまった。松玉《ソンオク》が嫁に行く日も松彬《ソンビン》はお正月や秋夕《チュソク》のようにつまらなかった。ぼろをまとって姉の結婚式でみじめな思いをするのがいやで、この日は学校にも行かずに裏山に登った。

お昼ぐらいになると、線路の土手のあたりに人力車三台と四人輿《サインギョ》一台があらわれた。村に入っていって三、四時間もすると四人輿《サインギョ》を先頭に人力車があとに従って新婚行列が邑《ウプ》へと向かった。

「姉さんは今あの四人輿《サインギョ》の中で僕のことを考えているんだろう！　姉さんは裕福なところに嫁ぐそうだから、僕がこんな格好をして行くと、内心嬉しくても、表向き婚家の人たちに恥ずかしいふりをするんだろうな！」

松彬《ソンビン》は姉の新婚行列が野原のはるか向こうに消えるまで眺めておりてきた。何日かして祖母について姉のところに一度行ってみて、やはり内心喜びながらも表では婚家の人たちに恥ずかしそうに振る舞うのを見て、休みにはいつでもおいでと言われても、できるだけ行かないようにした。

ソウルに行って勉強するという義理の兄の金ボタンのきらめく制服を見て、

「僕もソウルで勉強しなければ！」

という決心が固まるばかりであった。

松彬《ソンビン》が邑《ウプ》に行くのがいやなのは、別の理由も一つあった。公立普通学校〔普通学校は今の小学校に相当〕の子らが日本語で悪口を言いながらからかうのであった。

事実、松彬《ソンビン》だけでなく鳳鳴《ポンミョン》学校の生徒たちはみな「コヽコヽハヽオヽクヽニ〔ヲ〕ナンヽビヽャヽクヽリヽ」〔傍点部は原文ハングルでの日本語表記。以下同〕の唱歌も歌いたかったし、日本語で悪口をどう言うのかも知りたかったし、ここの先生たちも金の帯布の入った帽子をかぶり、金鎖をかけた洋服に刀剣を腰に下げたいと思っていた。あるとき松彬《ソンビン》の組でも学監《ハッカム》〔教務主任〕でいろいろな話をしてくれるひげの長い漢文の先生にそんなお願いを言ってみた。

「ふん、この愚か者めらが。君師父一体〔「君主」と「師」と「父」は同じように尊ばれねばならないの意〕を知らんのか。子に刀剣を身につけて対する父親がどこにおる。それはいかん」

と、鼻で笑って済まされてしまった。こうした漢文の先生のことばが幼稚な生徒たちに理解されるはずはなかった。さらに、この漢文の先生は、豊富な歴史の話を除けば、すべて生徒たちに不満を持たれてばかりであった。漢文も試験があることはあるのだが、教室で点数をつけてしまうだけでなく、自ら答案を見るのではなく、級長に名前を呼ばせるだけで、

「そいつは九十点だな。そいつは八十点くらいかな」

こんなふうであり、生徒たちが、

「どうして答案も見ないで分かるのですか?」

と不満を言うと、

「こいつ！　私はおまえの祖父さんの年にはなっておる。おまえらの実力が分からんとでも思うのか？　試験がうまくできたところでどうしたというのだ。実力が第一じゃ」

と、むしろ怒鳴りつけられた。一番困るのは、運動場の横に欅《けやき》があって、その下に腰かけを持ち出して読書を楽しむことであった。読書を楽しむだけでなく、ボールが転がっていくと、それを返さないことも楽しんでいた。サッカーボールであれテニスボールであれ、転がっていくと足でぎゅっと押さえつけて、返してはくれなかった。

「こいつらめ。履き物がすり減るわ、汗にびしょ濡れになるわ、暑さ負けしたらどうするんじゃ」

と、しばらく休んで生徒たちの汗が引いたあとになってやっと返してくれるのであった。

そして、教室には長い煙管をくわえて入ってきて、教えている途中でもしばしば便所へと立った。

こうした頑固な先生が学監《ハッカム》としていながらも鳳鳴《ポンミョン》学校はしきりに変わっていった。卒業式のときや創立記念式のときには邑《ウプ》から郡守も臨席するようになり、龍潭《ヨンダム》の明け方の喇叭の音が途絶え、教練の時間がただの体育の時間になってしまった。

そして、松彬《ソンビン》が四年生になった夏には卒業生たちが中学校に入るには日本語を知らなければならないと、卒業組である四年生たちとすでに卒業した者たちまでも学校に集めて「日本語講習会」が開かれた。

この講習会の日本語教師は、元山《ウォンサン》のほうから放浪してきて校長の家の舎廊《サラン》に泊まっていた若い旅人であった。

若干、咸鏡道《ハムギョンド》の方言があったが、日本語がよくできるようであった。着古してはいたが折目正しい洋服を着ており、頭髪も分け、口とあごが大きく、声も大きく、いつも情熱に燃えたぎる目をした三十代の青年で、名前を呉文天《オムンチョン》といった。彼は日本語だけを教えるのではなかった。講習生らを学校で寝泊まりさせ、夜には激しい口調でときには涙まで流しながらいろいろな演説をした。党派を組まぬこと、迷信を打破すること、日本語、英語、ロシア語、すべての先進国のことばを習って新学問、新思想、新生活のすべての技術を輸入することなど……。

ある日、雨がしとしとと降る夜であった。邑《ウプ》からやってきた一人の生徒が、村の祠《ほこら》で火の玉を見てびっくりしたと言った。

この呉《オ》先生は、「火の玉なんぞ迷信である。その正体が何であるかをはっきりさせんといかん」と講習生らを立たせ、自らが先頭になって祠へと走った。なるほど祠の後ろ、古木が鬱蒼とした林の中に遠くからでも真っ青な火が見えた。見るほどに大きくなって見えた。少し近づいてみると、大きくなったり小さく縮んだりもした。一抱えほどに小さくなったかと思うとまた何間《けん》かほどに大きくなって、そばに行くと覆いかぶさるかのようにうねり揺らめくのであった。みな恐れをなしていざとなったら逃げ出す姿勢であったが、呉《オ》先生はしばらくじっと見つめたあとに、ためらうことなくその揺らめく火の中に飛び込んだ。積み重ねられた石が崩れる音とともに、水を含んだ薪を割るような音がしたかと思うと、「ははは……」と呉《オ》先生の奇妙な笑い声がする。振り返る姿を見ると、両手の十本の指にそれぞれ真っ青な火がめらめらと燃えている。講習生たちは、ああっ！　と声をあげていつの間にか走り出す者もあった。呉《オ》先生はもう一度身をかがめると、その火の玉を一塊《かたまり》持って出てくるのであった。そのときには一人残らず逃げ出した。呉《オ》先生は驚くなと声をあげたが、転びつんのめりながらみな学校へと走った。呉《オ》先生は真っ青な火をそのまま一塊持ち、手から火をめらめらと燃えたたせながら追いかけてきた。しかし、ランプの明かりにあたるとその火の玉は消えてしまい、呉《オ》先生の手には完全に腐って雨に湿っぽく濡れたクヌギの切り株が一塊あるだけであった。ランプの火を消すとふたたび真っ青な火の塊である。ここの人々ははじめて腐った木がある程度の適当な湿気を含むと燐により光彩が生じることを知るようになった。

この火の玉の正体も龍潭《ヨンダム》の青少年たちが呉《オ》先生から習ったもののうち忘れられないものであったが、とくに松彬《ソンビン》の胸に深く刻まれたのは、伊藤博文作とされる漢詩二節であった〔伊藤博文ではなく幕末の勤皇僧月性《げっしょう》の作とも〕。

男児立志出郷関　男児志を立て郷関《きょうかん》を出づ
学若無成死不還　学もし成るなくんば、死して還らず
埋骨豈期墳墓地　骨を埋《うず》む、あに期せんや墳墓の地を
人間至処有青山　人間《じんかん》至る処青山《せいざん》あり

〔男子が志をたてて故郷を出たからには、学業が成就しなければ死んでも帰るものではない。骨を埋めるに必ずしも故郷を望むものではない。この世の至るところには（自分の墓となる）青山がある〕

「人間は死んだらそれまでではないのか？　たかが骨ぐらいどこに埋めたってどうしたというのだろう！　うちの父さんだって死んだのだから、うちが乞食になったとしてもそれだけのことではな

いか？　骨など母さんがあんなにも苦労して故郷に帰したけれど、だからってそれが今日何の役に立っていよう。役に立つどころか父さんが何らかの志があって故郷を出たのであれば、その志を遂げることができなかったからには骨はその地の土となるべきはずで、よりによって先祖の墓に移すだなんて何の意味があるだろう。父さんだってむしろ屈辱なんじゃないのか！」

松彬《ソンビン》は漠然とではあるが、こう考えたことが一度や二度ではなかった。

しかし、すでに目から気力も失せた祖母が、自分の服のほころびを直すこともせず、三里の道を歩いて来て死んだように眠っているのを見ると、むしろ松彬《ソンビン》は眠ることができず、どうしても一日もはやくその「道長官《ドチャングワン》」にならなければとの決心が固まるばかりであった。

卒業の日が近づいた。ある日、呉《オ》先生が卒業生の組に来て、

「おまえたち、これから何になりたいんだい？」

と順番に聞いた。

最初に松彬《ソンビン》が答えることとなった。

「僕は道長官《ドチャングワン》になります」

「道長官《ドチャングワン》に？」

呉《オ》先生が意外であるかのようにからからと笑うのは、どうも嘲笑のようであった。次の子が、

「僕はナポレオンになります」

と言った。今度は、

「よろしい！」

と言い、呉《オ》先生はお気に召したかのように頷くのである。そのあとの者たちもみなヨーロッパや、または新羅《シルラ》、高句麗《コグリョ》の英雄烈士たちの名前を挙げ、松彬《ソンビン》のようにたかだか「道長官《ドチャングワン》」を望む者は一人もいなかった。呉《オ》先生は満足げな様子であった。松彬《ソンビン》は悔しさと恥ずかしさに頭を上げることができなかった。

「お祖母ちゃんのせいだ！」

松彬《ソンビン》は祖母を恨んだ。しかし、祖母を憎むことはできなかった。

卒業式の日になった。松彬《ソンビン》は祖母に卒業の日を知らせようかと思ったが、自分と祖母がどの卒業生や、どの卒業生の母や祖母よりも身なりが貧しいことを考えて、むしろ祖母がその日を知って来ることを恐れた。

松彬《ソンビン》は卒業式に餅も準備できなかった。豚を屠ってくることもできなかった。外套《トゥルマギ》を着ることもできなかった。しかし、卒業式で卒業生を代表する主席は松彬《ソンビン》であった。優等賞も松彬《ソンビン》がもらい、答辞も松彬《ソンビン》が前に出て読んだ。ほかの者たちは松彬《ソンビン》より下の賞をもらっても自分の父母のところに駆け寄って中を開けて見せ、それを渡して楽しげであった。松彬《ソンビン》は一抱えほどにもなる賞を抱いて一人上村《ウンマル》へと行った。海玉《ヘオク》まで姉のところに行っていていないときであった。松彬《ソンビン》が上谷《ウッコル》のおじさんの家の上房《ウッパン》〔七七頁参照〕に帰って扉を閉めると、夢の中のように静かであった。この家のおじさんもおばさんも、まだ学校から戻ってきていないようであった。松彬《ソンビン》はざら紙に包まれた賞品を一人で開けてみた。玉篇《オクピョン》〔七四頁参照〕が一冊、詩文読本が一冊、硯箱が一つ、そして帳面と鉛筆などであった。

松彬《ソンビン》はこれらを包み直すこともせず、いつまでもぼんやりと座っていた。母がちょっとどこかに出かけたときのように、母を待っている自分に随分と経ってから気がついた。

「どうして僕には母さんがいないんだ！」

松彬《ソンビン》は卒業式の日、一人泣き、倒れ込んで寝入ってしまった。

その時分には邑《ウプ》に簡易農業学校ができていた。ソウルまで行けない生徒たちには唯一の上級学校であった。松彬《ソンビン》も何も考えずに邑《ウプ》に行ってこの農業学校の入学願書をもらってきた。龍潭《ヨンダム》の学校とは異なり、保証人も必要で、入学金も出さねばならず、教科書も三、四円分を買わなければならなかった。しかし、まず保証人からして誰にお願いすべきか分からず、教科書どころか入学金もなかった。松彬《ソンビン》は考えた末に卒業式のときに賞としてもらった玉篇《オクピョン》と詩文読本と硯箱を友達たちに売った。かろうじて入学金にはなったが教科書までは買うことができなかった。これに上谷《ウッコル》のおばさんが気づき、義母に気づかれないように粳米《うるち》を一斗入れて渡してくれた。松彬《ソンビン》はこれを背負って邑《ウプ》の市場に行って売った。こうして教科書まで買うことができるようになってから、上《ウッ》谷《コル》のおじさんに保証人になってほしいと頼んでみると、おじさんの印鑑はその母親が持っていた。印鑑を押すようになって以後、印鑑を一度間違って押したばかりに田んぼが他人の手に渡った苦い経験を多く知る老人たちには、印鑑を出して押すということは迂闊《うかつ》にできない大変に大きな問題であった。入学手続きの締め切りが一週間も過ぎてから、鳳鳴《ポンミョン》学校の校長であった参奉《チャムボン》〔五六頁参照〕のおじさんがこのことを聞いて保証人になってくれた。

入学はできたが、問題が一つや二つではなかった。龍潭《ヨンダム》から一里にもなる学校なので、はやい時間に朝食を食べなければならず、昼食も家に帰って食べることはできないので弁当を包んでいかなければならなくなった。履き物も長持ちしなかった。加えて、松彬《ソンビン》はこの農業学校にすぐに嫌気がさしてしまった。

この学校に来ていた生徒たちは龍潭《ヨンダム》から来た五名を除き、全員が鉄原邑《チョルウォンウプ》と金化《キムファ》、平康《ピョンガン》の公立普通学校の卒業生たちであった。みな日本語が上手にできるからと威張り、先生によく告げ口をして可愛がられようとする者が多く、ある日は校長先生の授業で、

「おまえたちは将来、どんなことがしたい？」

という質問に、面書記《ミョンソギ》〔行政区域「面《ミョン》」の庶務を行った役人〕、憲兵補助員、せいぜい郡庁の技手が彼らの希望であった。松彬《ソンビン》がさらに驚いたのは、こうした教え子たちの返事を大変に満足がる校長の態度であった。龍潭《ヨンダム》から行った生徒たちは前の呉《オ》先生のときのように進んで自分の気持ちどおりに返事をすることができなかった。ぐずぐずとしていると、

「私立学校から来た落ちこぼれ」

と、ほかの生徒たちから、からかわれてしまうのであった。

邑《ウプ》と龍潭《ヨンダム》の間はでこぼこで道が険しかった。松彬《ソンビン》はよく石につまずいた。石につまずくたびに松彬《ソンビン》は涙が出た。足が痛いだけではなかった。松彬《ソンビン》には二里の道が美しい空想ではなく、漠然とし不安でしかない道であったからである。夕方の帰り道では祠の坂をおりるとソウル行きの夕方の汽車が通り過ぎていく。メボンジェを曲がって龍潭《ヨンダム》を通り過ぎ、ハンネ川《チョン》の橋を渡ってはるか夕焼けの中に果てしない線路とともに汽車は消えていった。ソウルに行ってきた人たちの話を聞くと、今、

龍潭《ヨンダム》を通っているあの汽車が、夕食を食べるころにはソウルに着くということであった。

「ソウル！　鄭書房《チョンソバン》までもソウルに勉強においでと言っていたソウル！　呉《オ》先生も龍潭《ヨンダム》の学校であと一年だけ教えたらきっと行くと言っていたソウル！　上級学校がいくらでもあり、昔から子牛は産んだら田舎に送り、人の子は産んだらソウルに送れと言われるソウル！　そして……」

松彬《ソンビン》は「あれしきの女！」と思ったが、ソウルのことを考えると、そのあとには決まって恩珠《ウンジュ》のことも思い出され、ときには恩珠《ウンジュ》がまず思い出されて、それからソウルの空想が始まったりもした。

男児立志出郷関

学若無成死不還……

自分の家に自分の父母がいても、男児として生まれたからには一度は大きなことに志を置くべきものであり、志を置くからには骨を埋めるところを選ぶべきではない。いわんや自分のようなはばかることのない身で何のために龍潭《ヨンダム》や農業学校にいつまでもしがみつく必要があろうか。

松彬《ソンビン》は農業学校に通ってひと月になるかならないかで、ある日、上谷《ウッコル》のおばさんから干しスケトウダラを一連《ドウロム》〔二十尾〕買ってくるように言われたお金六十銭を持ってまっすぐ停車場に向かった。

「このお金六十銭で、僕のことを悪く言うおばさんではない！」

と思いながらも、松彬《ソンビン》はそのお金で切符を買うのに手が震えた。麻鞋《ミトゥリ》をさきに一足買ったため、割引運賃ではあったが切符は三防《サムバン》までしか買うことができなかった。ソウル方面ではなく元山《ウォンサン》方面で

あった。祖母がときどき、

「金《キム》某に貸しているのが百両〔百両は十円に相当する〕で、李《イ》某は二百両、張《チャン》某は利子まで入れると五百両は超える……」

と言っていたのを、松彬《ソンビン》は忘れていなかった。この人たちはみな以前に住んでいた素清《ソチョン》通りの人々である。今、行ってソウルで勉強する元手にすると言うと、すぐにもお金を出してくれる人たちであると信じられて、歩いてでも、何ヶ月かかっても、まずは素清《ソチョン》に行く決心であった。

「お祖母ちゃん？　僕が成功する日までどうか生きていてください。海玉《ヘオク》、おまえも何とか無事に育っておくれ……」

そして、松彬《ソンビン》はもうこれからは本当に自分の上に、目には見えなくとも母の霊魂がいつもついていてくれることを固く信じながら、汽車に乗った。

三防《サムバン》からは汽車をおりて歩いた。山は幾重にも連なり、その間々に断崖があり、その断崖の下の真っ青な水は、昼であっても恐ろしかった。

しかし、春はこのような山の中でも爛漫としていた。美味しそうに咲いたカラムラサキツツジを手折り、歩きながら実のようにしてもいで食べた。親指よりも太い野いばらも手折って食べた。山鳩の鳴き声は、悲しみは人生にのみあるのではないと言っているかのようでもあった。

人もいろいろ

高い山を越えると、道はようやく少しずつ山から遠ざかりはじめた。畑があり、ときには村もあった。うら寂しさよりも今、耐えがたいのは空腹である。花と野いばらの芽ばかりを摘んで食べた腹は痛みを通り越して、ついには吐き気まで催した。日暮れも近いのに道のさきに村は見えなかった。遠くの谷あいでは汽車がトンネルに入るのに合わせて汽笛の音とごとんごとんと鳴る車輪の音がする。足の力がさらに萎える。夕陽の差すころになってある村に入った。お金を持っているわけでもないが、客主屋《ケクチュチブ》〔二九頁参照〕さえない村である。縁側が道端に出ている家があったので、ともあれ足を休めようと腰かけると、台所のほうから膳に箸と匙を置く音がする。まもなく香ばしい小豆飯の香りがただよってきた。松彬《ソンビン》は乾いた口の中に知らぬ間に溜まったつばをごくんと飲み込んだ。台所からは婦人が通りに向かって子供たちの名を呼ぶ声が聞こえた。どこの家にでも母がいるのであった。どこからか松彬《ソンビン》と同じくらいの年ごろのおさげを下げた男の子〔「おさげ」については一六頁参照〕が二、三人あらわれた。彼らは台所には入らず、見慣れないどこかの村の子が自分の家の縁側に座っているのをしばらく不満げに見ていたかと思うと、一人がもう一人の子をつんと指で突いてどこかに行かせた。すぐに五、六人の子が集まる。ぐるっと取り囲む様子がどうも尋常ではなかったので松彬《ソンビン》はすぐに道におりた。足の裏の水ぶくれが石にあたったわけでもないのに刺すように痛い。体の大きい子が一人すっと出てきて前を遮る。松彬《ソンビン》はすぐに横にどいた。別の子が遮る。またどこうとすると、今度は最初の子が足を引っかける。松彬《ソンビン》は転びかけた。一斉に「ははは」と笑うと、

「おい、いがぐり頭、名前は？」

と、一人の子が胸ぐらをつかむ。別の子は帽子を脱がせる。松彬《ソンビン》はもがいたが、相手は複数の子である。しかし、げんこつや蹴ってくるのを防がないわけにはいかない。防ごうとすると自ずと立ち向かうことになる。けんかが始まると、ちょうどさきほど夕飯を食べるよう自分の子供たちを呼んでいた婦人が出てきてくれた。何ヶ所か殴られはしたが、傷もなく帽子も取り戻した。しかし、すでに道はさきが真っ暗であった。七、八戸にしかならない村だったので、通りというほどの道はすぐに終わりであった。どれだけ行けばまた村があるのか見当もつかない。松彬《ソンビン》には闇に包まれた真っ暗な道をこれ以上進む勇気がない。松彬《ソンビン》は畑のあぜに座り込んでしまった。星はどこから見ても同じようにきらめいていた。安峡《アンヒョプ》の「モシウル」で薪の荷を取りに行った夜が思い出される。松彬《ソンビン》の冷たい頬に熱い涙がこぼれた。涙は、現在のことより、過去のことを思い出させるもののようだった。暗くなって少し経ってから、松彬《ソンビン》は畑のあぜから立ち上がり、さきの村へとふたたび足を踏み入れた。人の気配を避けて、そっとあの家この家とのぞいてみた。ときならぬ夕飯を乞えそうな家は一軒も目につかなかった。ある家の垣根をのぞき込んで戻りかけたところで香ばしい匂いがしたのでよく見てみると、牛が飼い葉を食べていた。そばに行っても犬に吠えられることもなく、牛といっても角の小さな牝牛であった。すばやく飼い葉を一握りつかんで出てきた。生ぬるい飼い葉

の中には大豆がまれに一粒ずつあった。麹を作る大豆ほどに煮られていないのがむしろ香ばしかった。飼い葉はもとに戻して桶に入れ、ふたたび一握りずつつかんできて大豆を取り分けて食べた。そして、ちょうどそばに堆肥溜め《カクチウリ》（キビの茎を編んで真桑瓜《まくわうり》の囲いのようにし、飼い葉に使う大豆の皮などを貯蔵して置くところ）があり、その中でこの放浪の最初の夜を送ることとなった。

体が疲れていたので日が高くなるまで眠りたかったが、寒さと胃痛、それからこの村の子らにまた見つかるかと気も焦り、明け方に目が覚めてしまった。目覚めて考えてみると飼い葉は明け方に炊くものなので、まもなく主人が堆肥溜め《カクチウリ》に出てくるはずであった。松彬《ソンビン》はせっかくほのかに温もりかけた体ではあったが、冬のように冷えた明け方の道へと出た。脚と足の裏は寝ている間にも歩いていたかのように昨日よりさらに痛かった。しかし、もっとつらいのは寒さであった。歯ががたがたと鳴る。松彬《ソンビン》は空が晴れているのだけを幸いに、寒さを堪《こら》えようと足の裏を内に小さくすくめつつ、こぶしを握って走り出した。

途中で道に迷ってこの日に釈王寺《ソクワンサ》をようやく過ぎ、ある村でご飯も恵んでもらい、その家で寝ることまで心配してくれたおかげで、狭くはあったが安心して眠ることができた。翌日は道もよくてお昼には元山《ウォンサン》に着いた。

松彬《ソンビン》はここが元山《ウォンサン》であると思うと、幼い胸にも感慨一入《ひとしお》であった。

「僕の父さんが治めていた元山《ウォンサン》の街！」

牡蠣と魚がよいということで、母と祖母が一度、父の外出におともして、帰り道には釈王寺《ソクワンサ》に寄って仏さまにお供えまでしたということを前に母から聞いた記憶がはっきりとよみがえった。さっきから鼻をかすめる潮のにおいは素清《ソチョン》のことも思い出させた。足の指に水ぶくれができ、麻鞋《ミトウリ》もかかとに隙間ができていた。通りに入ると食べ物売りたちがまず目に入った。

甘い匂いがぷんと立つサツマイモ煮、まな板の上に塩を敷いて湯気をもくもくと上げる豚肉の薄切り、餅、飴、ゆでたカニ、みな同じような格好の老婆たちが色とりどりの手ぬぐいをかぶって素《ソ》清《チョン》で聞いていたのとよく似たなまりでしゃべっていた。松彬《ソンビン》はか細い喉にしきりに生つばを流し込んだ。足が誰かに引かれるように食べ物を入れた容器のそばへと向かった。しかし、この食べ物の商人である老婆たちはみな下衣《チマ》の前すそをまくり上げており、そこには大きな銭入れが口を広げて斜めにぶら下がっていた。松彬《ソンビン》はすぐにその場を離れ、あたりを歩き回った。地面には山道とは違って煙草箱、マッチ棒、落花生の殻など、人が捨てていったものが多かった。しかし、いくら注意深く見て歩いても、お金は一文も落ちていなかった。空腹でゆるんだ腰帯を締め直して見物しているうちに、いつの間にかにぎやかなところを歩いていた。見物していると、足が痛いのも忘れられた。ある一角に至ると干しスケトウダラが山のように積まれている。傍らでは龍潭《ヨンダム》の学校の運動場よりも広そうなところにスケトウダラが一杯に広げて干されていた。そこで子供たちが串を持ってあちこちの片隅で目玉を取って食べている。松彬《ソンビン》ははっとした。思わずそちらへと走った。小刀を取り出した。以前に祖母が邑《ウプ》で買ってくれた小刀である。スケトウダラの目玉を抉《えぐ》るには串よりも都合がよかった。まず、一つを口に入れた。その固くもなく軟らかくもない歯ごたえ、塩味がきいてにじみ出るように香ばしい味、その喉ごしまでもあとに残った。スケトウダラの目玉は以前に素《ソ》清《チョン》でも食べたことがあるが、こんなに美味しいものであるとは知らなかった。あたふたとしばらく

抉って食べていると、どこからか、

「こらっ！」

と、声がした。子供たちは蜘蛛の子を散らすようにすばやく逃げていく。松彬《ソンビン》もすぐにスケトウダラが積まれたところの後ろに隠れた。そのときになって干しスケトウダラを買ってくるようにとお金をくれた上谷《ウッコル》のおばさんのことを思い出した。胸がどきどきとし、体が震える。

「何としても成功しないと！　……母さん！　もう歩けないよ！」

干しスケトウダラの目玉を噛んでいくらか血の気が戻った松彬《ソンビン》の唇は、ふたたび真っ青になってぶるぶると震えた。

日が暮れると元山《ウォンサン》では家々に電灯がともった。松彬《ソンビン》は以前に汽船の中で見たことはあったが、家に電灯がともっているのははじめて見る。電灯が一番明るいところに行くと停車場であった。そこには誰もが休むことのできる腰かけがあった。一、二等待合室は立派すぎて入れず、三等待合室に行って固い木製の腰かけに腰をおろした。隣りには腰かけに横になっていびきをかいている人もいる。松彬《ソンビン》は腹がすいて眠れそうになかったが、いつの間にか眠っていた。何かで肩を叩かれて目を開けると、駅員が箒《ほうき》を持って殴りつけんばかりに目の前に立っていた。

「おい、どこで寝とる！」

松彬《ソンビン》がはね起きると、すぐに追い出された。外にはいつからか雨がしとしとと降っていた。電灯は明るいままであったが、夜が更けて静まり返っていた。

露宿をしていて目が覚めた松彬《ソンビン》は、体が震えて仕方がなかった。雨が降りつづけている。しばらく立っていると、大通りにかばんや風呂敷を持って雨にあたりながら何人かずつ一緒になって通り過ぎていく。船からおりたばかりの客たちのようであった。松彬《ソンビン》はすぐに通りに出た。そして船の客たちにまぎれ込んだ。誰も気にとめなかった。客たちはやがて一軒の「旅人宿《ヨインスク》」の看板を出した宿の戸を叩いた。松彬《ソンビン》は黙って彼らのあとについて部屋に入った。客たちのほうも同じ船に乗ってはいたものの、一行というわけではなさそうであった。彼らは互いにどこまで行くのかと尋ね、夕食はやめておいて暖かくして寝ようと言い、松彬《ソンビン》もオンドルの煙突に近いほうの側で、布団はなかったが寒くはない程度に混ざって寝ることができた。そして、朝食も客のうちの一人と堂々と相席で食べることができた。客たちが朝の便で発つために宿代を払う段になって、松彬《ソンビン》が一人だけ残ってしまい、宿代が問題になった。

主人はすぐに松彬《ソンビン》の体を調べた。お金が一銭もないことが分かり、黄色みがかったあごひげに手をやりつつ、顔をしかめると、

「この恥知らずめ!」

という声と同時に頬を打つ。松彬《ソンビン》の目から火花がはじけた。耳鳴りがおさまる間もなくまた頬を叩かれた。本当にどうするつもりでお金もなしに食事の席についたのか思い出すことができない。

「すみませんでした」

「すまない? ちょっと来い。こんなやつはとっとと性根を直してやらんことには、このまま大きくなったら人殺しになるんだ」

と、主人はわなわなと震えながら松彬《ソンビン》の手首を引っ張って行廊《ヘンナン》〔門のわきにある部屋で主に使用人が

使う」のほうにある事務室へと連れていった。近所の人たちや通りすがりの人たちが押し寄せて、しきりにのぞき込む。主人は小間使いの子を呼ぶと、

「南巡査のところに行って、ここに来てもらいなさい」

と言った。松彬《ソンビン》は目の前が真っ暗になってしまった。「勉強をして将来立派な人になろうと思って出てきたのに、無銭飲食の罪で懲役にでもなったらどうしよう」という思いからであった。

「宿代の代わりに何ヶ月でも働きますから許してください」

「こいつ、おまえなんぞをうちに置いて、盗賊でも引っぱり込まれたらどうする？　おまえの悪だくみに引っかかるもんかね」

「もう二度といたしません」

「つべこべ言うな」

人がだんだんと増えてきた。

主人は演説をするかのように松彬《ソンビン》の罪状をあげつらった。鍵をかけておいたのにどこからかこっそり入ってきて泊まったのだと言い、さらにご飯を食べて逃げようとするのを捕まえたのだと言いたてた。みな主人の言うことをそのままに受け取ったようであったが、その中に白笠《ペンニプ》〔白い麻の笠。三回忌から二ヶ月間、喪主がかぶったり、国喪のときにかぶったりした〕をかぶった人が一人前に進み出て、この旅館の主人とも面識があるらしく、挨拶をしたあと、松彬《ソンビン》にこのように尋ねた。

「おまえの家はどこだ？」

「江原《カンウォンド》道の鉄原《チョルウォン》です」

「鉄原《チョルウォン》？　父さんはいるのか？」

「亡くなりました」

「母さんは？」

「母も亡くなりました」

「うむ……。ここには何をしに来たのだ？」

松彬《ソンビン》はしばらく考えた。素清《ソチョン》に行くところだと言って、こんな噂が素清《ソチョン》に伝わったらどうしようかと心配になり、

「ここに来て、どんなことでもやってみたかったのです」

と言った。

「そうか。では、客主屋《ケクチュチプ》の小間使いでもやってみるか？」

「はい」

「では、ついて来なさい」

松彬《ソンビン》は巡査が来る前に早々にこの場を抜け出そうと主人の手から手首を引き抜こうとしたが、主人は離してくれるどころか、

「こんなやつをどこかに雇ってもらって、よその宿に迷惑をかけたらどうするんだい」

と、白笠《ペンニプ》をかぶった人の申し出までも引きとめようとする。

「いや、私の目はそんなに鈍くはありません。この子は賤《いや》しい家の子であるとは思えない。離してやってください」

主人は手を離してくれず、まもなく刀剣の音とともに巡査があらわれた。まだ年の若い巡査は、この家の主人と親しげであった。

「何か盗んだのでしょう。おそらく」

「危うく盗賊にまでやられるところでしたよ」

と、主人は松彬《ソンビン》に不利になるようなことばかり言った。

「おい、名前は何だ?」

と、巡査は手帳を取り出す。松彬《ソンビン》は額から血の気が引き、冷や汗をかいた。「助けてください」と言わんばかりに白笠《ペンニプ》をかぶった人を見つめると、彼は松彬《ソンビン》の前に出て財布の紐をほどいた。

「子供が一食を食べたくらいでどうしたというのです。さあ、二十五銭です。宿代を払えばそれまでではないですか」

するとと巡査も、

「まあ、そうですな」

と言って、手帳を戻した。

松彬《ソンビン》はこの白笠《ペンニプ》をかぶった人のあとについて農工銀行の横にある「物産客主金相勲《ムルサンケクチュキムサンフン》」という看板がかかった宿に来た。この旅館の主人は顔からして上品に見えた。白笠《ペンニプ》をかぶった人はたまたま利口そうに見えたから連れてきたと言い、ほかのことを言わないでいてくれることも有難く、主人も、

「尹《ユン》さんが利口だと仰られるのだから間違いありますまい。まったく、よい顔をしております」

と、それ以上のことは言わず、ここにいるように言った。

物産客主《ムルサンケクチュ》というのは普通の旅館ではなかった。京城〔ソウル〕、平壌《ピョンヤン》、釜山《プサン》各所からここにない物を持ってくるとそれを売り、またここでしか買うことのできない魚物《オムル》〔魚やその加工物〕や北布《プクポ》〔咸《ハム》鏡《ギョン》北道《プットー》で生産される布目の細かい麻布〕のような物を仕入れたりもするのが本業の、一種の貿易仲介商であった。宿を提供するのはその商人らのための便宜にすぎなかった。それでも、客はいつも十数人ずつは泊まっており、松彬《ソンビン》は休む間もなく忙しかった。ご飯を炊かねばならず、膳を準備しなければならず、客の洗面のための水を運ばねばならず、客室を掃除しなければならず、汽車の時間には昼であれば「客主金相勲《ケクチュキムサンフン》」という店の目印を掲《かか》げ、夜には同様の灯を手に停車場に出かけてなじみの客の荷物を持ってこなければならず、船が入ってくる汽笛が聞こえてくると、寝ていても起きて一里にもなる埠頭に行かなければならない。出発する客がいるときも同様である。客は荷物を持つと五銭あるいは十銭のお金をくれた。はじめはもらうのが恥ずかしかったが、のちにはむしろくれるのを望むようになった。ある客は片手では持つことができないどっしりとした荷物であるにもかかわらず、お金どころか有難うの一言もなかった。松彬《ソンビン》はこの客主屋《ケクチュチプ》にいて「人もいろいろだ！」と悟った。

尹《ユン》さんはこの客主屋《ケクチュチプ》にしばしば来た。彼はいろいろな客主屋《ケクチュチプ》と商会を回って物を仲介する仲買であった。松彬《ソンビン》はその後、すぐに食事代二十五銭を返そうとしたが、受け取ろうとしなかった。のちに知ったことだが、その尹《ユン》さんは前年の春に松彬《ソンビン》ほどの長男をはやり病で亡くしたということであった。松彬《ソンビン》は、今度は、

「悲しいことを体験した人であればこそ、悲しい人に同情することができるのだな！」

と悟った。

「僕もこれからは悲しい人に同情しよう」

松彬《ソンビン》がすぐに思い浮かべたのは十二号室に泊まっている客である。南の地方のどこからか弓に使うほどの長さの竹片を持ってきた客である。物からして粗末であった。古い木船の、床板と床板の隙間から水が漏れないように差し込む真竹であった。全部売れても二、三十円になるかならないかというほどのものを持ってきたのだが、ひと月あまりが過ぎても売れず、今となっては売れたとしても主人に前借りしたお金と宿代を払うと何も残らなかった。しかしこの南からの客は帰ろうともせず、一番風通しの悪い十二号室で、黄色い顔で垢じみた袖の埃を払うばかりであった。食べるのはご飯だけでもよいので、松彬《ソンビン》に煙草を買ってこいと言った。「お金をください」と言うと、「細かいのがない。番頭に頼んで五銭をもらってくれ」と言い、番頭のところに行くと「十二号室の客にはもう食事も入れないように」と言われた。ほかの部屋にはみな食事を入れて、その部屋にだけは入れないということは到底できなかった。煙草も灰皿をゆすぐところに来て吸いがらを拾っていくのを見て、松彬《ソンビン》は自らが五銭の煙草を一箱買ってあげたりもした。また、履き物もすり切れていて、彼がちょっと出かけることがあると言うと、松彬《ソンビン》は新しく買って履かずに大切にしていた革の経済靴《キョンジェファ》〔履き物の一つ。さきが細くやや深め〕も快く貸した。

ある日、この南からの客が主人に呼ばれた。松彬《ソンビン》は以前に自分が宿代のことでひどい目にあったことを思い出して、自分のことのように気をもみながら戸の隙間からのぞいた。

この宿の主人は客を殴りはしなかった。むしろお金を十円取り出しながら、

「これを旅費にして今日中に出発なさい」

と言うのであった。

松彬《ソンビン》は主人に感激した。そして自分もその客に煙草を買って与えた一円を超えるお金をもらわないでおこうと決心した。ところが、この南からの客はお金ができた素振りを松彬《ソンビン》に見せないばかりか、松彬《ソンビン》がどこかにお使いに出ている間に黙ってさっさと出発してしまい、そればかりか翌日になって分かったことだが、松彬《ソンビン》が客たちからもらった五銭、十銭を貯めて買ったあの革の経済靴《キョンジェファ》まで履いて行ってしまったのであった。

「悪いやつ！　犬にも劣るやつ！」

松彬《ソンビン》は、履きもしないで大切にしていた経済靴《キョンジェファ》が瞼にくっきりと浮かんだ。しかし経済靴《キョンジェファ》のことよりも考えれば考えるほどに腹が立つのは自分の心であった。彼に同情した自分の心であった。

「同情というのはこんなにも無価値なものなのか？　人というのはこんなにも信じられないものなのか？」

この煙のようにいなくなった南からの客だけは松彬《ソンビン》の人生観とまではいかずとも、とにかく人生を考える心の目に一点の傷となってしまった。

「人がみな善良であるだなんて信じることはできない！　僕がここで旅費を稼いで素清《ソチョン》に行ったところで、僕が信じるように、本当にあそこの人たちがお金を出してくれるだろうか。人がみな善良でないのであれば、どうしてそれを信じて旅費までかけて行くことができよう」

松彬《ソンビン》はいっそこの宿で頑張って稼ごうと心を決めた。

この宿では松彬《ソンビン》に食べさせてくれ、着させてくれ、客の食事一膳につき一銭ずつを月給としてくれる。客は平均して一日に十人は泊まっていた。一日朝夕で二十膳ずつ売れて一日二十銭、松彬《ソンビン》の月給は平均六円程度であった。

「一年我慢すれば七十円。七十円ならソウルに行って学校にかかる費用を支払うとしてもまずひと月はご飯を食べられる！　我慢しよう。お客さんたちからもいくらかずつもらえるのだから、うまくいけば百円だって手にすることもできる！」

松彬《ソンビン》は息をつく間もなく仕事に打ち込んだ。

しかし、一日として祖母のことを忘れた日はない。

「どれほど心配していることだろう。しかし、「男児志を立て郷関《きょうかん》を出《い》づ」だ！　学んで成功する日が来るまでは何の面目があろう……。それに、客主屋《ケクチュチプ》の小間使いの身で知らせてどうするというのか！」

しかし、祖母が自分のことを一時たりとも忘れられず、どこかに行って飢えてはいないか、病気になってはいないか、死んだりはしていないか、尽きることのない心配に苦しむであろうことを考えると、寝ていても仕事をしていても、ふと熱い何かが焦げるように胸につかえるのであった。

ある日、月の明るい夕べであった。夕食の片付けを終えて中庭《マダン》に出ると、海のほうからぽおーっと船が入ってくる音がする。松彬《ソンビン》は月が明るかったせいか、いつもよりも埠頭に出て海を眺めるのが楽しみであった。灯をともさず提灯を手に埠頭に着いたときには、すでに白っぽい人影を乗せた従船が音をきしませながら漕いできていた。提灯に灯をつけ、旅館の案内人たちの間に立って陸地へとあがる客たちを一人ずつ注意深く見ていて、松彬《ソンビン》はよろめきながら這い上がってくるかのような姿の一人の老婆に目を丸くした。

「お祖母ちゃん！」

「おおっ！」

ぶるぶると震える老人は、思いがけずも祖母に間違いなかった。

「お祖母ちゃん？」

「おまえなんだね！　この子は……」

祖母は気が遠くなったかのように、しばらく夢と現実とを区別できないでいた。

「お祖母ちゃん。僕だよ」

「悪い子だよ、お祖母ちゃんを……」

祖母は何日もの船旅に疲れ果て、泣く気力さえ失っていた。

松彬《ソンビン》がいなくなったという知らせを聞いて、祖母はその日のうちに龍潭《ヨンダム》に行き、またその日のうちに邑《ウプ》の松玉《ソンオク》を訪ねたが松彬《ソンビン》がどちらに向かったかということを推測すらできる者がいなかった。

考えあぐねて占い師を訪ねた。北のほうに行ったという卦《け》が出た。

「北のほうなら、あの子はきっと素清《ソチョン》に！　ほかに行くところもないだろうし……」

素清《ソチョン》に行きさえすればきっと松彬《ソンビン》に会えると思った。しかし旅費が十円あまりかかる。また、もしかしたら松彬《ソンビン》が自分の姉や妹には手紙を送るようにも思われて、明日か、明日かと待つうちにひと月あまりが過ぎた。松彬《ソンビン》の祖母は通りに出ると誰を見ても松彬《ソンビン》に見え、家の中でじっとしていると、松彬《ソンビン》が飢えたり病気になったりしてどこかで行き倒れになっている姿ばかりがしきりに瞼に浮かんだ。松玉《ソンオク》が見かねて婚家にこっそりと、かろうじて素清《ソチョン》に行けるだけの旅費を工面してくれたが、ちょうどその日は松彬《ソンビン》が停車場に出ていなかったのか、元山《ウォンサン》を素通りして素清《ソチョン》へと向かったのである。港ごとに寄港する船だったので十日もかけて行ったが素清《ソチョン》に松彬《ソンビン》はいなかった。娘の墓に行って無言の娘に声をあげて哀願し、かつてお金を貸していた人たちから何とか旅費になるほどのお金を返してもらうと、その間に松彬《ソンビン》の姉や妹に何か知らせがあったのではないかと、ふたたび十日の船旅でへとへとになりながら帰ってきたところなのであった。

「悪い子だよ！　手紙一つ寄越さないで！」

祖母は仇にでも会ったかのように、胸をかきむしりたいような気持ちであった。

松彬《ソンビン》は胸がつまるほどに嬉しくも悲しい客を連れて主人のところへと戻った。主人は松彬《ソンビン》の祖母にいくらでも長く泊まるように言った。松彬《ソンビン》の祖母は朝夕に松彬《ソンビン》の台所仕事を手伝い、昼は主人の家から釜の鉄蓋を借りて通りに出し、緑豆のピンジャトク〔緑豆を水につけ臼でひき、肉、もやしなどを入れて平たく焼いたもの〕を焼いて売った。

「一銭でも稼いで松彬《ソンビン》が勉強に出るための元手の足しにしよう！」

最初の日は以前に婿がここの監理《カムニ》として来ていたことが思い出されてため息が出るばかりであったが、翌日からは二、三十銭ずつでも財布に残るのが嬉しかった。

雨が降る日には松彬《ソンビン》の祖母はピンジャトクを売ることができないかわりに家で松彬《ソンビン》の仕事を引きうけた。そして、松彬《ソンビン》は停車場にはやく出て最初の汽車の時間まで待合室で本を読むことができた。

詩文読本をふたたび買って読み、『秋月色』〔一九二二年、崔瓚植《チェチャンシク》の小説〕『獄中佳花』〔一九一六年、姜《カン》義永《ウィヨン》の小説〕『海棠花《はまなし》』〔一九一八年に出版〕、こうした小説も読んだ。その中でもっとも感激したのは『海棠花』であった。トルストイの『復活』を崔南善《チェナムソン》という人が短く翻訳したものであった。

「ああ！　カチューシャ！」

松彬《ソンビン》は哀れな娘への憧憬に、雨のあとにふくらむ花のつぼみのように胸が満たされはじめた。そしていつからか停車場へと行く道、埠頭へと行く道でキャップを斜めにかぶり、そのころ元山《ウォンサン》でもはやりはじめた、

「カチューシャかわいや、わかれのつらさ……」〔『カチューシャの唄』は朝鮮語でも音盤が発売された〕を、歌いはじめた。

おそらく、陽暦八月末のことであった。ソウルの学生たちが二学期の学期始めでふたたびソウルへと戻るところであった。清津《チョンジン》、城津《ソンジン》、西湖津《ソホジン》のほうから男女学生たちがいくつものグループになって下船した。松彬《ソンビン》のところの宿にもなじみの客の子弟らが四、五名泊まった。翌日の朝である。学生たちが顔を洗いに出ている間に、彼らの部屋を掃除する手をとめ、彼らの帽子を手にしてみた。ある帽子は白線を巻き、ある帽子は金線を巻いている。以前、鳳鳴《ポンミョン》学校のある卒業生がソウルの普《ポ》成《ソン》中学校に通っていて、このような金線を巻いた帽子をかぶってきていたのが思い出される。

「これはあの普成《ポソン》中学校の帽子だな……」

松彬《ソンビン》は鏡の前に持っていき、かぶってみた。ちょうど頭に合う。自分の顔が別人のように晴れやかに見える。

「来年、きっとこの帽子をかぶってみせる!」

と、脱ぐのが惜しくて少しうつむきかげんになってみたり、頭をもたげてみたりしていると、けらけらと笑い声がする。女学生一人と男子学生二人が手ぬぐいで顔を拭《ふ》きながら戻ってきて、松彬《ソンビン》のしているさまを見たのであった。松彬《ソンビン》はすぐに帽子を脱いだ。あわててもとの場所に置こうとすると、おそらくその帽子の持ち主であろう一人の学生が、帽子を置こうと前かがみになっている松彬《ソンビン》の尻を足で力強く突くのであった。

「生意気なやつ!　人さまの帽子を……」

松彬《ソンビン》は尻を突かれた勢いで置きかけていた帽子に手をついて倒れた。ばねを入れてきれいに伸ばしてあった角帽が、片方は凹んでゆがみ、もう片方はその分、角が突き出てしまった。

「この野郎!」

帽子の持ち主である学生の怒りが爆発した。

「直せ、こいつめ!」

帽子を手によろよろと立ち上がる松彬《ソンビン》の顔を殴る。松彬《ソンビン》は顔に火をあてられたかのように痛かったが、逃げることもできなかった。

朝食のあとにはこの学生たちのかばんやバスケットを持って停車場に出た。金線の帽子の学生はかばんを受け取りながらただ横目でにらみ、女学生はバスケットを受け取って財布から五銭のお金を取り出した。松彬《ソンビン》は手を引っ込めてすぐに背を向けた。

「あらっ?　さあ、受け取るのよ。ただでさえ……」

と言う女学生の垢抜けた声は不躾《ぶしつけ》な振る舞いをするなと言わんばかりの口調であった。松彬《ソンビン》はこれほどまでにお金を受け取るのが恥ずかしいのははじめてであった。

「復讐しよう！　お金で！　名誉で！」

松彬《ソンビン》は待合室に入って、その女学生からもらった蛇の目玉のように憎らしい五銭玉の白銅貨をしばらくの間じっとにらみつづけた。

何日も経たずして松彬《ソンビン》に手紙が一通届いた。意外にも潤洙《ユンス》おじさんからであった。鉄原《チョルウォン》からではなく安東《アンドン》県〔現在の中国の丹東〕のある旅館からであった。安東《アンドン》県からとはさらに意外であった。松彬《ソンビン》の元山《ウォンサン》の住所は邑《ウプ》に行って松玉《ソンオク》に聞いたそうで、その間、自分は妻に先立たれ、これを機会に遠く米国のようなところへ行ってみようかと思い、お金を年長者たちに気づかれないように少し準備して、さしあたり上海に行くところであるから、おまえも上海や米国に行ってみたい気持ちがあるのなら一緒に行こうというのであった。松彬《ソンビン》は全身にすぐにも羽が生えるかのようであった。潤洙《ユンス》おじさんの家は金持ちだし、また潤洙《ユンス》おじさんは松彬《ソンビン》よりも年齢が六、七歳上である。それほど親しくはなかったが一人で行くのは怖《こわ》くもあったので、向こうから誘ってくれたのであった。何であれ心強く信頼もでき、上海まで行きさえすればそこから米国に行くのは非常に容易《たやす》いということは前にも聞いたことがある。

「たかがソウルの学校が何だというんだ！　米国に十年も留学して帰ってきた日には！」

松彬《ソンビン》は灰皿と痰壺をゆすいでいたのを投げ出して、道でピンジャトクを焼いている祖母のところに走った。

「お祖母ちゃん!」

「さぁ、この熱いのをお食べ」

「違うんだ、お祖母ちゃん」

「どうしたんだい」

「お祖母ちゃんは僕が立派になると嬉しいでしょう?」

「そりゃそうさ!」

松彬《ソンビン》は潤洙《ユンス》おじさんの手紙を取り出して必死に説明した。

「お祖母ちゃんにはチンメンイに戻って、五年間だけじっと我慢してほしいんだ」

「五年間!」

祖母はピンジャトクが焦げるのも忘れ、ぺたりと座り込んでため息をついた。しかし曇った両目が突如として輝き、こう言った。

「五年、いや十年だって構いやしないよ! おまえさえ立派になるのなら、私はどこかで野たれ死にしようとも……」

松彬《ソンビン》はその足で走っていき、潤洙《ユンス》おじさんに電報を打った。その翌日には祖母を連れて元山《ウォンサン》を発った。お金は祖母がピンジャトクの商売で稼いだ分まで五十円にはなったが、学生服一着と靴一足を買って切符を安東県《アンドン》まで一枚と鉄原《チョルウォン》まで一枚を買うと、残りは十二、三円にしかならなかった。自分は安東県《アンドン》までさえ行ければそれまでなので二、三円だけを自分の財布に入れ、十円札は祖母に渡した。祖母が頑として受け取らなかったので、祖母がうとうととしている隙に祖母の巾着の中に入れておいた。

汽車は四時間後に鉄原《チョルウォン》に着いた。祖母は涙を堪《こら》えようとことばを発することができなかった。車内でも祖母は口を開かなかった。

「お祖母ちゃんの供養だとでも思って、どこに行っても一日と十五日には手紙を一通送っておくれ。それだけは頼んだよ。ほかのことは天地の神さまにお祈りもしたし……」

汽車が鉄原《チョルウォン》を発つときには松彬《ソンビン》も胸がつまって息をするのもつらかった。

汽車は翌日早朝に安東《アンドン》県に着いた。ここでも停車場の外は旅館の案内人らが列をなして客を待って立っていた。松彬《ソンビン》は以前の自分の姿を思い出して苦笑いしながら案内人たちを見渡した。潤洙《ユンス》おじさんの泊まっている旅館の名前はすぐに案内人たちの中から見つけることができた。

「すみません」

「さあ、どうぞ私どもの旅館に」

「ちょうどお宅の旅館を訪ねていくところでした。そちらに李潤洙《イユンス》さんというお客さんがいらっしゃるでしょう?」

「あの江原道《カンウォンド》のどこだったかから来た?」

「ええ、鉄原《チョルウォン》のお客さんです」

「昨日出られたんですがね」

「出た?」

「昨日、連れていかれて……」

「連れていかれた？」

「逃げてきた人だそうで。こっそり借金をして逃げてきたらしいですな」

松彬《ソンビン》は目の前が真っ暗になった。

「もういない！　その方が出るときに誰かが来たら渡すようにと手紙でも残したものはないですか？」

「どうでしょう……。家から誰かが来て、身動きもとれないまま連れていかれたんで……」

松彬《ソンビン》は案内人の足を急《せ》かしてその旅館に行った。主人に聞くと潤洙《ユンス》おじさんは手紙どころか伝言の一言も残していないという。

「一昨日、その方に電報が来たでしょう？」

「来ましたね。どこからか」

「電報を受け取っても……」

松彬《ソンビン》はしばらくの間、呆然と立っていた。潤洙《ユンス》おじさんが恨めしかった。上海に一緒に行こうと言ってくれた好意はもちろん有難かったが、今になってみると、元山《ウォンサン》で苦労して稼いだ五十円をみな使い果たし、さらに川一つ渡っただけではあるが他国にまで来て何も持たないでさまようはめになったのだから、考えれば考えるほど恨めしかった。祖母が受け取ろうとしないのをそっと巾着に入れてあげた十円もすぐに悔やまれた。

「どうしよう！」

松彬《ソンビン》は主人の前で財布をはたいた。お金は一円五、六十銭しかなかった。

「これで四日間、泊めてください」

「四日？　うちは一食五十銭だよ。四日？」

「今日私が手紙を送れば、四日でお金が来るはずです」

松彬《ソンビン》は祖母と潤洙《ユンス》おじさんに手紙を出せば汽車代くらいは送ってくれるのではないかと思ったのである。しかし、主人は松彬《ソンビン》の差し出したお金を金庫箱に入れると、

「明日の朝までは食事も出すけれど、それからは分からん。電報はうちが打ってあげよう」

と言った。それで松彬《ソンビン》はおじさんに電報を打った。祖母には、たとえ物乞いをしながら歩いて帰ることがあろうとも、心配させてはならないと思って「無事に着きました」という葉書だけを送っておいた。

　翌日の夕刻になっても潤洙《ユンス》おじさんからは連絡がない。主人は食事を出してくれない。ひもじいところなど見たくはないので出て行ってほしいと言われた。松彬《ソンビン》は暗い通りに出た。鎮江山《チンガンサン》公園に行って夜を明かした。公園で顔を洗い、しなびた果物の皮を拾って水で洗って食べた。昼ごろになって旅館に行って聞いてみた。やはり電報も手紙も届いていなかった。通りには元山《ウォンサン》よりももっと食べ物売りがあふれていた。中国人たちは食べ物を売るのも男たちばかりで、餃子《マンドゥ》、ミルカルクク〔一一九頁参照〕、胡餅《ホットク》〔小麦粉やもち米をこねて円形にし、中にあんを入れて平たく焼いたもの〕、鶏肉、豚肉、各種果物などがあって、松彬《ソンビン》はつばが出てどうしようもなかった。あるところから山梨の香りがぷんとしてきた。山梨ではなく、大ぶりの中国梨の黄色く熟したものが一籠盛られていた。洋服を着た人が一人来て値段も聞かずに手に取って食べると、半分も食べずにぺっぺっと吐き出して捨

てる。中が少しも傷んでいないものを捨てる。松彬《ソンビン》はすぐに拾った。梨というより蜜そのものであり、肉のように美味しかった。洋服を着た人はほかのものを手に取るとまた半分だけ食べてぺっぺっと吐き出して捨てる。しかし、松彬《ソンビン》がまた拾って食べられないように足でぎゅっと踏み潰してしまう。五、六個ほどもそうやって、そのまま行ってしまおうとするのである。中国人が手を差し出すと洋服を着た人は下手な中国語で罵《ののし》り、かえって怒りをあらわにするのは、腐ったものでお金を取るつもりかとどやしつける素振りであった。中国人は恨めしげに黙って萩の籠を持って旧市街地のほうへと行ってしまうのであった。

「世の中どうなっているんだ！」

松彬《ソンビン》は半分の梨ではあったが随分頭がすっきりとした。しかし、すっきりとした頭は、考えれば考えるほどにふたたび赤い血で一杯になりそうであった。

「あんな恥知らずな……人のことはかけらほども考えない悪いやつを神さまはどうして懲《こ》らしめないんだ？」

神さまというのは無情なものなのか。

神さまが無情なものであるとすれば、この世に恐ろしいものなどあろうか。

警官の目にさえつかなければ、どんな手段であれ食べるのが上策ではないのか。

しかし、持ち主のない食べ物はない。持ち主のない食べ物といっても半分だけ食べて半分は捨て、腐っているとけちをつけてそのまま立ち去ってしまう者もいるにはいるが、松彬《ソンビン》にはそうする勇気もなければ、やったところで相手が松彬《ソンビン》如きにおいそれとおとなしくなるはずもない。この日の夕方である。中国人の大きな洗濯屋の前で大声で騒ぐ声がする。真っ黒な影が路地からすっと出てきたかと思うと、瞬く間にどこかに消えてしまった。後ろからどやどやと何人もの人が声を張り上げながら追いかけて来た。強盗であった。強盗は慌てて下水溝に入ったようで、追いかけてきた人々は物干し竿で下水溝の両側の穴を突いた。両側から突きながら、板状の蓋をめくっていく。強盗は袋のネズミであった。それぞれが棒を持ち、出てきさえすれば叩きのめす勢いでぞっとした。松彬《ソンビン》は恐ろしくてその場から下がって距離をおいた。ほとんどの蓋がめくられたときである。パンという音とともにぴかっと下水溝で火花が散った。みなが一斉に散らばった。がたんと音を立てて蓋が持ち上がったかと思うとパンパンパンと連射しながら強盗が飛び出してきた。逃げきれなかった人は道に身を伏せる。強盗は拳銃を持った手をかざしたまま、悠々と周辺をうかがいながら大までで暗い路地へと入ってしまう。

松彬《ソンビン》は全身の身の毛がよだった。夜に公園で寝ることを思うと、あの強盗に出くわすような気がしてならなかった。旅館へと走った。潤洙《ユンス》おじさんからは何の連絡もない。それでも客たちの夕食が下げられるころまで待っていると、旅館の主人がかき集めたご飯一杯をくれた。晩ご飯を美味しく食べさせてもらって寝床まではお願いすることはできなかった。松彬《ソンビン》はふたたび鎮江山《チンガンサン》へと行った。あの銃を持った真っ黒な強盗もきっと公園にやってきて寝るように思われた。盗られた物は何もなかったが恐ろしかった。寝入りかけたかと思うとびくっと目が覚めた。耳を澄ますと木の葉の転がる音が聞こえるばかりであったが、霜柱に衣服が湿っぽく、それ以上眠ることはできなかった。松彬《ソンビン》は安東《アンドン》県のすべてがひたすら陰鬱で恐ろしかった。夜が明けるのを今か今かと待ったあと、それでも念のためにともう一度旅館の近くへと行った。十時ほどになってようやく郵便配達夫がその旅館に来た。走って行ってみたが、自分に届いた郵便物はやはりなかった。松彬《ソンビン》はその場で決心した。

「行こう！　ソウルに向かって歩こう！」

鴨緑江《アプノッカン》の鉄橋を渡って、ソウルへの道を歩きはじめた。遠い南の空は天気までもが曇っていた。

「こんなときは、鳥になれたらどんなにかいいだろう！」

松彬《ソンビン》はすでに足が重く感じられ、ジジジ、ジジジと鳴きながら草むらから出てくるイナゴさえも羨ましく思われた。道端には粟畑、キビ畑、大豆畑、そしてすでに収穫が済んでいたトウモロコシ畑もあった。松彬《ソンビン》はトウモロコシ畑が嬉しく、駆け寄ってみると、ときどき小さい実が一、二本ずつなっていた。もいで皮をむくと、まばらではあったが粒がついていた。

マッチがなくて焼いて食べることはできない。生のまま食べながら歩く。

「あのときの、三防《サムバン》から元山《ウォンサン》までなんて、どれほど近い距離であったことか！」

百里なのか百里を超えるのか、里数さえ分からない朝鮮の端から朝鮮の真ん中までの道、考えてみるとぺたりと座り込んでしまいたかった。しかし、また平坦な道になると自ずと、

「カチューシャかわいや、わかれのつらさ……」

の歌が口をついて出たりもした。

白馬《ペンマ》を過ぎて日が暮れた。川辺であった。キビ畑でしばらく寝て起きると、遠く鉄橋の上に明かりを煌々とともした汽車が、がたんがたんと通り過ぎていった。

「あれに乗れずに……」

松彬《ソンビン》は露に服が濡れて、ふたたび眠ることができなかった。歩いたほうが寒さがましと思って通りに出た。しばらく歩くと嬉しいことに東の空が白々と明けている。寝床のない者には朝ほどに嬉しいものはない。しかし、しばらく歩いて見てみると空に出ているのは太陽ではなく寝不足の人の目のように真っ赤な晦《つごもり》の月であった。

「ああ……」

松彬《ソンビン》はその場で座り込んでしまいたかった。こうして朝の待ち遠しい夜道を歩き、空腹で、背中が熱くなる昼の道を歩いて、枇峴《ピヒョン》、車輦館《チャリョングワン》、宣川《ソンチョン》、定州《チョンジュ》、古邑《コウプ》、嶺美《ヨンミ》を無事に過ぎて安州《アンジュ》にまで至ったときであった。雨のあとの滑りやすい赤土の道を歩いていて足首を捻った。さらに道を間違って平壌《ピョンヤン》のほうに出るつもりが順川《スンチョン》方面への道に入ってしまった。捻った足は甲が腫れはじめていた。村落まではるか遠いのに歩くことができない。杖を一本作り、安州《アンジュ》から順川《スンチョン》まで五日で歩いた。一番困ったのは川であった。どの川にも渡し船があったが、松彬《ソンビン》一人だけでは渡してもらえない。船が満員になるほどに人が集まってから渡るのだが、渡ったあとは船賃を支払わないとおろしてくれなかった。船賃といったところで二銭か三銭であったが、船頭は大金であるかのようにみなの見ている前できまって大声でどやしつけ、頰の一つでも叩いてからようやく放してくれた。川の水は悠然と流れていたが、松彬《ソンビン》は川にぶつかるたびにいつも大蛇に出くわしたかのようにぎくりとした。順川邑《スンチョンウプ》を過ぎてからのことである。半里ほど行くとまたこの「大蛇」とぶつかった。大同江《テードンガン》の上流であった。「郡《コウル》」が近いだけに、かなり大きな渡し場であった。すぐに人と牛馬がノブギ

（牛馬と自動車までも載せる大きい船）に一杯になった。

松彬《ソンビン》はまず船頭の顔つきをうかがった。頬ひげのさきを幾重にも縒《よ》り、まげをした色黒の年配の男で、目が針の穴ほどに小さい。ある乗客が穀物の袋を自分の草鞋《チプセギ》の上におろしたと言って目を真

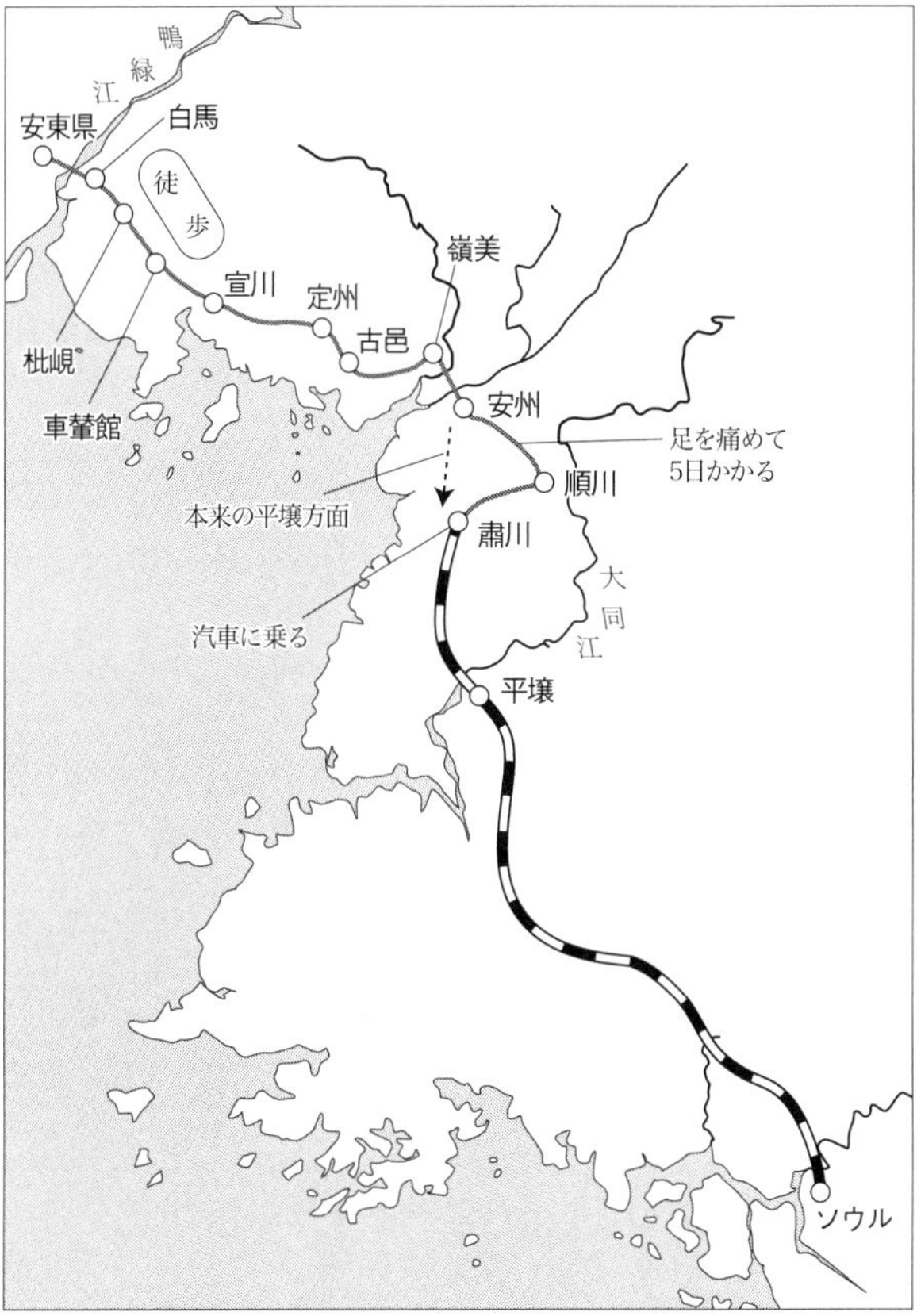

松彬の足跡（参考のため編集部で作成）

っ赤にいからせて叱りつけた。松彬《ソンビン》は胸がどきどきとした。ここでも一番最後まで残って帽子を脱いだ。

「申し訳ありませんが、船賃がありません」

「何だと?」

船頭は殴りはしなかった。そのかわり、

「ふん、ただで乗るってのなら、一回だけ乗せて済ませるわけにはいかんわな」

と言って、松彬《ソンビン》をもとのところに渡して戻らせた。そして、何も言わずに船の主人のところへと引っ張っていった。主人はここの人々が「郷長《ヒャンジャン》」という尊称で呼ぶ品のある人であった。何よりもまずその足でどうやって歩いていくのかと同情し、さらに松彬《ソンビン》の事情を聞いて船賃どころか足が治るまで自分の家で休んでいけと言うのであった。自分も息子がロシアに行って五、六年になるのだが帰ってこないと言って、松彬《ソンビン》のこんな姿から自分の息子の放浪を想像するかのように涙まで流した。松彬《ソンビン》は足も足であったが、何日もひもじかったお腹をまず一度存分に満たしたかった。主人がこういう人であったので、奥さんたちも手厚くもてなしてくれ、粟飯ではあったが香ばしい小豆飯を椀に一杯半ほどもよそってくれた。松彬《ソンビン》はいくら食べても食欲が尽きることがなかった。食べ終えるとすぐに眠気が襲った。空腹が満たされて熟睡して起きると、日は半日ほども過ぎていた。十日間をこんな調子で食べると、ようやく食欲も落ち着いてきて正気を取り戻しはじめた。足も主人が鍼《はり》を打ってくれて、甲の腫れもほどなく引いてちゃんと歩くことができるようになった。

この家では農業をするかたわら渡し船を経営していたが、それよりは水上船(荷物を載せる大きい船）何隻かを用いて平壌《ピョンヤン》まで往来する運漕業が本業であった。松彬《ソンビン》はどんな仕事でもこの家で手伝いをすることができた。かれこれひと月あまりが経つと今や松彬《ソンビン》がいないときはどうやっていたのかと思われるほどに、松彬《ソンビン》はこの家になくてはならない働き手となっていた。

「冬を越してからお行きなさい」

頬ひげのある年配の船頭だけが、自分にはどうにも扱いづらいとときどきぶつぶつと言うのみで、主人の家では夫妻ともに松彬《ソンビン》に情を抱くようになった。

ソウル

松彬《ソンビン》も主人の家の恩に背くことはできない。農業までやっているこの家で、一番忙しい九月、十月に都合よく出て行ってしまうことはできない。農作業を手伝うことにした。大豆を刈り取り、粟の穂も刈って、殻竿《からざお》打ちもし、水運びの背負子《しょいこ》も背負った。しかし、夕刻には時間があった。手足はだるかったが心は遠く浮雲のように流れ、横になっても眠りが訪れるわけではなかった。月も明るい時分で、松彬《ソンビン》はときどき川辺へと出た。川で月を見るのははじめてである。川にしても海にしても同じく水であり、月も以前のあの月であることに変わりはないのだが、川に映る月夜は海の月夜よりも一層明るく、一層静かで切なげに見えた。川は水というより月の川となって流れ、立ち込める浅瀬の下方の霧のさきからは船夫の愁心歌《スシムガ》がうら寂しく聞こえてきた。松彬《ソンビン》は家もない故郷への思いがにわかに込み上げてきた。

「お祖母ちゃんも、姉さんも、海玉《ヘオク》も、あの月を見ていることだろう！　あの月は母さんの墓も照らしているんだろう。西粉女《ソブンニェ》は今ごろ……？　恩珠《ウンジュ》は……？」

ときどき、松彬《ソンビン》は「月を一人で眺めとうよ」と言った西粉女《ソブンニェ》が思い出され、山菊を手折ってくれと言い、魚を生きたまま捕まえてほしいと言った恩珠《ウンジュ》がしきりに思い出された。そしてこれからソウルに行きさえすれば、自分も学校に入って勉強さえできるようになれば、もっと立派な人間になったその日には、きっと恩珠《ウンジュ》があらわれて喜んで迎えてくれそうな気がした。

「はやくソウルに行かないと！」

しかし、この家で秋の収穫が終わると、すぐに水の凍りはじめる季節になる。

「ソウルは人が薄情だそうだし、お金なしにしのぐには冬が一番苦しいじゃろう」

主人の引きとめもあって、冬の三ヶ月が過ぎた春ごろに出発することにした。川も凍り、船が動かないので、主人の家ではやることがなかった。

松彬《ソンビン》は退屈しのぎにもなるし、うまくいけばソウルに行く汽車代にでもなるかと思って、飴売りを始めた。

この地方の人たちは飴をご飯の次というほどによく食べた。三、四軒しかない通りにもきまって飴が売られていた。しかし、この渡し場は邑《ウプ》が近かったせいかまだ飴屋がない。松彬《ソンビン》は主人に元手一円を借りて邑《ウプ》に行って飴を仕入れてきた。慈山《チャサン》、殷山《ウンサン》に行く要所で、牛に荷車を引かせる人々に売るだけでも一円分はいつもその日のうちに売れた。一円分を売ると三十銭の利益であった。この毎日の稼ぎとなる三十銭は冬の間に二十円あまりのまとまったお金になった。あとは凍った川さえ解ければ水上船の便で平壌《ピョンヤン》に下ってソウルへと行くつもりであったが、ちょうどその年の春にソウルで騒動が起きて行くことができないとの噂が広がり〔一九一九年の三一運動を指すものであろう〕、はたしてこの「シュインチョンコウル〔順川郡《スンチョンコウル》か〕」にもソウルに行っていた学生たちが戻ってきたのである。何日も経たずしてシュインチョン郡《コウル》も大騒ぎであった。松彬《ソンビン》はやむをえず春をここで過ごすこととした。夏もほとんど終わりになってソウルが少し落ち着いてきたとの噂であった。そのときになって松彬《ソンビン》は一年にしてこの「シュインチョン郡《コウル》渡船場」を発つことになった。あいにく季節はずれの長雨で水かさが増し、水上船はまったく動かない。松彬《ソンビン》は夜道七里を郵便配達夫のあとについて粛川《スクチョン》に出て、ここからようやく一年前に安東《アンドン》県から心待ちにしていたソウル行きの汽車に乗ったのである。

「ソウル！」

松彬《ソンビン》は時刻表を一冊買って、停車場を一つ過ぎるごとに停車場の名前に一本ずつ線を引いた。夕暮れには松彬《ソンビン》の鉛筆は龍山《ヨンサン》まで線を引いていた。

京義《キョンイ》線〔ソウルと新義州を結ぶ鉄道〕も龍山《ヨンサン》を経由していたころで、龍山《ヨンサン》の次が南大門《ナムデームン》である。松彬《ソンビン》は胸をおどらせた。乗客たちはあわただしく荷物を取りまとめ、汽車もひときわ車体を揺らし、大きな音を立てながら速力を上げた。窓の外は電灯がぐるぐると渦巻くように回って見えた。

「もうソウルだ！」

松彬《ソンビン》は二十円のお金を入れたところにもう一度手をやって触りながら乗客たちの間に混ざって汽

車を降り、陸橋を渡って南大門《ナムデームン》駅を出た。

停車場の外は、明かりと人にあふれている。きらびやかな明かりとごった返す人混みに、松彬《ソンビン》は気を落ち着かせることができない。ぐずぐずと立っていると、すぐに一人の客引きがやってくる。松彬《ソンビン》は客引きにだけは騙されることはないと思っていたし、ましてやよく見ると三、四歳しか年が違わない若者である。松彬《ソンビン》はすぐにこの客引きについていった。路面電車も松彬《ソンビン》ははじめて見るものので、がたんがたんと音を立てながら街の真ん中を走っていくのが不思議であった。すぐに乗ってみたかったが客引きの子はひたすら歩く。

まもなく大きな城門のところに出た。客引きはそれが南大門《ナムデームン》であると教えてくれた。この南大門《ナムデームン》を左に曲がり路地に入ったやや低めの瓦屋根の建物が旅館である。案内された部屋は十六歳の松彬《ソンビン》の背でも足を伸ばすと壁に足がつきそうなほどの広さであった。電灯は壁を貫いて二つの部屋の間に下げられている。松彬《ソンビン》はすぐに起き上がって宿泊料から目を通してみると、一泊二食で一等が一円五十銭、二等が一円二十銭、三等が八十銭であった。客引きがすぐに宿泊届の用紙を持って入ってきた。松彬《ソンビン》は元山《ウォンサン》で書き慣れたものであったので、一つも間違えることなく書き終えた。そして、

「三等にしてください」

と言った。小使いが返事をして出ていったかと思うと、主人が戸を開けて上半身だけ入れて、

「宿代はどうする?」

と言う。

「三等と言ったんですが」

「いや……。そういうことじゃなくて、荷物が何もないんでね」

「はい」

「だからだね、宿代を泊まる何日分かだけ先払いをしてほしいってわけだ。金なんてすぐになくしちまうもんだし……」

松彬《ソンビン》はすぐに十円を取り出した。

「じゃ、明日になるか明後日になるか、私が発つときにはお釣りをいただけますね？」

「もちろんさ」

翌朝、松彬《ソンビン》は何やらうるさく話す商人たちの声で朝はやく目が覚めた。たまに大通りから聞こえてくる電車の音も耳慣れなかった。どこからかごおんごおんと鐘の音も鳴り、ぽおーっと機関車の鳴らす音よりも軟らかな汽笛の音もあちこちから聞こえてきた。そして次第に高くなる人々のざわめきは、あたかもソウルは四方が海に囲まれていたかと思われるほどに騒々しい。

「ソウル！　ソウルは今、ここなのだ！　潤洙《ユンス》おじさんは今でも恩珠《ウンジュ》の家に来ているだろうか。恩《ウン》珠《ジュ》の家はどこの町にあるのだろう。恩珠《ウンジュ》が今、僕に会うと喜ぶだろうか。ここには山菊もないし、生け捕りにする魚もいない！」

松彬《ソンビン》はすっくと起き上がって顔を洗い、朝食を急《せ》かせて食べてから通りに出た。にぎやかなほうに向かって歩くと向かい側に真っ赤な三階建ての建物が見える。絵葉書で見た「京城郵便局」に違いなく、石造りの「朝鮮銀行」もすぐに分かった。郵便局に入って祖母にソウルに勉強に来たと書いて送ったあと、さっそく学校の見学をしたかった。道を尋ねて徽文《フィムン》義塾、中央《チュンアン》学校、普成《ポソン》中学校、そして培材学堂《ペジェ》まで一日で見学をしたのだが、松彬《ソンビン》の心がときめいたのは春に騒擾事件により学生の移動が多かったこともあり、学校ごと、学年ごとに補欠生の募集広告が貼られていたことである。一年生の試験科目は日本語と英語と算術と朝鮮語作文であった。まったく分からないのは英語である。

ともあれ書店を訪ねて中学校一年生らが習うという『ナショナル』の第一巻を買った。本を売っている人に聞いてみた。

「一学期で何頁くらい進んだでしょうか」

「なに、今年に入って勉強は進んでいないからな。アルファベットを知っているだけでも入れるだろう」

「アルファベットって何ですか?」

書店の主人は最初の頁を開いて活字体の大文字小文字と筆記体の大文字小文字を見せ、

「ここからここまでをアルファベットと言うんだ。これだけよく書いて覚えておきなさい」

と言った。

「ここからここまで……」

松彬《ソンビン》はすぐに旅館に戻った。どこからどこまでがアルファベットというものかは分かってもAの一つすら読むことができない。ノートに活字体の大文字小文字、筆記体の大文字小文字の四書体で、書くというよりは描きはじめた。そして、主人にどこの学校が一番いいのかを聞くと、

「培材学堂《ペジェ》が中では古いだろう。うちからも一番近いし……」

と言うのであった。

「培材学堂《ペジェ》！　中でも古い……」

松彬《ソンビン》が考えてもその中で古いところが一番いいように思われた。煉瓦造りの三階建てであり運動場も一番広く見えた。松彬《ソンビン》は培材《ペジェ》に補欠入学願書を出した。試験は二日後であった。朝鮮語作文と算術には自信があったが、英語と日本語が心配であった。

「何としてでも入りさえすればついていく！　入るだけ入ってどうする？　学費もなしに……。しかし、まずは入ってみることだ！」

算術と作文は思ったとおり易しかった。日本語も五つの問題のうち四つは書けた。英語は英文で三行も書いたものを朝鮮語に訳せとあり、小刀、鉛筆、ノート、学校、先生、これらを英語で書けとあった。松彬《ソンビン》には一つも分からなかった。松彬《ソンビン》はどうしようもなかった。三日間、夜遅くまで練習した「アルファベット」を活字体と筆記体、大文字と小文字の四書体で、丁寧に書いて出した。ところが、五十人あまりが試験を受けて十二人だけが受かる中に「李松彬《イソンビン》」の名前が堂々と貼り出されていたのである。

「ああ、僕も培材学堂《ペジェ》の学生……」

松彬《ソンビン》がこの世に生まれてはじめて経験する成功であり、希望への感激であった。思わず両目に涙が浮かんだ。すぐに拭った。涙はさらに溜まってぽろぽろと流れた。この涙は、すでに希望に満ちた感激の涙ではなく、絶望の涙であった。入学手続きと教科書と学生帽を買う費用だけで三十円あまりなのであった。

十円のお金が、これまで昼食を食べ、顔を拭く手ぬぐいと石鹸を買い、靴下を一足買うのに半分なくなっていた。主人に宿代として預けた十円もすでに半分以上を使っていた。松彬《ソンビン》は目の前が真っ暗になって培材《ペジェ》学堂の南門を出て旅館に帰るところであった。ある家の垣根の角に人が集まり輪になって座り込み、何かをのぞき込んでいる。松彬《ソンビン》は自然と足がそちらへと向かった。何かの賭け事であった。大きな将棋の駒〔朝鮮将棋の駒は通常八角形で厚みがある〕のようにかたどったボール紙にアラビア数字が書かれており、一枚ずつめくって見せる。その下には何もない。そしてその中の一枚をめくって誰からもよく見えるように丸を書いた紙をその下に入れてかぶせる。松彬《ソンビン》もその丸印が明らかに「3」の下に入ったのが分かった。一人がすぐに、

「3の下だ」

と言う。

「間違いないならお金を賭けてくだせえ。倍返しだよ、お金を賭けてくだせえ」

と言う。その人が前に出て座ってお金を取り出し、一円を賭けてその「3」をめくった。丸印がそっくりそのままそこにあった。この人はたちどころに二円を儲《もう》けた。松彬《ソンビン》は胸がざわついた。「僕もやったら当てられるのに!」と思った。今度は丸印が「7」の下に入った。二円を儲けた人は今度もまた一円を出し、松彬《ソンビン》は明らかに「7」と見たのだが「8」のほうをめくる。はずれである。丸印は松彬《ソンビン》が見たとおり「7」の下にあった。松彬《ソンビン》は自分がやればいくらでも当てられそうだった。二円をすった人は、次第と体を前に乗り出しながら丸印が入るのを見つめた。松彬《ソンビン》も続けてよく見た。明らかに「5」の下に入った。この人は、

「くそっ、一発儲けてやめとくか」

と言うと、五円をまとめて賭けて「5」をめくった。当たった。自分の五円は五円のままで、さらに一気に十円を儲けて悠々と去っていくのである。

「さあ、誰でも当てさえすればあんなふうに十円、いや百円、千円でも儲けられますぜ」

と、胴元は松彬《ソンビン》を見るのである。かがんで見ていた松彬《ソンビン》は、その場に座り込んだ。今度もその丸印がふたたび「5」の下に入るのをはっきりと見た。松彬《ソンビン》は躊躇せず、

「5です」

と言った。

「本当ですかい？」

胴元は松彬《ソンビン》に念を押す。

「確かに5の下です」

「じゃあ、お金を賭けてくだせえ」

松彬《ソンビン》は一円札一枚を取り出した。

「一円？　さっきの人を見なかったんですかい？　何度もやるとかえってすってしまうもんですぜ。ちゃんと見えたときは持っているお金をまとめて賭けて、一気に儲けるのがいいですよ」

そばにいた人たちも、

「なるほど、そうだ」

「十円でも賭ければすぐに二十円儲かって、合わせて三十円、その三十円をまたまとめて賭けて一

発当てれば、あっと言う間に九十円じゃないか?」

と松彬《ソンビン》をけしかける。松彬《ソンビン》はお金が五円にもならないことを残念に思いながら心の中で考えた。

「しかし、四円を賭けると八円儲かり、その十二円を賭けると三十六円、三十六円にさらに倍の利益がついたら……」

松彬《ソンビン》の瞼にははやくかぶってみたい培材《ペジェ》学堂の学生帽と教科書がしきりにちらつく。松彬《ソンビン》は一円札四枚をすべて取り出しまとめて賭けた。そしてその丸印が確かに下にあるはずの「5」の札をめくった。松彬《ソンビン》は目を丸くした。丸印はなかった。胴元はにやりと笑いながら「6」の下から取り出して見せる。松彬《ソンビン》のお金四円はそっくり胴元のチョッキのポケットに入っていく。

「もうお金はないのかい」

胴元からはぞんざいなことばが出てきた。

「一円にもなりません」

「いくら?」

「六十銭にしかなりません」

「六十銭でも当てさえすれば一円二十銭になるじゃないか。三回続けて当てたら四円くらいは余裕で取り返しておつりまでつくだろうに、やらないのかい?」

松彬《ソンビン》はまた六十銭をすべて賭けた。今回も丸印が入っていくところを間違いなく見たのに、めくってみると違っている。ようやく松彬《ソンビン》はこの者たちがいかさま師であることを悟った。さっきお金を儲けていった人もサクラで、この者たちの一味であることに気づいた。しかし、松彬《ソンビン》はこの者たちをどうすることもできないばかりか、いつの間にかこの者たちは場を片付けて後ろも振り返らずにさっさと逃げ去ってしまうのであった。松彬《ソンビン》は手がぶるぶると震えた。自分のこんなにも愚かなさまを誰かに見られなかったかと思い、すぐにその場を離れてしまった。

「これまで愚かだと言われたことなどないのに……」

松彬《ソンビン》はお金をすったのも惜しかったが、彼らに騙されたことが悔しく、さらに人のお金に対して欲を抱いた自らの心が恥ずかしく腹立たしかった。

この日は昼食も食べることができなかった。夜には、

「みな今日のうちに入学手続きをし、教科書も帽子も買って、明日からは学校に行くんだ！」

と考えると、眠ることができなかった。目がからからに乾き、口あたりは悪かったが朝食を食べると、それでも学校に心が引かれてじっとしていることができない。人目を避けて培材《ペジェ》学堂へと出かけた。今日は補欠生だけが集まる日である。外套《トゥルマギ》に麻鞋《ミトゥリ》あるいは経済靴《キョンジェファ》〔一〇九頁参照〕という姿で、帽子だけはきらりと新しい校章のきらめく学生帽をかぶった学生たちがすでに校庭に集まっていた。松彬《ソンビン》は試験を受けるときに顔なじみになった学生が何人か見えると、近寄るわけにもいかず離れたところに隠れてしまった。やがて鐘が鳴った。先生が三、四人出てきたのだが、みな著名な学者であるかのように立派そうに見える。一年生、二年生、三年生をそれぞれ別々に列を作って立たせて一年生の補欠生から名前を呼ぶ。七番目に、

「李松彬《イソンビン》」

が呼ばれた。松彬《ソンビン》は、思わず離れたところから返事をしそうになった。先生は三回呼んでも返事が

ないので鉛筆でしばらく何か記録をし、次の名前を呼びはじめる。松彬《ソンビン》のほかはみな「はい、はい」と元気な返事をする。点呼が終わると先生たちは一年生を先頭に大講堂へと入って行ってしまった。校庭では夏休みで伸び放題になった端ばしの草むらから虫の鳴き声だけが聞こえていた。

出会う人たち

松彬《ソンビン》は掲示板にまだ貼られたままの自分の名前をもう一度見つめた。

「掲示板に名前がある！」

それだけだろうか。考えるとあまりに残念である。みなはもうこの学校の堂々たる学生としてこの学校の先生に訓示を受けているのに、松彬《ソンビン》は名前を呼ばれても返事もできないまま培材《ペジェ》学堂の校庭に別れを告げなければならない。

「旅館に行ったところで何をしよう」

旅館に預けた十円も、あと二日が経てばすべて旅館の主人のものとなってしまうのであった。

「お金を稼ごう！　昼にはお金を稼ぎ、夜にでも勉強しよう！　夜学に通って、道が開ければそのときに二年生であれ、三年生であれ、四年生であれ補欠を受けよう！　それしかない！」

松彬《ソンビン》はこの日、ソウルのあちこちの通りを目を皿のようにして歩き回ったが、お金を稼げそうな仕事場は一ヶ所も見つけられなかった。夕刻に旅館に戻って客引きの子に事情を話してみると、

「横手のほうに山を切り崩す工事の仕事があったよ」

と言う。翌朝、そこを訪ねてみた。南大門《ナムデームン》小学校で運動場を拡張するために山を削る工事であった。土を運んでいる人夫に尋ねると、朝七時前に来ないと仕事がもらえないという。次の日の朝を待って七時前に行ってみた。しかし、人足頭《にんそくがしら》は松彬《ソンビン》の華奢な手と腕を見ると、すぐに背を押しのけてしまうのであった。

松彬《ソンビン》はあちこちを歩き回ってパゴダ公園〔現在のタプコル公園〕へと入った。亀の碑を見物し、八《パル》角亭《ガクチョン》を見物し、塔のところに近づいてみると、笠をかぶった一人の男性が塔の下に立って写真を撮らせている。ところが笠をかぶった男性は写真機のレンズを見ているのかと思ったら、写真機の真後ろに立っている松彬《ソンビン》のほうをじっと見ているようであった。松彬《ソンビン》もよく見てみると知っている人である。「西湖《ソホ》のご主人」であった。西湖津《ソホジン》で西湖商会《ソホサンフェ》という大きな海産物の貿易商をしている人で、ひと月のうち十日は元山《ウォンサン》に来ており、元山《ウォンサン》に来ると松彬《ソンビン》がいた客主屋《ケクチュチプ》に泊まった。松彬《ソンビン》のことを賢い子だといつも誉めてくれ、あるときは松彬《ソンビン》を自分の店に連れて行きたいと主人に頼みまでしていた、あの「西湖《ソホ》のご主人」である。写真機からカシャッという音がすると、すぐに西湖《ソホ》のご主人は松彬《ソンビン》のところへと来た。

「松彬《ソンビン》やないか?」

松彬《ソンビン》も一歩前に出て挨拶をした。西湖《ソホ》のご主人は藤のつるの下のほうに行って腰かけ、まず、

「ここで何の仕事をしてんねや?」

と尋ねた。

「仕事が見つからなくてどうしようかと思っているところです」

「ちょうどいい。今回こそはうちにおいで」

松彬《ソンビン》は涙がじんとにじんだ。今さら西湖津《ソホジン》に行きたいのではなく、「うちにおいで」ということばが有難かったのである。

しかし、松彬《ソンビン》はたとえ死ぬことがあろうともソウルで死にたいという決心を伝えた。西湖《ソホ》のご主人は頷きながら、

「なかなかのもんや」

と言って、十円を取り出し、そして、

「さぁ、明日の朝、うちの取引先の店においで。昼だけ働いて、夜は夜学に通えるような仕事を聞いたるよ」

と言うのであった。

こうして松彬《ソンビン》は、満州から粟《あわ》を仕入れて朝鮮で売る共栄商会《コンヨンサンフェ》というところに入った。仕事は毎日停車場の荷物係のところに行って粟を荷おろしすることと、それを積みかえること、人夫たちを管理することであった。一日中埃をかぶらなければならなかったが、さほどつらい仕事ではなかった。月給は二十五円、商会の宿直室に上房《ウッパン》〔七七頁参照〕があり、自炊をしてそこに住み込むことができた。そして午後の六時からは自由で、まず青年会館の夜学校高等科に入学した。

「どこに行こうと自分次第なんだ。頑張って勉強しよう!」

松彬《ソンビン》はすぐに祖母とあの西湖《ソホ》のご主人に学校に入ったという手紙を送った。

青年会館は夜学だけではなかった。ソウルで一番大きい大講堂があって、ほとんど毎晩のように有名な人の講演会があった。

松彬《ソンビン》は講演会がある晩には勉強に集中することができなかった。大講堂から割れるような拍手が鳴るたびにすぐにでもそちらに飛んで行きたかった。下校時間になるのを待って大講堂に行ってみると、扉のところまで人が一杯で弁士の顔はおろか声もろくに聞き取ることができなかった。何と言っているのか弁士の声が力強くなり、早口になったかと思うとぴたっとことばを切る。そのとき、聴衆らはまた大きな拍手をおくった。松彬《ソンビン》もともに拍手をおくりたかった。

こういうことが何回かあってから方法を考えた。広告を見て弁士が有名な人であるときは、その日の晩に習う科目はあらかじめ家で予習を済ませ、学校の代わりに講演会に出かけた。龍潭《ヨンダム》の学校で聞いていた呉《オ》先生の演説などとは比べ物にならないほどに威厳があり、筋道が通り、情熱と衝動に満ちた立派な弁士が多かった。七、八百名の聴衆は、彼の手のひらに載せられたかのように、その一言一言にあちらに傾き、こちらに傾きした。

「弁論とは偉大なものだ！　何より男らしい！」

松彬《ソンビン》は講演会が終わるといつも感激した。講演会のみならずときどき討論会もあった。討論会は予定した弁士だけに限られるのではなく、続論といって誰でも自分の気に入った側に出ていって意見発表を行うことができた。見ていると、中学生たちも堂々と舞台に飛び出していき、ある中学生は大人よりも堂々たる熱弁を振るって拍手喝采を浴びた。松彬《ソンビン》は続論に一度出てみたい気持ちになった。機会をうかがっていると、新しい討論会の広告が貼られていた。「事業を成就させるのは金銭であるか？　意志であるか？」という主題であった。松彬《ソンビン》はただちに「意志」のほうに加わることに決めた。「精神一到何事か成らざらん」ということばも思い出され、アルプスを越えたナポレオンが辞書から「不可能」という文字を削除したという話も思い出された。金銭のためであるとしてもまずは意志を強く持ちさえすればいくらでも稼ぐことができる、ということを要点に話を組み立て、松彬《ソンビン》は自分がいる共栄商会《コンヨンサンフェ》から南山《ナムサン》が近かったので、夜が明ける前に何日間か走って登り、北に三《サム》角山《ガクサン》〔北漢山《プッカンサン》の別称〕の峰々を眺め、南に漢江《ハンガン》一帯を見下ろしながら演説の練習をした。

はじめて舞台に上がる晩が来た。松彬《ソンビン》は一番前の座席へと座った。この日も定刻前に扉からあふれんばかりに聴衆がひしめいていた。この討論会はある専門学校の学生会が主催であったので弁士らは専門学校の学生が大部分であり、中学生も二人混ざっていたが、そこには培材《ペジェ》学堂の学生もいた。彼はちょうど「金銭」の側であった。

「よし……！　僕がお金がなくて通えなかった培材《ペジェ》学堂だ！　お金と培材《ペジェ》学堂に復讐するんだ！」

松彬《ソンビン》は続論が始まるのを待って誰よりもすばやく手をあげて立ち上がった。

松彬《ソンビン》が演壇に出てまずひるんでしまったのは観衆の視線であった。一人一人の顔に目がいくつもついているかのような目の海であった。魚たちが跳ね上がらんばかりの様子である。最初の一言目から自分が考えていたよりも声が大きく出てしまった。目の海からは「ははは」と笑い声がした。松《ソン》彬《ビン》はとっさに目をぎゅっと閉じた。毎朝眺めた三角山《サムガクサン》の連峰と漢江《ハンガン》一帯のあの悠々蒼々たるさまが目の中にありありと浮かぶ。すぐに松彬《ソンビン》の頭の中がすっきりとした。わずかの間に南山《ナムサン》に響かせたあの声と滑舌を取り戻したのである。ときどき拍手が起きた。喉が渇くほどになって、準備していた話を終えた。拍手がひときわ力強く、また長く続いた。松彬《ソンビン》は興奮しすぎて自分のあとの人たちの話はよく耳に入らなかった。この晩の討論会は松彬《ソンビン》の側である「意志」のほうが勝った。終わって出てくるときである。松彬《ソンビン》がまだ震えの止まらない足でみなに混ざって会場を出ようとしていると、誰かが肩を打つ。

「あ!」

「よかったぞ! おまえ、ソウルにいたのか」

「おじさん……」

潤洙《ユンス》おじさんであった。

松彬《ソンビン》は潤洙《ユンス》おじさんが恨めしいよりも、まずは嬉しかった。誘われるがまま貫鉄洞《クワンチョルトン》の中華料理屋へと入った。

潤洙《ユンス》おじさんの話によると、自分はあのとき安東県《アンドン》でおじにあたる人に連れ戻され、監視のため一年間は家の外に出ることもままならず、手紙などは届いたところで一切渡してもらえないばかりか届いたことさえ知らせてもらえず、

「おまえがどうしているか、まったく知らなかった」

と言い、今回ソウルに来るにあたっても結婚をしないと出すわけにはいかないと言われたらしく、

「恋愛結婚はまだだめで、二度目の結婚まで強制されたよ」

とため息をつくのであった。

「おじさんは、じゃ、今どこの学校に通っているのですか?」

「前に通っていたところはやめて、今度は英語を専攻するつもりで青年会館英語科に入ったよ」

「僕と同じ学校！」

松彬《ソンビン》も久しぶりに愉快に笑ってみせた。そして、

「僕の義兄《にい》さんは今もここで勉強しているでしょうか？」

と前から気になっていた姉の夫の消息を聞いた。

「分からん。おそらくまだ周りが物騒だから、家のほうにいるんじゃ……。私もここの姉の家にいるということで家に許してもらっているんだ」

そして、潤洙《ユンス》おじさんは松彬《ソンビン》の安東《アンドン》県からあとの苦労話を聞いて、一層責任を感じたのか最後にこのように言ってくれた。

「とにかく来春、どこの学校でもいいから、二年生の補欠でも、もう一度一年生からでも、ちゃんとした中学校に受かるようにしなさい。姉の家で私が一部屋を一人で使わせてもらっているから、一緒に住めるように私から頼んでみよう」

松彬《ソンビン》は恩珠《ウンジュ》のことを思い出した。

「おじさんのところはここから遠いんですか？」

「茶屋町《タオクチョン》というところでそんなに遠くないよ」

中華料理屋を出てからは二人で一緒に歩いて茶屋町《タオクチョン》に行った。恩珠《ウンジュ》の家であった。十一時にもなっていたので潤洙《ユンス》おじさんは、

「家も分かったことだし、これからは遊びに来なさい」

と一人で家に入ってしまった。

松彬《ソンビン》は暗い路地を一人帰りながらも、生まれてはじめて六、七百名の聴衆の前で演説したこと、何とかもう一度ちゃんとした中学校に入れれば一緒に住めるようにしてくれるという潤洙《ユンス》おじさんに会えたこと、恩珠《ウンジュ》の家が分かったこと、松彬《ソンビン》はこれほどに夜空を希望に満ちた目で眺めながら歩くのははじめてであった。

二日後が日曜日であった。松彬《ソンビン》は夕食を雪濃湯《ソルロンタン》〔牛の骨などを煮たスープ〕屋で済ませ、茶屋町《タオクチョン》に行ってみた。

潤洙《ユンス》おじさんはちょうど夕食中だったようで、住み込みのおばさんが一旦、中に入って出てきて、

「中にお入りくださいとのことです」

と言った。松彬《ソンビン》がしばらくためらっていると、潤洙《ユンス》おじさんが、

「松彬《ソンビン》、遠慮しないで入っておいで」

と言うのが聞こえた。行廊《ヘンナン》〔一〇四頁参照〕を過ぎると中門《チュンムン》があった。中門《チュンムン》に入るとソウルの家にしてはかなり広い中庭《マダン》がある。越房《コンノンパン》に板の間が続き、居間《アンパン》が一番奥にあった。何かを食べながら潤洙《ユンス》おじさんは居間《アンパン》からこちらを見やった。もう片方の障子も開いたかと思うと、大きめの女の子が顔をのぞかせた。恩珠《ウンジュ》であった。

「晩ご飯はどうした?」

「食べました」

「板の間に上がりなさい」

松彬《ソンビン》は潤洙《ユンス》おじさんの靴と、恩珠《ウンジュ》のものであろう、さきの尖ったエナメルの女学生用編上げ靴が並んだ踏み石の上に経済靴《キョンジェファ》を脱いで板の間に上がった。すぐに居間《アンパン》から、

「さぁ、いらっしゃい。顔を見せて頂戴」

という夫人の声がする。恩珠《ウンジュ》の母であった。松彬《ソンビン》は中に入って、膳を片付けている上品なソウル風の夫人にお辞儀をした。

「あなたは私を覚えていないでしょうね。あなたのお父さんは血縁は遠いけれど、世数《せすう》でいうと私のお兄さんにあたる人……。私が嫁入りするときは、あなたのお母さんにお化粧をしてもらったのよ……」

恩珠《ウンジュ》の母は松彬《ソンビン》の手を取って握る。

「あなたは今年いくつ?」

「十六歳です」

「十六……昔だったら号牌《ホペ》〔朝鮮時代に身分を証明するために十五歳以上の男性が携帯した札〕を持つ年も過ぎたのね! 財産がなくなっても、それでも息子っていいものね。娘だったらよその家に嫁いだらそれまでで、身一つでソウルに勉強に来る気になんてなれないでしょう。どこに行こうと李《イ》家の息子なんだし……」

恩珠《ウンジュ》の母は潤洙《ユンス》おじさんに、松彬《ソンビン》を優美館《ウミグワン》〔ソウルにあった映画館〕の見物でもさせてやるように言った。

見物ということばに恩珠《ウンジュ》は率先して前に立って歩いた。広橋《クァンギョ》に出て大通りを渡り、小道から貫《クワン》

鉄洞《チョルトン》へと入ると、はや楽隊の音が聞こえはじめる。

何の曲かは分からないが調子に合わせて足が次第とはやくなる。近くに行ってみると、数珠《じゅず》をつないだような電灯の線が何本も延び、二階の露台では目が出目金のような人、頬がふっくら垂れ気味の人、お腹が突き出ている人らが磨いたばかりの真鍮《しんちゅう》の器のような楽器を担ぎ、あるいは手に持って、興に乗って吹いている。

その露台の下には大きな看板絵がかけられていた。「名金大会《ミョングム》〔名金は映画「The Broken Coin」で、連続活劇として上映された〕」と書かれており、走る馬の上から松の木に飛び移る絵、大きな橋からその下を走る汽車に飛びおりる絵、深い絶壁と絶壁の間を自動二輪に乗って飛び越える絵、呆気にとられながらそれらを見やる人々で劇場前は一杯であった。

潤洙《ユンス》おじさんは二階席の券を買った。恩珠《ウンジュ》はよく来ているらしく、二階の人混みの中でも方向を間違えず慣れた様子でさきに行って前列の席をとった。恩珠《ウンジュ》がまず座り、次に潤洙《ユンス》おじさんが座り、その隣りに松彬《ソンビン》が座った。座ってみると、青年会館の大講堂とは比べ物にならないほどに広く、上下階にもほとんど空席がない。

やがて外で演奏していた楽隊の音が舞台裏から聞こえてきて、その音楽に合わせて弁士が登場した。弁士が舞台の真ん中に進んで観衆に向かって一礼すると楽隊の演奏はぴたりと止まった。「今宵もこの優美館《ウミグワン》をごひいきくださり、こんなに多数のご来場……」とか何とか並べ立て、来週は何々を上映するのでそのときもぜひともご来場のほどをと宣伝までして、ようやくまた楽隊の調子《リズム》に合わせて下がっていった。まもなく明かりが消えて映し出された映像を見ると、みな西洋人である。

松彬《ソンビン》にはみな同じ人のように見えて誰が誰だか分からなかったが、恩珠《ウンジュ》と潤洙《ユンス》おじさんはどの人が「キティ・グレー」だとか、どの人が「フレデリック伯爵」だとかをちゃんと見分けて話をしていた。映写幕《スクリーン》の横からさきほどの弁士がふたたび出てきて、何やら大きな声で一定の拍子をとりながらしゃべったが、松彬《ソンビン》には一言も正確に聞き取ることができなかった。薄暗い中でとても楽しそうな恩《ウン》珠《ジュ》へときどき目をやった。聡明そうな二重瞼の目が青いガス光線に輝き星のように美しかった。

二時間ほどして明かりがついた。待っていたかのように、「冷たい牛乳いかがですかぁ、ラムネはいかがですかぁ」という声が聞こえた。潤洙《ユンス》おじさんはラムネ三本と花札の箱ほどの大きさのお菓子を買って、松彬《ソンビン》に食べるように勧めながら、

「どうだった？」

と聞いた。

「走って追いかけまわしているのは分かるんですが、どうしてそうなるんだかは……」

すると恩珠《ウンジュ》がすぐに、

「あら！　あんなに面白いのに」

と、「お馬鹿さん」とでも言わんばかりにきょとんと見つめる。松彬《ソンビン》は顔が火照って何も答えられなかった。

見物からの帰り道であった。恩珠《ウンジュ》が松彬《ソンビン》の隣りを歩きながら、

「あなたも来年、中学に入る準備をしているの？」

と、ちゃっかりぞんざいなことばを使って尋ねる。

「そうだよ」

「私も」

恩珠《ウンジュ》は昨年の春に普通学校〔八九頁参照〕を終えた。学校で騒擾がなければ今年、どこかの女子高等普通学校〔高等普通学校は今の中学校に相当〕に入ったはずであった。

「算術の問題はみんな解ける?」

恩珠《ウンジュ》がまた尋ねた。

「算術の本に出ているのはみんな解けるよ」

「羨ましいわ!」

そして広橋《クァンギョ》に出た。松彬《ソンビン》は彼らと別れて一人南大門《ナムデームン》通りを歩いた。

恩珠《ウンジュ》は普通学校のときも算術の成績がよくなかった。しかも一年、間が空いたので、来年春の女子高等普通学校の入学試験で算術が心配であった。母方のおじである潤洙《ユンス》も算術は習って随分経つだけでなく、そもそも習っていたときから苦手であった。

「お母さん。松彬《ソンビン》は本に出てるのはみんな解けるんですって……」

「じゃ、ちょっと教えてもらいなさい」

「あの子は昼には来られないし、夜は夜学に通っているのに、いつ?」

こうして恩珠《ウンジュ》の母は潤洙《ユンス》と恩珠《ウンジュ》の意見を受け入れて、松彬《ソンビン》を潤洙《ユンス》とともに舎廊《サラン》に住まわせることとした。

恩珠《ウンジュ》は一人娘で、恩珠《ウンジュ》の母ははやくに夫を亡くしていた。相続した財産に三、四百石ほどになる土地があったが、まだ恩珠《ウンジュ》の父方のおじが管理していて毎月の分を本家から受け取って生活していた。しかし、せいぜい母子にお手伝いさん一人だけを置いて暮らす生活で、米と部屋は余っていたし、家事以外の仕事は手が足りなかったので、実家の弟や甥《ジョッカ》〔ジョッカは本来、甥を指すが、やや広く親戚の子を指すこともある〕の一人二人ぐらい置いておくのはむしろ寂しい家をにぎやかにしてくれるものであった。

松彬《ソンビン》はもちろん、恩珠《ウンジュ》も喜んだ。はじめは二つ年上である松彬《ソンビン》に母に言われたとおり「兄さん《オッパ》」となかなか言えず、呼ばなくてはならない場合には近くに行って微笑み、返事も「うん」「ううん」というふうであったが、一ヶ月も経たずして恩珠《ウンジュ》は松彬《ソンビン》を「兄さん《オッパ》」と呼ぶことに慣れてしまった。

「兄さん《オッパ》は、二年生を受けるんでしょう?」

「僕が一年生に入って恩珠《ウンジュ》と一緒に卒業したらいいのかい?」

「一緒に卒業してもいいじゃない?」

「同い年ならね」

「兄さん《オッパ》は卒業したらどうするの?」

「大学」

「何を習うつもり?」

「政治」

「政治!」

「君は?」

「父方のおじがとても頑固だから」

「好きなようにできるとしたら？」

「音楽家」

「音楽家！　将来の音楽家、張恩珠《チャンウンジュ》嬢！」

恩珠《ウンジュ》は耳もとを赤らめ、手にしていたノートで松彬《ソンビン》を叩くしぐさを見せた。

恩珠《ウンジュ》は日本語、朝鮮語、漢文、算術を松彬《ソンビン》から熱心に習い、松彬《ソンビン》は夜学をやめて中学一年生課程の内容を、英語だけは潤洙《ユンス》に、ほかのすべての科目は独学で必死に準備した。

「もし受からなかったら？」

恩珠《ウンジュ》は難しい算術の問題を一人で解けないときには眉間に皺を寄せた。

「受かるさ！」

「今回だめだったら、また来年も受けないといけない？」

「もちろん！　女性も今どき、少なくとも中学校までは出ておかないと……」

恩珠《ウンジュ》は松彬《ソンビン》のことばに励まされ、眠さに閉じかけた瞼をこすって、手のひらからこぼれ落ちそうになる鉛筆を幾度も握りなおした。

春になった。こんなにも燃え上がる向学心は松彬《ソンビン》や恩珠《ウンジュ》だけのものではなかった。過渡期的な沈滞におかれていた書堂《ソダン》から学校への転換の流れは、騒擾〔三一運動を指す〕一年で全朝鮮的に大きな刺激を受けた。独身男性はおさげの髪を、成人男性はまげを切って、面書記《ミョンソギ》や郡書記《グンソギ》をしていた人、憲兵補助員、巡査、そして商売をしていた人まで「新学問」への大進軍に加わり、ソウルへと押し寄せた。毎年、定員を充たすかどうかという程度であった中学校が五、六倍は普通であり、十二、三倍にまで応募者が急増した。朝鮮において「入学難」ということばはこの年にはじめてできたのである。しかし、恩珠《ウンジュ》は淑明《スンミョン》女子高等普通学校に、松彬《ソンビン》は徽文《フィムン》高等普通学校二年生補欠の難関を突破して、揃って同じ日に合格が発表された。

今度は松彬《ソンビン》も共栄商会《コンヨンサンフェ》で稼いだ分に加え、恩珠《ウンジュ》の母と潤洙《ユンス》おじさんの協力も得て、入学手続きを済ませ、教科書も買い、制服と校帽も買って、堂々たる徽文《フィムン》高等普通学校の学生となることができた。黒の制服に金色のボタンは、目もとがすずしく色白の松彬《ソンビン》をより愛らしく見せた。松彬《ソンビン》はまっさきに写真を一枚撮った。誰よりも祖母を喜ばせたかった。目の悪い祖母が見やすいようにするにはせめて中判にしたかったが、なけなしの八十銭で名刺判の大きさにして姉の分まで送った。

しかし、前途が明るいばかりではなかった。食べることはできるが、翌月からの月謝、学用品、身につける物など、やはり松彬《ソンビン》の空はすっきりと晴れてくれることはなかった。

ローズガーデン

松彬《ソンビン》はまず霊神丸《ヨンシンファン》〔漢方の消化剤の一つ〕の商売をやってみた。学校からの帰り道、夕方まで公園と停車場と飲食店を回って売ると、よく売れる日は一日に十包みは売れた。十包みだと三十銭の収入である。土曜日と日曜日は、うまくいけば一、二円の利益を得ることもできた。しかし、苦学生は一人や二人ではなかった。「苦学生互助会《カルトプフェ》」というものができたのだが、そこの会員だけでも百名あまりであった。お客たちもこちらが切り出すさきから「さっき買ったばかりだよ」と薬の包みを取り出して見せたり、飲食店では邪魔者扱いされ入れてさえもらえなかったりした。薬売りもすぐに苦しくなってきた。月謝の四円が何より急がれた。毎月六日の朝、朝礼の時間には月謝未納者の名前が呼ばれることになっており、松彬《ソンビン》はたびたびそれに名を連ね、そうなると月謝を持っていくまでは教室に入れない決まりであった。本の代わりに薬の包みを手に二日であれ三、四日であれ四円のお金を作りに出なければならなかった。一包みにつき三銭ずつの収入なので百四十包みは売らなければならない。十人に一人でも買ってくれればいいほうで、百四十包みを売るには薬を買ってくれそうな人を少なくとも千四百人にはあたらなければならない。ソウルがいくら広いとはいえ、新しい顔だけで千四百人は一日や二日では難しかった。どこかで確かに一度声をかけてみた人であったり、あるいは記憶がはっきりとしなくて知らないふりをして帽子を脱いで薬の包みを差し出すと、

「何でいつも俺なんだ?」

と、忌まわしげに立ち去ってしまう人もたびたびであった。

月謝のために一週間をずっと学校に出られないときもあった。潤洙《ユンス》おじさんにはお金がありそうであったが、一緒にいるようになってからはさらにお金のことを言い出しにくくなった。部屋を一緒に使いはじめたのも誘われたからであったが、次第と様子が怪しくなってきた。自分は四段組みの本棚にテーブル、籐椅子を置いているのに、松彬《ソンビン》は石油缶を横にして机としているのもあまりに差がありすぎて誰かが来てもこちらが申し訳なく、布団も汚れ下着も一枚しかないため松彬《ソンビン》からは

汗のにおいがした。同じ部屋の中で生活のもたらす違いは二人の間に顕著な距離感を生じさせた。どうにかこうにか一学期が終わった。毎月六日の朝礼のあと、四、五日間はきまって学校を休み、復習の時間をほかの学生ほどには持つことができなかったので、松彬《ソンビン》の成績は平均で八を超えることができなかった。しかし、席次としては二百人の中で三十番に入っていた。

京城〔一〇八頁参照〕での最初の夏休み！　松彬《ソンビン》はいつにも増して自らの孤独をはっきりと味わうことになった。みな故郷に帰省する汽車の学割券を手にして父母や兄弟らにお土産を持って、あたかも戦さにでも勝って帰るかのように意気揚々たるさまであった。潤洙《ユンス》も休みに入ると、その翌日に発つことになった。荷物が多かったので松彬《ソンビン》は荷物を持つために、恩珠《ウンジュ》はおじを見送るために清涼里《チョンニャンニ》まで同行した。清涼里《チョンニャンニ》から鉄原《チョルウォン》までは学割で一円にもならなかった。松彬《ソンビン》もすぐに切符を買って潤洙《ユンス》おじさんと一緒に鉄原《チョルウォン》に行きたかった。しかし、

「だめだ」

と、松彬《ソンビン》は心の中で叫んだ。

「僕は休みだからといって帰省する、そんな贅沢をするつもりで故郷を出たのではない。僕はもっと立派な、もっと誇らしい帰郷をしないと！」

汽車が出たあと突然にひっそりとした停車場には、松彬《ソンビン》と恩珠《ウンジュ》だけがぽつんと立っていた。

「私たちもどこかに行きたいわね！」

恩珠《ウンジュ》が北漢山《プッカンサン》の晴れ渡った空を見つめながら言った。

「電車に乗って市内に戻るってのも、どこかに行くことにはならないのかな」

「子供扱いしてからかわないで」

いたずらっぽく笑みを浮かべながら振り向き、横目でにらむ恩珠《ウンジュ》からは、柘榴《ざくろ》の花のような甘い香気《こうき》がただよってくる。

電車通りのほうへしばらく歩いたものの、いざ向こうから路面電車があらわれるのを見ると、恩《ウン》珠《ジュ》はぴたりと足を止め、

「ここの電車はハエが多くってよ！　兄さん《オッパ》！」

と言って、松彬《ソンビン》の足も止めさせた。

「じゃ、歩いて行こうか？」

「東大門《トンデームン》まで？」

「鍾路《チョンノ》までても」

「それより、私たち、汽車に乗ることにして、南大門《ナムデームン》まで乗っていくのはどうかしら」

「旅行ってわけか」

「いいじゃない！」

恩珠《ウンジュ》はすぐにきびすを返して停車場へと戻っていく。元山《ウォンサン》から来る汽車は二時間も待たなければならなかった。

「それまで散歩でもしようか」

「そうね！」

恩珠《ウンジュ》には何もかもが新鮮であった。

梅雨入りして何日も経っていなかった。道には何日も雨水に洗われた細かな砂がたまり、低地は川辺のようにきれいであった。しゃりしゃりと音を立てる砂、この時間になっても若葉の内側で朝の露がきらめく清々しい草の香り。松彬《ソンビン》は道の真ん中を通って砂を踏み、恩珠《ウンジュ》は道のへりの草を踏みながら、蝶ばかりが行き交う洪陵《ホンヌン》〔明成皇后《ミョンソンファンフ》の陵《みささぎ》〕への道を歩く。

道は見はらしよく延びてゆっくりと山すそに沿って折れていた。山すそを曲がると、道はまた目をつむっても歩けるほどにまっすぐに延びていた。遠くに深緑の道峰山《ドボンサン》がそびえ、その上のほうには白く雲のかかった峰が浮かんでいる。恩珠《ウンジュ》はにわかに大人びたようにときどき足を止めて遠い山と雲にしばらく目をやった。松彬《ソンビン》も一人だけさきに行くのが気まずくて一緒に立ち止まって眺めた。しかし、黙って恩珠《ウンジュ》に合わせて遠い山を眺めてばかりいるのはむしろ気まずくもあった。

「雲が……」

松彬《ソンビン》が口を開いた。

「雲？」

「雲がじっと《カマン》しているように見えても、よく《カマン》見ると少しずつ《カマンカマン》動いているだろう？」

「あら、「カマン」の多いこと」

と、恩珠《ウンジュ》はつっけんどんにことばを返し、ふたたび雲に目をやることもなく歩きはじめる。いくらも歩かずして恩珠《ウンジュ》はおもむろに草むらにしゃがみ込み、

「ああ！」

と、声をあげた。

「どうした？　蛇か？」

松彬《ソンビン》は慌てて駆け寄った。

「蛇だったら座り込まないで逃げてるわよ。いくら何でも」

恩珠《ウンジュ》は白い手でユスラウメよりももっと濃い赤のヘビイチゴを摘んでいた。松彬《ソンビン》ももっと深い草むらへと入り込んで、粒の大きいものを選んで摘んだ。

「これって食べても大丈夫？」

「ヘビイチゴなんて誰が食べるんだい」

「食べたら死ぬの？」

「死なないなら食べるつもりかい？」

と、今度は松彬《ソンビン》が言い返す。

「あら！」

恩珠《ウンジュ》がまた声をあげた。アゲハ蝶が一匹あらわれたのである。ちょうど恩珠《ウンジュ》の手の届きそうなところで今にもとまりそうな動きで羽をはためかせる。しかしとまれそうな花が見あたらず、高く舞い上がって飛んで行ってしまう。恩珠《ウンジュ》も松彬《ソンビン》も蝶を追いかけて走った。道へ、草むらへ、水溜まりへ、山すそへ、そして恩珠《ウンジュ》が息切れして座り込むころに、蝶は羽を広げたまますっと滑るようにおりて来て、草むらのほうで羽を揺らめかせる。二人はすぐにも捕まえようとする姿勢で、片手を上げたまま息を殺して近づいた。蝶は真っ赤な一輪の野百合にゆらゆらと揺れてとまっていた。しかし、彼らの手が届かないさきにふわりと飛び上がって、今度ははるか高く、見えなくなるまで遠く

に飛んで逃げてしまう。すると恩珠《ウンジュ》は、
と、一輪は咲いていて、もう一輪はつぼみのままの野百合を手折った。

「花でも摘もうよ!」

「花はとんだとばっちりだな」

「花が蝶みたいに飛べないのは私のせい?」

「折るのが罪であって、逃げられないのが罪じゃないよ」

「きれいだから摘むのよ。誰か花にこんなにきれいになりなさいって言った?」

二人はまた野百合を探してしばらく草むらをうかがっていると、どこからかくちばしが長く尾の短い青い鳥が一羽飛んできて榛《はん》の木の枝にとまる。

「あら、背中がさっきのアゲハ蝶みたい!」

「多分、この近くに川があるんだ」

「どうして分かるの?」

「あれは川で魚を獲って食べる鳥だよ。だからくちばしがコウノトリのように長いだろ?」

「そうなんだ!」

恩珠《ウンジュ》が近寄ったせいで青い鳥は飛んでいってしまった。

「川のほうに行ってみようか」

「どこか分かるの?」

「僕が探すよ」

松彬《ソンビン》は道のない草むらをかき分けながら前に進んだ。

「一人で行かないでよ！」

地面に湿気があって恩珠《ウンジュ》の踵の尖った靴はすぐにめり込んでしまう。

「僕の踏んだところを踏んだらいいよ」

「蜂に刺されるわけでもなし。一人でさきに行っちゃうなんて」

松彬《ソンビン》はすぐに戻ってきて恩珠《ウンジュ》の前に立った。恩珠《ウンジュ》は片方の手に花を持ち、もう片方の手で松彬《ソンビン》の腕につかまった。腕ではなく洋服の袖をつかんだ。青い鳥の飛んでいった方角へと向かうと、すぐに小川に出た。恩珠《ウンジュ》は川に手を浸した。深くはないが澄んだ川で、川幅が三、四間《けん》〔一間は約一・八メートル〕ほどあり、飛び越えるには無理がある。水流が反対側に偏り、こちら側は浅くて手を洗うのも不都合なほどに泥で濁りやすかった。

「向こうに渡ってみたいな」

松彬《ソンビン》はあたりを見渡してみたが飛び石は一つも見えなかった。松彬《ソンビン》は靴を脱いだ。大またで数歩で渡ることができた。

「ねぇ、私も！」

「おんぶする？」

恩珠《ウンジュ》は周囲を見た。誰もいない。恩珠《ウンジュ》は頷いた。松彬《ソンビン》は戻ってきて恩珠《ウンジュ》に背を向けてかがんだ。

「ぶら下がるだけだからね」

「落ちても知らないぞ」

恩珠《ウンジュ》は松彬《ソンビン》の首にしがみつき、ぶら下がって川を渡った。

小川の向こう側は水が深くて手を洗うのによいだけでなく、地面も細かい砂の土手になっており、土手を上がると芝生もあって野百合もあちこちに咲いていた。恩珠《ウンジュ》と松彬《ソンビン》は野百合が咲いているからと慌てることはなかった。誰かが突然にあらわれて摘んでしまう心配もなかったし、仮にそんなことがあったとしても少しも残念であるとは思えないほどに互いの心が満たされていた。ただ、何を話せばよいのか分からなかった。さっき大通りでしばらくそうであったように、互いに話すこともなくぎこちなかったが、それはそれで相手を責めるようなことでもなかった。花があると、恩珠《ウンジュ》の側であれば恩珠《ウンジュ》が摘み、松彬《ソンビン》の側であれば松彬《ソンビン》が摘んだ。松彬《ソンビン》が摘むと恩珠《ウンジュ》に渡してやるのだけのことであった。

目につくままに花を摘んだあとである。もっとさきまで歩くのがいいものか座ったほうがいいものか迷った恩珠《ウンジュ》は、松彬《ソンビン》を見つめた。松彬《ソンビン》は日陰であるのに、そしてあれほどゆっくりと歩いたのに、汗が出そうなほどに顔が火照っていた。それを見て、恩珠《ウンジュ》も自分の頬がいつの間にか熱くなっていることに気づいた。顔をそらすと片側から穏やかな風が軽く流れてきた。恩珠《ウンジュ》は風の吹いてくる方角に体を向けた。松彬《ソンビン》もそうしたかったが恩珠《ウンジュ》を真似るようで、体の向きを変えずにそのままに立っていた。

「こんなに……」

恩珠《ウンジュ》が口を開いた。

「こんなに、何?」

「こんなにきれいなのに、連翹《ケナリ》〔レンギョウ。モクセイ科の落葉低木。黄色の花が咲く〕って、おかしな名前」

「じゃ、何て呼ぶんだい？」

「……」

あんなに気丈で一言半句引き下がることのない恩珠《ウンジュ》が黙り込んでしまう。松彬《ソンビン》は考えてみると自分の返事があまりに無愛想であったと思った。

「犬《ケ》を連想するからいけないんだよ。連翹《ケナリ》、連翹《ケナリ》、音はいいじゃないか」

しかし、今度は恩珠《ウンジュ》がそれには答えず別のことを言った。

「汽車に乗り遅れちゃうわ！」

二人はふたたび小川へと戻った。

松彬《ソンビン》はまた靴を脱いだ。

恩珠《ウンジュ》は今度は無理にぶら下がらず楽な姿勢でおぶってもらった。

停車場に戻り、半時間も待ってから汽車に乗った。汽車の中で恩珠《ウンジュ》はふたたびおしゃべりの恩珠《ウンジュ》に戻っていた。

「はじめに摘んだ花はもう枯れているわ！」

「水に濡らして来ようか？」

「そう、手洗い所があるわね！」

恩珠《ウンジュ》は立ち上がって花を手に手洗い所に行った。

往十里《ワンシムニ》を過ぎると汽車は漢江《ハンガン》沿いに走った。洪水とまではいかなかったが、水かさがかなり増えていて、ポプラの木が川に浸っているところもあった。恩珠《ウンジュ》と松彬《ソンビン》は窓を開けて外を眺めた。松彬《ソンビン》が手を外に出すときは恩珠《ウンジュ》が手を引っ込めて、恩珠《ウンジュ》が手を外に出すときは松彬《ソンビン》が手を引っ込めた。そして松彬《ソンビン》は石炭のにおいの中でも恩珠《ウンジュ》の襟首から軽くただよう白粉《おしろい》の香りと椿の香りをかぎ分けることができた。薄い苧麻《からむし》の服を着た輪郭のくっきりとした丸みのある肩に触れると、あごの下のかすかな肉づきまでもがはっきりと手のひらに感じられ、松彬《ソンビン》は窓の外の漢江《ハンガン》の風景を見ることも忘れた。

「ねぇ、見て。ボートがある！」

松彬《ソンビン》はボートよりも恩珠《ウンジュ》の髪が自分の額にくすぐったいのが何倍も愉快であった。汽車はいつの間にか西氷庫《ソビンゴ》を通過した。漢江《ハンガン》はすぐに堤防に遮られ彼らの車窓から見えなくなった。

「もう！　息がつまりそう」

「席を替わる？」

恩珠《ウンジュ》の席は進行方向の反対側で風があたらなかったので松彬《ソンビン》と席を替わった。汽車が龍山《ヨンサン》に停まったときである。

「随分と長く停まるのね」

恩珠《ウンジュ》は席から立ち上がった。

「立ち上がったところで汽車は出発しないだろう？」

「のんびり屋さん！」

「慌てん坊さん！」

「私たち、ここで降りようか？」

松彬《ソンビン》は恩珠《ウンジュ》が清涼里《チョンニャンニ》から「私たち」ということばを使っているのが嬉しかった。そして日常とは何か違った行動を望むのは恩珠《ウンジュ》だけではなかった。松彬《ソンビン》と恩珠《ウンジュ》は龍山《ヨンサン》でおりてしまった。停留場に出ると市内方面への電車よりも漢江《ハンガン》へと向かう電車がさきにやってきた。

「私たち、漢江《ハンガン》に行ってみる？」

「ここから遠い？」

松彬《ソンビン》は漢江《ハンガン》がはじめてであった。

「すぐよ」

「じゃ、歩こう」

「歩くとかなりあるわよ」

二人は電車で漢江《ハンガン》にやってきた。鉄橋では人々がのんびりとあちこちに並んで立って川の見物をしていた。彼らにじっと見られるのが恩珠《ウンジュ》も松彬《ソンビン》も恥ずかしくて誰もいないところまで歩いて足を止めた。ちょうどそこでのことである。欄干に何やら広告のようなものが貼ってあった。「チョット、マッテ、クダサイ」と大きく書かれていて、その下には「どんな事情でも漢江《ハンガン》派出所にいらっしゃれば問題が解決するように懇切に相談に応じます。龍山《ヨンサン》警察署」とあった。

「これ、何だい？」

松彬《ソンビン》には分からなかった。

「兄《オッパ》さんは、そんなのも分からないの！」

「何をマッテクダサイなんだ？」

「死ぬのを」

「死ぬのを？」

「ここから川に身を投げる人が多いみたい」

「死ぬなって？　よく考えたもんだ！」

「これを見て死にに来て戻っていく人、本当にいるのかしら」

「そうだな……」

松彬《ソンビン》は少なからず暗い気持ちになる。

「どうして自殺なんてするのかしら」

「悲観したらそうするんだろうさ」

「どうして悲観するの？」

「悲観したくてするんじゃないだろう」

「じゃ？」

「悲観せざるをえないからするんだよ」

「どうして？」

と言っていると、男子学生の一団が近寄ってくる。恩珠《ウンジュ》と松彬《ソンビン》は何か罪でも犯したかのように顔を熱くして川のほうに体を向ける。

「あら！　花がみんな枯れちゃった」

「水に浸けよう」

「えい！　あなたたちが身をお投げなさい！」

恩珠《ウンジュ》は枯れた野百合を川に投げた。そのとき、学生の一団は一斉に声をあげて、「大同江《テードンガン》べり浮碧楼《プビョンヌ》を歩く李秀一《イスイル》と沈順愛《シムスネ》の両人なり〔尾崎紅葉『金色夜叉』の翻案小説『長恨夢《チャンハンモン》』による。新派劇としても演じられた〕」を歌いながら通り過ぎた。

「どうして悲観するのかって？」

「うん」

恩珠《ウンジュ》はハンカチを出して額を拭く。

「李秀一《イスイル》みたいになると悲観するんじゃないかな〔貧しい李秀一《イスイル》は愛する沈順愛《シムスネ》を富豪に奪われる〕」

「この前、金陶山《キムドサン》一行のお芝居を見たんだけど、李秀一《イスイル》は幸福に暮らして死んだりはしなかったけど？」

「死んだらよかった？」

松彬《ソンビン》が見つめると、

「ううん！」

と、恩珠《ウンジュ》は首を横に振る。そしてなぜか顔をさらに赤らめた。二人はしばらく黙って流れる川を見

ていたが、南山《ナムサン》から午砲《オポ》〔昼の十二時を知らせる大砲〕が聞こえると、

「もうこんな時間！」

と、恩珠《ウンジュ》は待っているであろう母のことを思い出した。恩珠《ウンジュ》はすぐにきびすを返して歩きはじめた。松彬《ソンビン》もあとについて歩いた。恩珠《ウンジュ》は三十分以上もかかる電車の中でも、電車をおりて家に帰る細い路地でも突然に他人になったかのように一言も口をきかなかった。門を入っても、ただ、

「母さん？」

としか言わずに、中門《チュンムン》の奥へと駆けて行ってしまった。

「何かに腹を立てたのかな？」

松彬《ソンビン》はどうにも落ち着かなかった。舎廊《サラン》に戻っても座る気にもならず帽子もかぶったまましばらく呆然と立っていた。

「何か一言声をかけてみるものを！」

松彬《ソンビン》は奥のほうに向けて耳を澄ましてみた。

「きっと裏庭で顔を洗っているんだろう。だったらおばさんと何か話していてもここからは聞こえないな」

松彬《ソンビン》はそのときになって帽子と上着を脱ぎ、自分も汗のかいた顔を洗うためにたらいを持って奥に水を汲みにいった。恩珠《ウンジュ》の部屋である越房《コンノンパン》は、細いながらも目の細かい簾《すだれ》がかかっていて部屋の中は見えなかった。水を汲んで戻ってくるときになって、いつの間にか長い苧麻《からむし》の空色のスカートにはき替え板の間から居間《アンパン》へと入っていく恩珠《ウンジュ》の足がちらっと見えた。すると、

「わざわざ何しに漢江《ハンガン》まで？　松彬《ソンビン》も何を考えているんだか」

という彼女の母の声が聞こえた。松彬《ソンビン》は胸がぎくりとした。昼ご飯を出されたが松彬《ソンビン》は食べる気になれなかった。何としても恩珠《ウンジュ》が怒っていないことさえ分かればもどかしい気持ちがすっきりしそうであり、怒っているとしても何で怒っているのかさえ分かればすぐになだめてあげられそうに思われた。しかし、恩珠《ウンジュ》は彼女のおじが不在ということもあって、そうそう舎廊《サラン》に出てきそうもなかった。

松彬《ソンビン》は夜になってもなかなか眠れなかった。目を閉じても恩珠《ウンジュ》の姿がしきりに瞼に浮かんだ。

「これが愛というものなのか？」

松彬《ソンビン》は誰が見ているというわけでもないのに全身が熱くなった。

「僕のようなしがない苦学生が裕福な家の一人娘を愛することができるのだろうか。だめだなんてはずはない！」

お金がないだけで自分が家柄で劣るところがあろうか？

お金なんか稼げばよいのではないか？

お金！

松彬《ソンビン》はむくりと身を起こしたが、自分の石油缶の机と、潤洙《ユンス》おじさんの引き出しごとに鍵の光るテーブル、本棚とを比較すると、力なく倒れ込んでしまった。

「将来だ！　僕のすべては現在にあるのではなく将来にある！　恩珠《ウンジュ》、僕の将来を待っていておくれ」

松彬《ソンビン》は翌日からふたたび熱心に薬を売り歩いた。

二学期になった。夏休みの間に稼いだお金で月謝も払い、冬服も一着、あらかじめ仕立てておいた。しかし、翌月からまたあの六日の朝礼時間が心配であったところへ、今度は校長先生が直接松《ソン》彬《ビン》を呼び出すのであった。徽文《フィムン》義塾〔一九一八年に高等普通学校に改編〕の創立時から在職している六十過ぎの老校長で、背が高くて声が大きく、修身の時間にはいつも鷹揚かつ厳格であったが、校長室で一対一で会うととても優しく思いやりのある方であった。

校長は、

「君は月謝が遅れ気味だな」

と言うのであった。

「苦学しています」

校長は机の上の学籍簿に記された松彬《ソンビン》の戸籍欄にしばらく目をやると、

「君はご両親がいらっしゃらないのか！」

と言った。そして、家の事情をいくつか質問して、月謝免除とするのでその代わりに校長室と職員室、貴賓室の窓を拭く係になるつもりはあるかと聞いた。松彬《ソンビン》はすぐに、

「やらせていただきます」

と答えた。

「では、今日から放課後にここに来るように」

「はい」

松彬《ソンビン》は大きな悩み事を一つ解決するために即答したものの、すぐに心配されたのは「大変ではないにしても、恥ずかしくてどうしたものか」であった。放課後に校長室に行った。校長は用務員にガラス拭きの道具を持って来させた。松彬《ソンビン》は上着を脱いでガラス窓を上げ、窓枠に足をのせた。校庭でテニスをしていた仲間たちが目を丸くして見つめた。松彬《ソンビン》はそちらを振り返ることもできないほどに首筋まで真っ赤になった。キャッチボールをしていた学生たちは、

「今度は、ほれっ、松彬《ソンビン》の番だ！」

とゴム製のボールを投げて松彬《ソンビン》の背中にぶつけた。笑い声があがる。松彬《ソンビン》は思わず窓枠から校庭に飛びおりた。

「どいつが投げた？」

「さぁね」

口を揃えて「知らない」と言うのであった。一人の学生が、

「誰も見ていなけりゃそれまでさ」

と言う。松彬《ソンビン》はその学生のところに行き片方の手で胸ぐらをつかみ、ガラスを拭く洗剤がついたほうの手で、横っ面をひっぱたいた。ボール投げをしていた学生たちが一斉に集まってきたが、松彬《ソンビン》の気勢に圧倒されて迂闊にかかってくるような学生はいなかった。しかも校長がこちらを見ていて、

「けしからんやつらじゃ」

と松彬《ソンビン》の味方をしてくれた。松彬《ソンビン》は、

「人の弱点をからかうような卑劣なやつらは、いつどこであろうとただじゃおかないからな」

と一言残して悠々とガラス窓のところへと戻った。さらに涙が出そうであったのは、校長先生が腕ぬきをはずして自らガラス拭きを手伝ってくれたことであった。仕事がつらいかと思ってのことではなく、松彬《ソンビン》を励ますためにであった。この日だけでなく校庭側のガラス窓を拭くときは折をみて手伝ってくれた。やめてほしいと言うと、

「労働は神聖なものだよ」

と言って、老体にもかかわらずどうしてもと雑巾を手にするのであった。松彬《ソンビン》はこの校長先生の恩を心に収め、自分は一身の富貴などに理想を置きはしまいと何度も心に誓った。

ガラス拭きがつらかったのは最初の一回だけで、次の回からはガラス窓がそもそもあまり汚れていなかった。一週間に二日、一時間ずつ拭けばいいようになった。そして、松彬《ソンビン》は放課後に図書室に通いはじめた。

図書室は遅くに行くと席がないほどに学生で一杯であった。上級生らはもちろん、松彬《ソンビン》の組でもしっかりした学生はみなここに来て座って分厚い本を読んでいた。

「ああ！　僕はこんなに大事な世界を知らなかったんだ！」

松彬《ソンビン》は人に後《おく》れをとったことが悔やまれた。松彬《ソンビン》の組には憲兵補助員を三年もやったという坊主頭の学生がいる。

彼はいつだったか昼食時間にひげを一日でも剃らなければあごが真っ黒になるような年齢の仲間たちとともに集まって座り、

「この程度の教科書を習うために俺たちは学校に来たのか？」

と、不平を言っていた。彼らはほとんどみな図書室に来て思想に関する本を読んでいた。松彬《ソンビン》もすぐに机に飛びついて、分厚いものから選りすぐったのがユーゴーの『ああ無情』であった。松彬《ソンビン》は何日も日が暮れるまで読んで、この小説の中に出てくるすべての人物と事件に感激した。何よりもジャン・バルジャンが九人家族の飢えからやむにやまれずパン屋のガラス窓を割るところと、薄命の女性である私生児コゼットが他人の家で冷遇されて育つところは、自分がかつて食べることに苦労したことや見下されてきたことを思い出し、涙の跡で鼻すじがひりひりと痛むほどであった。

そして、その善の化身であるミリエル司教には松彬《ソンビン》自身がジャン・バルジャンであるかのように感謝と懺悔《ざんげ》に震えた。ジャン・バルジャンが完全に生まれかわって、ある地方の市長として慈善事業に残りの半生を捧げようとするとき、彼の過去をどこまでも追及して「前科者ジャン・バルジャン」であることをばらそうとするジャベール警部、彼の名前が出てくるたびに松彬《ソンビン》は虱《しらみ》や蚤《のみ》のように親指で潰したくなるほど憎たらしかった。しかし、読み終えて本を閉じるとき、ジャベールもまた公私の区別と厳格なる責任感を持つ法の擁護者として、人類社会には必要な一人の立派な人格者であるということが分かった。

「文筆の力とは偉大なのだ!」

松彬《ソンビン》は文学書籍に没頭するようになった。以前に元山《ウォンサン》で『海棠花《はまなし》』という名で抄訳されたものを読んだ『復活』〔トルストイの小説〕も全訳で読みなおした。ツルゲーネフの『その前夜』も読んだ。ゲーテの『若きウェルテルの悩み』も読んだ。松彬《ソンビン》の純真なる感情はこれらの名作の中にあらわれる典型的な人物らの大いなる思想、無限の愛、運命の悲劇などに次から次へと多彩かつ華麗に染められていった。

「ネフリュードフが貴族の娘と破婚してとてつもない財産を農奴たちに与え、シベリアへと罪人カチューシャを追いかけたのはなぜであろうか。愛！　カチューシャを本当に愛したからだ！　安楽な祖国を捨て、波乱多き亡命青年のあとを追って最後まで愛と正義の側となるエレーナの崇高なる愛！　ああ！　偉大な愛の力！」

松彬《ソンビン》は一冊の本を読み終えるごとに、何日間かは食事をしても味も分からないほどの余韻に浸った。学校の勉強などは目に入らなかった。何かにつけすぐに頭に血が上る正義への興奮と、カチューシャとエレーナとロッテを一つに合わせたような恩珠《ウンジュ》に対する恋情だけが燃え上がりはじめた。松彬《ソンビン》は日記帳を買った。毎晩、どんなに眠くても何行であれ書いてから寝た。

「今日も朝礼の時間に校長先生がありきたりの話を三十分もした。そんなことさえ分からない中学生だとでも思っているのか。八百名の学生が校庭に立って校長先生の訓示を聞く、一日に一度しかないその貴重な時間をくだらない話で終わらせるとは！　僕たちはもっと意義のある訓示をどれほどに聞きたいことか！」

「学校で次第にいやなやつが増えてくる。四年生でサージ〔梳毛《そもう》糸《し》の綾織り服地〕のズボンをはいてくるやつ、理事長の孫だとかで気分次第で制服を着てこなかったり、着てきたとしてもいつも脚絆を巻いていないやつ、体育教師でさえそいつにだけは何も言えないのか？」

あるいは、

「うちの学校はスポーツに入れ込みすぎている。運動選手であればほかの学校の生徒でもこっそりと金で買ってくるようなことをする。試験に落第しても点数を与える。煙草を吸っても処罰しない。運動精神の堕落である！」

そして、最後にはきまって恩珠《ウンジュ》のことを一言でも書くのを忘れなかった。恩珠《ウンジュ》を「恩珠《ウンジュ》」とは書かなかった。「カレーテ」と書いた。「カレーテ」とは「カチューシャ」「エレーナ」「ロッテ」から一字ずつとったものであった。

「カレーテ！　君の名を君も知らぬカレーテよ。この世で僕のほかには誰も知らないカレーテよ。君は永遠に僕一人だけのカレーテになっておくれ！」

「今朝、カレーテと一緒に門を出た。僕たちは目が合った瞬間、微笑みあった。こんな瞬間はすでに何度もあった！　そしてほかの人の目を避けるためにすぐに彼女も僕もあたりを見回した。それはすでに僕たちだけの秘密を抱いた印である。彼女の本を包んだ風呂敷が僕のものよりも重そうに見えて大通りまで持ってあげたかったが、彼女は門の外に出るとすぐにはや歩きでさきに行ってしまった。カレーテと一緒に門を出る日、僕は一日中、ずっと愉快だ！　代数もよく解けるしサッカーもこの日はとてもうまくいく！」

松彬《ソンビン》は試験が近づくのが楽しみであった。恩珠《ウンジュ》が英語や数学の本を持って、たびたび質問しに舎《サ》廊《ラン》に来てくれるからである。

ある日の夕方、潤洙《ユンス》おじさんが出かけていて、松彬《ソンビン》と恩珠《ウンジュ》が二人きりで明かりを下にさげ、一冊の本に頭をつきあわせていると、互いの息が触れ合った。二人の息はあたかも甘い酒のようにいくら吸っても不快ではなく、そしていつの間にか酔っているようでもあった。松彬《ソンビン》はよく知っている単語があやふやになった。一人なら一分もかからないであろう算術の問題に五分以上もかかった。恩珠《ウンジュ》も同じことを何度も聞き返した。

「眠いのかい？」

「ううん」

恩珠《ウンジュ》は子供のように鉛筆を口にくわえながら首を横に振った。

「じゃ、どうして何度も同じことを聞く？」

恩珠《ウンジュ》は突然に、

「知らない！」

と言って、すばやく本を片付けて奥に走って行ってしまうのであった。松彬《ソンビン》はそのままばたりと横たわり天井を見つめる。電灯の光が月のように青っぽく見え、天井に張った柄入りの壁紙が、星のようにきらめいて見えた。

「空には星があり、海には真珠があり、僕の胸には……」

松彬《ソンビン》は日記帳を広げた。すぐに、

「おお！　神さま、感謝いたします」

と書いた。イエスを信じるわけではなかったが、『ああ無情』でミリエル司教のことを読んでからは「人類に幸福を与える方は神さまでいらっしゃる」という概念を持つようになったのである。

「私の父がはやくに召され、母もはやくに召され、祖母とさえ、姉や妹とさえも離れて暮らさなければならないのは、ひとえに今日、カレーテに出会わせてくださるひそかな恩寵であったことを今になって悟りました。カレーテは私のすべてです。カレーテのすべてもやはり私であるようにお導きください！」

松彬《ソンビン》は何としてでも自分の愛をはやく恩珠《ウンジュ》に知らせたかった。

「恩珠《ウンジュ》がもしも拒んだら？」

自らへの問いかけであったが、悪魔の囁きのようにも思われて、答えを考えたくもなかった。

「愛そう！　熱烈に愛そう！　恩珠《ウンジュ》も僕を愛している！　きっと僕を愛してくれるだろう！」

しかし、ときには、

「何の証拠があろうか？　恩珠《ウンジュ》も僕を愛しているという何の証拠があろうか？」

松彬《ソンビン》は呑み込んだ火の塊が体の中でも消えることがないかのように耐えがたかった。

次の夏休みが近づいた。ソウルにいる一万名余りの地方学生たちはそれぞれ自分の出身地の学生会を組織した。夏休みの間、故郷に戻って地元の青年会と協力して巡回講演会とテニス、サッカー大会を開催する準備のためであった。鉄原《チョルウォン》から来ていた学生たちも学生会を組織した。松彬《ソンビン》も役員の一人として参加することになったのだが、ある日、渉外を担当する役員の女学生から講演の演題をあらかじめ知らせてほしいとの手紙が来た。内容は事務的なものにすぎなかったが、封筒が薔薇《ばら》の花をあしらった洋式封筒であり、便箋も勿忘草《わすれなぐさ》が描かれたものであった。この手紙を松彬《ソンビン》の不在中に恩珠《ウンジュ》が受け取った。恩珠《ウンジュ》は二日間もそのままにして舎廊《サラン》に松彬《ソンビン》だけがいるときを見計らって持ってきた。恩珠《ウンジュ》は顔を真っ赤にし、部屋に入ってきてもしばらく後ろに手を組んでためらったあげく、口を尖らせながらそれを松彬《ソンビン》に投げつけるのであった。松彬《ソンビン》も女学生からのものであることを直感すると、これがラブレターだったりしたらどうしたものかと咄嗟《とっさ》に思ったが、幸いそうした文言はまったくなかった。恩珠《ウンジュ》は自分のおじのテーブルのところに行き、いつの間にか泣いていた。松彬《ソンビン》は封筒を添えて手紙を恩珠《ウンジュ》の伏せた顔の横に置いた。恩珠《ウンジュ》は濡れた目をそっと上げ、横に置いたまま手を触れずにそれにさっと目を通した。すると便箋と封筒を手に取ってびりびりと破いてしまうのであった。そして目には新たな涙を溜め、いつものように片方の頬に見えるか見えないほどのえくぼを作り、笑みをかすかに浮かべて奥へと走っていった。

「ああ！　恩珠《ウンジュ》も確かに僕を愛している！　これが愛の証でなくて何であろう？　ああ！　恩珠《ウンジュ》も僕を……恩珠《ウンジュ》も間違いなく僕を……」

松彬《ソンビン》は今にも外に駆け出したい気持ちであった。腕が翼になったかのように、戸を開けると天にも昇るような心地であった。

青年会館英語科はいつも休みに入るのがはやかった。潤洙《ユンス》は、松彬《ソンビン》と恩珠《ウンジュ》がまだ試験も終えないさきから龍潭《ヨンダム》に帰った。恩珠《ウンジュ》も舎廊《サラン》に松彬《ソンビン》しかいないことを確実に喜んでいた。彼らが試験を終えた日の夜のことである。恩珠《ウンジュ》の母は松彬《ソンビン》と恩珠《ウンジュ》に活動写真の見物にでも行ってきなさいと言った。松彬《ソンビン》は、優美館《ウミグワン》に行こうか団成社《ダンソンサ》に行こうかという恩珠《ウンジュ》を連れて朝鮮ホテルに来たのである。前に潤洙《ユンス》おじさんに一度連れてきてもらったことのある「ローズガーデン」へであった。ホテルの裏庭の花畑にはいろいろなバラが咲いていて、五十銭を払うだけで花の観賞はもちろん、李王職楽隊〔李王職洋楽隊は一九一五年解散。後身は一九一九年結成の京城楽隊〕の音楽演奏、アイスクリームもあり、活動写真で金剛山《クムガンサン》〔朝鮮の名山の一つ。高さは一六三八メートル〕の見物までできるのであった。松彬《ソンビン》はバラの花畑に恩珠《ウンジュ》と並んで座り、ロシア小説によく出てくるライラックの花かげを歩く恋人たちと彼らの幻想を思い描き、じきに心地よい幸福感に心が満たされた。一緒に椅子に座り、一緒に音楽を聞き、一緒にアイスクリームを食べ、一緒に金剛山《クムガンサン》の絶景を眺め、滝の出てくる場面では一緒に手を叩き、やがて松彬《ソンビン》は恩珠《ウンジュ》の手をぎゅっと握ってみた。恩珠《ウンジュ》もただ握られるだけではなく、柔らかな手で握り返してくれるのであった。二人の間に紙一枚の間隔も置かないということははじめてであった。恩珠《ウンジュ》と松彬《ソンビン》の情熱に燃える目は滝の落ちる金剛山《クムガンサン》の映像でさえむしろ窮屈に思われ、しばしば遠い空を見上げた。大きな星、小さな星、みなが彼らの将来を祝福してくれているかのように美しくきらめいた。松彬《ソンビン》は天にも昇りたい気持ちであった。恩珠《ウンジュ》が望むなら、羽ばたいて星でもとってこられそうであった。

二人は「ローズガーデン」を出ると、そこから家に帰る道はあまりに近いので、大漢門《テーハンムン》〔徳寿宮《トクスグン》前の大門〕の前に出て、徳寿宮《トクスグン》の塀沿いに歩き、永成門《ヨンソンムン》を通り、光化門《クワンファムン》通りの四つ角からふたたび鍾路《チョンノ》まで戻って家に帰った。家に入るときに二人はもう一度、暗い門のそばで互いにぎゅっと手をつないだ。

この日の夜、松彬《ソンビン》は舎廊《サラン》で、恩珠《ウンジュ》は居間《アンパン》で、病にでもかかったかのように体が熱くなって一睡もできなかった。目が乾き、口の中も苦かったが、彼らは病のように苦しいわけではなかった。

翌日、朝食のあと松彬《ソンビン》がうつらうつらとしていたときである。松彬《ソンビン》の名を呼ぶ郵便配達夫の声とともに手紙が一通届いた。姉の松玉《ソンオク》からであった。今度の休みにも来ないのなら祖母が上京すると言っているので、祖母が上京したらそちらのお宅に迷惑だろうし、何とかこちらに一度来てほしいと、交通費まで入れて送ってきたものであった。松彬《ソンビン》は学生巡回講演隊からはずれなければならないことを残念に思っていたし、祖母に粗末な身なりで来られると恩珠《ウンジュ》に会うのが恥ずかしくなるのではないかと心配にもなって、自分が鉄原《チョルウォン》に帰省することにした。

松彬《ソンビン》が帰省するというのを聞いた恩珠《ウンジュ》も、母の実家に行くと言って急いだ。彼女の母もすぐに承諾してくれ、恩珠《ウンジュ》と松彬《ソンビン》は新鮮な夏の京元線《キョンウォン》〔ソウルと元山《ウォルサン》を結ぶ鉄道〕に二人きりで乗る楽しみまで得た。

恩珠《ウンジュ》は停車場まで迎えに来たおじたちと龍潭《ヨンダム》へと向かい、松彬《ソンビン》は邑《ウプ》の姉の家に行き、祖母、姉、妹、みなが久しぶりに集《つど》った。

姉はすでに娘を産んだだけでなく、その家の嫁として堂に入っているようであり、海玉《ヘオク》もひと月のうち半分は姉のところに来ていて、色白で、髪も黒くつややかであった。ただ祖母だけがめっきりと老いて今後のことが案じられるばかりであった。

「お祖母ちゃん、もう十年は元気でいてね」

「何だって?」

祖母は耳も遠くなった。ほかのことはさておいても、元山《ウォンサン》の客主屋《ケクチュチプ》で一緒に苦労したことを思うと、「祖母」というよりは一生涯忘れることのできない人生の一人の「哀れな同志」であった。松彬《ソンビン》は自分一人が輝かしい将来と幸福感に胸をときめかせることが、あたかも何かに打ちつけられるかのように痛かった。

深く隠れた花

しかし祖母を、いや「哀れな同志」のためにすぐにどうすることもできなかった。巡回講演が終わるとすぐに龍潭《ヨンダム》に行ってみた。上村《ウンマル》のおばさんは自分の息子が帰ってきたかのように喜んで涙まで流した。友人たちも喜び、松彬《ソンビン》の制服を羨ましがったりもした。恩珠《ウンジュ》と以前とは異なる、ひそかな互いの愛着をもって会えるのも楽しかった。

しかし、龍潭《ヨンダム》は楽しいことばかりではなかった。松彬《ソンビン》が家なき故郷で自分の家のように懐かしんだ鳳鳴《ポンミョン》学校は、校庭に雑草が生い茂っているのは休み中だからだろうが、教室のあちこちが雨漏りし、壁土がはがれ、柱と桁《けた》の蟻差《ありさし》がはずれて腐っていた。自分の家よりも学校を大切にしていた参《チャム》奉《ボン》〔五六頁参照〕のおじが龍潭《ヨンダム》にいられなくなって三年目であった。あの呉《オ》先生とともに咸興《ハムン》の監獄で五年という短くない刑に服しているのであった〔独立運動など何らかの民族運動による刑と推測される〕。学監《ハッカム》〔八九〜九〇頁参照〕であった漢文の先生は面長《ミョンジャン》〔行政単位である面《ミョン》の長〕となって邑《ウプ》に行き、「龍潭《ヨンダム》の村」として何とも残念なのは立派であった瓦葺きの家々が次々となくなっていくことであった。松彬《ソンビン》の家の跡地も、あとに住んだ人が強制執行を受けて邑《ウプ》の人が更地にし、豊富な材木で名の知られる淮陽《フェヤン》村出身の「淮陽《フェヤン》爺さんの家」と呼ばれた家も野菜畑となって井戸だけが畑の真ん中に残されていた。もともと贅沢をしたところで家で織った紬《つむぎ》を使うのがせいぜいで、病気になっても一包み一、二銭の漢方薬を三、四包み飲めばそれまでであった。遠くに行くときは馬に乗り、子供を教育しようと思えば一年に稲一俵あれば事足りた。したがって倉に米が残り、牛は子を産むがままに増えた。こうした豊かな生活をしていた人たちが、突然に米国や英国から入ってくる毛織物で洋服を作って着て、小豆が一升あれば一年もったものが、一つで小豆一斗の値段のする石鹼を買って使いはじめ、病気になると人力車で迎えに行かないと来てもらえない洋医に見せなければ安心できず、汽車に乗るようになってソウルへの往来が多くなり、子供たちをソウルに勉強に行かせたがり……。こうして簡便さというよさはあるにせよ、別の文化を知りはじめ、まだそれが身につくさきからいつの間にか抜け出すすべのない借金漬けの暮らしになってしまうのであった。

松彬《ソンビン》は龍潭《ヨンダム》に長くいたくなくなってしまった。恩珠《ウンジュ》とも自由に会うのが難しかった。はやく会ってソウルに帰ろうと約束したかったところへ、潤洙《ユンス》おじさんの家から夕食に誘われた。恩珠《ウンジュ》と一緒に板の間で夕食を食べて水車のほうへ散歩に出かけた。

すでに薄暗くなって蛍が川向こうに飛ぶのが見えるころ、メボンジェのほうから誰かの泣き声が聞こえてくるのであった。

「誰だろう」

「尹《ユン》先生かしら？　前に尹《ユン》先生が泣くのを見たとき、あんな感じだったわ！」

二人ともそちらへ駆け上がった。

「私、怖い！」

と、恩珠《ウンジュ》は松彬《ソンビン》にしがみついた。松彬《ソンビン》と恩珠《ウンジュ》は暗闇の中で他人が悲しかろうと何であろうと、幸福に高鳴る互いの胸を抱きしめた。

その人の姿はすぐに見えた。松彬《ソンビン》も一年習った尹《ユン》先生に間違いなかった。学校を改修するなり新築するなりするために、咸興《ハムン》へと校長に面会に行って帰ってきたところであった。校長は健在で、学校は自分が責任を持って借金を整理するから、金化《キムファ》にある自分の土地を担保に銀行から三千円を借りて新築するようにとの嬉しい許可を受けたのである。学校のことだけならば足どりも軽く帰るところであったが、呉《オ》先生が亡くなったのであった。肺を悪くして保釈となったものの家に帰ってから十日ももたなかったのである。彼の火葬までを終えて帰ってくるのに遅れたのであり、村へと戻るや村人たちが驚くであろうことも顧みず涙があふれてしまったのであった。

「ああ、呉《オ》先生が！」

松彬《ソンビン》はそばに恩珠《ウンジュ》がいるのも忘れて声をあげて泣いた。学校の校庭で「呉《オ》先生万歳」を叫び、彼の追悼会を開くことをみなで相談して、夜も更けたので散会するところであった。恩珠《ウンジュ》が潤洙《ユンス》おじさんを訪ねてやってきた。じつは松彬《ソンビン》に会いにやってきたもので、そばに来て松彬《ソンビン》だけに聞こえるように囁いた。

「明日、私たちソウルに帰りましょう」

「明後日の夜、呉《オ》先生の追悼会に出てから」

「じゃ、明々後日《しあさって》なの？」

「そう」

「もう、明々後日だなんて！　私、知らない！」

と、恩珠《ウンジュ》はふくれっ面をして行ってしまった。

夜も深まってきた。松彬《ソンビン》が友人たちと別れて暗い川の飛び石を渡っていたときである。東の空にぼんやりと浮かぶ三日月を眺めた。月は哀切なる興奮を映し出すかのように赤く、そして暗かった。

「こんなときに僕が一人で幸福であることは正しいのだろうか？　すべてから目を背けて自分だけが幸福である権利があるのだろうか？」

しかし、一方ではやはり恩珠《ウンジュ》のことが慕わしく、恩珠《ウンジュ》がふくれっ面で行ってしまったことが気になって潤洙《ユンス》おじさんの家のほうをしばらく振り返って見たりもした。

「恩珠《ウンジュ》はあまりに世の中を知らない！　あまりにありきたりな家庭で育ったからで恩珠《ウンジュ》が聡明でないということではない！　僕の考えるすべてが真実でありさえすれば、僕が気持ちを高ぶらせるのがいつも正義のものでありさえすれば、僕を愛する恩珠《ウンジュ》にそれらが感染しないはずはない！　そうだ！　インサーロフ〔ツルゲーネフ『その前夜』の登場人物〕についていったエレーナもどれほどありきたりな家庭に育った娘であったことか！　恩珠《ウンジュ》も僕のエレーナになっておくれ！」

松彬《ソンビン》はこの日の夜に恩珠《ウンジュ》に短い手紙を書いた。翌朝、難なく手渡す機会を得られた。手紙を読んだ恩珠《ウンジュ》はにわかに二、三歳大人びたように顔の表情も穏やかになった。呉《オ》先生の追悼会場に手に入りにくい白い花を飾ってくれ、松彬《ソンビン》が朗読する追悼詩を聞いて恩珠《ウンジュ》も涙を流した。松彬《ソンビン》はこの上なく満足であった。

松彬《ソンビン》と恩珠《ウンジュ》は休みがまだ半分以上も残っていたが、さきにソウルに戻った。ソウルではちょうど東京留学生らの講演会と音楽会があった。松彬《ソンビン》は恩珠《ウンジュ》と一緒に講演会に出かけた。見慣れた青年会館の大講堂であったが、この日はいつにも増して場内の空気が緊張していた。演壇の片側には制服の警官が座っており、その下には刑事たち三、四人がやってきて弁士たちの講演を筆記していた。留学生たちはみな専門大学生たちで、その厳しい警戒にまったく動ずることもなく洗練された身のこなしと心から湧き出る声でみなが熱弁を振るった。

「ああ！　東京留学生たち！」

松彬《ソンビン》は羨ましかった。世の中で難しいこと、青年だけが行いうることは、すでに彼らのなすべきものとなっているかのように羨ましかった。

翌日の晩、彼らの音楽会にも松彬《ソンビン》と恩珠《ウンジュ》は一緒に出かけた。一人の男子学生がピアノを弾き、ときには小指までも目にとまらぬほどの動きで操った。聴衆は、聴衆というよりも観衆は、魔法を見ているかのように魅惑され、演奏中であるにもかかわらず足まで鳴らしながら拍手をおくった。ある女学生は歌を歌うときに、その容姿からして恍惚たるものであった。

ひさし髪よりもさらに簡便に髪を結い、上着《チョゴリ》の結び紐が下衣《チマ》の紐ほどにも長いだけでなく下衣《チマ》の結び紐はもとより見えず、下衣《チマ》はふくらはぎが半分見えるほどに短かった「ここでは上着《チョゴリ》の丈の長い女学生風の朝鮮服を指すのであろう」。長い足を若干よじるように体を動かしながらゆっくりとした曲調に哀愁をのせて歌うのは、

「深く隠れた薔薇の花

無事でいたのか
君を喜ぶ
蜂蝶《ほうちょう》〔蜂と蝶をさす〕の僕」

であった。聴衆らはうっとりと甘い感傷に酔った。松彬《ソンビン》も恩珠《ウンジュ》も歌が終わるとすぐにアンコールの拍手をして、プログラムを見た。グノー〔シャルル・フランソワ・グノー〕のセレナードであった。

「深く隠れた薔薇の花、無事でいたのか……」

アンコールに応えてもう一度歌うのを、恩珠《ウンジュ》はあたかも目で聴くかのように正面をまっすぐに見すえて聞き、口の中で合わせて歌ってみた。

音楽会からの帰り道で恩珠《ウンジュ》は、

「深く隠れた薔薇の花、無事でいたのか……」

を、メロディを忘れないように何度も歌った。そして、

「何て名前だったかしら?」

「尹心悳《ユンシムドク》〔一八九七〜一九二六年。声楽家。劇作家である金祐鎮《キムウジン》と玄界灘で心中した〕」

「恩珠《ウンジュ》もこれから音楽学校に進んだらいいじゃないか」

「母さんが許してくれたら」

「恩珠《ウンジュ》の気持ち次第だろう」

「男子学校はこれから五年制になるみたいね〔一九二二年、朝鮮教育令による学制変更を指す〕」

「そうみたいだな」

「じゃ、結局、私と同じ年に卒業なんじゃない」

「一緒の年に卒業して、一緒の年に東京に行けばもっといいじゃないか」

二人には新たに一つ、東京に行くという夢が増えた。

恩珠《ウンジュ》は声も澄んでいたが曲を覚える才能もあった。

翌日から恩珠《ウンジュ》は「深く隠れた薔薇の花」をかなり上手に歌った。恩珠《ウンジュ》の歌を何度も聴いているうちに、やがて松彬《ソンビン》も歌えるようになった。

しかし、恩珠《ウンジュ》と松彬《ソンビン》だけの話ではなかった。あちこちで、歌で、ハーモニカで、「深く隠れた薔薇の花」は次第に広まっていった。新女性らの髪型も下衣《チマ》もあの女学生のスタイルがすぐにはやり、この秋から青年会館の大講堂では音楽会というものがたびたび開かれはじめた。

声楽であれ器楽であれ正式に専攻した人はほとんどおらず、礼拝堂の聖歌隊員たちが中堅楽士で、独唱に、合唱に、ピアノに、風琴《オルガン》に、バイオリンはもちろん、コルネット、フルート、ハーモニカ、横笛まで登場した。曲はみな単純なもので、演奏される曲目は三十をいつも超えた。歌は歌詞が教訓的なものであったり、ユーモアがなければ歓迎されず、

「風塵の世に生まれ、私の願いは何なのか……」

だとか、

「ある三人家族はみな口が不自由で……」

こうしたものがこの音楽会から広がっていき、学生のいる家の小窓からはいつもさきの「深く隠れた薔薇の花」とともにこれらの歌がハーモニカで、横笛で、口笛で聞こえてきた。みなが喜び、み

ながが希望に満ち、そして一方で、みなが多感でもあった。男女七歳にして席を同じゅうせずとされる七歳以上の男女たちが、ともに故郷を離れて百里の道を相伴い、ともに聖歌隊で歌を歌い、ともに講演に通い、ともに趣味について話し、ともに理想を語り合い、そうするうちに絶つことのできない愛着が互いの間に生ずる人々も当然に出てくるようになった。

しかし、男性は中学校に来るほどの年齢と家勢であれば、ほとんどみなが妻帯者であった。妻のある男性と未婚の女性との間にはつねに悲劇の運命がついてまわった。彼らは哀しみにとどまらず、家庭の罪人となり、社会の罪人とならなければならなかった。単に愛だとか恋愛だとかというよりも、そもそも父母と家庭とに縛られていた自らを取り戻す新しい人生の追求であったので、一度自我という目が開いた以上、罰則の類でその自らの目を刺して見えなくしてしまうことは到底難しかった。息子と父親、教え子と教師との間に、強硬な対立が生じることとなった。

「恋愛は罪悪である！」

と言えば、

「恋愛は神聖である！」

とぶつかることとなった。新聞と雑誌でも新思想を鼓吹する一面があった。しかし、その結果として当然に出てくる風紀問題については一転して年配者の側に立った苛酷な筆誅を下した。苑洞《ウォンドン》のある女学生がジャケットを着て歩くからと「苑洞《ウォンドン》ジャケット」という名で新聞、雑誌で騒ぎたて、ある新女性が髪をおかっぱにすると新聞記者が訪問記を書くほどの物議を醸した。

「娘を高等学校まで行かせるものではない！」

「恋愛だの、失恋だの、離婚だの、自殺だの、家に赤っ恥をかかせるのはいつも娘だ！」

娘への教育熱は勢いをなくしはじめたのである。

「恩珠《ウンジュ》、そろそろあなたをお嫁に行かせなさいって、父さんのお兄さんが仰るんだよ」

恩珠《ウンジュ》にもこの暗鬱な波が及んできてしまった。

「いやよ！」

恩珠《ウンジュ》はまったく耳を貸さなかった。しかし、母親は本家にたびたび足を運んだあげく、自らも、

「卒業証書でお嫁に行くものでもあるまいし。礼儀作法だとか、食材の値段や針仕事だとかも、下の者を扱えるぐらいには知っておかないと、ちゃんとお嫁に行けないんじゃないの？」

と、父方のおじの側についた。

「誰がお嫁に行くって言った？　私は専門学校まで勉強するんだから！」

「専門科まで？　お嫁にも行かないでみっともない」

「勉強するのがみっともないの？」

「女が勉強ばかりするとろくなことがないって昔から決まっているのよ」

母もまた娘の意見にまったく耳を貸そうとはしなかった。季節はずれの苧麻《からむし》に透かし織り、刺繡入りの厚絹に緞子《どんす》までそれぞれ疋物《ひきもの》で取り寄せ、本家からお針子を呼び寄せて生地を裁断するのに大わらわであった。

恩珠《ウンジュ》はすぐにも嫁に行かされそうで不安でもあったが、きらびやかな絹織物を二部屋にまでまたがって広げて衣服に仕立ててくれることだけはいやではなかった。しかし、多くの生地で仕立てる

チマチョゴリは、みな旧女性風の短い上着《チョゴリ》に長い下衣《チマ》であった。

「誰がこんなのを着るのよ。生地がもったいないわ」

「じゃ、あのジャケットだかバケットだか、あんなものを着るつもり？　どれだけ育ちが悪かったら新婦たる者、川を渡るみたいに足を出して歩くものなのかしらね」

「知らない！　とにかく短いのにして頂戴。長い下衣《チマ》なんて着ないんだから」

「知らないんだったらお黙り。これから赤ちゃんを産んで乳を飲ませるときにもそんな新式の服でやるつもりかい？　お母さんだってちゃんと考えているのよ」

母はしまいには声を荒らげた。恩珠《ウンジュ》は気まずくなって復習の本をかかえて舎廊《サラン》へと行った。

土曜日と日曜日はおじしかおらず、松彬《ソンビン》がいないのが内心寂しかった。松彬《ソンビン》は月謝が免除されていたが、それでもひと月平均七、八円のお金は必要であった。この七、八円を稼ぐために漢城《ハンソン》図書〔ソウルにあった出版社〕のようなところで書簡用例集、玉篇《オクピョン》〔七四頁参照〕、小説本などを安く仕入れ、近くの仁川《インチョン》、開城《ケソン》、水原《スウォン》などで売って歩いた。恩珠《ウンジュ》ははじめは会いたくて寂しかったが、やがて本を持ってあの人この人に物乞いするように頭を下げて歩く松彬《ソンビン》の姿が目に浮かぶようで心苦しくなり、そして、

「本当に母さんの言うようにお金が一番じゃないかしら。あんなに苦労して大学まで出ても、住むところひとつない男は所詮、お金のある人の下でぺこぺこしなくちゃならないんじゃないかしら？　ぺこぺこしたところでお金のあるその人よりは当然に貧しいだろうし」

と考えた。

おじの籐椅子に腰かけて、新聞紙をくるんで貼りつけた松彬《ソンビン》の石油缶の机を見下ろすと、恩珠《ウンジュ》はまだ道は遠いのに日が暮れつつあるような侘しさだけでなく不安までも浮かび上がってくるのであった。復習もままならず部屋を出てしまった恩珠《ウンジュ》は、奥に戻って部屋に一杯に広げられた花よりも美しい絹を足もとにしたとき、その気にさえなれば女王にでもなれそうな、ほかならぬ自尊心が胸の片隅から確かにむずむずと湧きあがってくるのであった。

さらに一年が過ぎて、松彬《ソンビン》は四年生に、恩珠《ウンジュ》は三年生に進級した春である。潤洙《ユンス》は青年会館の英語科を卒業して宿望であった米国へと発った。松彬《ソンビン》は舎廊《サラン》を一人で使うことができて自由である上に、同級生の中で自分の学費を一緒に使おうと言ってくれる者があらわれた。

「これからは恩珠《ウンジュ》と一緒に土曜日、日曜日もソウルにいることができる！　上級学校に入るための準備もこれからだ！」

松彬《ソンビン》はすぐに恩珠《ウンジュ》にこの嬉しい事実を伝えたかった。ところが新学期が始まって三、四日が過ぎても恩珠《ウンジュ》の姿が見えなかった。ある日、学校から帰ってみると、机の上に恩珠《ウンジュ》の書きおきがあったのである。

「父方のおじが自分が保護者だと言って勝手に学校に退学願いを出しました。理由は婚姻」

恩珠《ウンジュ》の走り書きした鉛筆の文字はそれだけであった。

「婚姻？　理由は婚姻？」

松彬《ソンビン》は何度も読み返してみた。読み返すほどに目の前が真っ暗になる。「婚姻」という二文字が蛇の目のようにじろりとにらんでくる。松彬《ソンビン》はすぐに部屋を出て奥のほうをうかがってみた。真っ暗である。恩珠《ウンジュ》の履き物も見えない。

「婚姻を！」

松彬《ソンビン》はあたかも火事場で一言も声をあげられないときのような心境である。

恩珠《ウンジュ》はこの日も夜が更けても姿を見せない。夜が明けてすぐに中庭《マダン》に顔を洗う水を汲みに行ったが、やはり越房《コンノンパン》の戸は閉まっており、恩珠《ウンジュ》は声も姿もちらりとも見せなかった。食膳を持ってきた住み込みのおばさんに聞いてみると、このところ本家に行ってそこで泊まってくる日もときどきあるとのことであった。松彬《ソンビン》はやむなく釈然としないまま学校へと向かった。学校がひけるまでとても耐えきれず、午後の最初の授業までで出てきてしまった。何か書きおきでもないかと思ったが何もない。顔を洗う水を汲むふりをしてたらいを持って奥に入ってみたが、針仕事に忙しいお針子だけがガラス戸越しにこちらを見やるのみ、やはり恩珠《ウンジュ》も恩珠《ウンジュ》の母も見えない。この日の夜も十二時が過ぎても恩珠《ウンジュ》は舎廊《サラン》どころか奥にいる気配さえない。

「深く隠れた薔薇の花、無事でいたのか……」

誰かがこの歌を歌いながら窓の外を通り過ぎた。松彬《ソンビン》は牢獄につながれた者のように壁に八つ当たりをして泣いた。しかし、どこかに向かって恩珠《ウンジュ》の名を呼ぶこともできない。

翌日、松彬《ソンビン》は終日、学校にも行けなかった。窓を開けたまま本家から恩珠《ウンジュ》が帰ってくるのを待った。多くの人が通り過ぎていくが、恩珠《ウンジュ》らしき姿は見えず、夜十時になってようやく彼女は舎廊《サラン》の小窓をうかがいながら早歩きであらわれた。視線と視線がぶつかって熱く燃えた。恩珠《ウンジュ》は門の音をなるべく立てないようにして入ってくると、まっすぐに舎廊《サラン》へとやってきた。恩珠《ウンジュ》は部屋に入ると別人かと思われるほどにやつれた顔でじっと松彬《ソンビン》を見つめる。

「どういうことだ?」

松彬《ソンビン》はその一言でさえも震えた。

「どこかに行ってしまいましょう。私たち」

明らかに声はそのままの、いや心も変わってはいない恩珠《ウンジュ》のことばであった。松彬《ソンビン》は前に身を出しかけたが、こぼれた水を目の前にしたときのように、ぴくりとも身動きがとれなかった。

「私がいなくなって……母さんは一度後悔してみるといいのよ」

恩珠《ウンジュ》は結婚が決まったというのであった。恩珠《ウンジュ》の母は松彬《ソンビン》との秘密にも勘づいていたらしかった。結婚まで本家に行かせておくのも、松彬《ソンビン》と会わせないでおく母の策略であるとのことだった。何日か機会をうかがって、八十円のお金を準備したから、それで一緒に逃げようと言った。

「さあ、はやく」

「……」

「誰か追いかけてくるかもしれないわ」

外からは足音がまた近づいてくる。

「恩珠《ウンジュ》?」

恩珠《ウンジュ》は足音が通り過ぎるのを待ってから、

「何?」

と答えた。松彬《ソンビン》を見つめる目には涙が浮かんでいた。

「恩珠《ウンジュ》は本当に決心したんだね？　決心したんだね？」

恩珠《ウンジュ》はうつむきがちに頷いた。

「じゃ、何の心配がある？　どうして逃げなくちゃいけない？」

「……」

「何が怖い？」

「……」

「恩珠《ウンジュ》さえ心が変わらなければそれまでじゃないか」

「でも……」

「でも？」

「上のおじはすごく頑固なのよ？　兄《オッパ》さんは何も知らないから」

「殺されまではしないだろう」

「もう、私知らない……」

「知らないって、分かりきったことじゃないか。本人が結婚しないと言っているのを縛り付けてでも嫁に出すとでも？」

「……」

「それくらい反抗する力はないのかい？」

「とにかく、私知らない」

と、その場に座り込んでしまう。

松彬《ソンビン》も一緒に座った。恩珠《ウンジュ》は濡れた目を拭き、もう一度自分の決心を確かめるかのようにじっと上座《アレンモク》の側の壁を見つめた。松彬《ソンビン》も目を開けてはいるものの焦点を失った目であった。恩珠《ウンジュ》が八十円のお金を持って駆け落ちしようと言っているからと、あっさり行動に移すほど世の中のことを知らない松彬《ソンビン》ではなかった。八十円というお金の力が何日間、自分たちの情熱を支えてくれるかをすぐに計算することができたし、学校は退学になってしまうだろうから、中学も終えられない自分が社会から受けるであろう待遇や生活力もすぐに計算することができた。さらに「男児志を立て郷関を出づ《い》」の青雲の志はいまだはるか雲のさきである。松彬《ソンビン》はただちに駆け落ちしようという勇気が出なかった。恩珠《ウンジュ》とて八十円のお金ですべてが解決すると思っているはずはなかった。

恩珠《ウンジュ》は、母が頼ることができるのは一人娘の自分しかいない。仮に誰か養子を迎えることがあったとしても財産の半分は自分のものになる、と信じるのであった。しかし、そんなことをあてにして駆け落ちして、一週間も経たないうちに醜態をさらすわけにはいかないという自尊心と不安が松《ソン》彬《ビン》の頭にまず先立った。

「誰かしら?」

恩珠《ウンジュ》がさきに誰かの足音が門の前で止まっていることに気づいた。門の扉を揺すっている。恩珠《ウンジュ》が入って来るときに門に閂《かんぬき》をかけてきたのである。

「誰かいないの?」

母親の声であった。恩珠《ウンジュ》は松彬《ソンビン》と何一つ約束を交わす間もなく立ち上がった。すぐに門が開く音がした。恩珠《ウンジュ》は母親よりも一歩でもさきに奥に入ろうと後ろを振り返ることもなくさっさと奥へと入って行った。

松彬《ソンビン》もすぐに立ち上がったが、一緒に奥へと入っていくことはできなかった。全身を耳にして戸の外をうかがっていると、恩珠《ウンジュ》のものではない重たげな履き物の音が舎廊《サラン》に近づいてくる。松彬《ソンビン》はすぐにもとの場所に戻って座った。

「松彬《ソンビン》、まだ寝てないんでしょう?」

恩珠《ウンジュ》の母親の声であった。

「はい」

「部屋は冷たくない?」

「大丈夫です」

恩珠《ウンジュ》の母親は舎廊《サラン》に上がってきた。

「遅い時間にどこかお出かけでしたか?」

「本家だよ。私がほかに行くところがあるかい? 座りなさい」

しばらく互いに顔色をうかがっていたが、恩珠《ウンジュ》の母親がさきに話を切り出した。

「あの子は勉強をもっとしたいみたいだけど、もう年ごろだし、あの子の父親の兄にあたる人が人一倍旧習を重んじる人でね。あの子は父親がいないから自分の目が黒いうちに嫁がせないといけないって、兪《ユ》専務という方のお宅なんだけど、漢城《ハンソン》だか韓日《ハニル》だか銀行の専務だそうで、家柄も中人《チュンイン》〔朝鮮時代に上級層と平民の中間にあった身分階級〕にはなるし、財産もあれほどの家は珍しいだろうということで、その家と結婚をお決めになったんだよ……」

「……」

松彬《ソンビン》は何と返事をすればよいか分からず、恩珠《ウンジュ》の母の話もこちらに何らかの意見を聞くというものではなかったので、話がそのまま続いた。

「新郎になる人を東京に勉強にやるそうで、結婚を決めたからには先延ばししないで春のうちに式を挙げようということで日取りを選んだんだけど……こんなに早くなるなんてね。これもあの子の八字《パルチャ》〔持って生まれた運や星回り〕なんだろうけど、今月の二十二日になったのよ……。一人娘なんだからちゃんとした服の一着でも仕立ててやらないといけないんだけど、うちは何も準備してなくて……」

「……」

「恩珠《ウンジュ》を嫁に出して、善奎《ソンギュ》〔音訳〕、あなたも会ったことあるでしょう？　本家の三番目の子」

「はい」

「あの子を養子にするとしても、善奎《ソンギュ》もまだ十二歳。うちが寂しいのは同じことでしょう？　潤洙《ユンス》もいないし、あなたが舎廊《サラン》にいたほうがやっぱり心強いから、専門学校まで心配しないでここにいてもいいのよ。ただ……」

「はい」

「本家のほうからこれからお客さんも来るだろうし、父方のおじさんがたびたびいらっしゃることになったらこの舎廊《サラン》に泊まってもらわないといけないし、新郎床《シンランサン》〔新郎が新婦の家で式を終えて受けるご膳〕を準備するのも多分ここでしなくちゃいけないと思うのよ。だから……」

と、恩珠《ウンジュ》の母はもう一度松彬《ソンビン》をちらりと見る。

「はい」

「だから、私がお金を出してあげるから、明日から一ヶ月間、誰かあなたのお友達のところにでも行って下宿をしていらっしゃい」

「はい」

「家に大事があるとよく知らない人まで集まるもの。あなたに出て行ってほしいと言っているんじゃないの。あなたが大変だろうと思って。あなたのそばで婚礼のための栗をむいて、茶食《タシク》〔韓国固有の菓子の一つ〕を盛りつけて、老人たちが集まって煙草を吸ったり話もしたり、それじゃあなたも勉強どころじゃないでしょう？　だから誤解はしないで……ああ、式のときには来て頂戴。男兄弟がいないから、あなたに新郎の義理の兄弟として手伝ってもらわないと」

「……」

恩珠《ウンジュ》の母は、

「疲れたでしょう？　はやくおやすみ」

と、十五円を松彬《ソンビン》の机に置いて奥に戻っていった。

松彬《ソンビン》は眠れるはずがない。門の音がしないように窓から飛びおりて通りに出た。西大門《ソデームン》の近くに下宿している同じ組の朴一善《パクイルソン》を訪ねた。一善《イルソン》は密陽《ミリャン》から来た学生で、松彬《ソンビン》ともっとも親しく、松彬《ソンビン》の学費を助けてくれることにしてくれたのも彼であった。寝ているのを起こして松彬《ソンビン》は自分のもどかしい気持ちをすべて打ち明けた。一善《イルソン》はすぐに、

「いい方法がある!」

と言った。

「どうする?」

「田舎の俺の家に逃げるんだ。うちの両親は大邱《テグ》にいるし、俺の嫁だけが使用人と住んでいるから、何ヶ月でも何年でもそこにいていいよ」

「密陽邑《ミリャンウプ》じゃないのか?」

「邑《ウプ》から三里も離れた田舎で景色もいい。行って二人で詩でも作りながら婚約破棄になるまで頑張るってのでいいじゃないか」

「……」

松彬《ソンビン》は一善《イルソン》の気持ちが有難かったが気が進まなかった。恩珠《ウンジュ》はすでに学校を退学した。自分もこんなことが知られてしまうとまず退学である。自分にせよ恩珠《ウンジュ》にせよ、将来の本当の幸福のためには今は何よりも勉強を続けることが必要なのであった。

「恩珠《ウンジュ》の結婚だけは破局させて、二人とも勉強を続けられるといいんだが……」

「じゃ、二人で東京に逃げるんだな。一年も身を隠したら婚姻は破談になるだろうし、そのあとに家に連絡したら、そのときにはおまえも家族の一員なんだから学費を送ってくれないってこともなかろう」

「一年?」

「一年間はおまえたち二人が飢え死にしない程度に俺が生活費を何とかしてやるよ」

「有難い！　恩に着るよ！」

松彬《ソンビン》は一善《イルソン》と固く握手し、夜道を戻ってふたたび窓から入った。その間に恩珠《ウンジュ》が来ていなかったかと周りを見回してみたがその形跡はない。松彬《ソンビン》は心を固く決めて足音をさせないように靴下のまま中庭《マダン》へと行った。

居間《アンパン》も越房《コンソンパン》も外扉《トンムン》〔戸の外側を重ねて閉める扉〕までしっかり閉められている。お針子の女性が二人いるので越房《コンソンパン》には彼女らが寝ているはずであり、恩珠《ウンジュ》は母親と居間《アンパン》にいるはずであった。彼女の靴も居間《アンパン》のほうの石段に置かれていた。松彬《ソンビン》は足首まで凍てつくほどに足の裏が冷えたが、静まり返る誰もいない中庭《マダン》に立ちつくした。恩珠《ウンジュ》の靴を見つめながら、せめて彼女の温かな息吹がすぐそばにあるということだけでも、彼女の気配さえ感じられないときよりはよほどもどかしさがましであるように思われた。

「どこかに行ってしまいましょう、私たち！　確かに恩珠《ウンジュ》は僕にそう言った！　どれほどに愛おしいことばであろう！　どれほどに美しい人生の歌であろう！　これほどに燃えたぎることばを僕は今までどこかの詩集で読んだことなどあろうか？」

松彬《ソンビン》ははじめからそう感じることができず、打算的にのみ考えて、恩珠《ウンジュ》につれなくしてしまったことを後悔した。

「しかし後悔などしなくていい！　恩珠《ウンジュ》が変わるはずがない！　変わらないのであれば彼女も僕に一刻もはやく会いたがるはずであり、会えれば東京に行くことと一善《イルソン》君の援助があることを伝えて、即刻その足で停車場に走ろうと言うんだ！　おお、美しい暁の星たちよ！」

松彬《ソンビン》は体を震わせつつ、恩珠《ウンジュ》の靴を持ってきた。ノートから一枚を破り、

「いい考えがあるから、すぐに会ってほしい」

こう書いてさきの尖った恩珠《ウンジュ》の編上げ靴の奥深くに入れた。戻ってもとの位置に置いてきた。そして松彬《ソンビン》は恩珠《ウンジュ》が来さえすればすぐに駆け落ちするつもりで荷物をまとめた。荷物といっても大したものがあるはずもなかった。下着を清潔なものに着替え、本を包み、洗面道具を準備しただけである。

「どうなるんだろう」

松彬《ソンビン》は久しぶりに母のことを思い出した。

「母さんの魂があるのであれば、きっと僕を幸福の道へと導いてくれる！」

そう信じているうちにうっかり寝入ってしまった。疲れきった眠りではあったが、浮ついた頭の中は数々の夢のかけらに充ち、それらはどれも恩珠《ウンジュ》のことばかりであった。そして凍てつくようであった体が寝床で体温を取り戻すと、酒に酔ったように眠りの中へと落ちていくのであった。学校に行く時間もはるかに過ぎてから、住み込みのおばさんがやって来て、

「どうなさったのかしら、今日は？」

と、戸を開ける音がする。ようやく目が覚めた。松彬《ソンビン》ははっと飛び起きて、窓を開けた。とっくに朝になっていた。

「おばさん？」

「はい？」

「みんな奥に？」

「いいえ？」

「じゃ？」

「ちょうど今しがたお嬢さんとお出かけになられましたよ」

「……」

松彬《ソンビン》はすぐに中庭《マダン》へと出た。恩珠《ウンジュ》の靴はなかった。何度も折り畳んだにしてもあの硬いノートの紙一枚が入っていることを、音もするだろうに履いて気づかないはずはなかった。

「読んだのに？　そうだ！　母親が横にいたから……。何か考えがあるんだろう！」

松彬《ソンビン》は丸一日でも舎廊《サラン》から出ないで待つつもりであった。正午までたった三時間なのに、三ヶ月かと思われるほどに時間を持て余した。正午が過ぎた。松彬《ソンビン》はつばが苦く感じられ、唇がかさかさになっていた。待ちきれずに住み込みのおばさんを呼んだ。

「何か？」

おばさんは主人宅の居候である松彬《ソンビン》をよく思っているはずはない。

「おばさん、お体に気をつけて」

それを聞いておばさんは嬉しげである。

「どこかにお出かけで？」

「一ヶ月、別のところに行っていようかと思います。で、みなはまだ？」

「一緒に出たお針子さんたちは帰らせて本家のほうに行かれたそうです」

「恩珠《ウンジュ》もですか？」

「もちろん。今日、新郎の家から礼物《イェムル》〔婚姻のときに新郎と新婦が交わす物品〕が本家に届くそうで。それでお針子さんたちも昼ご飯を食べて本家に見物に行くそうですよ」

「おばさん？」

「新郎のお宅、とっても裕福なんですってね」

「知りません……」

松彬《ソンビン》は声が震えた。しかし、平静を装いながら、

「恩珠《ウンジュ》に本を一冊渡したいんですけど、急いで」

と言ってみた。

「預かりましょう。奥に置いておきます」

「いつ帰るか分からないのでしょう？」

「家にずっと帰らないわけじゃないんだし」

「急いでいるんです。昨日探していた本だと、僕が留守番をしているからちょっと行ってきてもらえませんか」

「大丈夫ですよ。お針子さんたちに頼めばちゃんと渡してくれますよ」

松彬《ソンビン》はことばにつまった。適当に本を一冊取り出した。関係のない幾何《きか》の本であった。表紙をめくって鉛筆で大きく「マッテイル」と書いて新聞に包んでおばさんに渡した。それを持って出ていくところもちゃんと見たのだが、日はそのまま暮れていった。暗くなってようやく門の音がして見

てみるとお針子さんたちであった。勇気を出して尋ねてみると、

「もちろんお渡ししましたよ。忘れるはずがありまして？　包みから出して見ていましたよ」

しかし、「何と言っていた？　どんな様子だった？」とは口に出せなかった。

日が暮れると雨が降り出した。春の雨は耳に障《さわ》るような音ではなかったが、秋夜の虫の鳴き声に劣らず心の玄琴《コムンゴ》〔琴に似た朝鮮の伝統楽器の一つ〕の哀しい弦をつまびくかのようであった。松彬《ソンビン》は、昨日のように窓を開けて道を見ている気力もなく倒れ込んで横になっていた。

「とても裕福だという新郎の家からの礼物《イエムル》！　金と銀と絹と真珠と……。しかし、恩珠《ウンジュ》はこんなものにつられて自分の心の中の真珠を捨てたりはしないだろう！」

軒先の雨だれの音が次第に大きくなり、夜はただ更けていくばかりであった。松彬《ソンビン》は夜十二時が過ぎるのを見て恩珠《ウンジュ》に手紙を書いた。書いては破り、書いては破り、何枚も捨てた。彼女の母親の監視が厳重なはずなので誰か女学生の名前で書くにしても、恩珠《ウンジュ》一人だけには分かるようにしようとするのは大変であった。結局、

「恩珠《ウンジュ》、あなたがどうして学校をやめたのかと思っていたら結婚するんですって？　おめでとう。仲間うちで集まってあなたの結婚のお祝いに写真を一枚撮りたいから、明日の午後四時から五時までの間にパゴダ公園に出てきて頂戴。亀の碑の前で会いましょう。もしもこの手紙が届くのが遅れて明日来られなかったら明後日。明後日は土曜日だから少しはやめにして午後一時から待っているわ。きっといらしてね」

こんなことを書いて、末尾の差出人の名前は女学生らしく淑《スク》の字が入ったものにした。同じく手

紙を二通書いて、一通は恩珠《ウンジュ》が今行っている本家の住所に、一通は現在のこの恩珠《ウンジュ》の家の住所宛てにして夜道に出て郵便ポストも光化門《クワンファムン》郵便局の前のものに投函した。そして夜が明けてそれらの手紙が配達されるのを待った。「張恩珠《チャンウンジュ》」の名を呼ぶ郵便配達夫の声がした。松彬《ソンビン》は顔が熱くなっていつものように返事もできなかった。住み込みのおばさんが受け取ったようで、

「本家にいらっしゃるのに……」

一人つぶやきながら奥に持っていって置いてくるようであった。

松彬《ソンビン》は時間が経つのを待った。二時間もはやくパゴダ公園に着いた。雨はやんでいた。木の芽がひときわ大きくふくらんでいた。松彬《ソンビン》は八角亭《パルガクチョン》に座り、あるいは塔の後ろに隠れるように立ったりしながら、新鮮な木の枝の花咲く日を自らの胸の中にも感じつつ恩珠《ウンジュ》が来てくれるのを待った。四時になった。鳥を捕まえるときのように手のひらがじんわりと熱くなる。五分が過ぎ、十分が過ぎ、みなに見られているような気にもなり、そのうち五時になってしまった。五時が過ぎると、それまでとは逆に十分、二十分があっという間に過ぎる。暗くなっても恩珠《ウンジュ》は来なかった。松彬《ソンビン》は早足で舎廊《サラン》に帰ってきた。おばさんに尋ねた。

「奥さんがちょっと寄っていかれましたよ」

「何か言ってましたか?」

「学生さんがいつ出ると言っていたかって」

この日の夜も、また翌日、午後一時のパゴダ公園にも恩珠《ウンジュ》は姿を見せなかった。松彬《ソンビン》は薄暗くなって公園を出るときに、恩珠《ウンジュ》が駆け落ちしようと言っていたその席で駆け落ちしなかったことが悔

やまれた。

「しかし、僕なりに考えがあってそうしたことを後悔しちゃいけない！　それに後悔するということは、恩珠《ウンジュ》を信じていないということだ！　僕が恩珠《ウンジュ》を信じられないなんて！　出たくても出たくても翼を持たない恩珠《ウンジュ》は、今の僕の何倍も気をもんでいるかもしれない！　かつてバーンズという〔スコットランドの〕詩人はアンナのためなら地獄にでも行くと言った。ああ！　恩珠《ウンジュ》のためなら地獄よりもっとつらい苦痛だって甘んじて受け入れよう！　これが恩珠《ウンジュ》の本当の愛を享受するための試練なのだったら、なおさらのことだ！」

いつの間にか恩珠《ウンジュ》の結婚の日まで五日を残すのみとなった。恩珠《ウンジュ》の家の舎廊《サラン》には壁紙貼りの職人たちが来た。舎廊《サラン》は客を迎えるため、越房《コンノンパン》は新婚夫婦の部屋にするために壁紙を貼り替えるのであった。

松彬《ソンビン》はやむをえず荷物を持って朴一善《パクイルソン》のところへと移った。

松彬《ソンビン》はその住所を記して、すぐにまた二ヶ所、恩珠《ウンジュ》に宛てて手紙を送った。

恩珠《ウンジュ》を疑いはじめたのは松彬《ソンビン》よりも朴一善《パクイルソン》であった。

「気持ちが変わっていないのなら、何日もこちらが気をもんでいることも考えないで知らないふりをするはずなんてないさ！　たとえおまえの手紙を一通も受け取っていなかったとしても、自分の気持ちを抑えきれなくて何らかの方法をとったはずだ」

極度に衰弱した松彬《ソンビン》の神経ではまともに考えることができなかった。ただ、最後まで信じたかった。

「僕が恩珠《ウンジュ》を信じられないのなら、この世に信じられるものなんかない！　立派になったところでどうする？　人間が信じるに値せず、社会もまたそうなのであれば、誰かのために何かを捧げるなんて理想は何の意味があるんだ？　恩珠《ウンジュ》に対して絶望するということは、僕の人生のすべてに絶望するということなんだ！」

松彬《ソンビン》は一善《イルソン》よりもむしろ一歩退いて余裕を持って考えなければと思った。

結婚を翌日に控えた日の正午ごろであった。一善《イルソン》は学校に行き、松彬《ソンビン》が一人で部屋にいると、恩《ウン》珠《ジュ》から手紙が来た。手が震えるせいか封筒がかたくてうまく開封できず斜めに破けた。インクできちんと力を込めて書かれた内容は長くはなかった。

「私はやむなく袋小路の道を選びます。あまり落胆なさらず、最後まで頑張ってあらゆる理想を叶えてください。そうしてくだされば暗黒の中へと引き込まれていく恩珠《ウンジュ》の霊魂も、いつかはきっとお喜び申し上げる日が来るかと思います」

松彬《ソンビン》は二度三度とゆっくり読み返した。

「袋小路の道を？　暗黒の中に？　これは遺書ではないのか？」

興奮が先立った松彬《ソンビン》には、恩珠《ウンジュ》が死ぬのを決心した遺書と解釈された。

「昨日送ったのか！　じゃ、恩珠《ウンジュ》はもう死んでいるかもしれない！」

松彬《ソンビン》は部屋を蹴るようにして外に駆け出た。振り返る女性がみな恩珠《ウンジュ》のように見える。

「恩珠《ウンジュ》が死んでいたら許さない。恨みを晴らして僕も死んでやる」

大急ぎで恩珠《ウンジュ》の家へと走ってきた。舎廊《サラン》は窓が開いており、門の外には人力車が一台停まっている。

「ああ！　医者が来たのか！」

松彬《ソンビン》はぎくっとしながら中庭《マダン》へと入った。日覆いをかけた中庭《マダン》には女性たちだけが集まっていた。しかし、みな悲しい顔ではない。板の間《テチョン》の中心に置かれた木の台に恩珠《ウンジュ》がにこやかに腰かけて、履き物屋が履かせてくれる絹の靴を選んでいた。

「ああ、松彬《ソンビン》、来たんだね！」

松彬《ソンビン》にさきに気づいたのは恩珠《ウンジュ》の母親であった。その声に恩珠《ウンジュ》は青ざめて立っている松彬《ソンビン》を庭下に見つけた。すぐに顔をうつむかせ、しばらくじっとしていたが、母親の、

「奥に行って綿入りの足袋《ポソン》も履いてごらん」

という声に、さっと立ち上がって真紅の雲鞋《ウネ》〔女性用の履き物の一つ。つまさきに雲の文様がある〕を履いたまま金帯下衣《スランチマ》〔すそに金箔の線などをあしらった幅が広く長いチマ〕を引きずって足音とともに居間《アンパン》に入ってしまうのである。編んでおろすのが今日が最後である揺らめく髪に、松彬《ソンビン》は大きな毒蛇を見たかのように戦慄した。

「遺書だとばかり思っていた僕が愚かだった！」

恩珠《ウンジュ》の母親は舎廊《サラン》に入って昼食を食べていくように言った。松彬《ソンビン》は、返事だけを適当にして、そっと出てきてしまった。

「世の中にこんなにも虚しいことがあるんだろうか」

学校から帰ってくる一善《イルソン》に路地で会うと松彬《ソンビン》は堪《こら》えていた怒りと悲しみが一気に噴き出た。一善《イルソン》

も松彬《ソンビン》のことが気になって午後は授業を一時間だけ受けて帰ってくるところであった。

「言ってみろ。どうなったんだ?」

松彬《ソンビン》はただ、

「最後まで信じる!」

と言った。

「最後までだって? 明日になったらおしまいじゃないか」

「明日といっても恩珠《ウンジュ》が結婚をするのであって死ぬわけじゃない」

「結婚したらおまえにしてみればおしまいだろう? 俺に任せておくんだ」

一善《イルソン》は自分のことのように憤るのであった。

愛の物理

「有難い! しかし、君に何かいい方法でも?」

松彬《ソンビン》はあまり期待しない口ぶりである。

「恩珠《ウンジュ》の母親のところに行ってまずは談判だ……」

「何だって?」

「言いたいことはいくらでもあるさ。それは俺に任せるんだ」

「そうだな……」

「それから新郎のやつのところに行って脅すこともできる。まず、恩珠《ウンジュ》がおまえに送ったこの手紙を見せるだけでも、よほど間抜けでもない限り新婦に不満を持つんじゃないか？」

しかし松彬《ソンビン》はやはり首を横に振った。

「愛のために手段を講ずるのが本当の愛なのか？　僕はその点には自信を持てない」

「じゃあ、ほかのやつと結婚するところにのこのこ出ていって、麵子《ククス》〔麵類の総称。結婚披露宴でよく供される〕でもご馳走になって黙っているつもりかい？」

「……」

「おまえの情熱がもう冷めた証じゃないのかい？」

「決してそうじゃない」

「じゃ、明日になったら万事休すなのに、どうして何の対策も考えないんだい？」

「……」

松彬《ソンビン》はうつむいて目を閉じてしまう。

「おまえは俺に気兼ねしているのかい」

松彬《ソンビン》は首を振る。

「本当のことを言うんだ」

「何を？」

「恩珠《ウンジュ》のことが本当に好きなのかい？」

松彬《ソンビン》は顔をさっと上げた。たちまち目に炎がめらめらと燃え上がる。

「愛以上だ！」

「愛以上って？」

「僕はまだ父親も恋しいし、母親も恋しい、姉や妹も恋しい！　その恋しさのすべてを傾けたのが恩珠《ウンジュ》だったんだ」

「しかし明日が過ぎたらおしまいじゃないかと言っているんだ」

「手段を講じて魚を捕まえるようなやり方だったら、僕はその日から恩珠《ウンジュ》に幻滅することだろう！」

「じゃ、どうすると？」

「最後まで信じきるまでだ！　今晩や明日にでも、恩珠《ウンジュ》の気がどう変わるか分からないし……」

「そのまま結婚してしまったら？」

「結婚なんか誰としたって構わない！　結婚で人生が終わるわけでもないだろう。子供を産んだっていい。僕がはやく妻を養えるだけの一人前の男になることだ。その気になりさえすれば、いつでも恩珠《ウンジュ》が僕のところに帰ってこられるように」

「それは空想だ！」

「いや、理想だ！」

「理想が必ず実現するとでも思っているのかい？」

「実現するまで人が努力を続けられないだけのことで、理想そのものが実現を嫌っているわけなんじゃない！」

「おまえはまだ結婚生活を知らないのさ……。俺はもう子供が二人だ。俺の女房にしてもその生活や感情は一人の男の妻としての意味は三分の一にもならん。子供たちの母としての意味がほとんど全部になってしまうんだ」

しかし、松彬《ソンビン》は愛そのものを侮辱する「手段」は最後まで拒絶した。

夜になった。一善《イルソン》は活動写真でも見に行こうと誘った。松彬《ソンビン》は一人でいたいと断った。狭い路地から聞こえる足音は夜十二時を過ぎても途絶えることはなかったが、そこに恩珠《ウンジュ》の足音はなかった。次の日が恩珠《ウンジュ》の結婚式だからと夜が長くなったり太陽が遅く昇ったりはしなかった。

「土砂降りにでもなればいい！　ああ！　僕は何て卑劣なことを考えているんだ！」

翌日はこの春に入ってもっともうららかな日和であった。松彬《ソンビン》はじっとしていられなくなると立ち上がって部屋の中を歩きまわった。それもいやになると横になったりもした。一善《イルソン》もこの日は学校に行かなかった。一善《イルソン》が同情してくれるのが松彬《ソンビン》には有難かったが、逆に心苦しくもあった。

「一人にしてくれないか？」

と言ってみたが、一善《イルソン》は、松彬《ソンビン》が一人でいて何か発作的なことでもしでかしはしないかと疑っているのか、ひと時も離れることはなかった。

「苦しみよ！　最後まで僕を苦しめるといい。この苦しみにさえ耐えられれば、僕の前には克服できない苦しみなどもう二度とないことだろう！」

松彬《ソンビン》はあたかも麻酔なしで皮膚を切り、骨を削りとる手術を受けるかのように、目の前が真っ暗になったり火花がはじけたりした。歯を食いしばり、脂汗を流した。

「嫉妬とはこんなにも苦しくつらいものなのか」

日暮れになると、松彬《ソンビン》は何度も部屋を飛び出した。恩珠《ウンジュ》が結婚衣装を脱ぎ捨て塀を乗り越えて逃げようと、どこかでつまさきで立って苦闘しているように思われてならない。

「これはみな僕の心の幻想だ！　僕の心の中にこんな幻想が起きるのは、恩珠《ウンジュ》の魂だけは僕の心の中に来ているからではないか？　今はさまよう彼女の肉体もいつか自分の魂の宿るところへと帰ってくるのではないか？　ひたすら愛そう！　信じよう！　待っていよう！」

夜になった。夜になると昼よりもさらに苦しかった。何もしなくても美しい面長の顔に白粉を塗り、頬紅をつけ、二重瞼の目をそっと伏せ、柔らかでふくよかな襟もとは新しい絹に端正に包まれ、しかし礼冠《チョクトリ》［女性が礼服を着るときに頭に載せる冠の一つ］のてっぺんの珠は彼女が人形ではないことを知らせるかのようにわずかに震えているのではないか？

「あの穏やかな顔に手をやって閉じた目に愛嬌を浮かばせ、固くつぐんだ口が開き、頬に小さなえくぼとともにはにかむ笑みをふくませる者は誰か！　たとえ本当の愛はあの礼冠《チョクトリ》の下に、あの婚礼服の中に存在しないとしよう！　そうだとしても、ああ！　今夜の恩珠《ウンジュ》はどれほどに美しい恩珠《ウンジュ》であろうか。恩珠《ウンジュ》の人生においてもっともきれいなただ一夜のみの美しさを僕はこうやってただ奪われてしまうのか？」

松彬《ソンビン》は焚き火の火を全身にあびたかのような心境であった。しばらくの間、血が一杯にのぼせた頭を振り、また振りながら、空を眺めた。

星はいつもと同じように輝いている。恩珠《ウンジュ》とともにひそかにはじめて愛の手をつなぎ、朝鮮ホテル、ローズガーデンで眺めたあの星たちに違いない。

「星たちよ。おまえたちは何日も経たずして、とある家の、高い垣根の裏庭で涙に濡れたまなじりで見あげる新婦の恩珠《ウンジュ》を見下ろすことだろう！　そのときは彼女の心におまえの澄んだ鋭い光彩を降り注いでおくれ！　彼女の過去の心の真実がまたよみがえるように降り注いでおくれ！　この僕のつらさを、彼女を待つ僕の寂しさを、どうか彼女に伝えておくれ！」

松彬《ソンビン》はこの一夜で、何日も這い上がってきた何かの絶頂に至ったかのような極度の緊張と疲労に襲われた。横になりさえすれば眠れそうではあったが、いざ横になると胸に炎がこみ上げた。全身の肉が枯葉のようであり、骨は針のようであった。一善《イルソン》はそっと出て行ってきつい高粱《コーリャン》酒と若干の中華料理を注文してきた。松彬《ソンビン》は一人で酒だけを半斤《きん》〔二五〇ミリリットル〕ほども飲んだ。酔うというよりも全身に麻酔がかかったかのように倒れ込んでしまった。

この全身麻酔からさめた日の朝、松彬《ソンビン》は心の中で叫んだ。

「恩珠《ウンジュ》！　君は僕に駆け落ちしようと言った！　恩珠《ウンジュ》は彼女のすべての現実を捨てて僕のところに来たんだ！　その後の恩珠《ウンジュ》、それは僕の知ったところではないし記憶すべきものでもない！　これからはまた猛烈に僕の人生を立て直さなければ！」

久しぶりにまた学校に出はじめた。

ひと月と言えば四週間、一週間などあっという間に過ぎていく。ひと月が過ぎると下宿生活は終わりである。また恩珠《ウンジュ》の家に行く気になどもちろんならない。松彬《ソンビン》は担任の先生の紹介で、幸いにもある裕福な家に家庭教師として住み込むこととなった。

水標町《スピョジョン》の川べりにある立派な門を構えた家で、近所では「金大将《キムテージャン》宅」と呼ばれる、かつて兵部《ピョンブ》〔朝鮮時代に軍事を司った官庁「兵曹《ピョンジョ》」のことか〕の高官であり、まだ「九重別陪《クジュンビョルベ》」〔上級官吏の使用人〕」のように住み込む人が行廊《ヘンナン》に大勢いる旧式の大家であった。ちょうど松彬《ソンビン》が通う徽文《フィムン》の一年生が一人、京城中学の二年生が一人いて、いずれも金大将《キムテージャン》、金大監《キムテーガム》〔大監は朝鮮時代の正二品以上の官僚、大臣・長官の地位にいる者への尊称〕の孫たちであった。

松彬《ソンビン》は行ったその日に小さい舎廊《サラン》〔七七頁参照〕の真正面にある大きい舎廊《サラン》に呼ばれた。左右をこの家の孫たち、京中〔京城中学〕に通う元燮《ウォンソプ》、徽文《フィムン》に通う亨燮《ヒョンソプ》が歩いた。彼らは上房《ウッパン》〔七七頁参照〕に入ると自分の祖父の顔も見ぬさきから上座《アレンモク》に向かってお辞儀をした。それにつられて松彬《ソンビン》も上座《アレンモク》の背もたれに長い煙管《キセル》を持って座っている老人の顔をちゃんと見る間もなくまずお辞儀からした。

白髪に血色のよい顔をした風采のよい老人は、ただちに松彬《ソンビン》の父親の名前と何の官職にあったのかを尋ねると、

「こいつらが少々愚鈍でな」

と言う。

「上のやつは今年三年生のはずが落第して、下のやつは今年入ったばかりだからどうなるかは分からんが、とにかく……そう、おまえの名前は?」

「李松彬《イソンビン》です」

「こいつらを及第させることがおまえの責務じゃぞ」

「……」

松彬《ソンビン》はやむなく、

「肝に銘じます」

と答えて戻った。下の舎廊《アレッサラン》〔離れの居間兼客間《アンパン》〕には小さな二間《けん》の部屋があり、この兄弟と松彬《ソンビン》の三人が一緒に住むことになった。今回は松彬《ソンビン》も石油缶は捨てて机を一つ買った。見知らぬ部屋に来て見知らぬ年下の学生たちと机を並べて座ると、気持ちだけはいくらか新鮮に感じられた。そして元《ウォン》燮《ソプ》と享燮《ヒョンソプ》は色白で体つきも細いおとなしげな容姿だったが、そのとがった口は少しの間でもじっとしているということがなかった。一人が、

「広い海辺にあばら家一軒……」

と歌えば、一人が、

「うるさい」

と言い、文句を言ったほうが少しして「十六歳の青春」を口笛で吹くと、

「そっちこそ勘弁してくれよ!」

とやり返した。横目でにらみ、片方は息巻き、そのうち他人同士のように悪口の言い合いをはじめて、それが大きい舎廊《サラン》にまで聞こえ、しまいには「こらっ!」と叱られる。兄や弟を持ったことのない松彬《ソンビン》には羨ましくもあり面白くもあった。彼らはまた松彬《ソンビン》に、弟は兄の悪口を、兄は弟の悪口を言ったりもした。悪口といったところで他愛のないものであった。松彬《ソンビン》が来て三日目になる日の

夜である。兄の元燮《ウォンソプ》が本を広げたままそっと出ていったかと思うと、一時間が過ぎても戻ってこない。松彬《ソンビン》が、

「どうしたんだ?」

と尋ねると、亨燮《ヒョンソプ》がすぐに兄の本も閉じてしまい、

「僕たちももう寝ましょう」

と言う。

「僕たちも寝る? 元燮《ウォンソプ》は外泊するのかい?」

「ええ。もう、ずるいったら」

「どこに泊まる?」

「嫁さんの部屋でしょう」

「嫁さんの部屋?」

「しょっちゅう祖父に叱られてるのに、こっそり行っちゃうんですよ」

「結婚したのか」

「ええ。あれでも既婚なんですよ」

「元燮《ウォンソプ》は何歳なんだい?」

「十六歳です」

「いつ?」

「昨年、結婚しました」

「ほう」

享燮《ヒョンソプ》の言うとおりにして明かりを消して横になった。松彬《ソンビン》はもう少し親しくなっていれば元燮《ウォンソプ》の妻が何歳かと尋ねたかった。ともあれ、新婦は十六歳よりは上のはずであった。

「十八？　十九？　それでも厳しい義父母、義理の祖父母に一日中仕えていると、一日に何度も実家のことを思って涙を流すことだろう。どうしてここが自分の家と言えるのかと情けなく思われる夜、大人たちの目を避けて垣根を越えてこっそり入ってくる若い新郎！　どれほどに嬉しいことだろう。そこではなかった愛情も生じうるのではなかろうか？　恋愛結婚でない結婚は、むしろ結婚のあとに恋愛が始まりうるのではないか？」

松彬《ソンビン》のこの偶然の発見をすぐに恩珠《ウンジュ》にあてはめて考えることができた。

「袋小路の道、暗黒の中へ。恩珠《ウンジュ》のことばである。本心であったのかもしれない。母一人の切なる願いを断りきれず身を投げるようにした彼女にとって、未知数の新郎と婚家が袋小路の道で、暗黒の世界であったというのは本当の気持ちであったのかもしれない。しかし、ずっと暗黒の中なのであろうか。一日中、自由にふるまうこともできぬまま、目上の家族に就寝の挨拶をし、やっと自分の部屋に一人戻り、寂しさに浸ることもできるそのときに、たがわずやってきてくれるたった一人の人、しかも異性、しかも自分に限りなく恍惚として酔ってくれる人、無感情な者でもない限りその人とどうして妥協できないことがあり、どうして情を残して縁を断ち切ることができよう。恩珠《ウンジュ》は次第にその人の妻であることがすべてになってしまうのではないか？」

松彬《ソンビン》が苦いつばを石ころでも飲み込むかのように何度か喉をつまらせて飲み込んでいると、通りの側の窓の桟《さん》が突然にがたがたと音を立てた。松彬《ソンビン》はもちろんのこと、享燮《ヒョンソプ》もびっくりした。

しかし享燮《ヒョンソプ》は、

「また人を驚かせて!」

と、すぐそばで相手を見ているかのように口をとがらせるのみ、「誰だ?」と声をかけもしない。

「誰だい?」

松彬《ソンビン》が享燮《ヒョンソプ》に尋ねた。

「ちょっと変わった人がいるんですよ」

「誰だい?」

「伯爵」

「伯爵って?」

「ほら、「名金《ミョングム》」〔二四七頁参照〕にサッチオ伯爵だとかフレデリック伯爵だとか出てくるじゃないですか」

「そうかい?」

「「名金《ミョングム》」と聞くとじっとしていられなくて、「名金《ミョングム》」が上映されるとずっと優美館《ウミグワン》に入り浸りなんです。それで僕たちがサッチオ伯爵と呼んだり、フレデリック伯爵と呼んだりして、そのうちただ伯爵、伯爵と呼ぶようになった人がいるんです」

「伯爵! それで何で窓の桟の音を立てて逃げていく?」

「だから変わってるんですよ」

「伯爵にしてはいささか上品じゃないな！」

と言って、松彬《ソンビン》も眠ってしまった。

二日ほど経ってからのことである。この日は元燮《ウォンソプ》も含めて三人で寝ていると、また窓の桟ががたがたと音を立てる。みなびくっとした。松彬《ソンビン》も「伯爵だな」と思った。

「伯爵？」

元燮《ウォンソプ》が声をかけると、伯爵は窓の下に立っているようで、

「にゃおん」

と、猫の鳴き真似をする。元燮《ウォンソプ》が起き上がって窓を開ける。

「へへ！　参っただろ？」

「兄さんも嫁さんをもらったんだから、ちょっとは大人になってよ」

「大人になる？　甘えさせてもらわないと。へへ！」

と言いながら、背伸びをして部屋の中をのぞき込む。部屋の中は明かりを消していてお互いの顔が見えない。しかし大きい舎廊《サラン》の板の間の明かりで、まったく暗いわけではなかった。伯爵は元燮《ウォンソプ》兄弟のほかにもう一人横になっていることに気づいたようで、いきなり下手な英語で、

「フー・イズ・ザット（その人は誰だい）？」

と言う。元燮《ウォンソプ》が、

「教えたら何かくれる？」

と言うと、

「えい、これでもくらえ！」

懐中電灯をこちらにあててぴかっと照らす。松彬《ソンビン》はまぶしくて上体をすっくと起こした。

「ああ！　失礼しました。ほかの人と勘違いして！」

松彬《ソンビン》が文句を言う隙も与えず長橋《チャンギョ》〔水標町《スピョジョン》の西側にあった橋〕のほうへとすたすたと行ってしまう。

「嫁さんの家が恋しいのかい？」

と、元燮《ウォンソプ》が声をかけるが、もう返事も足音も聞こえてこない。

元燮《ウォンソプ》は布団に寝そべって亨燮《ヒョンソプ》よりももっと詳細に伯爵の近況を話してくれるのであった。

「培材《ペジェ》の二年生で二回落第。それで家では講習所に勉強に通えと言っているのに、身のほどもわきまえずに東京に行くとばかり言って、それが最近結婚してからは嫁さんに入り浸り……」

「……？」

松彬《ソンビン》は東京だとか結婚だとか言われると匕首《あいくち》にでも突かれたようにどきっとする。

「ひと月も経ったかな、結婚して……。でも、最近、嫁さんが実家に戻っているみたいです。多分……それで毎晩、嫁さんの実家に行って泊まって、朝もご馳走になって帰ってくるということらしいです」

「嫁さんの家は？」

「茶屋町《タオクチョン》だったかと思います」

松彬《ソンビン》は胸がまたどきっとする。

「茶屋町《タオクチョン》？　それで姓は？」

「どうしてですか？」

と、元燮《ウォンソプ》は松彬《ソンビン》のかっと火照る顔を鋭い目で見やる。

「いや、別に……」

「張《チャン》家だそうです」

松彬《ソンビン》の胸に痛みが突き刺さる。

亨燮《ヒョンソプ》は尋ねもしないのに、

「女学生の嫁さんだそうです」

と言う。

家が茶屋町《タオクチョン》、姓が張《チャン》氏、ひと月余り前に結婚をし、女学生の新婦、間違いなく恩珠《ウンジュ》であった。松《ソン》彬《ビン》は勇気を出して、

「その伯爵とかいう人の名前は？」

とたずねた。

「兪八震《ユパルジン》」

「兪《ユ》！」

恩珠《ウンジュ》の母親が「兪《ユ》専務という方のお宅なんだけど、漢城《ハンソン》だか韓日《ハニル》だか銀行の専務だそうで」と言っていたのを忘れるはずがない。

「伯爵はお父さんもいらっしゃるんだろう？」

「もちろん。僕らのおばの夫にあたる人で、漢城《ハンソン》銀行の専務です」

「ほう！」

「伯爵とはいとこ同士なんです。毎日、昼も夜も来ていたのが、そう、結婚してからは全然姿を見せないんですよ。いきなり人を驚かすだけ驚かして通り過ぎて」

松彬《ソンビン》は心の中で「ああ、何たる運命！」と叫んだ。元燮《ウォンソプ》と享燮《ヒョンソプ》はすぐにいびきをかいて眠ったが、松彬《ソンビン》は額のあたりが熱くなり、頭痛がして身を起こした。窓を開けた。

「培材《ペジェ》で二年も落第、「名金《ミョングム》」が上映となると優美館《ウミグワン》に入り浸り……フー・イズ・ザット？　と懐中電灯を照らしていた姿、そんな伯爵、兪八震《ユパルジン》！　一体、恩珠《ウンジュ》は何であんなやつの妻になったんだ？」

松彬《ソンビン》は恩珠《ウンジュ》にいい気味だというような一種の快感もなくはなかったが、思いなおしてみると、あんなやつに恩珠《ウンジュ》の運命が左右されるということは美しい蝶が蜘蛛の糸にかかったかのようで、ただ黙って見過ごすわけにもいかないという義憤が湧き上がりもするのであった。

川沿いの道の通行人も途絶えた。伯爵が通り過ぎてもう一時間以上も経つ。すでに恩珠《ウンジュ》とともに甘い夢の中に入っているころである。松彬《ソンビン》はとげとげしく恨みに満ちた目で天を見つめた。花びらのように落ちる雨を含んだ穏やかな春の雲は、人々の幸福や不幸には無関心とでも言わんばかりにゆっくりと浮かび、光を受けつつ夜空をただよった。ときどき風が吹いて、そのうち音を立てて雨が滴りはじめた。松彬《ソンビン》は窓を閉めて床についた。夜雨の音は、しかも春の夜雨の音は、隣りの部屋や窓の外の誰かのひそひそ声のようでもあった。それは松彬《ソンビン》の耳には恩珠《ウンジュ》の囁きのようでもあり、伯爵の囁きのようでもあり、それらが一つに絡み合って自分を嘲笑うもののようでもあった。

「これから伯爵とかいうやつがたびたびやってくることだろう！　そのざまをどうやって見ていられよう？　よりによって僕が来たところがこんな家であるとは！　偶然？　こんなにも残忍な偶然があるんだろうか？　僕を最後まで愚弄し、嘲笑し、踏みつける、目には見えなくても僕のそばを離れない悪魔のような何かがいるのではないか？　僕にその悪魔を、その運命の神を退ける力がないのならば、いっそのこと早く死んでしまうのがすべてに対する復讐になるのではないか？　一日でも早く死んで、一日でも早く別の運命に生まれ変わったほうが価値があるのではないか？　若いときの苦労は金を払っても買えない大切なものだとみな僕を慰める。しかし若いときの苦労が必ずのちに報われるということが何で保証されよう。若年から晩年までずっと苦労ばかりのままで死んでいく人のほうがむしろ多いのではないか？　僕がその中の一人ではないと、どうやって誰が保証できるだろう？　将来？　恩珠《ウンジュ》を失ってしまった僕の将来にはすでに悲劇の種が播かれている！　みっともない生き方をしていかねばならない理由などどこにあろう？」

朝六時になると鍾峴《チョンヒョン》天主教堂からきまって鐘の音が聞こえてきた。かーん、かーん、単調な金属音であるが、苦痛と恨みと孤独と疲れに満ちた松彬《ソンビン》の耳にはこの上ない音楽のように聞こえた。「ここには人生の真理と慰めがある。来たれ」と呼ばれているようでもあり、「耐えなさい、信じなさい、ただ愛しなさい」と、忍従の念を芽生えさせてくれるようでもあった。松彬《ソンビン》は鐘の音にあわせて床からはねおき、跪《ひざまず》いた。

「宗教は人類が不幸であるからできたのだろう！　だったら、宗教は人類の不幸を救うことができなければならないはずではないか？　宗教！」

松彬《ソンビン》の寂しい心は何かに頼ることを望んでいた。松彬《ソンビン》はある日、朝五時に起きた。朝のミサの鐘が鳴る前に天主教堂にやってきた。はじめて来る場所である。ほぼ南山《ナムサン》の中腹ほどにもなるような高さのところにあって、市内が一望のもとに眺められる。教堂は近くに来てみると、高いというよりは荘厳さを感じた。市内の黎明はまずこの教堂の尖塔に差すのであり、左右廊下のアーチ型の門にはそこがまさに天国に入る門であるかのような威厳があった。暁の露だけを口にして生きているような澄んだ目の神父らが黒い衣のすそを引きずって深い思索に没頭しながら歩き、一人二人と集まってくる一般信徒たちも生活は巷間で行ってはいるものの、つねに自分たちの帰るべきところはここなのだと言わんばかりに後ろを振り返ることもなく、きわめて平和で淡々とした表情であった。松彬《ソンビン》は彼らがみな会堂に入っていくまで離れたところから見つめていた。鐘が鳴った。刻一刻と闇が退けられていく市内は、昇りつつある太陽によってではなくここで鳴っている鐘の音によって光明に満たされるかのようであった。市内が次第に騒々しくなりはじめた。煙が立ちのぼり、あちこちで荷車が動き出し、立ち並ぶ瓦屋根の家、傲慢げに凸凹に突き出た高層建築たち。

「人々はみな生きているのだ！　現実を強く生きているのだ！　兪八震《ユパルジン》と張恩珠《チャンウンジュ》もあのもとで現実の幸福を営んでいる！　人はもちろん誰だって死ぬ。どうせ死ぬのだから努力して何になる？　そう考えるのも結局は厭世ではなかろうか？　厭世は現実としてすでに自殺なのではないか？　自殺は敗北だ！　敗北者だ！」

松彬《ソンビン》はこぶしをぐっと握った。ざわめきはじめた市内が群衆たちの顔と重なって見えた。

「今は人であふれかえるこのソウルの街も、高麗時代は取るに足らない山村にすぎなかったはずだ！　人間の力とはどれほどに大きいか。無限の可能性に満ちているのが人間の力であり、とりわけ男性の力であり、とりわけ青年の力であろう！　たかが一人の女性を恨むことで食欲も失い、学問を怠け、青雲の志を捨てるなど、ああ！　亡命した父さんの孤独な魂を思えば！」

松彬《ソンビン》はあたかも一枚の地図にすぎないソウルを踏みつける勢いで鍾峴《チョンヒョン》を一歩一歩おりてきた。

「今は一に勉強であり、二も三も四も勉強だ！」

それから二日ほどあとのことである。学校からの帰り道、主人の家の門の前に着く直前であった。背後から人力車が走ってきて鈴を鳴らした。体をさっと横にずらして振り返ると、乗っていたのは、瑞気《ずいき》みなぎる如く髪に美しく櫛を入れ、まげを結った恩珠《ウンジュ》であった。

恩珠《ウンジュ》も驚いた様子で、瞬間、唇を結び、視線をすばやくそむけてしまう。

間を置かずして別の人力車が来てまた鈴を鳴らす。今度は松彬《ソンビン》と同年代の青年で、空色の絹の外套《トゥルマギ》にキャップをかぶっている。まず受けた印象はあごが細長くとがっていることと、大きい目ではなかったが白目が鋭く光っていたことであった。

「あれが伯爵だな！」

案の定、彼らの人力車は伯爵の母の実家である金大将《キムテージャン》宅の門の中へと入った。松彬《ソンビン》が中に入ったときにはすでに中門《チュンムン》の前に空いた人力車だけが並べて置かれていた。

元燮《ウォンソプ》と享燮《ヒョンソプ》はすでに帰宅して本を包んだ風呂敷を部屋に放り投げ奥に行っていた。松彬《ソンビン》はいくら落ち着こうとしても手足がしきりに震えた。風呂敷をほどき机を整頓して一人つぶやいた。

「カレーテ！　カチューシャとエレーナとロッテを合わせたカレーテ！　どれほどに腐ってしま

ったカレーテなんだ！　ロッテのようにあるつもりなのか？　ウェルテルに拳銃を渡したロッテのようにあるつもりなのか！」

亨燮《ヒョンソプ》が何かをくちゃくちゃと食べながらあらわれた。

「伯爵が豪勢にも夫人同伴で来たんですよ」

「来るのは僕も見たよ」

「きれいでしょう？　嫁さん」

「伯爵も男前じゃないか！」

「どこがですか？　もうすぐこっちに来ますからよく見てください。あごが長いったら」

「挨拶に来たのかな」

「うちで夕食に招待したみたいです」

「……」

「女学生の嫁さんだと楽しいでしょうね？」

亨燮《ヒョンソプ》がいきなりこんなことを質問したところへ、元燮《ウォンソプ》と伯爵が大きい舎廊《サラン》からやってくる。お構いなしに松彬《ソンビン》は亨燮《ヒョンソプ》にその返事をした。

「それは本人に聞いてみないと」

「何が本人にですって？」

元燮《ウォンソプ》が話に割って入りながら部屋に入ってきた。伯爵もちらっと松彬《ソンビン》を見て、

「ああ、李《イ》さんと仰いましたね？　この前の夜は失礼しました」

と言いながら入ってきた。

「とんでもありません」

伯爵は座ると、

「兪八震《ユパルジン》とお呼びください」

と言う。松彬《ソンビン》はすぐに姿勢を正して、

「李松彬《イソンビン》です」

と言った。

「兄さん！　へぇ、結婚したと思ったらことばも上品になって！　お呼びくださいだなんて」

「おまえももうすぐ子を持つ親なんだからまじめにならんとな」

と、伯爵はいかにも上品げに煙草入れを取り出す。

「で、最近も嫁さんの家に通っているの？」

「嫁をもらうならやっぱり一人娘が一番だな」

「どうして？」

「嫁さんの実家も自分の家みたいで居心地がいいし……それに、茶坊辻《タバンコル》〔茶屋町《タオクチョン》の朝鮮式別称。女性を置いた飲み屋が多くあった〕ときた！」

「茶坊辻《タバンコル》はそんなにいい？」

「おまえらには分からんさ」

伯爵は煙草に火をつけながらにやっと笑う。

「何が分からないって？」

「話したら松彬《ソンビン》さんに悪く思われるじゃないか！」

「どうぞ話してください」

と、松彬《ソンビン》は見れば見るほどあごが長く見える伯爵に無理に笑みを作ってみせた。

「こいつらに教えたら昼夜、茶坊辻《タバンコル》に入り浸りになりますから。それはともかく……これ、何だか分かるかい？」

伯爵はチョッキのポケットからポンプのついた小さな香水の瓶を取り出して元燮《ウォンソプ》と亨燮《ヒョンソプ》にしゅっしゅっとふりかける。

「何だい？」

「だめだよ。これは茶坊辻《タバンコル》から頂戴してきたんだ。嫁に見られたらとんでもないことになる」

「おお！　妓生《キーセン》〔芸妓〕のところから？」

「元燮《ウォンソプ》もそれが分かるところを見ると浮気者だな」

「おおっと。それじゃ、兄さんは茶坊辻《タバンコル》に嫁さんの家が一つだけじゃないってことか」

「しーっ。今晩、尻を叩かれたらどうするんだい！　よく言うだろ？　桑も摘んで君にも会う〔一石二鳥を指す〕。だから嫁さんの家は茶坊辻《タバンコル》がいいってね……」

「嫁さんは新女性がよくて！」

「おいおい。こりゃ、亨燮《ヒョンソプ》も今年は嫁さんをもらわんとな」

「新女性の話でもちょっと聞かせてよ」

「妓生《キーセン》の話はいやなのかい?」

「両方ともいいよ」

「新女性も大したことないさ。アイ・ラブ・ユー、へっ!」

「ふん。英語で口説くってわけか。妓生《キーセン》は?」

「妓生《キーセン》? 口をこんなふうにしてだな……ねぇ、どうしてなの! 新しい情が一番で、古い情は情じゃないとでも仰るの? いてて! ここで太ももにぎゅっと来るんだ」

「つねるのかい?」

「手かげんなしだよ」

「じゃ、結構、痛い目にも?」

「まぁね。両方で春香《チュニャン》の十杖歌《シプチャンカ》〔朝鮮の芸能であるパンソリ『春香伝』で主人公の春香《チュニャン》が貞節を守り、府使の御伽《おとぎ》の命《めい》を断ったことから棒で足を十回叩かれる場面で歌う歌《ソリ》〕を歌うほどになったよ」

そして、愉快そうに高笑いした。

にぎやかに笑う声に大きい舎廊《サラン》から、

「これっ、ちゃんと勉強するんじゃ」

という声が聞こえた。享燮《ヒョンソプ》が、

「算術を解いているんです」

と答えた。

「何で算術を解くのに笑ってばかりおる?」

という声がまた返ってきた。伯爵が目で合図をすると、大声で、

「孟子見梁恵王、王曰、叟不遠千里……〔孟子、梁の恵王に見《まみ》ゆ。王曰く、叟《そう》、千里を遠しとせず〕」

と、孟子の音読を始める。虎のように厳しい母方の祖父もこのいたずらっ子にはただ笑うばかりのようで、それからは何の声も聞こえてこなかった。

八震《パルジン》は松彬《ソンビン》が当初考えていたほどにできそこないではなかった。鈍いどころかちゃっかりしすぎるほどであったが、家庭で躾をしないせいでわがままになっているようであった。彼は煙草をよく吸い、でたらめをよく言い、なるほど活動写真であれば俳優たちの名前をよく知っているのはもちろん、弁士たちのもの真似まで上手であった。そして巫女遊歌《ノレッカラク》〔京畿民謡の一つ〕という歌《ソリ》もなかなかのものであった。学校では二年も落第したが、煙草と酒と歌《ソリ》と女性方面では松彬《ソンビン》如きが追いつくには十年はかかるほどに進んでいた。

伯爵はその後、元燮《ウォンソプ》のところの舎廊《サラン》にしばしば立ち寄った。一度やってくるとなかなか帰ろうとはしなかった。元燮《ウォンソプ》と亨燮《ヒョンソプ》が伯爵のでたらめ話にのめり込んでしまうと、伯爵はさらに調子に乗って嫁の自慢までした。嫁の自慢といったところで性格に関するようなものは一つもなく、愛嬌がどうだとか、肌がどうだとかの類であった。のちには初夜の話も出た。元燮《ウォンソプ》と亨燮《ヒョンソプ》は露骨な話であるほどに喜んで聞いたが、松彬《ソンビン》にはこれほどに聞くのがつらい話は生まれてはじめてであった。

「で、総角《チョンガー》〔未婚であったり女性経験のない男性〕だって言ったの？」

元燮《ウォンソプ》が冷やかすと、

「女性の経験もなしに結婚する馬鹿もいるのか？」

と、伯爵はからかい返した。

彼が寄った日の夜は、松彬《ソンビン》は夜通し頭が痛かった。

「僕がこの家にいることを知ってから随分と経つはずだ！ 自分の新郎に気づかれない程度には僕の様子も聞いていることだろう！ 彼女も人間ならば平気でいられるはずはない！ しかし、何もしないではないか？ 見てろ！ 二度と君のことを考えまい！」

眠らなければならないと思えば思うほどますます眠れなかった。こんな日の朝は、松彬《ソンビン》はどんなことにも無性に腹が立った。その上、この金大将《キムテージャン》宅は歴代の旧家なので、何とか忌や何かの祭祀がひんぱんに行われた。祭祀の夜にはきまって伯爵があらわれ、来たら翌二時三時までおしゃべりをして祭祀のお下がりを食べてから帰った。この祭祀の夜も松彬《ソンビン》はいつも眠れなかった。疲れた神経は悲しみと悔しさから極度に鋭敏になっていった。すべてのことが面倒で、すべてのことが恨めしく、世の人々の行いがみな憎く思われた。

ある日、徽文《フィムン》と培材《ペジェ》のサッカー試合があった。松彬《ソンビン》と亨燮《ヒョンソプ》は応援に行って暗くなってから帰ったのだが、大きい舎廊《サラン》に呼びつけられた。

「どうして遅くなった？」

「学校でサッカーの試合があって応援に行っていました」

「サッカーの試合？」

「ボールを蹴る試合です」

「学生は勉強をしておればよい。ボールは何のために蹴るんじゃ？」

「運動です」

「運動？　わしはボールなど蹴らんが訓練大将《フルリョンテージャン》〔朝鮮時代の訓練都監《フルリョンドガム》長官〕もやっておった！」

「……」

松彬《ソンビン》はことばを失った。文臣でもなく武臣であった彼が、体育にこれほど理解がないとはまったく意外であったからである。

松彬《ソンビン》はその一方で学校への不満も大きくなりはじめた。中学生とはいえ年齢は三十を過ぎた者までいる平均二十代の青年たちであり、彼らが精神的に求めるものが中学校の授業などで満足しうるものであるはずがないにもかかわらず、授業をまともにやってくれる教師はわずかで、授業といえば学校の自慢と理事長の礼賛、そして運動選手の自慢ばかりでいいかげんなものであった。

松彬《ソンビン》はそもそも理事長を尊敬するよりはその反対であった。彼がかつて平安監司《ピョンアンカムサ》〔平安道《ピョンアンド》の長〕として赴任して何らかの功績をあげたということは順川《スンチョン》でも耳にしていたが、ときどき新聞を見ると、彼は親孝行な子や烈女の鑑のような人がいるときまって褒美を与えるというのであった。いまだ自分が一城主であるかのようにふるまって、他人の息子、他人の妻に金時計や金の指輪を与えているのである。松彬《ソンビン》の友人らは、

「俺たちならそんなものは受け取らない！」

と嘲笑したことがある。

「今の時代に自分のことを一体、何さまだと思っているんだ？　賞を与えるのであればせいぜい自分の経営する学校の教職員や学生に与えればいいんであって、一般民衆に対して何の権限がある？」

松彬《ソンビン》は自分にとってこの上なく有難い校長先生にまで不満が及びはじめた。

こんなことがあった。もうすぐ夏休みというときに突然、平壌《ピョンヤン》に修学旅行に行くというのであった。時期から見ても行き先から見ても前例のない行事で単なる修学旅行ではなかった。中央《チュンアン》や培材《ペジェ》からあたふたとサッカー選手を集めて校章と制服のボタンを取り替えさせ、このにわかサッカーチームを平壌《ピョンヤン》に連れて行くのであった。修学旅行生たちへの校長の訓示はいつになく熱がこもり、こんなことばが出てくるほどであった。

「相手が学生チームであれ社会人チームであれ、すべて勝たねばならん！　とにかく平壌《ピョンヤン》のチームに勝って来るんだ！　平壌《ピョンヤン》のチームに負けてきた日には理事長先生にあわせる顔がない！　逆に平壌《ピョンヤン》のチームにすべて勝ってきた日には、我が校には今後大いなる曙光が差すことであろう」

この曙光ということばが財団法人のことを意味し、また理事長が平壌《ピョンヤン》によくない感情を持っていることは一年生たちにもすぐに分かった。もちろん、学校を永久の磐石の上に載せるために手段の如何を問わない老校長の涙ぐましい努力にいっそ感激する理由も一方ではないわけではなかったが、しかし手段が教育者として最善のものではなく、彼の下にいる教職員と八百名の学生があまりに利用されている感があった。何かのスポーツの試合で勝つと、全校の学生が学校よりもまず理事長宅の中庭《マダン》に行き、行けば行ったでそこの奥さんやら娘さんたちやらが身づくろいして出て来るまで一時間であれ二時間であれ庭さきで待たねばならず、やがて家族写真でも撮るかのように椅子がきれいに並べられたあとに理事長を中心として家族全員が席に着き、あるいは立つところに立ってから、そのあとに校長が前に出て試合の経過を報告し、「理事長万歳」を三唱するのであった。そして運動部に金一封を出すようにとのおことばを頂戴して、最敬礼をして出てくるのであった。遠足に行っても理事長宅のお墓の前はそのまま通り過ぎるということはなく、理事長の誕生日にも学生たちは何週間か唱歌を練習して、行って歌わなければならなかった。ある日、午後の最初の授業中に突然に集合の鐘がなった。教員たちも目を丸くして事務室へと走った。用務員さんがいたずらで鐘を打ったわけではなく、もっと上のほうに理由があった。理事長が風にあたりに奨忠壇《チャンチュンダン》公園に出かけたついでに、大きな広場を見ると、八百人の学生がそこに立っているところを一度見たくなったという電話が来たというのであった。

学校に用務員さん一人だけを残して奨忠壇《チャンチュンダン》へと全員やってきた。二人の体育教師は今度、理事長に満足してもらえれば進展のなかった運動場拡張の話が実現するだろうと考え、学生たちの足がちょっとでも乱れるとひどい剣幕で目をむいた。奨忠壇《チャンチュンダン》に着くと理事長に敬礼し、校歌を歌ってすぐに合同体操が始まったのだが、理事長から学生たちの上着を脱がせるようにとの申しつけが下った。体育教師はすぐに言いつけどおりに号令を下した。八百名の学生が一斉に上着を脱いで足もとに置いているところに、ただ一人だけが身動きもせず、上着を着たまま立っている者があった。松彬《ソンビン》であった。

玄界灘

体育教師はただちに松彬《ソンビン》のところに走ってきた。まず頬をぴしゃりと叩いた。

「耳が聞こえないのか？　目玉はついとるのか？」

やむをえず松彬《ソンビン》はボタンをはずした。シャツではなく裸の胸があらわれた。

「何だ、これは？」

「胸です」

「こいつ、学校で指定した下着をどうして着とらんのだ？」

「買えませんでした」

「理事長宅の奥さんたちもいらっしゃるのにこのざまは何だ？」

「それで脱ぐことができませんでした」

「下着であっても学校で指定したものがある以上は制服だ。校則だ。おまえは校則に違反したんだ」

「どうしろと仰るのですか？」

「はやくボタンをもとに戻すんだ。すぐに向こうに行け！」

「はい」

「あの山でしばらく待機して、終わったら俺のところに来い」

松彬《ソンビン》は団体からはずれて、理事長が何人もの男女の部下たちと座っている反対側の山に登った。

「勉強を中断させておいて、一体これは何なんだ？　自分のお金でご飯を食べて勉強している学生たちを、自分たちのお飾りの儀仗兵とでも思っているのか？」

理事長の一種の観兵式は一時間後に終わった。松彬《ソンビン》が体育の先生のところに行くと、

「おまえは今日の団体行動の一大汚点だ！　しかも今日のような光栄なる理事長先生の前で……おまえ一人のせいで全校が平素から訓練に備えていないことになってしまったわけだ！」

「……」

「自分のやったことが正しいと思うか？　おまえ」

「申し訳ないことになりました」

「申し訳ないことになった？」

と言うと、教師は怒りを抑えきれないようにぐっと近づいて胸ぐらをつかんで揺らす。

「申し訳ないことになったとは何だ？　クソ生意気な」

「何か文法が間違っていますか？」

「文法？」

「先生は意識的にやったことではないことを「なった」と言わずに何と仰るのですか」

体育教師は顔がさらに真っ青になった。柔道式に腰投げをする姿勢であったが、松彬《ソンビン》の組の学生たちがさっきから不平に満ちた顔で少しずつ集まってきており、理事長の側からも視線がこちらに

集まっているようで、

「おまえ、明日の朝、学校に来たらすぐに事務室に来い」

と言って、手を放した。

松彬《ソンビン》は一善《イルソン》とほかの何人かの友人たちと一緒に尾根に沿って南山《ナムサン》へと行った。南山《ナムサン》の峰に登り、彼らは座って漢江《ハンガン》を見下ろしていた。

「僕はソウルがいやになったよ！」

松彬《ソンビン》は突然に言った。

「どうして？」

松彬《ソンビン》は説明しなかった。松彬《ソンビン》の心の内を一番深く知っている一善《イルソン》が、

「それでも学校は終えないと！　俺たちもみな学校に不満がある。しかし、ぎゅっと目をつむって一年半だけ我慢すればそれまでじゃないか」

と言った。

「卒業証書がそれほどに必要なものなのか？」

「進学しようと思えば仕方ない」

「進学しないといけないもんなのか？」

「学歴がないと就職もできんし、世間からも相手にされんだろう」

「就職？　相手にされない？　専門学校の卒業証書にはいくらかかって、大学の卒業証書にはいくらかかって……就職が目標で僕たちは勉強しているのだろうか？　そんなに現実的な人間だけが必

要なところなのだろうか？　僕たち八百名、いやソウルに来ている何万名の学生がみな同じく就職が目標であるというのか？　だったら僕はむしろその反動でありたい！　声を張り上げて反動でありたい！」

「なるほど、そうだ！」

「非現実人間、巨大な非現実人間、多数の非現実人間、いつの時代でも力はそちらの側にある！」

彼らは日が暮れるのも忘れて話に興奮し、互いの顔が夕焼けとともに燃えていた。

松彬《ソンビン》が主人の家に帰るとすでに電灯がついている時間で、障子を開ける音に大きい舎廊《サラン》から、

「誰じゃ！」

という声が聞こえてきた。

「松彬《ソンビン》です」

「おまえもちょっとこっちに来い」

元燮《ウォンソプ》の祖父の怒気を帯びた声であった。大きい舎廊《サラン》に行ってみると、元燮《ウォンソプ》と享燮《ヒョンソプ》がともに祖父の前でズボンのすそをたくし上げ、ふくらはぎを出していた〔朝鮮では子供などに罰を与えるときに細い木の枝でふくらはぎを打つことがある〕。松彬《ソンビン》は戸惑った。

「おまえはどうして遅れたんじゃ？」

「学校で奨忠壇《チャンチュンダン》に行ったんです」

「それは享燮《ヒョンソプ》から聞いた」

「そこで友人たちと南山《ナムサン》に寄ってきて遅れました」

「何をしに寄り道をするんじゃ」

「……」

松彬《ソンビン》は黙ってしまった。

「おまえ、よく聞くんじゃ。上のやつはあれほど行くなと言っていた応援だか何だかに行って今になって帰ってくるし、下のやつは外に出て家の下人の子と球を投げたり受けたりしておった。こいつらは運動なんぞに狂いよって、まともだと思うか？」

聞いてみると元燮《ウォンソプ》や亨燮《ヒョンソプ》に過ちは何もなかった。松彬《ソンビン》は父がいつも妾《めかけ》の家に入り浸り、頑迷な祖父のもとで窮屈に育つしかない二人の少年のためにむしろ義憤がこみ上げた。

「応援を課外行動と見てはいけません。団体訓練として矯風と尚武精神を高める一環で学校でやらせているのです」

「何じゃと？　学校でやらせる？　じゃあ、学校のほうが大事か、自分の祖父のほうが大事か、どっちじゃ？　それから、下人の子と球を投げるのも学校でやらせとるのか」

「学校では両班《ヤンバン》〔二八頁参照〕と常人《サンイン》〔平民〕の区別がありません。どの学校、どの組にも両班《ヤンバン》の家の子もいるし常人《サンイン》の家の子も混ざっています」

「こいつ、黙れ！　いくら同じ組、いや一つの部屋にいるとしても、両班《ヤンバン》は両班《ヤンバン》であるし常人《サンイン》は常《サン》人《イン》なんじゃ……おまえも言っとることを聞くと常人《サンイン》じゃな。わしは運動せずとも八十を生きておる。わしは運動などせんでも十万の大軍を率いておったんじゃ。ろくでなしめが」

と、松彬《ソンビン》まで叩こうとする勢いでそれこそ怒髪が天を衝かんばかりであった。松彬《ソンビン》は癪《しゃく》に障るというよりは、こんな人物らが民衆の名誉と命を負ったせいで道を誤ったことを考えると憤りを我慢することができなかった。ついには、

「なるほどみなさん、何ともご立派であられます」

と、一言言うと、金大将《キムテージャン》は持っていた細い枝の鞭で床を叩きながら、

「何じゃと？　こやつめが！　うちから今すぐ出ていけ！」

と、目だけは一時は武人であった気骨を見せて炎を燃えたぎらせた。

松彬《ソンビン》は下の舎廊《サラン》にさがってふくらはぎを打たれる元燮《ウォンソプ》と亨燮《ヒョンソプ》の悲鳴を聞きながら荷物をまとめた。この日の夜を限りに、伯爵の姿を見るのがこの上なく苦痛であった金大将《キムテージャン》宅を出てしまった。

松彬《ソンビン》が荷物を持っていくところは朴一善《パクイルソン》のところのほかにはなかった。一善《イルソン》のところに行くと恩《ウン》珠《ジュ》が結婚するときのことが思い出されて一層憂鬱な夜であった。一晩中、恩珠《ウンジュ》の夢に苦悶した。夢の中の恩珠《ウンジュ》は、変わることなく結婚前の優しい恩珠《ウンジュ》であった。

「夢が現実だったらどんなにいいか！」

恩珠《ウンジュ》の夢から覚めた朝の虚しさ、孤独、悲しみ、しかもこの日の朝は学校に行ってすぐに先生というよりも人足頭にしか見えない、殴ることだけで威厳を保とうとするあの体育教師のところへ行かなければならないことが気が重かった。

「あんな学校、やめてしまおうか？　しかし今やめるのは卑劣だ！　殴られるのならば殴られたうえでやめるべきだ！」

学校に着くとすぐに事務室へと入った。体育教師は待っていたとばかりに自分の机の前に来いと

言う。

「おい、先生に反抗して、おまえにいいことなんかあると思うか?」

殴らないのを怪訝《けげん》に思う。

「これを掲示板に貼るんだ」

と、紙を折ったものと画びょう二つをくれる。

「貼る前に見てはならんぞ」

松彬《ソンビン》はそれを受け取り、礼をして出てきた。

掲示板の前に来てから折られた紙を広げた。ほかでもなく第四学年李松彬《イソンビン》は校則第何条によって一週間の停学処分とするというものであった。松彬《ソンビン》は思わずぎゅっと紙をしわくちゃに握りしめた。しかしすぐに思いなおしてしわを伸ばし画びょうでとめた。何重にも周囲を取り巻いた学生たちから一斉に笑いが起きる。その中に日ごろから癪に障っていた理事長の孫もいた。彼はただ笑うだけでなく、

「自分の停学の告示を自分の手で貼るやつなんているのか?」

と皮肉るのであった。見てみると彼は今日も襟をはずし脚絆もつけていない。襟をはずしていたり脚絆をしないで学校に来るのは、ほかの学生であればただちに呼ばれて頰を叩かれる、まぎれもない校則違反である。しかし、あの気性の激しい二人の体育教師の目にも彼だけは学生ではなく理事長の孫として見えるようであった。

「何がおかしい?」

松彬《ソンビン》は体育教師も手を出せない彼であるだけに一度手を出してみる気になった。

「かかってこい！」

相手も引くはずがなかった。本を包んだ風呂敷をほかの学生に渡して前に出てくるところを、松《ソン》彬《ビン》は苦労のしみ込んだこぶしにこの悲しみ、あの恨みをひとところに込めて、彼のふっくらとした頬を力一杯に殴りつけた。相手はすぐに倒れた。松彬《ソンビン》がこぶしをはたきながら背を向けて戻ろうとすると、彼は立ち上がって唇から血を流しながら追いかけてきた。二人がもつれあって地面に転がったところで鐘が鳴った。教師たちがやってきた。ほかでもなく理事長の孫が喧嘩をしている。しかも、引き離してみると血が出ているのは理事長の孫のほうである。

校長は真っ青になった。医者を呼べ、貴賓室に背負ってお連れしろ、松彬《ソンビン》というやつを捕まえろ、騒動が大きくなって朝礼も散会となり、松彬《ソンビン》は二人の体育教師に引っ張っていかれて結局は彼も鼻血を出すはめになった。一週間の停学がさらに三週間の停学になった。

「三週間の停学！　今学期の試験は受けられないのではないか」

松彬《ソンビン》は、

「東京に行こう！」

と決心した。一善《イルソン》が東京に行く交通費を出すと言ってくれたので、それを待っていたある日、誰かが外から松彬《ソンビン》を呼んだ。出てみると、意外にも理事長の孫、文民鉄《ムンミンチョル》であった。松彬《ソンビン》はこのできそこないが自分の手で復讐しにやってきたかと内心穏やかではなかったが、民鉄《ミンチョル》はにっこりと笑いながら手を差し出すのであった。

「松彬《ソンビン》君。僕が悪かった」

松彬《ソンビン》はあまりに意外で驚かざるをえなかった。そして互いに握手し、部屋の中に入った。

「僕だって君たちが思っているほど意気地なしじゃない。君たちが思っているような贅沢三昧の理事長の孫でもない」

と言うと、民鉄《ミンチョル》の目からは涙がぽろぽろと流れるのであった。

「僕は妾の子だ！　僕にも哀しみがある！　僕は、僕のことを理事長の孫だからと特別待遇をする愚かな教師たちが心の底から不満だった。君に殴られたことが僕にとってどれほど痛快で、また僕が世の中をちゃんと見ていくのにどれほどよい機会になったか分からない！」

「本当かい？」

「本当だ！」

松彬《ソンビン》と民鉄《ミンチョル》はもう一度、手を固く握り合った。

「うちと僕たちの学校には一大改革が必要なんだ！　教師たちなんてうちの祖父のご機嫌とりにすぎない。そうじゃないすぐれた人格を備えた先生が来たって勢力争いに押されてお払い箱だ。うちの学校みたいに月給は多いのに無資格の教師が多い学校なんてどこにある？　僕はどの教師の何の醜態、どの教師の何の罪悪、全部知っている。教師たちが僕に何もできないのは理事長の孫だからというだけじゃない。自分たちの弱点を僕がみんな知っているからだ……僕が黙っているものか。お金の出どころがどこであれ、学校というのは神聖でなければならないんじゃないか？」

松彬《ソンビン》はこの日、陳情書〔学校側に提出する申し入れ書を指す〕を書くことを民鉄《ミンチョル》に誓った。そして檄文を書いて直接に先鋒に立った。一年生と五年生の若干名が抜けただけで、ほとんどみなが彼らの主張と行動を松彬《ソンビン》とともにした。すべての物質的な負担と学校側の動向を内偵するのは民鉄《ミンチョル》が自ら引き受けてくれた。学校当局の方針はまず理事長の裁可を受けなければならず、理事長が裁可することであれば民鉄《ミンチョル》が一つ残らず知ることができ、学校側の対策は毎度頓挫した。学生側の団結が一糸乱れず目的に向かって進むことで、誰よりも理事長と校長のその封建的な心境に大きな変化を起こさせることになった。教育事業に対する考え方をもっとも現代的なものに改善するまでに至ったのである。形式上、首謀者たちを処罰して臨時休校を宣言したが、校長以下何人かの教師が理事長に辞表を出したことと、その辞表というのが理事長と協議した結果であるということまで学生たちは民鉄《ミンチョル》を通じて知り、東小門《トンソムン》外の三仙坪《サムソンピョン》での最後の会合で母校の万歳を叫び解散することとしたのである。

犠牲者の十人余りの中で松彬《ソンビン》は筆頭にあがっていた。一善《イルソン》は一ヶ月の停学、民鉄《ミンチョル》だけはもとより内偵のために表面に出さなかったので停学にもならなかった。

松彬《ソンビン》は鉄原《チョルウォン》に行った。東京に行けばほかの学生たちのように休みごとに帰ってくることもできないと思い、出発する前に祖母に会いに行ったのである。妹の海玉《ヘオク》が姉の家に来ていて三人のきょうだいが会うのは容易であったが、祖母は「チンメンイ」にいた。

松彬《ソンビン》は姉の家で一晩寝て、暑い夏の日差しの中、一人山道を歩いて「チンメンイ」に向かった。深くはないが靴を脱がなければならない小川を二つ渡り、草が茂って道の見えない山道も二つ越えた。山鳥たちがいるのみで、道や村を尋ねようにも人にはなかなか会えなかった。

周囲がこれほどに深閑としているとまず熱く胸につきあがるのは恩珠《ウンジュ》のことであった。あのとき清涼里《チョンニャンニ》で恩珠《ウンジュ》と花を手折りながら追いかけたアゲハ蝶も飛び、野百合もあちこちに蠟燭の火のようにに目についた。すぐにどこかの木陰から、あるいは山すその曲がり口からにっこりと笑う恩珠《ウンジュ》が走り出てきそうな気がする。駆け寄ってみると木陰から飛び立つのは山鳩たちだけであり、山すその道を折れるとまたただの山道が続くばかりであった。

「お祖母ちゃんは僕のためにこんなにうら寂しい道を十回二十回と歩いたんだ！　この山道のところどころにお祖母ちゃんが僕を思って泣いた涙が落ちたはずだ！　しかし僕は今この道を歩きながら誰を思っているのか？」

松彬《ソンビン》は恩珠《ウンジュ》への思いを振り払おうと頭をしきりに振りながら走った。

「チンメンイ」は土よりも石が多そうな粟畑の間を山から流れて来る小川に沿って、家なのか便所なのか分からないような南瓜《かぼちゃ》と夕顔のつたに覆われた草葺きの家が、およそ十軒あまりある小さな山村であった。三軒の家を回って祖母がいる母方の従祖父《おおおじ》宅が分かった。祖母のほうがさきに松彬《ソンビン》に気づいて駆け寄ってきた。よく見てみると祖母は自分の祖母のようではなかった。乱れた髪と背の破けた単衫《チョクサム》〔八五頁参照〕、土に汚れた素足は、どこかの山奥の見知らぬ老人のようであった。松《ソン》彬《ビン》は祖母の前で汗をハンカチで拭くのが申し訳なかった。みな畑に出ていて、海玉《ヘオク》よりもずっと幼い女の子一人と祖母だけで蚕《かいこ》に桑の葉をやっているところなのであった。祖母は涙をこぼしながら、

「背が高くなって！　おまえの母さんはいつも、服を大きめに作ったのに背がなかなか伸びないって気をもんでいたのに……」

と、孫の背の高さにしきりに感心した。

「座るところもないし、食べるものもないよ！」

部屋が三つあったがどこも蚕で一杯であった。蚕がまぶし〔藺をつくるときに糸をかけやすくした仕かけ〕に上がって藺を作るまでは土間に筵《むしろ》を敷いて暮らすのであった。

祖母は裏手に行って湧き水を一杯ひさごに汲んで来てくれたあと、草取り鎌を持って外に出た。

「イモでもゆでてあげるよ」

松彬《ソンビン》は祖母のあとについて畑に出てイモを掘った。草取り鎌のさきにはイモよりも石のかけらが多くあたった。

「畑がひどくやせているね」

「人の住むところじゃないよ。昔、おまえの父さんが半日耕《パンナルカリ》〔三七頁参照〕もくれたいい土地はみんな売り払ってしまって、こんなはずれで暮らさないといけないんだから！」

松彬《ソンビン》はずっとお金のことを考えていた。

亡き母よりもっと大切なこの祖母のいくらも残っていない余生を楽にしてあげたいのはもちろん、母方の従祖父たちもこのやせ地の山村から出させてあげて、栄養のある白い米を食べて暮らすことができるようにしてあげられれば、

「ああ、お祖母ちゃんはどれほどに喜ぶだろう？　僕を育て、僕に期待した甲斐をどんなに感じてくれることだろう！」

こんなことを考えると、これも人生の、人の子として生まれた道理の、いつでも不幸な人たちの

側であろうとする者の、何よりもさきに実行しなければならない義務のようでもあるように思われた。さらに夜に、

「わしらはもともと山で生まれ育って山で老いるもんだが、婆さんはこんな雑草みたいなもんを食べて暮らしたことなどないだろう。歯も悪くて胡瓜《きゅうり》の一本も生では食べられん。おまえが来年あと一年で卒業だと、その日が来ることだけを念仏を唱えるようにして繰り返し言っとるんだよ。山向こうの回龍洞《フェリョンドン》に住んどる七文《チルムン》〔音訳〕のところの息子は農業学校を卒業しただけで郡役場の何かになったとかで、そこの家ではその子一人の力で粟飯などは口にすることなく暮らしとるらしい」

と言う従祖父のことばに松彬《ソンビン》は穴があれば入りたかった。しかも、何年と決めたわけでもなく東京に行くなどとは到底口にすることはできなかった。

翌朝、ほかの家族がみな畑に出たあとも、松彬《ソンビン》は祖母にありのままを話すことはできなかった。祖母を連れて姉の家に出かけ、何日間か一緒にいながらソウルで勉強ができなくなったことをゆっくり話したかったが、蚕が最後の眠《みん》〔脱皮を行う〕に入るころで手の足りないこの家をしばらくたりとも空けることはできなかった。やむなく松彬《ソンビン》はまた昼食にイモをゆでて食べたあと、

「再来年の春には本当に卒業だろうね」

と念を押す祖母に、

「本当に卒業だよ」

と答えて「チンメンイ」を出てしまった。

祖母は峠のふもとまでついてきた。中腹からは見えなかったが、頂上では遠目ではあるが祖母の

姿がはっきりと見えた。

「さぁ、家に戻って」

と声をあげたが、祖母はまったく動かなかった。手ぶりで促してもまったく動かなかった。不自由な目で、林の茂る山頂に顔だけを出している孫の姿が見えるはずなどない。しかし米粒ほどに小さく見えるその場所で、こちらに向かって立っているのである。松彬《ソンビン》は見ないようにしようと背を向けて走った。しばらく走って考えてみると、どうしたらよいものか申し訳なくて耐えることができなかった。峠の頂上へと走って戻った。ああ、祖母の米粒ほどの影はそのままに立っているのであった。

「ああ、母さん、僕はどうすればいい？」

遠くの山あいから郭公の鳴き声が聞こえるばかりであった。

松彬《ソンビン》は祖母の影が動くのを見ることができないまま、結局その峠を背にしておりてきてしまった。邑《ウプ》に出て姉にだけ事実のままに東京に行くところであることを話して、夜汽車でソウルに戻った。一善《イルソン》は東京まで切符を買ってくれて、民鉄《ミンチョル》は行李を一つと布団屋に行って日本式の布団を一組買ってくれた。

出発する日の夜である。松彬《ソンビン》は恩珠《ウンジュ》の母親に挨拶に行った。平常心であろうと心に決めていたが、中庭《マダン》に入ると胸が高鳴りはじめた。

「どうなさったんですか？」

住み込みのおばさんがまず出てきた。

「奥さんいらっしゃるでしょう？」

「お嬢さんしかいらっしゃいません」

意外な返事であった。

松彬《ソンビン》は顔が一気にかっと熱くなった。板の間を見ると誰もいない。居間《アンパン》は障子が閉まっていた。石段を見るとそこに絹の靴が一足置かれているのであった。あたりを見ても伯爵の靴は見えない。

「どちらへ？」

「奥さんは本家に」

松彬《ソンビン》はしばらくためらったが、住み込みのおばさんにこう言った。

「帰っていらしたら、僕は今夜東京に行くのですが、お目にかかってご挨拶も申し上げられず失礼するとお伝えください」

「あら！　東京に行かれるのですか？　勉強に？」

松彬《ソンビン》は返事もせずにきびすを返したが、そのとき、板の間から、

「兄さん《オッパ》？」

という声がした。声だけはかつてのように澄んだ恩珠《ウンジュ》からの呼びかけであった。振り返ってみた。目が合うと恩珠《ウンジュ》は顔を深くうつむかせた。

「兄さん《オッパ》におじさんから……」

と、手紙を差し出すのである。米国にいる潤洙《ユンス》おじさんからの手紙のようであった。松彬《ソンビン》は大またで石段に上がりそれを受け取った。そして、

「これのために？」

と、燃えるような目で見つめる。すると恩珠《ウンジュ》は、

「ううん」

と、うつむかせた顔を横に振るのである。

「じゃ、どうして？」

「……」

恩珠《ウンジュ》は顔を上げ、奥へと視線をそらしながら、ぎゅっと噛んだ唇を動かして、

「ちょっと上がっていってもいいでしょう？」

と、恨めしげな面持ちであった。

松彬《ソンビン》は内心、靴のまますぐにも駆け上がりたかったが、口からはそれとは正反対のことばが抑えきれずに出てきた。

「待って兪八震《ユパルジン》にまで挨拶して行けと？」

恩珠《ウンジュ》は顔を真っ赤にしてまた下唇を噛んだ。松彬《ソンビン》は振り返ることもなく石段をおりて中門を出た。確かにもう一度「兄さん《オッパ》」という声を背中で聞いたが、松彬《ソンビン》は返事のかわりに力を込めて中門の扉をばたんと閉じて出てきてしまった。

停車場には一善《イルソン》と民鉄《ミンチョル》とほかに今回松彬《ソンビン》と一緒に退学処分を受けた友人たちも四、五名が来ていた。自分たちも追って東京に行くと言い、彼らはみな松彬《ソンビン》と固い握手を交わし、

「成功しろよ！」

「成功を祈る！」

「君は成功すると信じているよ！」

と、きまって「成功」ということばとともに握手の手をはなした。

松彬《ソンビン》は汽車が漢江《ハンガン》を過ぎて次第に静かになるころ、ほかの人と同じく頭を後ろにもたれかけさせて眠ろうとする姿勢であったが、心の中ではこの「成功」ということばと、あるいは、

「ちょっと上がっていってもいいでしょう？」

と言った恩珠《ウンジュ》のことばを噛みしめるかのように口の中で何度も繰り返した。

「何の話をするつもりだったんだろう。何をしに家に帰っていたんだろう。いくら実家が近いからって、向こうにも家族がいるじゃないか。僕が遠くに行くというのを聞いて自分も感無量になってごめんなさいとでも言って送り出そうと思った？ ふん！ ごめんなさいか！ 僕は今も彼女を愛しているんだろうか？ もちろんだ！ だからこそこんなにも忘れられないでいる！ 僕は恩珠《ウンジュ》を最後まで信じると言った。結婚が人生の終わりではないとも言った！ いつまでも彼女が僕のところに帰る日を待つと言った！ 僕のこうした態度は本当に価値あるものなのだろうか？」

松彬《ソンビン》はおもむろに目を開けた。そばの人たちはいびきをかいている。汽車は小さな片田舎の停車場など見向きもせずにそのまま通り過ぎていく。ソウルが次第に遠ざかる。あんなにもいやだったソウルに、いざ発ってみると強い愛着が湧いてくるのであった。

「何を言おうとしたんだろう？ 東京に行くというから僕について来ようとしたんじゃないか？」

松彬《ソンビン》は自尊心をぐっと抑えて彼女の言いたいことを聞いてやれなかったことが悔やまれた。

「だからって後悔をする？　それはいけない！　どうしても言わなければならないことならば、自分が一度固く決心したことならば、僕に会ったからと突然に思い立つようなことはないはずだ！　また、僕自身も彼女をいつまでも待つと言ったのは、機会があれば彼女を甘言で引っ張ってくるということでは決してない。自分で決心して帰ってくるのを待つということなんだ！　僕の心は決して変わらない！」

松彬《ソンビン》は暗い車窓に恩珠《ウンジュ》のまげを結った顔を思い浮かべながら、汽車が大田《テジョン》を通過するまで眠ることができなかった。

車窓が白みがかって夜が明けはじめたころ、汽車は漢江《ハンガン》より若干細かったがかなり大きい川に沿って走っていた。松彬《ソンビン》は地理で習った洛東江《ナクトンガン》であることがすぐに分かった。立ち込める霧が川の上を覆うようにして流れていた。汽車が激しい震動を起こしながらカーブを曲がるときも、川はさざなみ一つ立てることなく静かである。それでも、川がとどまることなく流れているのは、全体として感じられるのであった。

「人間にもみな自分の運命の流れがあるのだろう！　お祖母ちゃんにも恩珠《ウンジュ》にも海玉《ヘオク》にも……僕は今は、彼女らの運命の流れをせき止めたり流れを変えさせたりする何の力も持っていない！　彼女たちの運命を、いや、お祖母ちゃんや恩珠《ウンジュ》や海玉《ヘオク》だけでなく、もう少し多くの、もう少し巨大な彼女らの運命を導くだけの、僕自身の新しい運命を開拓しようと今こうやって走っているのだ！　あのあばら家を見よ！　道一つ、溝一つろくに作ることもできずにいる村々！　部屋には蚤《のみ》や南京虫がわき、台所にはハエがわき、便所一つろくに備えられず迷信ばかりに満ちた家々！　ある欧羅巴《ヨーロッパ》の観光客は、あばら家が豚小屋のようであるとの皮肉から朝鮮は牧畜業が発達していると言ったらしい！　そんなことを言われても僕たちは高麗磁器や仏国寺石仏《プルグクサ》を自慢するだけで満足しているつもりなのか？　一部の階級には世界に誇るべき文化があったとしても、一般百姓は世界の侮蔑を受けて当然の、昔ながらの原始的な草屋の生活を免れられないでいるではないか？　朝鮮に何か文化があるだろうか？　文明国の人々の目に豚小屋としか見えない、あんな糞とハエと皮膚病と無知と迷信に満ちた家庭が朝鮮の全家庭の半分であるというのはどういうことなのか？　人口で言えば十分の八、九になるだろう！　僕はお祖母ちゃんとその親族らをあの貧しいチンメンイから出させてあげることを願った！　どうしてチンメンイ全体を救うことは考えなかったのか？　チンメンイ全体、畑から石を取り除き、原始的な養蚕を改良させ、山林を育んで瓦を焼いてよい家が建てられるようにし、学校を建てて、科学を取り入れて……どうしてそんなことを考えられなかったのか？」

松彬《ソンビン》は誰よりもはやく起きて洗面所へと行った。顔を洗い乗降口に出て、旗をはためかせるような調子《リズム》で吹き込んでくる朝の川風にあたった。

汽車は朝食前に釜山《プサン》に着いた。埠頭には元山《ウォンサン》で見ていた船の倍ほどにも大きい汽船が斜めに接岸しており、人々はすでに二列になって並んでいた。松彬《ソンビン》も走って三等客の行列に並んだ。

「船はどうしてみな何々丸《ファン》と名前をつけるのだろうか？　徳寿丸《トクスファン》！　長寿のための丸薬の名前だったらいいのに！　丸薬！　東京に行ったら薬売りをしなくてもやっていけるだろうか？」

松彬《ソンビン》が全部で五円になるかならないかのお金をポケットの中で触っていると、誰かに肩を叩かれた。

「こっちに来い」

洋服を着ている。刑事であることはすぐに分かった。後ろを見ると乗客らがずっと続いている。列をはずれるとせっかく中間ほどに並んでいる順番を失ってしまうであろう。

「どうしてですか?」

「来るのがいやだというのだな? じゃあ、好きにしろ」

と言うと、黙って行ってしまう。松彬《ソンビン》は心の中で刑事にしては随分とおとなしいと思った。すぐに行列が動きはじめた。松彬《ソンビン》も横に置いてあったバッグを持って少しずつ前に進んだ。船にかけられたタラップに上がろうとするときである。そばからさっきとは異なる洋服を着た人が袖を引っぱる。

「渡航証明は?」

「渡航証明?」

松彬《ソンビン》は驚くしかなかった。

「渡航証明もなしに船に乗ろうっていうのかい?」

「どこでもらうのですか?」

「あそこの水上署に行ってもらいなさい」

と停車場のほうを指すのである。見てみるとそちらのほうへあたりを見回しながら走り出す人が一人や二人ではなかった。松彬《ソンビン》もそちらへと走るしかない。長い埠頭からさらに競走するように二百メートルは走らなければならなかった。刑事たちは朝鮮人の顔はあれだけ不思議なほどに見分けることができるのに、どうしてあらかじめ教えてくれなかったのか恨めしかった。なるほど、さっきのあの行列で呼びとめた刑事が渡航証明の話をしようとしたのかもしれない。

松彬《ソンビン》は紙に渡航証というはんこを押してくれるところに行ってまた驚かざるをえなかった。労働者たち、みすぼらしい身なりの彼らの妻たち、彼らの母親たち、笠をかぶった老人もいる彼らの父親たち、そして洋服を着た人たち、ひとところにひしめき合って各自渡航証をもらうために必死になる哀れな状況である。こうした現実が待ち受けていようとは松彬《ソンビン》はまったく思いもよらなかった。船の出発時刻は近づいてくるのに列に並んでいる人だけで五十名にはなる。また、すぐにはんこだけを押してくれるのではなく、本籍はどこか？ 名前は何か？ 何しに行く？ など、あれやこれやと聞かれる。自分の本籍、名前すらすぐに書ける人は何人にもならない〔当時、非識字者が多かった〕。気が焦るばかりのあちこちの方言で、嫁が子供を産みに帰ってきて戻るところだとか、家を出て十年になる息子に死ぬ前に一度会いに大阪へ行くだとか、息子からどこかの工場で病気になって死にかけていると手紙が来たと、しわくちゃになったハトロン紙の封筒を取り出す老人もおり、何人かの学生たちを除けばみな彼らの身なりと同様の窮相を呈していた。何を基準にして区別しているのかはんこを押さずに追い返される人も何人もいたのだが、松彬《ソンビン》も結局はこの追い返される中に入れられてしまった。どうしてソウルで学校を終えずに行くのかというのである。

「そうか！ 徽文《フィムン》は今回、同盟休学〔学生ストライキ〕をしたんだったな！ その首謀者として退学させられたんだろ？」

刑事は松彬《ソンビン》の目を刺すように見つめる。

「どうして答えられないいんだ？　今回の同盟休学の首謀者だろ？　京城鍾《チョンノ》路警察署に電報一本ですぐに分かることだぞ。そんな不穏分子は、ましてや震災〔関東大震災〕の直後だし絶対に渡航はさせん」

そして、それ以上の返事はなかった。松彬《ソンビン》は目の前が真っ暗になった。埠頭からは船の出発する銅鑼《どら》の音が聞こえてくる。渡航証を手にした人たちは必死に走る。片方の履き物が脱げても拾うどころか振り返る間もなく足袋《ポソン》のままで走る。自分の息子に会いに行くのにどうして行かせてくれないのかと騒ぎたてる老婆もいる。夕方の船にでも乗せてほしいと、「旦那さま、旦那さま」と頼み込む人もいる。洋服を着て金縁眼鏡をかけてかなり紳士らしい身なりの人なのに、

「ここは善行を積むとお考えくださり……旦那さまがはんこを一度押してくださったらすべてうまくいくのです。どうかお助けください！」

と、体面もなく慌てふためく人もいる。事実、お願いして何とかなるのであれば松彬《ソンビン》もお願いしてみたかった。周りで見ている人はみな他人である。誰かの前で浅ましく哀願したところで何か跡が残るというわけでもない。どんなことをしてでも渡航証をもらって、この場を離れてしまいさえすればそれまでなのである。

「頼んでみる？　誰にどのように頼む？　何の過ちを犯したからと頼み込まなければならない？」

船の時間が過ぎると刑事たちは、まったく見向きもせずにどこかに散り散りに立ち去ってしまうのであった。

松彬《ソンビン》は見知らぬ釜山《プサン》の通りを憂鬱な気持ちでさまよった。もしかして知っている人にでも会って渡航証をもらう何らかの方法が得られないか、という一縷《いちる》の望みも抱いて人の顔をしっかりと見て歩いたが、知った顔に会うことはなかった。昼どきが過ぎて停留所の待合室で、とある人物に会った。この偶然に知っている顔というのは、朝、船に乗ろうと行列に並んでいたときに松彬《ソンビン》に「こっちに来い」と言った刑事であった。

松彬《ソンビン》は彼の前に行って帽子を脱いだ。

「オオ、オマエカ！　どうして朝の船で出発できなかったんだい？」

と、みな知っているとばかりに黄色みがかった口ひげをたくわえた口もとをゆがめて嘲笑する。

「あの……」

「何しに行くんだい？」

「勉強に行きます」

「勉強？」

「朝は誰だかも知らずに……すみませんでした」

「東京に留学に行くやつらは大概が生意気なんだ」

「すみません」

「ドンナ偉イ人デモ一度ハミンナ僕ノ手ニカカルカラナ！」

松彬《ソンビン》は蚊の鳴くような声で、

「旦那さま……」

と言ってみた。彼はまたにやっと笑った。

「今度、東京から角帽をかぶって来るときも俺に旦那さまと言えるかな?」

「……」

松彬《ソンビン》は「もちろんです」とは言えなかった。

「ほらみろ! 今は困っているから旦那さまと言うが、渡航証さえ手にしてみろ! その場で心の中でけなすんだろうさ。いや、今も心の中では俺が憎たらしいだろう?」

と、目玉まで黄色くしてにらみつけるのみならず、ステッキのさきで松彬《ソンビン》の腹をぐっと押すのである。松彬《ソンビン》は乾いた喉につばをごくりと飲み込んでその場を離れた。

夕方になって松彬《ソンビン》は白山商会《ペクサンサンフェ》のことを思い出した。釜山《プサン》にある大きな物産客主《ムルサンケクチュ》で、以前に松彬《ソンビン》がいた元山《ウォンサン》のあの物産客主《ムルサンケクチュ》とたびたび取引があって松彬《ソンビン》はその主人を知っている。記憶にある「草梁《チョリャン》」という名前の町を訪ねて行くと、はたして白山商会《ペクサンサンフェ》が見つかっただけでなく主人も松彬《ソンビン》のことを覚えていてくれた。主人はすぐに警察署に電話をかけると小間使いの子を送って高等係主任〔独立運動や政治思想を取り締まった〕の名刺をもらってきてくれるのであった。

この名刺は渡航証よりも効果があった。渡航証を見せなければならないところでも、渡航証を見せるよりもむしろ何も聞かれることなしに通過できた。

船に乗って三等室におりる角のところでである。あの黄色いひげの「旦那さま刑事」と出くわした。彼は無言で袖を引っぱった。松彬《ソンビン》も無言で名刺を差し出した。確かにはんこまで押された自分の上官のもので、気まずそうに別のところに行ってしまった〔この文は『毎日新報』原文では検閲のためか空白になった文字が十七、八字分あり、「不自然な文になっている」。

船が出発したあと、うつらうつらと眠りかけているとき、松彬《ソンビン》は恩珠《ウンジュ》からもらった潤洙《ユンス》おじさんの手紙のことを思い出した。その場でズボンのポケットに入れたことも忘れてしまい、しばらくの間がさがさと探して見つけ出した。

封筒に書かれた英語の文字がソウルにいるときよりもはるかに上達しているように見える。内容も英語だけで書かれているのだが、ときどき知らない単語はあるが米国に来てまず知ることとなるのは米国であるよりはむしろ朝鮮であるということと、現代人類の勝利と幸福は精神文明よりも物質文明にあるということ、九月には自分もここの大学での生活が始まりそうだという内容を文脈をたどって読むことができた。

「米国に行って米国ではなくまず朝鮮を知る!」

まだ外国に行ったことのない松彬《ソンビン》としては不思議に聞こえる話ではあるが、考えてみるとそうでもありそうであった。

「僕も今、米国ではないにしても日本に行くのだ!」

船は次第に波に乗りはじめる。大海に出たようであった。けたたましいエンジンの音がうるさくもあったが、その強く力みなぎる音は痛快でもあった。

「巨大な機関の音! 現代を運転する音! 朝鮮の数多くの留学生たちを乗せて行き来する音!」

松彬《ソンビン》は以前にソウルの青年会館で夏になると東京留学生たちの講演と音楽を聴いていたことを思い出した。彼らはみなこの船に乗ってこの玄界灘を越えて行き来したのだろう! 彼らにすらりとした黒のサージの大学制服を与え、彼らに時代を透視する鋭い目と、情熱に満ちたこぶしで演壇を打つ思想を与えるところが東京なのだと考えると、松彬《ソンビン》は米国よりもまず東京が、太平洋よりもまずこの玄界灘を渡ることだけでも大きな感激にほかならなかった。

「遠い昔、百済《ペクチェ》の時代には王仁《わに》が文字を持ってこの海を渡った！　今日、僕たちは頭を空にして科学と思想をそこに盛り込むために行くんだ！」

そして、松彬《ソンビン》が驚くようにして身を起こしたのは、

「そうだ、父さんもこの玄界灘を渡ったんだ！」

と思い出したからであった。長崎で洋服を着て撮った写真はあの天桃硯滴《チョンド》とともにまだ姉の松玉《ソンオク》が預かっていた。

「玄界灘は僕たちのすべての歴史の海だ！　あらゆる歴史の波濤だ！」

松彬《ソンビン》は立ち上がった。海を、玄界灘を見たかった。足がおぼつかない。よろめきながら階段を上がってみたが甲板に出る扉には鍵がかかっていた。

翌日の明け方、この甲板の扉が開くやいなや松彬《ソンビン》はまっさきに外に出た。松の真っ青な島がそこに見えていた。海はひときわ静かであった。朝鮮の方角を振り返ってみた。茫々たる水平線のみである。二等室側の甲板にもすでに何人もの人が出ていた。みな楽しげな顔である。松彬《ソンビン》のはじめて聞く「逢いたさ見たさ」とか「出るに出られぬ籠の鳥」〔ともに大正十一年「籠の鳥」の歌詞。大正末期から昭和初期にかけてヒットした〕とかの歌を熱心に歌う女性たちもいる。青い波に届かんばかりに石壁に枝を落とした松の木々、次第に近づいてくる門司、下関一帯の樹木の茂る山々の柔らかな

曲線、「丸まげ」に唐紅の襦袢のすそを海風にただよわせながらセンチな歌を歌う女性らを見ながらであったからか、どこか物見遊山にでも来たかのような多情多感な印象があった。

やがて下関埠頭に船が着いた。埠頭に足をおろすとすぐに松彬《ソンビン》はまた刑事に袖を引っ張られた。釜山《プサン》のときよりもことば遣いからして多少ましであったが、取締りは取締りであった。

下関からすでに不思議に目につきはじめるのは白い服である。松彬《ソンビン》はふと潤洙《ユンス》おじさんのことばを思い出した。

あれが朝鮮服であったかと思われるほど、はじめて見るかのように朝鮮服からして新鮮に見えた。汽車や船で石炭の煙に煤《すす》け、しわくちゃになり、よれよれになった人々の麻布や苧麻《からむし》の服は、白服〔朝鮮では日常生活で白い素服を着用した〕の白服らしい面目が結び紐一つにさえろくに見られなかった。

「そもそも汽車と汽船生活ができない服だ！　現代人の服たりえない！」

松彬《ソンビン》は白い服を見るのが心苦しくなった。さらに東京行きの汽車に乗ってから大阪までの十時間あまりは、松彬《ソンビン》にはこれほどに苦痛な汽車に乗るのは生まれてはじめてであった。車両が朝鮮よりも狭いからではなかった。みなから避けられているようだったので自分の隣りに座らせた、慶尚道《キョンサンド》なまりの老婆のためであった。もとより荒い口調であるうえに耳が遠く、人懐っこくてこちらが尋ねてもいない自分のことを話し、のちには松彬《ソンビン》の故郷、父母、結婚の如何までも尋ねた。周囲では意味が分からず声だけを聞いているので、なおさらに可笑《おか》しいようであった。

東京の月夜

彼女は大阪に長男がおり、九州のどこかに下の息子がいて、下の息子のところに行ってきたところだと言った。ほかの服もそうであろうが、朝鮮服ほどに縫い方が下手だとみっともない服はなかろう。この慶尚道《キョンサンド》お婆さんの単衫《チョクサム》〔八五頁参照〕は白い羅紗《らしゃ》を黒い糸でミシン縫いしたもので、マゴジャ〔上着《チョゴリ》に重ねて着る防寒服の一つ〕のように丈が長い上に、切符のようなものを入れられるように彼女の嫁がわざわざ考えてつけてくれたのであろう、内側のおくみに大きなポケットがついていて、煙草入れのように中は広く、口は狭くなっている。中のものがうっかり落ちてしまわないようにと考えたものであった。

そばの人たちはみなこの貧しい着想に、「なるほど！　なるほど！」と言って笑った。車内はひどく暑かった。松彬《ソンビン》よりも顔がもっと火照っていたこのお婆さんは、水をしきりに飲んだ。

「水一口にやで、何で五銭も払《はろ》うて飲まんとあかんねや」

と、手洗い所に行って飲んでいたのだが、弁当を買って食べたあと、その木製の弁当箱に水をなみなみと入れてよろめきながら持ってくるのであった。左右に座った人たちの履き物にかからないはずはなかった。水をかけられた足袋と靴の主人たちは顔をしかめ、ほかの人たちはそれを見物して笑った。このように体面を気にもかけず汲んでくる水は、自分の隣りに座った唯一の話し相手である松彬《ソンビン》に与えるためであった。

「はよお飲み。みな漏れてまうで!」

と松彬《ソンビン》に押しつけるのであった。松彬《ソンビン》はその老婆が口をつけて食べていた弁当箱に自分の口を持っていくのもいやであったし、はたからはいい見せ物だと思われているところへ飲む勇気が出なかった。老婆も松彬《ソンビン》がためらうのに気づいたのか、自分も一度あたりを見回して、

「この人ら、そもそも意地悪やねんから!」

と言い、無理やり口に持ってくる。松彬《ソンビン》はやむをえず薬を飲むように一口飲んですそで拭いた。

老婆は弁当箱を座席の下に入れながら、聞き取れるのは松彬《ソンビン》だけであるのに、やはり車内の人全員に話すかのように大きな声でこんなことを言った。

「人のことを気にするようなもんがここに来たらあかん。金持ちのふりも偉いもんのふりもわしらにゃ必要あらへんよ!」

松彬《ソンビン》は鋭い刃でもあてられたかのように額がひやりとした。

「もちろん、人の目を気にして生きるものではない。しかし他人が悪口を言おうとつばを吐こうと自分の利益が一番だというのは、人間の最後の動物的な欲望でなくして何であろう?」

松彬《ソンビン》はこのお婆さんがいやになった。人情味あふれるお婆さんにどこか情は移りつつも次第に苛立ちの対象となっていった。さらに神戸を過ぎると、ありし日の父親のことが思い出され、一層そのように思われた。

老婆は大阪で降りた。彼女の羅紗の単衫《チョクサム》に煙草入れのポケットを黒い糸で縫いつけた嫁であると

思われる、やはり見ばえのしない朝鮮式の単衫《チョクサム》と下衣《チマ》をまとった若い婦人が一人あらわれて、風呂敷包みを受け取って連れていった。

この老婆がいなくなり、松彬《ソンビン》はとても気が楽になった。汽車はさらに夜通し走り、翌朝になって横浜を通過した。火に焼かれたところ、崩れた煉瓦造りの家、震災の跡は凄惨な姿のままに捨てて放置されていた。こうした焦土の街が一時間ほど続いて、角が落ち、壁にはひびが入っているものの、そびえ立つ高層建築の密集地区に近づいた。東京駅であった。新聞で写真を見た記憶がある大変に長い造りの東京駅であった。

松彬《ソンビン》は停車場を出て、どうしてよいか分からなかった。ポケットのお金はすべてはたいても一円六十銭であった。正面に見えるもっとも高い建物の階数を一度数えてみて、また待合室に戻り、まずは洗面所で顔を洗った。食堂に行って味噌汁の朝食を食べ、行李は取りに行っても荷物になるばかりなので、そのまま停車場を出てきてしまった。天気は朝からとても蒸し暑かった。

松彬《ソンビン》は日比谷公園で二晩を過ごした。そして三日目に神楽坂の近くにある、ある新聞店へと行った。通りがかりに幸運にも配達夫を一人、急遽募集するという広告を見つけたのである。

ここの新聞はソウルのように新聞社から直接配達するのではなく、どんな新聞でも一緒に扱う新聞販売店が別途あった。それで、配達夫はいろいろな新聞を一度に配らなければならないのだが、松彬《ソンビン》が担当した三百部ほどを配る区域だけでも『東京朝日』、『時事新報』、『都』、『やまと』、『二六』と五種類の新聞があった。同じ区域で、ある家は朝日、ある家はやまと、またある家はどれかの夕刊のみ、ある家はどれかの朝刊だけ、そしてある家はどれとどれの二種類ずつ、このように複雑であったため、配達夫が替わるたびに大変な頭痛の種であった。松彬《ソンビン》は朝夕に三日、計六回を連れて回ってもらって、ようやく一人で配ることができるようになった。月給は十八円、食事と宿泊は新聞販売店で面倒を見てくれてひと月十二円ずつを差し引くとのことで、せいぜい五、六円が残る稼ぎであった。

ご飯が少なく味付けも合わなかったが、食べることよりは寝ることのほうが心配であった。二階の八畳間で六人の配達夫が一緒に寝るのだが、布団さえない者がいるだけでなく、あったとしても離れて寝るだけの場所がなかった。松彬《ソンビン》の新しい布団は共同布団になってしまった。とにかく横になりさえすれば眠くはなるのだが、かろうじて寝付くころには足がぶつかるのである。ぱっとはね起きると、いつも朝刊を運んできた新聞社の貨物自動車や自動二輪車の音で、外はすでにやかましかった。時計は誰かが三、四時間も進めたかのように、いつの間にか二時半から三時の間にさしかかっていた。鉛のように重い瞼を無理にこすると、目玉はからからに乾いていた。前のよく見えない目で新聞を機械的に折りながらこくりと居眠りすると、また一枚目から数えなおしである。ぐずぐずしていると主人から「馬鹿!」と叱られる。

法被《はっぴ》を着て新聞を肩からかけ、雨に降られて乾く間もほとんどない地下足袋に足を入れて配達に出ると、ようやく朝の風に額が冷やされて頭がはっきりとしはじめるのである。

最初に配る路地に入るころは新聞と牛乳の配達夫だけであったのが、一時間ほど過ぎ、五時近くにもなると、すでに長屋では遠くの工場に仕事に行く夫のために妻たちが起きて朝食を作りはじめている。彼女たちは米を洗う手を止め、焚いていた火を止め、新聞を受け取りながらいつも「おはよう」あるいは「ご苦労さま」と挨拶をしてくれた。ここの女性たちがとても親切であること、非常に貧しい労働者たちも新聞の一つくらいはきまって読んでいること、豪華であるようにばかり思われた東京もその周辺には数多くの勤労大衆が夜明け前から動員されているということ、それらは松彬《ソンビン》が新聞を配ることで実際に見て分かったことであった。

　夕刊を配るときには、もう一つ別の世界が目についた。男たちが工場に行って稼いでくるからと、女たちは家で夫や息子の給料袋だけをただ座って待っているのではなかった。何か印刷物を持ってきて折る仕事、何か紙の小箱を持ってきて貼りつける仕事、金持ちでない限り内職をしていない家はほとんどなかった。松彬《ソンビン》が驚いたのは、ソウルで、いや鉄原《チョルウォン》でも元山《ウォンサン》でも平安道《ピョンアンド》順川《スンチョン》でも目にし、自分でも使っていた、あの石鹸箱と歯磨き粉の箱と薬の包み紙の貼りつけ作業が、まさにここで行われていることであった。

「ああ、生産とはこれほどに重大なのだな！」

「商品というのはこれほどに重大なのだな！」

と、深く考えずにはいられなかった。

　松彬《ソンビン》は晩ご飯を済ますと、折をみて近くの神田に行って本屋を見て回った。震災で大部分焼けてしまったらしいが、本屋というよりは本の倉のような店々で一つの町をなしていた。手に取るとみな読んでみたいものばかりであった。しかし、本を買うお金もないし、本を一、二冊買ったところで読む場所がないのである。新聞は互いに競争していて読者は固定されていなかった。いつも新しい読者を勧誘して回るのと新聞代を集金するのに昼の時間の大部分を使わなければならないため、夜は眠気に襲われて、配達して余った夕刊一頁を読むことすらできずいびきをかいて寝てしまうのである。

松彬《ソンビン》が担当した区域に弁天町というところがある。高台の風致ある町で、『東京朝日』を読む西洋人の家が一軒あった。やや上がったところに自宅の二階建ての家があり、その下にテニスコート、コートの横に自宅の四、五倍になる地下室を含めて四階建ての大きい建物があった。木造で青く塗装されていたが、表から見ると何ともないものの、中を見ると地震に遭って壁がところどころはがれ落ちており、蟻差《ありさし》の間に隙間ができていた。

部屋の中には畳が敷いてあり、埃が白っぽく積もっていた。

「どうしてこの家を空けておくのかな」

ある日、夕刊を入れに行くと、丘の上の家から背が高くて赤ら顔である、中老の西洋人男性一人があらわれた。松彬《ソンビン》が、

「こんにちは」

と言うと、彼もかなり流暢な発音で、

「こんにちは」

とにっこり笑った。松彬《ソンビン》はよい機会だと思い、

「あの建物はどうしていつも空けておくのですか」

とたずねた。

「あれは友愛学舎でした」

と、その人物は険しい目鼻とはうってかわり、たずねることに親切なことばで答えてくれた。早稲田大学のキリスト教青年会の寄宿舎だったのだが、震災後に別のところに建て直して移ったため空いているのだ、と言った。

「では、空いている間、私たちのような苦学生が少し入っていることはできませんか?」

「そうだな」

と、彼は松彬《ソンビン》をしばらく注意深く見つめ、どこから来たかと、年齢と、どの学校に入るつもりなのかと、宗教が何であるかを聞いた。松彬《ソンビン》は宗教だけはまだ決めたものはないと言うと、これからイエスを信じなさいと言い、部屋は四十室あまりもあるので、どの階、どの部屋でも好きなように選んで使ってよいが、電気代だけは毎月一円以内なので出すようにと言った。

松彬《ソンビン》は感謝の挨拶をして、すぐに三階の一室を決めてこの日の夜に布団を移した。新聞店の主人はどこに行くにしても配達と食事の時間だけは守るようにと言った。

地下室、一階、二階がみな空いている上に、三階でただ一室、一人で明かりをつけて座っていると山の中のようにひっそりしていた。早急に机と本を買う必要があった。しかし机や本よりももっと必要なのは時計であった。しかも午前二時半には起きることのできる目覚まし時計が至急、必要であった。松彬《ソンビン》はやむをえず敷布団だけを残して、掛け布団を最初の夜に持ち出し、質屋に預けて、何とか目覚まし時計一つを買った。そして、その後に何日も経たずして最初の月給を受け取り、地下足袋代まで差し引くと四円数十銭しか残らない中から果物を一籠買い、部屋を無料で貸してくれた丘の上の西洋人の家に挨拶に行った。すると、その西洋人は次の日の朝にやってきて、今夜は自分の家に来て夕食を食べるようにと言った。

松彬《ソンビン》は新聞をなるべくはやく配り終えて沐浴をして出かけた。

「私も今ちょうど李さんのように一人ぼっちですよ」

彼は発音はどうしても英語式であるが、意味は松彬《ソンビン》よりも正確な国語〔日本語〕を使った。息子たちは米国で勉強しているところであり、妻と二人の娘と暮らしているのだが、彼女たちは何日か前にお手伝いさんまで連れて軽井沢に避暑に行ったと言って、自ら台所に出て簡単な食べ物を作った。食卓に向かい合って夕食を食べながら、彼は自分の名前をベニンホフと言い、そのときすでに日本に来て十八年目で、亡くなった早稲田大学総長の大隈重信とは厚い親交があり、今も早大で米政治史を講義する一方、早大を中心に寄宿舎「友愛学舎」以外に、礼拝と聖書研究、英語講習、室内運動のできるスコットホールという建物によって伝道奉仕を行っていると言いながら松彬《ソンビン》に、

「今の新聞配達の生活に満足していますか?」

と聞くのであった。

松彬《ソンビン》がありのままに、本を買う余裕も勉強するひまもないことを述べると、ベニンホフ氏は、

「では、私が一ヶ月に二十円ずつ差し上げますから、うちにいてみませんか?」

と言うのである。

「お宅に私ができることがありますか?」

「仕事はいろいろとあるでしょう。私も近いうちに避暑地に行きますから、八月末まではここの庭とテニスコートの草むしりでもしてくれたらいいですよ」

「それはあまりに楽すぎます」

「その代わり、秋には少し忙しい仕事を引き受けてもらいます」

「そうします」

彼は松彬《ソンビン》にまっすぐに立ってみるように言った。ほとんど自分の背と同じくらいの堂々とした松《ソン》彬《ビン》の肩をとんとんと叩きながら、

「グッドボーイ！　グッドボーイ！」

と言った。そして、好きな本を一冊買ってあげるから神楽坂まで散歩に出ようと言った。松彬《ソンビン》は目上の人の左右には立たない東洋の礼儀のままに彼の後ろを歩くと、彼は何度も松彬《ソンビン》が横まで来るのを待って立ち止まり、のちには、

「ユー・アー・ノット・マイ・サーベント（君は私の奴隷《ママ》ではない）」

と言った。松彬《ソンビン》は彼が大変に平民的であることと、これまで自分がとらわれてきた東洋的なすべての「謹厳」から解放されるような軽快さを全身で感じた。

本屋に行って、松彬《ソンビン》は厨川白村《くりやがわはくそん》の『近代文学十二講』〔『近代文学十講』の誤りか〕を選んだ。

後ろから黙って立って見ていたベニンホフ氏は、

「やっぱり！　君は文学の本を選ぶと思ったよ」

と言った。

「どうして分かりましたか？」

「私の予感が……予感というのもやはり君から受けた印象からだろうが……」

「私が文学青年のように見えますか?」

「多分に」

彼は本代を払い、ふたたび道を歩きながら続けて話をしてくれた。

「私は君の運命もすでに半分くらいは推測できるよ!」

「どのようにですか?」

「私ははじめて知り合った学生にいつも本を買い与えてすでに数十人だが、彼らが社会に出て仕事をするのを見ると大概、彼が最初に選んだ本と因縁があるんだよ! 法律の本を選んだ人は弁護士や判検事になり、聖書を選んだ人は牧師になったたし、李《イ》君のように文学の本を選んで立派な小説家になった人もいるよ……」

「では、私も小説家になれるでしょうか?」

「それは李《イ》君自身がすでに選んだ運命でしょう!」

と、彼は楽しそうに笑った。松彬《ソンビン》は胸が大きく高鳴った。『復活』『ああ無情』『その前夜』などの場面が目の前をさっと通り過ぎていく。

「李《イ》君、西洋の小説を読んだことはあるかい?」

「はい、いくつか読みました」

「どれが一番感動した?」

「『ああ無情』『復活』『その前夜』、中でも『その前夜』です!」

「『その前夜』! なるほど、なるほど!」

「先生もお読みになられましたか?」

「もちろん! 私も神学を専攻したが、文学が好きでホイットマンは覚えるほどに読んだし、詩の一つもと思って書いたものを今もノートに残してあるよ」

「どうして出版なさらなかったのですか?」

「果樹園に行くかと思って!」

「はい?」

松彬《ソンビン》はそのことばの意味が分からなかった。

「前にある人が詩集を出したんだが、数ヶ月後には一冊も残っていなかったんだ! すべて売れたものとばかり思ってとても喜んでいたんだが、あるとき旅行に行ってある果樹園に入ると何やら本を荷車に載せて来て、破って林檎の袋を作っている。よく見てみると自分の詩集だったのだと!」

二人は笑った。

「だから、李《イ》君はこれから林檎しか読まないような文学は書いてはいけないよ」

松彬《ソンビン》は今度は笑うことができなかった。

三日後に松彬《ソンビン》は新聞配達をやめてしまった。明け方に一時間ほど草むしりして、一日三回ずつ、歩いて十分で行ける府営食堂にご飯を食べに行くことのほかはやることがなくなった。ひまな時間といっても本を読んでばかりいられるわけではなかった。手紙も何通も書いたが、その中でも一番書きたい恩珠《ウンジュ》への手紙は書けないだけに、思いばかりがなおさらに募った。

ある日の夜もやはり恩珠《ウンジュ》の夢を見ていたのだが、突然に激しい震動を感じて目が醒めた。建物全体が痙攣を起こしたかのように震える。

「おお、これが地震なのだな!」

窓枠ががたがたとして、どこかの部屋からは、ばりっ、ざあっと、壁が落ちる音も聞こえる。松《ソン》彬《ビン》はすばやく起き上がったが足が震えて一歩も動けなかった。そうしているうちにあたかも風が通り過ぎるかのように震動は自然とおさまってしまうのであった。窓の外は薄明るかった。月であった。松彬《ソンビン》はもしかしたら大地震が起きる前兆ではないかと思い、手当たり次第に服を持ち、そのきしみのひどい階段を走りおりて庭に出た。朝鮮にも「地動するが如く」ということばがあるが、震動を体験するのははじめてであった。妙な考えが浮かんだ。

「地面というものはこの世で何より信じられるものであるのに、それが揺れるとは! 地中には熱があると習いはしたが、その熱の力に揺らされることになるとは!」

松彬《ソンビン》には地面のみならず、この世のすべてのものに対する迷信が崩れるようであった。

「世の中というのは宇宙という一つの物理学の試験管ではないのか? おぼろ月を見てひそかな情緒を感じるだとか、一人の美しい異性に生殖条件以上の美を感じるなどということは、情的な存在である者たち自身の極度の主観であるのみで、宇宙万物の実体とは物理的な現象それだけではないのか? あのように抒情的に見える月もじつは草一本ない死の氷原であると言うではないか。恋人だとか、愛し合う者だとか、ロミオとジュリエットやウェルテルのロッテだとかはみな感情の遊戯によって幻像化させた幻なのであって、生理的な性の対象を超越する何があると言うのか? 人はみな唯美派であるらしい。もう少し冷静かつ堅実な生活者であれば、ただ物理と生理の世界の中で一本の木が生きるように、一匹の獣が生きるように、自立自足した人生を送ることができるのではないか？」

松彬《ソンビン》は冷えていた唇がふたたび熱くなった。

「そうだ！　科学だ！　人間の瞳孔は顕微鏡に比べてあまりに不純であった！　しかも瞳孔そのものは芸術よりも科学によってのみ、より正確な解釈と診察ができるのだ！　科学だ！　僕の頑迷な頭の中から――そう、胸の中というものも陳腐な概念だ――この確実なる頭脳の中から恩珠《ウンジュ》を追い出すのも科学なのだ！」

松彬《ソンビン》は月をにらみつけた。いっそ犬になって吠えたかった。月に吠える犬の目は、いたずらに涙の溜まる人間の目よりも、いっそ科学的であると思われたのである。

「李太白だの蘇東坡だのという酔っ払いをはじめとして、僕たちはおまえをあまりにも見誤ってきたのだ！　月、いや太陰、おまえの正体は赤壁賦《せきへきのふ》〔中国宋代、蘇軾《そしょく》作の賦《ふ》〕にあるのではなく、『科学画報』にあるのだ！　このあばたっ面め！」

松彬《ソンビン》は夜通しひんやりとしたテニスコートに座っていたかった。しかし蚊に刺されて我慢できなかった。

「蚊の音を幻想的であると礼賛した者はなぜいないのか？　蚊というやつは刺すからである。もしも蛍から蚊の音がしたらどうだろうか。過去の文学は、明かりを手に笛まで吹きながらやってくる小さな天使であると、どれほどに大げさに扱うことであろう。蚊というやつは刺すがためにただ科学的な待遇しか受けられなかったのである！　刺したり害を与えたりするものは科学的に見ることができるのに、刺したり害を与えたりしないものはどうして科学的に見ることができないのだろうか？　たとえ刺したり害を与えたりしないものでも科学的に見る必要があるのではないか？　病気になっても以前の人たちは祈るだけであった。今では科学的な観察と方法でどれほど容易かつ正確に治せることか。しかし、精神的な方面においてはまだ人々は祈るだけの時代に残されたままなのではないか。血と肉から菌を探し出すのと同様に、人のすべての観念の中からも菌を探し出さなければならない！　宗教なんておかしなものだ！　菌を探し出そうとする科学者でもなく、医師でもなく、ことばだけで慰労せんとする単なる見舞い客にすぎないのではないか。僕がベニンホフ先生の勧めるがままにイエスを信じるからといって、僕の現実的な苦悶、お祖母ちゃんに対する申し訳なさと恩珠《ウンジュ》に対する愛着を消すことはできないのではないか？」

松彬《ソンビン》は薄ぼんやりとした自分の影をコートの上に引きずりながら歩き回り、月が見えなくなるころになって部屋に戻った。地震はもう感じられなかった。

「科学だ！　科学的思考を持たねばならない！　すべての親は子を愛する本能を持っている。お祖母ちゃんが僕を愛するのも自分の娘を愛したからこそであったろう。それだけのことだ！　今日、僕に孝行という代価を願って計画的に行ってきたものであれば、それはもとより純粋な愛であったはずはないのだ！　親は子を愛し、子はまた自分の子を愛し、それだけのことで、自然物理に従うことに罪悪などないはずだ！　恋愛とは何か。感情遊戯にすぎずして何であろう？　自然の原則では生理男性は生理女性が必要で、生理女性が生理男性を必要とするだけだ。生理的に女性であればそれまでである。張恩珠《チャンウンジュ》ではなくてもこの世には女性の生理体がいくらでもあるのではないか？

もちろん、選択は必要である。僕は張恩珠《チャンウンジュ》を選択したことがあるだろうか？ ない！ それからして誤りだ！ 選択をせずして、何をもって最上のものと信じたのか？ そもそもが非科学的ではなかったのか？ また選択には標準がなければならないはずだ。標準なんて分かりきっている。第一に健康であること。美があるにしても健康美でなければならないこと。第二に教養の程度が同じでなければならないこと。第三に年齢が女性は男性よりも四、五歳下でなければならないこと。それから何であろうか？」

これ以上はすぐには考えつかなかった。

「では、恩珠《ウンジュ》には第一の健康と健康美があるか？ いわゆる腺病質的な美というべきか、現代的な健康美ではない。教養の程度が僕と同じであるか？ 現在でも僕よりも幼稚であるうえに僕はずっと勉強をつづけ、彼女は勉強をやめ、将来は大きな差がつくことであろう。最後に年齢は？ 年齢ももう二、三歳下であってこそ将来的にちょうどいいことだろう。それでは恩珠《ウンジュ》は一つも適当なところがないではないか？ どうして恋しくてたまらなかったり、いつでも帰ってきてくれるのを待っているなどと、まったく中世的な騎士風の詩句を引いてまで壮語したのだろうか。無批判の情熱、それはいつも理性の白昼を暗夜としてしまう、たちの悪い化け物であろう！ お祖母ちゃんに申し訳なく思うこともない！ まずは僕を完成させなければ！ 恩珠《ウンジュ》？ 何ら取り柄のない女性だ！ ふたたび恩珠《ウンジュ》を考えるようなら李松彬《イソンビン》は精神病者、感性に病む者としか言いようがない！ 恩珠《ウンジュ》のことがそれでも忘れられないのであれば、僕は病院に行くべきだ！」

松彬《ソンビン》は明け方になってようやく眠りについた。眠るとやはり夢を見て、夢にはやはり恩珠《ウンジュ》があらわれた。この日の朝ばかりは恩珠《ウンジュ》の夢から覚めるのが悲しいというよりも、不快で耐えられなかった。

「夢というものは好きなように見られないものか？ 僕という一人の人間の中には夢を支配する別の人間がもう一人、入っているとでも言うのか？」

しかし、松彬《ソンビン》は呪文をとなえるように、

「科学的でないと！ 科学だ！ 現代人の安心立命《あんじんりゅうめい》すべき道はただ科学の道なのだ！」

と、叫んだ。

松彬《ソンビン》は文学であれ思想であれ、まず科学ということばがついたものしか読まない傾向を持つようになった。ちょうど本屋や図書館にそうした本が氾濫しはじめたときで、松彬《ソンビン》はそれを追いかけて読むのに忙しく、こうなると今さら中学校の教科書を手にして中学四年生に編入する気になどならなかった。さらに秋からは仕事も増えた。朝にはまず戸塚にあるスコットホールに行ってベニンホフ氏の事務室を掃除しなければならず、午後にはもう一度行って氏の手紙の封筒に漢字で宛名書きをし、英語会話と聖書研究班のプリント謄写もしなければならなかった。それでも新聞配達よりははるかに楽であったが、到底、ちゃんとした学校に通う時間的な余裕や物質的な余裕はなかった。

「卒業証書や何かの学士なんかは僕には虚栄だ！ 彼らが習う講義は教室で筆記するよりもっと正確に印刷されたものがいくらでもある。彼らが四年も高い授業料を払ってその長い月日をかけて習うことを、僕は一年でみな読み終えることができるのだ！ 僕が必要な学問を、時間と物質においてもっとも経済的であるように頭に吸収すればそれまでだ！」

しかし、松彬《ソンビン》はベニンホフ氏の世話により翌年の春に早大専門部の政経科に入学した。

ベニンホフ氏は何人もの苦学生を助けていた。スコットホール全体の掃除を任された北海道から来た学生もおり、自分の家の台所仕事を手伝わせる中国人学生も一人おり、新しく建てた友愛学舎でも水汲み、炊事、掃除、洗濯、すべて苦学生らを利用した。この苦学生らはほとんどが松彬《ソンビン》のように早大の専門部の学生たちであった。ところが、ベニンホフ氏はその何人もの苦学生の中で松彬《ソンビン》を、とりわけ自分のそばにおいて可愛がるようであった。

「私には角帽への虚栄はありません。自分の読みたい本を読むことができればそれで充分です」

と言う松彬《ソンビン》に、

「いや、私は李《イ》君にぜひとも早稲田の制服を着せてみたいんだが！」

と、月給以外に制服代、授業料と教科書代で四十円余りも出してくれて、専門部ではあったが松彬《ソンビン》が早大の制服を着た日には、彼は自分の息子のことのように喜んだ。自分の写真機で写真を撮ってくれ、夫人とともに自宅で松彬《ソンビン》の将来を祝福する夕食までご馳走してくれた。彼はまた松彬《ソンビン》とひまさえあれば話すことを好んだ。彼は朝鮮には来たこともなければ、耳にした話も金剛山《クムガンサン》のほかにはなかった。甚だしくは、朝鮮にも文字があるのかと尋ねるほどであった。さらに、

「私は李《イ》君だけは第一印象からしてよいのだが、朝鮮の青年たちには大体において好感を持てん」

と言うのであった。

「朝鮮の青年をどこでたくさんご覧になりましたか？　それは、どうしてなのですか？」

「朝鮮の青年たちが、うちのスコットホールの講堂使用料が安いのでときどき彼らの集会をここで

開くのだが、見てみると大体が平和的ではない。朝鮮の学生たちは、演壇に上がるといたずらに喧嘩腰で大声を出し、演壇を壊さんばかりに蹴って足を踏み鳴らしたりまでして、結局は喧嘩も起きる。それだけじゃない。きまって椅子が一つ二つずつ壊れる。靴をまったく払って入らないのか講堂の中は土だらけになる。中庭に出ても煙草を吸っていたのを火も消さずにあたりにやたらと投げる。痰をあちこちに吐く。昨年の春からはなるべく講堂を貸さないようにしているんだ」

松彬《ソンビン》はひどく興奮した。即座に、

「先生の観察がそんなにも単純でいらっしゃることに驚かざるをえません」

と言った。ベニンホフ氏も顔が少し紅潮する。

「私の観察が単純であると?」

「僭越ながら、私たちから見ると、とても単純でいらっしゃいます」

「ほう！　そうだろうか?」

「皮相的というか、それ以上に悪意の観察でいらっしゃいます」

彼は顔をさらに紅潮させ、感情を抑えるように作り笑いを見せる。

「では、私が嘘をついているとでも?」

「事実であると思います。しかし、先生は一つの事実をご覧になっただけであって、考えることはなさらなかったということです」

「私が考えなければならない義務があるだろうか?」

「先生が本当のクリスチャンでいらっしゃるなら！」

「ほう！」

彼はまた苦笑いを見せる。

「とにかく、私は留学生たちの会合にまだ参加したことがありません。参加もしないで無理に弁護しようとするのは私の偏狭な感情であるでしょうから、今度、自分の目で一度確かめてあらためてお話し申し上げます」

「では、李《イ》君も彼らの集会に通うということなのかい？」

「もちろんです」

「一人のメンバーになって？」

「同じ留学生であることは、すでに一人のメンバーであるものと思います」

「さあ……そうではあるが」

ベニンホフ氏はしきりに難色を示す。

その後、何日も経たずしてスコットホールの会計がベニンホフ氏の部屋にやってきて、「朝鮮の学生たちがまたやってきて、講堂を貸してくれと言っています。まったくもって面倒です」

と言う。松彬《ソンビン》は謄写の手が止まり、耳が引き寄せられ、ベニンホフ氏の口もとへと目をやった。

「どうして彼らはうちのスコットホールばかりなんだ？」

「ここでなければ本郷の仏教青年会館でということでしたが、仏教青年会館は改築中で今年中は使うことができないそうです」

「しかし、もう彼らには貸さないことに決めたのだから」

と、ベニンホフ氏はタイプライターを打つ手を止めなかった。会計がそのまま出て行くのを見て、松《ソン》彬《ビン》は手の謄写のインクを拭いながらベニンホフ氏の前に行った。

「先生?」

「何だね」

「講堂を貸してください」

「それは李《イ》君が干渉すべき問題ではないのだが?」

「干渉ではなく彼らの一員として先生に懇請するのです」

「請う?」

「はい! 彼らが落とす土、煙草の吸いがら、痰、すべて私がちゃんと掃除します」

「ふん!」

ベニンホフ氏はやはり不満足げな笑みを浮かべ、

「そういうものは李《イ》君が責任を取ることができるだろう。しかし、やっかいなことになるかもしれないビラみたいなものがまかれても、李《イ》君は責任を取ることができるだろうか?」

と、話にもならぬと言わんばかりに首を振るのである。

「それは、主催者として集会届を出した責任者がいるはずではないですか?」

「とにかく、スコットホールとしては、私たちの事業ではないことで管内官庁に迷惑をかけてはならないから……。それよりも私は……」

と言いながら回転椅子をぐるっと回して座りながら口調を整える。

「李《イ》君？」

「はい」

「李《イ》君が早稲田専門部を終えたら私が米国に送ってあげよう」

「私をですか？」

「そうとも！　私の家内も李《イ》君は体格がよいと誉めていたが、体育には興味はないかい？」

「体育ですか？」

「米国で体育を研究してきて、ここの体育部を担当して、私たちと一緒にスコットホール事業をやってくれたらと思うのだが」

「東京でですか？」

「そうとも！　そして、ここにいる間はどこの団体にも入らず留学生会にも参加しないでイエスだけを深く信じて」

松彬《ソンビン》は頭を垂れたが長く考えるほどのことでもなかった。

「有難うございます。私をそれほどに有望な者として見てくださることには感謝します。しかし残念ながら、今仰ったすべてのことは私自身には無意味です」

「無意味！」

ベニンホフ氏はにゅっと目玉を突き出しながら、両手をズボンのポケットに入れて立ち上がった。

「そうした計画で私を助けてくださったのなら、すでにいただいたご恩だけでも私には返しようのないものです。もっと適当な人を選んでこの席に使っていただくようお願いします」

こうして松彬《ソンビン》はふたたび前途は漠然たるものであったが、この日の夜でスコットホールを出てしまったのである。

謹告

この小説に出てくる時代が大変に複雑であり、事実を尊重した物語であるだけに、主人公のこれからのすべてのことをより慎重に考える余裕が必要になりました。読者と新聞社に申し訳ありませんが、まず上編で休ませていただきます。

著　者

短編集

鉄路《レール》

松田《ソンジョン》停車場は簡易駅である。プラットホーム上に、切符を切ってもらった客らが少し座って休めるように作られたようなバラック一軒が一般待合室であり、同時に駅員室でもあった。そこには巡査や運送店員でない人も、誰でも入場券なしに無料で出入りすることができた。風にあたりに出かけてたまたまおりたった知人に会うようなこともあれば、さほど親しくなくとも、何人もの人が出てきて旅立つ人を楽しませてあげるようなこともある。そして、花園のない土地柄なので、ダリアの花の一つも見たければいつでもここに来ればよいし、窓を開けっぱなしにしておけば、別荘よりもずっと涼しく、ある人はここに昼寝をしに出て来たりもする。こうしたことは簡易駅の持つ美徳である。

＊　＊　＊

哲洙《チョルス》〔音訳〕も停車場にいつも来ていた。汽車が開通した当初は、海から戻ったあと、午後の時間をよく停車場で送った。天気が悪くて海に出られない日には、よし、好きにできる、と一日中、停車場で一時間というものの長さも知らぬまま、四時間したら来る、あるいは五時間したら来るという、そんな汽車を何も考えずに待つのが楽しみであった。

汽車は大きな玩具のように見えた。客車や機関車を連結したり離したりするさま、ポッポーという汽笛の音、丘にあがるときのシュシュポッポの音、夜になると正面上部に灯《ひ》をかかげ最後尾には真っ赤な小ぶりの灯をつけているさま、すべてが人を楽しませるためのものであるかのように思われた。それに乗って行き来する人、客たちもみなが何か用事があるというわけでなく、ただいたずらに乗ってみたいだけであるように思われた。

「僕はいつになったらあれに乗ることができるのかな?」

何ヶ月も機会をうかがって一両を払って庫底《コジョ》までは乗ってみた。あの目眩《めまい》がするほどにはやかったこと、トンネルの中を通るとき、真っ昼間であるにもかかわらず夜中のように真っ暗であったこと。

「ああ!　僕も陸地で何か仕事をして、毎日汽車に乗ってみたい!」

そんな欲望が、自ずとこみ上げてきた。

しかし、海はそう好きにさせてはくれなかった。明け方にはきまって目が覚めた。聞こえてくる波の音が、はやく起きろと言わんばかりであった。波の音がなかったとしても、どうしようもないことであった。いくらはやく起きても一日たりとてせわしくない朝はない。母が朝飯を作っている間に十袋(千個)にもなる釣り針に餌の貽貝《いがい》をむいてつけなければならない。いくら急いでも母に食事を急《せ》かされるさきに、それをやり終えることなどできないのであった。

あわててご飯を食べて終え外に出ると、船だけは相も変わらず海が恋しいとばかりに波の揺れに合わせて船尾を上下に動かしていた。海水をひさごで三、四杯汲んで捨て、十回あまり艪《ろ》を漕ぐころには、いつも朝の西風は陸地のほうから心地よく吹きつけた。帆を張って腰をおろし、煙草を一本吸うと、ようやくふうと息をつくこともでき、多少落ち着くこともできたが、朝の日差しだけが揺らめく果てしない海を、砂洲にさえずる雨燕の鳴き声だけを耳にしながら進んでいくことは、この上なく寂しいことでもあった。

魚が思うように獲れず、船上で釣り針をつけ直し、漁を続けるような日は、二時の汽車がポーッと致弓《チグン》トンネルを抜けて蛇のように走っていくのが見えると、漁はそのままに放り出してでも早々に陸地に戻りたかった。

何ごともなく漁を終えた日も、家に帰ると朝に海へ出るのと同じくいつも忙しかった。風が吹くにしても朝と同じく西風が吹きつけて、「之」の字形のように遠回りして戻らなければならない日には一層もどかしかった。

「今日は黄吉《ファンギル》〔音訳〕のところの船よりもさきに戻って売りたいのに……」

「今日は別荘のほうから買いに来てくれたらいいのだけれど……」

内陸の集落や村から来る人たちは商品に難癖ばかりつけるだけでなく、お金を持っている人もあまりいなかった。みな馬鈴薯や粟《あわ》や味噌、唐辛子味噌などとの交換である。現金が入ってきてもせいぜい何十銭、自分の煙草代に消えてしまう。

四年ほど前、松田《ソンジョン》の海岸に別荘ができはじめた年の夏であった。ある日、魚を獲って戻ると、ハムジ〔木製の容器〕を手にして立っている村の婦人たちの中に、まだら模様の短いスカートをはいた娘がおかっぱの髪をなびかせながら岩場に立っていた。近寄ってみると年は自分と同じほどで、見たことがないほどに可愛らしい娘であった。停車場に出かけた折、汽車に乗った女学生を何人も目にしたことがあるが、これほどに美しい顔立ちの娘に会ったことはなかった。その娘は鰈《かれい》がぴちぴちとはねるのを見て、人目も憚《はばか》らず船べりまでやってきて、それに手を触れた。そして、

「これ、一尾、おいくらですか?」

とたずねた。哲洙《チョルス》は年のころ十七、八の娘に丁寧なことばをかけられたことなどはじめてで、周囲の視線が少し恥ずかしかった。

「一連《ドウロム》で四十銭です」

と言うと、

「一連《ドウロム》って、何尾ですか?」

と、また二重瞼の目を丸くしてたずねた。そばで誰かが二十尾が一連《ドウロム》だと教えると、すぐに銀貨五十銭を取り出して一連《ドウロム》買い求めた。買うには買ったけれども、持って行くには重たそうな様子だったので、哲洙《チョルス》は海水浴場まで一緒に運んだ。

そのとき、道中で娘はまったく恥ずかしがることもなく、何でも質問してきた。魚をどうやって獲るのか、釣り針はどんな形か、どんな魚が獲れるのか、風浪に遭ったらどうなるのか、あそこに見えている島は何という島か、ここからあの島まで何里ほどになるのか。一日中、一緒にいても質問が尽きることはなさそうであった。

それからというもの、その娘はしばしば魚を買いに来て、多く買った日にはいつも哲洙《チョルス》がそれを運んだ。そのたびに娘は哲洙《チョルス》に海についていろいろな質問をした。哲洙《チョルス》は何でも答えることができた。どれも哲洙《チョルス》にしてみればちゃんと答えられるものであった。卵島《アルソム》はなぜ名前が卵島《アルソム》なのかと聞かれれば、海の鳥たちが春になるとみなあの島に集まって卵を孵《かえ》すからであると答えたし、風が陸地から吹きつけるときにどうやって帆を張ったままで戻るのかと聞かれれば、片方の手で帆の形を、もう片方の手で舵の形を作り、風の反対方向へも進むことができることをつたないながらも説明することができた。すると娘は足をとめて、

「そうなのね！」

と、しきりに感嘆した。そのたびに、哲洙《チョルス》は海の上を駆け出したいほどに嬉しかった。

そして、しばらくして海水が冷たくなり、娘の姿が海岸から見えなくなったとき、哲洙《チョルス》はこんなにも残念な気持ちをそれまで感じたことはなかった。停車場に出て、

「ここから汽車に乗って行ったんだな」

と思いながら、遠く山すそを曲がっていく鉄路《レール》を眺めていると、胸が苦しかった。

秋、冬、春と、哲洙《チョルス》はその別荘の娘のことを思い続け、また海水浴の季節を迎えた。内心待ちこがれつつ、朝の汽車の時間には出ていく余裕はなかったが、夕方五時の汽車の時間にはいつも停車場に出かけた。季節はずれではあるが、以前に父親がかぶっていた中折れ帽を埃をはたいてかぶり、五月の端午に庫底《コジョ》に相撲をとりに行った折に買ってきた運動靴を出してはき、海から戻ると大急ぎで停車場へと出かけた。

「おまえ、どこに行く?」

知り合いに聞かれると顔を真っ赤にしてことばにつまり、しどろもどろになったが、出かけることはやめなかった。

しかし、娘は気づかないうちに、朝の汽車で来たようだった。そして、魚を買いにまた梧梅里《オメリ》海岸に来たときに会うことができた。

哲洙《チョルス》は胸が高鳴り、顔をろくに上げられなかった。一年の間に娘はとてもふくよかな体つきになっていた。髪型はおかっぱのままであったが、もしもまげを結《ゆ》っていれば、すでに子供のいる黄吉《ファンギル》の妻にも劣らないほどの体つきであった。娘は人目を憚る素振りを少しも見せず、さきに気づいて、

「私のこと覚えていらっしゃる?」

と、言った。哲洙《チョルス》は顔が火照り、しょっぱい海水で顔を洗うなどしながら、返事もろくにできないままに、まごまごとごまかしてしまうのであった。

この年の夏も、娘が魚をたくさん買った日にはいつも魚を運んだ。そして海水が冷たくなるころ、いつの間にか娘の姿はまた見ることができなくなった。停車場に出ると、山すそに鉄路《レール》だけが果てしなく続いていた。

＊　＊　＊

昨年もまた、娘は哲洙《チョルス》が出迎えに行った午後の汽車からは降りてこなかった。いつもソウルから夜汽車に乗って来るようであった。ところが、今回は短くしていた髪を伸ばしてまげを結ってきて

いた。まげを結ったせいか、哲洙《チョルス》の目にはもはや娘というよりは大人の様子であった。自分は二十二歳、娘はおそらく十九歳か二十歳になったばかりであろうと思われた。そして、

「結婚をしたのだな！」

と、考えてみた。どうしたことか、そう考えることは悲しいことであった。

「結婚をしたのなら自分の嫁ぎ先に行くだろうに、今さら実家の別荘に来るなんてことがあるのかな？　来られないこともあるまい。来ることぐらいはできるだろう」

哲洙《チョルス》は自問してみた。さらには婦人たちの話に注意深く耳を澄ませてみたりもした。村の女性たちは女学生がやってくるたびに、いつも彼女の噂話をどこからか仕入れてきて話しているからである。しかし、婦人たちは誰一人としてその娘が嫁に行ったとか、まだ嫁に行っていないとかを口にしないのである。

この年の夏も、娘が魚を買いに来ると哲洙《チョルス》はほかの人の目を避けて安く売り、またそれが重いものであれば、いつものように話をしながら魚を運んだ。ある日、海の話ではないこともたずねられた。

「外金剛《ウェクムガン》まで行くにはここから何時間くらいかかりますか？」

哲洙《チョルス》は、これには、

「分かりません」

と答えるしかなかった。

「外金剛《ウェクムガン》まで行くのにここから停車場がいくつぐらいになります？」

それも哲洙《チョルス》には分からなかった。娘はさらにたずねた。

「この次の停車場が庫底《コジョ》、その次は何というのですか？」

「通川《トンチョン》です」

「通川《トンチョン》の次は？」

「分かりません」

哲洙《チョルス》はとても悔しかった。外金剛《ウェクムガン》まで何時間くらいかかり、停車場はいくつで、何という停車場がどういう順番になっているのか、あんなにも何度も停車場に通っていながらその程度のことも知らない。それなのに、なぜ自分は何でも知っているとばかり思い込んで、娘の質問に知らないとしか答えられなかったのかと、この上なく悔しく思われた。そして、考えてみると、自分は松田《ソンジョン》から外金剛《ウェクムガン》までのことを知らないだけではなく、松田《ソンジョン》から北に安辺《アンビョン》までのこともよく知らないのであった。時間がどれほどかかるのか、停車場がいくつあるのかはもちろん、停車場の名前もせいぜい沛《ペ》川《チョン》と歙谷《フプコク》の二つしか思い出せない。

「僕は陸地のことを知らなすぎる！」

と思った。

「あの娘《こ》は陸地に住んでいるのに……」

哲洙《チョルス》は少なからぬ不安を覚えた。

「あの娘が砂洲のようなところに、一人で住んでいればよかったのに！」

哲洙《チョルス》はどこがどれほどの深さで、どこで漁をすればどんな魚が獲れて、貽貝を獲るにはどの島に行かねばならず、鮑《あわび》を獲るにはどんな天気でなければならない、ということは目をつむっても熟知している海に目をやりながらため息をついた。そしてその足で停車場に行って顔見知りの子たちをつかまえて南に杆城《カンソン》、北に元山《ウォンサン》までの、それぞれにかかる時間と停車場の数、停車場の名前をたずねてみた。しかし、誰一人、はっきりとそれを知らないのみならず、停車場の名前をただの五つさえ、順番どおりに覚えてはいなかった。

哲洙《チョルス》はそれが一朝一夕に得ることのできない勉強であることを悟り、それからはほとんど毎日夕方になると停車場にやってきた。普通学校〔八九頁参照〕に通う子供らをつかまえ読んでもらい、指を折りながら覚え、娘がソウルに帰るころには東海北部線《トンヘプクプ》の二十五の停車場の名前をすべて暗記した。来年に来てもう一度質問してくれたらどんなにかいいだろうと思った。

＊　＊　＊

しかし、今年の夏も海水浴の季節になって、その娘が来るには来たが、そんなことは質問する機会さえも持とうとはしてくれなかった。いくら重たい魚をたくさん買っても、それを持ってくれる、そして話し相手になる一人のハイカラ青年が今年は一緒だったのである。

「あいつは、何者だろう?」

青年はがっちりとして背が高く、男前で、笑うと白金《プラチナ》の差し歯が見えた。

哲洙《チョルス》はすぐには理解できなかった。二人は不快に思われるほどに周りにお構いなしにふるまった。魚を買うといつも青年がお金を支払い、娘は青年が手にしていた写真機を代わりに持った。そして昨年まで自分が運んでいた魚はその青年が持ち、自分がこれまで一度もそんなにも近づいたことがないほどに寄り添い、並んで歩いていくのである。

「結婚をしたのか？　あいつと？　兄さんではないのか？　兄さんならどうしてあんなふうにじゃれあう？」

哲洙《チョルス》は八月の輝く太陽も目に入らなかった。何日も経たずしてそばの婦人たちがあの娘と青年の噂話をした。

「去年の秋に結婚が決まったとかで、何日か休んでソウルに行くらしいね。式を挙げに……」

果たしてやってきてから例年の半分も経たずして、ある日、明日の夜汽車でソウルに持っていくのに貽貝を一缶分、生きたまま獲ってきてほしいと、わざわざ石油缶まで持ってきた。生でそんなにたくさん何に使うのかとたずねると、娘は少しも憚ることなく、

「家でちょっと大切なことがあるのです」

と言った。

＊　＊　＊

翌日の夕方、哲洙《チョルス》は貽貝一缶を背負い、言われたとおりに停車場にやってきた。娘と白金の歯の青年はすでに汽車を待っていた。顔見知りの、娘の母親だけが彼のところに来て、

「ご苦労さま」

と、以前よりもたっぷりと代金を支払ってくれた。そして、汽車が来たら車内にちょっと運んでお

くれ、と頼まれた。

空には星が輝いていた。娘は自分の婚約者と肩を寄せ合い、ほかの人の目を避けようと青色のポイントライトのほうへと歩いていった。

やがて汽車が到着した。哲洙《チョルス》は震える胸をかろうじて抑えながら貽貝の缶を置いたところに戻った。以前は玩具のように楽しげにしか見えなかった汽車が、こんなにもつらい思いをさせるものとは思わなかった。片手でも軽く持ち上げることのできる貽貝の缶が、両手でも重く感じられた。やっとのことで車内に持ち込むと、誰かがやってきて肩をぽんと叩く。振り返ると、あの白金の歯の青年である。用件をたずねるよりもさきに、彼は、

「向こうの二等車まで持ってこい。はやく」

と、さきを歩いていくのである。哲洙《チョルス》は戸惑ったが、とにかく汽車がまもなく出発するという焦りから、どの角にぶつけたのか、すねの砕けるほどの痛みに手をやる間もなく、貽貝の缶をもう一度抱え直して二等車に走った。それを下におろすさきから、青年はまた、

「さっさとおりろ。汽車が出るぞ」

と、声をあげる。危うく転びそうになりながら走りおりると、娘はどこに座っているのか、自分の転びそうになるさまをけらけらと笑う声が聞こえるばかりであった。

二等車の車両はすでに遠く通り過ぎていった。擦りむけたすねをさすっていると、汽車の最後尾につけられた真っ赤なテールライトが額の前を走り抜けていった。

哲洙《チョルス》は追いかけるようにして線路におりた。テールライトは深い海におろした錨が沈んでいくよ

うに暗闇の中にくるくると回るようにして小さくなっていく。そのあとにかすかに浮かび上がる二本の鉄路《レール》が、コト、コト、コト、コト、と、ちょうど哲洙《チョルス》の胸のように響く。しかし、鉄路《レール》の音は、哲洙《チョルス》の胸のようにいつまでも続きはしなかった。テールライトが山すそに消えてしまうと、息の絶えた蛇のように静かであった。鉄路《レール》を踏む裸足が冷たかった。哲洙《チョルス》はぼんやりと立ちすくんでいたが、いつの間にか歩き始めていた。

ポー。

いくらも歩かないうちに、今度は沛川《ペチョン》を出る汽笛の音が、明るい星空に響きわたった。

「もう沛川《ペチョン》を！　沛川《ペチョン》の次は歙谷《フプコク》、歙谷《フプコク》の次は慈東《チャドン》、慈東《チャドン》の次は桑陰《サンウム》、梧渓《オゲ》、安辺《アンビョン》」

昨年の夏に、一ヶ月あまりをかけて苦労して覚えた停車場の名前である。哲洙《チョルス》はこみ上げる涙をこらえつつ、駅の名を暗誦《そらん》じながら、ただ歩き続けた。

（八月下澣《げかん》〔下旬〕、松田《ソンジョン》にて）

故郷

一

東京を出て、もう随分遠くまで来た。汽車は小さな田舎の停車場があろうとあるまいと無人地帯であるかのように走っていた。

「六年ぶりか……明後日の朝には久しぶりに朝鮮の山を見られるな……」

金允建《キムユンゴン》〔音訳〕は心の中でこうつぶやきながら、何度も目を閉じたが、眠れそうになかった。冷たいガラス窓に額と鼻先をあてて外を見やっても、闇に包まれた平野には何があるのかもさっぱり見分けがつかなかった。座席にもう一度腰を落ち着けて本を取り出したが、それも何行も読まずして閉じてしまった。

彼は故郷に帰るのではなく、戦場に出るのだと思った。考えるべきことが多かった。

「故郷！　私は今、故郷に帰る。しかし、私の故郷はどこだろう？」

允建《ユンゴン》はいざ東京を出ると、考えていた以上に前途が漠然としていた。彼には故郷がない。誰かに故郷はどこかと聞かれると、彼は即座に「江原道鉄原《カンウォンドチョルウォン》」と答えるが、江原道鉄原《カンウォンドチョルウォン》には金允建《キムユンゴン》の家はおろか金允建《キムユンゴン》の名前を知っている者すらほとんどいなかった。彼は生まれこそ江原道鉄原《カンウォンドチョルウォン》であったが、開化派〔一九頁参照〕の一人であった彼の父親が夜陰に乗じて家に戻り、妻子を連れて亡命の途についたのは、允建《ユンゴン》がまだ四歳になったばかりの早春であった。

その後、允建《ユンゴン》はロシアの地である「ヘスエ〔ウラジオストク〕」で二年、そこで父親を亡くして、今度は未亡人となった母について朝鮮の地である咸鏡北道梨津《ハムギョンプクトペギミ》というところで四年、そこで母までも亡くし、独り孤独な身で元山《ウォンサン》に行って三年、平壌《ピョンヤン》で一年、ソウルで五年、東京で六年、これが金允建《キムユンゴン》が今まで一時なりとも住み慣れた因縁のある土地であった。こうして見ると、允建《ユンゴン》には懐かしいと思えるような故郷と呼べるところがなかった。ときには幼いころに書堂《ソダン》〔二九頁参照〕の仲間たちと貝殻を拾って遊んだ梨津《ペギミ》の海辺も夢に見た。ときには五年間、薬と饅頭《まんじゅう》を売り歩きながらW高等普通学校を卒業したソウルの通りも夢に見た。人からたずねられたら江原道鉄原《カンウォンドチョルウォン》であると答えたが、江原道鉄原《カンウォンドチョルウォン》には允建《ユンゴン》の夢の中に訪れるようなものは何もなかった。ただ、鉄原《チョルウォン》というところは自分の出生地であるという、そうした観念のほかには何もなかった。暮らした年数では東京の六年が一番長かったが、同じ客地でも彼はどこよりも東京で一番ひどく他郷暮らしの寂しさと哀しみを味わったものであった。

私の故郷はどこなのか。

允建《ユンゴン》は心が塞ぐときは、いつも読んでいた本を畳の上に放り出し、懐かしく思われる場所を探し求めたものであった。

咸鏡北道梨津《ハムギョンプクトペギミ》であるのか、ソウルであるのか、鉄原《チョルウォン》であるのか、ただ漠然と朝鮮の地であるのか。では、梨津《ペギミ》やソウルや鉄原《チョルウォン》で誰が私を待っていようか。誰もいない。梨津《ペギミ》ではなさそうである。

ソウルでも鉄原《チョルウォン》でもなさそうである。

しかし、彼はこのことばのあとに「朝鮮の地ではない」ということを考えたことはなかった。

「はやく卒業して朝鮮に帰ろう」

この一念で、彼は雨が降ろうと雪が降ろうと、みなが寝ている明け方の通りを走って、あるときは新聞を配り、あるときは牛乳のリアカーをひいて、六年間自らの身に鞭を打ってきた。

允建《ユンゴン》は、その蛍雪の功をなした。M大学政治学部〔原文では「Mダ大学」。早稲田大学を念頭に置いて「Wダ大学」とするはずの誤植かもしれない〕で教授らが舌を巻くほどの立派な論文を書き上げ、誰よりも輝かしい卒業証書を受け取った。そして、今日は漠然とではあるが自分の故郷の山川であるには違いない朝鮮の地へと向けて東京を発ったのである。

「金《キム》さん、帰って戦ってください。僕たちは金さんの戦う力を信じます」

見送ってくれた友人たちのことばであった。友人の中には允建《ユンゴン》を静かに呼び出して、

「どこかにもう就職先が決まっているのですか?」

と心配する者もいたが、允建《ユンゴン》は、

「就職ですか。帰って何とかしますよ。自分のことなのですし……」

と、しかし、少しも心配している色も見せず、愉快な笑みで答えた。

允建《ユンゴン》はじつに愉快であった。ほかの者は四、五千円のお金を出してもみながもらえるわけではない大学の卒業証書であることよりも、六年前に東京行きの切符一枚を手にやってきて、休みのときにほかの者のように一度とて遊ぶこともできず、自分の手で新聞を配り、自分の手で牛乳のリアカ

ーをひいて、木の皮のように硬くなった手で受け取る卒業証書であるだけに、愉快であった。大声で自慢してもやましいことのないものであるだけに、愉快であった。

二

しかし東京もすでに遠くなった。汽車は小さな田舎の停車場はあろうとあるまいと見向きもせず、無人地帯であるかのように走った。東京駅で太い腕を差し出して力強く握手してくれた友人たちもすでに各々下宿へと帰り、自分のことも忘れて寝入ったころだろうと思うと、今さらながらに孤独感が允建《ユンゴン》の胸を襲ってくる。さらに朝鮮に帰るのはすでに決めたことではあったが、ソウル行きの切符を買いはしつつもソウルのどこに行くかということに少なからぬ不安を覚えていた。荷物の中身は彼が六年前に東京に来たときよりも本が何冊か増えたのと、卒業証書一枚がそれに加わったほかに変わったところはなかった。彼は軽い財布を取り出して手のひらの上ではたいてみた。そしてあらためてお金を数えてみたが、ソウルまで行くには弁当代さえも厳しいほどであった。

しかし、允建《ユンゴン》はそれ以上長く表情を曇らせてはいなかった。彼には「こんなものはひょいと飛び越えればそれまでの、目の前の小さな泥濘《でいねい》にすぎない」という、今日まで信じて生きてきた処世術があるからである。

允建《ユンゴン》は煙草を取り出してくわえた。小さな心配事など煙草の煙のように消えてしまえと言わんばかりに、胸を張って堂々と何口かを吸い、こんなことを考えた。

「私の故郷は鉄原《チョルウォン》でもなく、梨津《ペギミ》でもなく、ソウルでもない。釜山《プサン》埠頭に足をおろしたら、そこが私の故郷なのだ。私の故郷は私に楽に休む場所を与えてくれるはずがない。それを願い、それを求める私でもない。そこには何人もの仲間がいることだろう。「さあ、靴の紐をほどかないで、そのまま走って来てください。自分の身だけを守らんがためにあちら側につかず、勇敢に私たちに加わってください」。こう叫ぶ力強く勇ましい友たちが私を迎えてくれるだろう。おお！　はやくそのときになっておくれ！」

允建《ユンゴン》は汽車の中が狭く窮屈なせいもあって、汗じみた学生服の上着は脱いでかけておき、シャツ姿で何度も乗降口のところに出て通り過ぎる異国の夜景を見やっていた。

翌日の朝、汽車が神戸のプラットホームに止まったとき、允建《ユンゴン》は弁当を買いに出て、一人の見覚えのある朝鮮の青年に会った。その青年もすぐに允建《ユンゴン》に気づき、そばへとやってきて握手を交わした。

「帰国なさるところですか？」

「はい」

「私は、こちらの車両に乗っています」

その青年は允建《ユンゴン》が弁当を買おうとするところを引き止めた。允建《ユンゴン》は彼に連れられて食堂車へと入った。

允建《ユンゴン》は青年の名前を思い出せなかったが、彼がW大学の学生であったことと、苦学はしているが自分のようにつらい仕事をせずともよい下宿に住み、学費を充分にまかなうことができる人物だということで顔を覚えた記憶だけはあった。

「今回、卒業だったでしょうか？」

新しく仕立てた紺色の背広を着た青年がボーイに朝食を注文して允建《ユンゴン》にたずねた。

「はい。卒業して帰ります」

「私も今回、完全に引きあげるところです。東京の街をもう歩けないと考えるととても残念です。お金さえ貯まればまたいくらでも来られるのでしょうが……。失礼ですが、就職はどこかにお決まりですか？」

「まだ、決まっていません」

「じゃ、さぞかしご心配でしょう。無事にみな仕事に就ければいいのですが……。どの方面をご希望で？」

允建《ユンゴン》はすぐには返事が出てこなかった。わずか何言かではあったがその青年のことばに気分を害したのである。金さえ貯まればまた東京の街を歩けるだとか、みな仕事に就けたらいいだとか、どの方面を希望するのかだとか、ひどく允建《ユンゴン》の耳に障《さわ》る話であった。随分と軽薄なやつだとすぐに軽蔑したが、允建《ユンゴン》はすぐに思い直した。「同行者なのだ！　単に同じ汽車に乗って、同じく朝鮮に帰るということにとどまらない、もっと大きな運命において同行者なのではないか？」

允建《ユンゴン》はすぐに表情を正して彼に答えた。

「そうですね。心配です。まだ、どの方面に進むか思案中です。どちらにお決まりで？」

「なに、立派なところじゃありません。でも、なかなか入るのが大変なところです。その上、朝鮮人には入ろうなどと考えるのも難しいところですが、何とかある有力者にお会いして、一年ほどお願いして幸い就職できました」

「どちらですか」

「××銀行本店です」

「よいところに就職なさいました」

三

允建《ユンゴン》は心の中でやはりかと思いつつも、相手を立てて心にもない色よい返事をした。

「とんでもありません……。どのみち大きなことはできませんから、私一人が飢えないことで大きく見れば朝鮮人の一人が飢えないことになるわけですから」

「よい解釈でいらっしゃいます」

允建《ユンゴン》はまたぐっと抑えて心にもない嘘でこたえた。

「両班《ヤンバン》〔二八頁参照〕であったところでどうなるわけでもなし……。糞でも洗っていろなどと言われたとしても、洗うふりでもして生きていける人がそれでも自分の体面を保って暮らせるのでしょう……。さあ、グラスを空けてください。ビールでももう一本持って来させましょうか。遠慮なさらず。二等席の旅費で赴任費をもらって三等席で帰りますから、小銭は充分にありますよ」

「いえ、やめときましょう」

允建《ユンゴン》はきっぱりと断った。癪《しゃく》に障って感情に任せてしまえば、ビール瓶を手に取って彼の顔をとっくに殴っていたところであるが、ばかばかしいのですべてを聞き流すことにした。

允建《ユンゴン》は早々にその××銀行に入るという新行員と別れた。そして自分の席へと戻って思い返すほどに、やつから朝食をご馳走になったことが不愉快であった。何やら餌でも与えられたかのように忌まわしく、まるで伝染病患者と食卓をともにしたかのように不安であった。

「今年は、あんなふうに故郷に錦を飾るやつがどれほどいるのだろうか……」

允建《ユンゴン》は手の甲と額に太い血管を浮かび上がらせて一人つぶやいた。

その日の晩、允建《ユンゴン》は下関駅におり、一時間半も待たされている間に、またその××銀行員と遭遇した。

「夕食はどうされましたか?」

「弁当を買って食べました」

允建《ユンゴン》は返事をしたくない様子であったが、得意げな彼はそうした様子に無頓着であった。

「今晩の船でお帰りですか」

「ええ。あなたはお乗りにならないのですか」

「そうですね。下関は女郎屋が有名だそうだから、一晩遊んで明日の昼の船で帰ろうかと思います。では……」

彼は允建《ユンゴン》に握手を求めて、ぶらぶらと山陽ホテルのほうへと消えていった。

允建《ユンゴン》は下関駅に降りてからは多くの朝鮮人を見かけた。朝鮮の綿入りパジチョゴリ〔朝鮮式の上着《チョゴリ》とズボン〕を着た人も烏の群れの中の鳩のように混ざっていた。久しぶりに見る朝鮮服は、しかも石炭の煙に煤《すす》けた労働者のパジチョゴリは、どう見ても場違いの不自然さがあった。

「あの服が、燦爛《さんらん》たる文化を持つ歴史ある民族の服であると言えるのだろうか。しかし、明日から朝鮮の地で見るあの服は、ここで見るのとは違って、あんなふうではあるまい……」

四

允建《ユンゴン》は多くの人の行列に混ざって船に乗った。みなが走るので允建《ユンゴン》もかばんを持って三等室のほうへと走ると、誰かが朝鮮語で「もしもし?」と呼びかけてきた。洋服を着てはいたが、朝鮮語を話すのはもちろん、顔かたちがどう見ても一見して朝鮮人の風体であった。允建《ユンゴン》は嬉しかった。

「何でしょうか?」

しかし、その紳士は意外にも冷淡であった。

「そこにちょっと止まりなさい」

允建《ユンゴン》は即座に相手の職業が分かった。ひどく不快であった。

允建《ユンゴン》はその刑事に、行き先が不明であることから特別の取調べを受けた。甲板の上でかばんを開いて本のページの間まで調べられたあとに船室に入ってみると、すでに允建《ユンゴン》が身を置く場所はなかった。適当に人の足もとに入り込んで横たわった。隣りには大阪から帰るのだという朝鮮の労働者たちが座っていた。彼らからはこんなことばが聞こえてきた。

「もう着いたようなもんだ。この船に乗りさえすれば、朝鮮の地に帰ったも同然……」

允建《ユンゴン》にも、なるほどそうであると思われた。この船に乗りさえすれば朝鮮という懐かしい地を踏んだも同然であるという喜びもあるが、その反面、船室に入る前から朝鮮らしい鬱憤と不安が前を覆っているのもすでに朝鮮の地の雰囲気であるように思われた。

「お金をたくさん稼いでいらしたんですか？」

允建《ユンゴン》は鬱々とした気持ちを落ち着かせ、船が動きはじめてしばらく経ってから、隣りで横になっている朝鮮の労働者に声をかけた。

「金だって？　稼ぎがよけりゃ帰るはずもないさ」

「朝鮮よりは景気がいいのではないですか」

「あちらさんの景気なんざ、こちとら関係ないさ」

「それで、どんな仕事を？」

「道路の撒水だよ。日本で何ヶ月も水をひたすら撒いて帰るってわけだ」

「一日、いくらもらえたのですか」

「最初は朝鮮人にも一円二十銭はくれたが、俺が行ったときには八十銭だったよ。それも最近は五十銭になっているんだから、金も貯まらんさ」

「故郷はどちらで？」

「大邱《テグ》のさきの金泉《キムチョン》だよ。俺たちはみな同郷のもんだ」

「じゃあ、故郷に帰って農業を？」

「農業といっても耕す土地がないとな。俺たちがみな独り身だったら粟飯を喰らうよりはましだから日本で適当に暮らすんだが、金も稼げないし、女房と子供が恋しくて、何はともあれ帰って来たんだよ」

允建《ユンゴン》は、それ以上はたずねなかった。船は次第にエンジンの音を上げた。

夜が明けた。允建《ユンゴン》もすでに二、三度甲板の上に出てみたが、寒くて戻ってしまった。昨晩、允建《ユンゴン》と話をした労働者三人は寒がることもなく、楽しそうに外へと出たり入ったりを繰り返す。そして一人が唇を震わせながら、走ってやってきた。

「山が見えるぞ」

「山が見える？」

「ふん！　金でも何百円か持って帰るんだったら嬉しいだろうがな……」

船が釜山《プサン》埠頭に着いたときである。三等客らは昨晩乗ったときと同じく列を作って立っていた。允建《ユンゴン》の前には夫婦とおぼしき日本人男女が立っていて、後ろには例のあの労働者たちが話をしていた。

「本当に禿山ばかりですわ」

これは朝鮮にはじめてやってきたであろう日本人女性のことばであった。

「長い煙管をくわえて白い服を着て立っているのは、どうも仕事をしている人たちには見えん。何でそう見えるのやら……」

「日本から帰ってくると、本当にみなが何であんなに退屈そうに見えるのかな」

これは允建《ユンゴン》の後ろに立っている朝鮮の労働者たちのことばであった。

ほかでもなく允建《ユンゴン》も最初に目についたのが、白い服を着た人々の、その生気を失った無気力な姿であった。

「朝鮮に着いたのだ！」

允建《ユンゴン》は停車場の待合室に入ってかばんをおろし、大きく背伸びをしてみた。しかしそのとき允建《ユンゴン》は罪でも犯した者のようにぎくりとした。それは昨晩、船が下関にあったときに自分を取り調べた刑事が、釜山《プサン》に来ても自分の目の前に立っていたからである。

「次の汽車に乗るのかい」

允建《ユンゴン》はそれには答えず、こう答えて気まずい思いをしなければならなかった。

「ああ、あなたもあの船でいらしたのですか」

「質問に答えないか。次の汽車に乗るのかと聞いているんだ」

「はい」

刑事はそれ以上はたずねずにどこかへ消えていった。その代わりに允建《ユンゴン》が汽車の席に座ると一人の日本人が前に来て「あんた、金さんでしょ」と知ったそぶりを見せる。その人物は日本の刑事なのであった。

彼は草梁《チョリャン》までついてきて朝鮮の刑事のようにどやしつけない代わりに冷や汗が出るほどに細かく尋問した。のちには読んでいるのがどんな本か調べるために、かばんを持ってついてくるように言った。允建《ユンゴン》は棚に載せていたかばんをおろし、彼について便所の前の手洗い所まで行き、言われるがままにかばんの中を見せた。

五

允建《ユンゴン》は心底冷や汗をかいた。本当に自分が何かの犯人ではないかと思われるほどに不安を抱かずにいられなかった。そばに座った人たちの中でも、日本人らが目を丸くして自分をあたかも邪悪な密輸入者や、暴悪な凶漢でも眺めるかのように、顔をじろじろと見るのが不快でたまらなかった。允建《ユンゴン》がもしも六年ぶりにはじめて帰るのではなく、ほかの学生たちのように休みのたびに帰省できたのであれば、こんな取調べはひまつぶし程度に思ったことであろう。しかし、彼は六年ぶりの帰途である。允建《ユンゴン》はそれだけに朝鮮に疎《うと》かった。疎くなった彼の耳目には、それだけ朝鮮の現実が鮮明に感じられた。だから、允建《ユンゴン》はこの程度の取調べは車掌が切符を見てまわるのと変わりのない当たり前のこととして考える、すでに中毒になっている人たちのように、無神経かつ無批判的には受け流すことができなかった。允建《ユンゴン》はガラスのように澄んだ朝鮮の春の空を久しぶりに眺めつつも、心の中には暴風雨のような鬱憤が膨らんでいた。

汽車が大邱《テグ》に着き、停車中、允建《ユンゴン》は昼食を買うのを兼ねて汽車をおりて外に出たが、弁当を買っているときに金泉《キムチョン》まで行くという例のあの労働者たち一行がひそひそと話をしながらみかんを買っているのを見かけた。

「ちぇっ、日本に行ってくると言っておいて、大邱《テグ》に来てみかんを買うってのもなぁ」

「まぁ、おまえはそれでも買って帰るだけの金が残っているんだから大したもんだよ……」

允建《ユンゴン》は汽車に乗っても彼らの姿がすぐには忘れられなかった。それでも、彼らは何時間もすれば懐かしい妻子に会って、何個にもならぬ網入りのみかんではあっても、それを網から出して楽しむであろうことを想像してみた。そして自分はソウルに行ってもやはり寒い懐で、寂しい旅館の部屋を求めなければならないことを考えると、自分の体を包む侘しさと不安があらためて感じられるようであった。

「しかし、妻子に会う彼らの喜びとて、どれほど長く続くだろうか?」

允建《ユンゴン》はふたたび考えてみた。船で「耕す土地がないとな……金も稼げないし、女房と子供が恋しくて、何はともあれ帰ってきたんだよ」と言っていた彼らのことばが思い出された。

允建《ユンゴン》が京城駅に着いたときにはすでに日も暮れていた。路面電車の車掌に「どちらへ?」と聞かれて、思いつくままに「鍾路《チョンノ》です」と答えた。彼は鍾路《チョンノ》でおりて、鐘閣《チョンガク》の裏に入ってまず宿を決めた。

彼は沐浴をして、久しぶりにキムチ、カクテギと唐辛子味噌を味わって、朝鮮の新聞を読んで眠った。

翌朝ははやく起きて、「今日からだ!」とボロ着のような学生服ではあったが埃を払い、身にまとって外へと出かけた。安国洞《アングクドン》にも電車が通っており、以前とは変わったところもあったが、考えていたほどどには変化がなかった。允建《ユンゴン》は安国洞《アングクドン》の大通りに入った。彼がソウルでたずねるところがあるとすれば、W高等普通学校に母校という因縁があるだけである。

学校はまだ休み前で、授業中の先生が多く、職員室には教員が少なかった。

その何人かも見知らぬ先生ばかりで、顔を覚えている先生も允建《ユンゴン》の名前を思い出せないかのようにさほど嬉しそうではなかった。校長室に行ってみると、校長室の椅子には允建《ユンゴン》が通っていたときに平教員であった数学の先生が腰かけていた。彼は允建《ユンゴン》を卒業生へのもてなしという観念から、校長らしい寛大さを見せて喜んでいるようであった。しかし、允建《ユンゴン》は数学の成績がもっともだめだったことと、同盟休学のときにその先生と正面衝突までしていたことを忘れずにいた。允建《ユンゴン》は校長室からもすぐに出てきてしまった。そして運動場に出て歩いているところで、同じく母校をたずねてきた一人の同窓生に会った。

「久しぶりだな」

「まったく久しぶりだ。君も東京にいたんじゃなかったのかい?」

「ああ、昨晩帰ってきたんだ。君は昨年卒業したんじゃ?」

「いや、途中で病気で一年休んだんだ……帰ってきて何日にもならないよ。で、どこかに決まったかい?」

「何が?」

「就職だよ」

允建《ユンゴン》は心の中で、

「みな就職のことしか頭にないのか。日本の社会と何も変わらないな」

と思った。

「いや。君のほうは? 君は美術学校だろう?」

「そうだよ……どうも平壌《ピョンヤン》に行くことになりそうだ。図画の教員はみな非常勤だから、いくらにもならないんだ……大変だよ」

「そんなに大変かい？　」

「そりゃそうだ。みな百円以上もらって仕事をしているのに……姜《カン》君には会ったかい？」

「姜《カン》君って？」

「姜《カン》××君だよ。ここに勤めているよ。昨年、考査を終えて母校で英語を教えているんだ。今、授業に出ているみたいだな。月給を百二十円もらっているらしいよ」

「ああ……姜《カン》××君！」

允建《ユンゴン》は姜《カン》××君を、今、校長になっている数学教師とあわせて奇妙な記憶の中から探り出すことができた。同盟休学のときにスパイをして、允建《ユンゴン》にひどく殴られて何人ものクラスメートの前で泣きながら謝罪文を書いた姜《カン》××君である。

「君は馬《マ》××君と親しかっただろ？」

「ああ……」

「君は裵《ペ》××君は分かるかな？」

「分かるとも。馬《マ》君はどこにいるんだい？」

「馬《マ》君、裵《ペ》君、ともに立派になったよ。馬《マ》君は普成《ポソン》専門学校を卒業して故郷に帰って金融組合の理事をやっているし、裵《ペ》君は昨年、京都帝大を出て、総督府殖産局に入ったそうだ。賞与まで入れると平均二百円にはなるらしい……」

「まったく、大変な出世をしたもんだな。はは」

允建《ユンゴン》は姜君《カン》に会って行こうというその友人の誘いを断り、すぐに運動場を横切って母校の門を出てしまった。

「みな、ちゃっかりしたもんだ」

允建《ユンゴン》はため息をついた。

「私が腑抜けなのか、あいつらが腑抜けなのか」

允建《ユンゴン》は、自分だけが愚かなのではないかと、自らの認識を疑ってもみた。

「しかし、事実はすべて一つとして私の錯覚ではない。今、私の目に見えるままが、今、私の耳に聞こえるままが、厳然たる大きな事実なのではないか？」

六

允建《ユンゴン》は酒に酔ったように顔が赤くなった。興奮した。姜《カン》××や、馬《マ》××や、裵《ペ》××や、日本の東海道線で会った××銀行員のようなやつらは千人、いや一万人が目の前にいたとしても、そんなやつらは砂利道を踏み歩くように、踏みにじり、蔑視し、つばを吐いてやろうと決心したのである。

「人間らしい一日を送ろう。口腹《こうふく》の欲に忠実な犬の十年はお断りだ。人間らしい一日を送ろう」

朝から暖房も焚かれていない冷たい旅館の部屋に帰ってくると、前途が思いやられた。

「どこに行けば人がいるだろうか」

允建《ユンゴン》はA新聞社を訪問した。社長に会おうとすると受付で名刺を求められた。名刺がないと言うと、どこから来た誰かときく。允建《ユンゴン》は東京から来たのだが、会って話をしたいと強く頼んだ。社長に会って挨拶をすると、社長はたずねてきた用件をきいた。允建《ユンゴン》は事務的な用件があるわけでもなく、場違いなざまを見せただけで出てきた。B新聞社をたずねた。今回は編集局長をたずねた。やはり名刺を求める給仕に東京から来たと言って編集局長に会いはしたものの、編集局長は訪問客の服装が学生服であるということを聞いて、何か記事に関係するのかと思い、何十人もの職員がまわりにいる編集室に座ったまま入ってくるように言った。允建《ユンゴン》は二度目であるから少しはましに話せるであろうと思っていたのが、さっきよりもさらにことばにつまってしまった。前後左右の席でしきりにペンを動かす人たちがちらちらとこちらを見ていた。允建《ユンゴン》は、また恥をかいただけで出てきてしまった。

その翌朝には新幹会〔一九二七年から一九三一年にかけて活動を行った朝鮮の民族統一戦線組織〕をたずねた。しかし、そこには名刺を求める受付もなく、扉にも鍵がかけられていた。さらにいくつかの雑誌社をたずねて歩いたが、「金允建《キムユンゴン》」というゴシップの種にもならない名前では、好意的に応援してくれるところはどこもなかった。

允建《ユンゴン》はもう一度、母校のW高等普通学校をたずねた。それは李昌植《イチャンシク》〔音訳〕という同窓生の一人を思い出し、彼の現住所が分からないかと思ってのことであった。李昌植《イチャンシク》は、允建《ユンゴン》がこれといって親しくしていた友人であったわけではなかった。五年間いつもクラスが違っていて、親しく交友する機会もなしに過ごしていたが、五年生になった年の春に下級生らの同盟休学事件が起き、五年生の二クラスが同盟休学に参加するか否かの問題で一教室に集まって討議したことがあった。そのときに李昌植《イチャンシク》は参加しようという主張であったため、彼の存在がはじめて大きく感じられたのであった。允建《ユンゴン》はそれからというもの李昌植《イチャンシク》と会うたびに握手を交わす間柄であった。

允建《ユンゴン》は学校に入ると、運動場で体育教師に会った。彼は允建《ユンゴン》を嬉しげに迎えてくれた。允建《ユンゴン》にも嬉しい先生であった。

「先生もすっかり変わられましたね」

「そうかい？」

「煙草もお吸いになるし、そんな長いズボンもおはきになって……」

允建《ユンゴン》が通っているときは、日本の士官学校から新しくやってきて、いつも革のゲートルを巻くかブーツを履き、刀こそなかったが意気揚々とした若い将校であった。

「先生、あの、李昌植《イチャンシク》君を覚えていらっしゃいますか？」

「覚えているとも」

「今、どこで何をしていますか？」

「何をしてるかって？　知らないのかい？」

「知りません。卒業して離れてしまってからは……」

「あいつは監獄に行って、だいぶ経つよ……」

允建《ユンゴン》は少しも驚かなかった。そして、その教師と別れたあと、学校には入りもせずにただちに出てきてしまった。

「そうだろう。残っているやつらなんてたかが知れている！」

彼はしばらく前に東京で「今年のような不景気の中、朝鮮では監獄の増築に三十万円あまりの予算を計上している」との記事を新聞で読んだことを思い出した。

允建《ユンゴン》は空腹であった。今日からは、十三銭の雪濃湯《ソルロンタン》〔一四五頁参照〕代もなくなってしまった。夕食の時間まではまだまだである。彼はベルトを締めて慶雲洞《キョンウンドン》の大通りをおりてきた道からパゴダ公園〔一三九頁。四〇〇頁の写真参照〕に入った。

公園では日なたを選んで人々が群れになって座り込んでいた。何を見ているのかと、允建《ユンゴン》はいち回ってのぞき込んでみた。一様に栄養失調にかかった骨董品のような中老の人たちで、『土亭《トジョン》秘訣《ピギョル》』〔吉凶禍福を占う本〕や『麻衣相書《マイサンソ》』〔観相の見方を記した本〕の類を広げて十干十二支《じっかんじゅうにし》を数える四柱の占い師、観相家らであった。

「お客さん、運勢を見て行かないかい？　最近は、学生さんたちも就職のことでよく占いをしに来るんだよ……」

七

允建《ユンゴン》は返事もせずに八角亭《パルガクチョン》に上がった。八角亭《パルガクチョン》の階段にも同様の人々が群がっていた。

「しっかりと見ておくれよ。家を出てもう一年なのにまだ仕事に就くことができないんだ。今年は何とか」

「おい、自分の運勢に見合ったお代は払うものだよ。十銭とは何だい……さあ、もう十銭。いい卦が出たら一生の運勢まで見てあげるよ」

「お互い気持ちよく、あと五銭ということにしたらどうだい」

「田舎から出てきて息がつまって堪《たま》らないからこんなところに来ているんだ。お金があるんだったら、そりゃあ十銭の金なんて惜しむものかい」

允建《ユンゴン》は背中でこんなことばも聞いた。彼らが哀れでもあったが、一方でこの上なく腹立たしくもあった。生きていてどうするのかとつばも吐き、足で蹴ってしまいたいように思いながらも、彼らを抱き寄せて泣きたいというのが抑えることのできないそのときの感情であった。

「立派なざまを見せてくれるもんだ。パゴダ公園も、今日は……」

旅館に帰って部屋に行ってみると、かばんがなくなっていた。小間使いを呼んだ。

「はい、あの……この部屋には以前にいらしたお客さんがお越しになるとのことで部屋をお空けいただかないといけません。ほかの部屋もなくて……かばんは事務室に置いておきました」

允建《ユンゴン》はその意味に気づいた。案の定、小間使いの子がちょこちょこと事務室に行ってひそひそと話していたかと思うと、かばんとともに宿泊料二円六十銭という請求書を持ってきて差し出すのであった。

允建《ユンゴン》は、「では、いつでも宿泊料を持ってきて、このかばんを受け取りにいらしてください」と主人に言われ、別の部屋に夕食が運ばれるのを横目に、何も持たずにその旅館を出た。

彼はソウルの通りをさまよった。どこに行っても目につくのは飲食店であった。飲食店の前を通るたびに唇をぎゅっと結んだ。

「今晩、夕食を食べられないのは自分だけだろうか？　違う！　今晩、外で夜を明かさなければならないのは自分だけだろうか？　違う！　ここにはそういう人がいくらでもいる。私もこの地に生まれたからには、この地の人が受けねばならない侮蔑を甘んじて受けよう！」

翌朝、允建《ユンゴン》はどこで寝たのかぼさぼさの髪を手で撫でながらA新聞社の受付にあらわれた。それは社会運動の理論家として朝鮮ではもっとも長く、もっとも知られている朴哲《パクチョル》〔音訳〕という人の住所をたずねに来たのである。あるいは監獄にでも入っているのではないかとも思われたが、最近も新聞と雑誌で彼の名を見た記憶があったし、A新聞社の受付では意外にも親切に編集室に電話をかけてくれ、すぐに朴哲《パクチョル》の住所を教えてくれた。

しかし、空腹であることも忘れてたずねていった朴哲《パクチョル》は不在であった。允建《ユンゴン》は夕暮れに三度目に訪問して、やっと朴哲《パクチョル》に会うことができた。

「腹が減ったのでご飯をちょっと食べさせてください」

允建《ユンゴン》は二日ぶりにご飯にありつくことができた。そして、朴哲《パクチョル》と話しはじめた。二人の声はいくらも経たずして荒々しいものとなった。結局、互いに一致する考えを見出すことができないようであった。ついには、金允建《キムユンゴン》は朴哲《パクチョル》の横っつらに釜のふたのような手を上げてどやしつけることをも厭わなかった。

「こいつ、口だけは一人前のくせに、この野郎、おまえの後輩たちがみな監獄に行っているときに、おまえのように散々騒ぎ立てたやつが、何をのうのうとしているんだ？」

朴哲《パクチョル》は返事もできぬまま「ああっ」と声を上げ、勢いよく倒れ込んだ。

允建《ユンゴン》は朴哲《パクチョル》の家を飄然《ひょうぜん》と出た。それほど寒い夕方ではなかったが、允建《ユンゴン》の熱い顔にはかすめる風が冷水のようにひやりと感じられた。空には星がきらめいていた。允建《ユンゴン》は真っ暗な路地から大通りへと出た。

大通りは混雑していた。

自動車のヘッドライトがあちこちで光っていた。誰かにうしろから大きな声をかけられて、允建《ユンゴン》はびくりとして足をとめ、振り返った。それこそ、自動車のヘッドライトのような両目を見開いた交通巡査であった。允建《ユンゴン》はすぐに道路のわきに寄って歩いた。今度は允建《ユンゴン》の横をすっと通り過ぎた自動車一台が突然に速力を落とし、しばらく前に進んでから停まって、ドアが開いた。

「一人でお出かけですか？」

車から顔を出したのは、例の××銀行員であった。

「忙しくなければどうぞお乗りください。友人と一緒に遊びに行くところで、ちょうどいいところでした」

八

彼も官庁と変わりない××銀行に就職したことが少しは心に引っかかるのか、金允建《キムユンゴン》のような者となるべく親交を結ぼうとする様子がうかがわれた。それがさらに腹立たしかったが、允建《ユンゴン》はそうでなくとも酒に少し酔いたい気分にもにわかになっていたところだったので、断らずに自動車に乗り込んだ。車には銀行員の友人まで合わせて三人が一緒に乗って、とある大きな料理屋の門の前へと到着した。

その料理屋で允建《ユンゴン》が最後尾でボーイの後ろについて入っていくと、スリッパのたくさん置かれた部屋の前を通りかかったところで、公の席なのであろう、こんなことばが耳に入ってきた。

「じつに、今回、私たち卒業生が七割以上、二十二名がもっぱら官公署とその他の有名会社に就職できたのは、ひとえに我が母校の輝ける権威も権威ではありますが、何よりも先生方のご尽力を……」

「ふん、見上げたもんだ。腑抜けどもめ！　謝恩会か……」

允建《ユンゴン》は一人、後ろでつぶやきながらボーイが戸を開けてくれた部屋へと入った。

銀行員は自分の友人と相談して妓生《キーセン》〔芸妓〕二人を呼んで食事と酒を一膳注文し、とりあえずはビール何本かを持ってくるように言った。

允建《ユンゴン》は朴哲《パクチョル》の家で一杯分のご飯を二人で分けて食べはしたが、食事をしばらく抜いていたせいで、ビール何杯かで彼の溜まりにたまったやけくそが、体の中で大きな革命を起こすこととなった。

「ふぅ……ぅ」

允建《ユンゴン》はひどく興奮した。何日も耐えていた鬱憤が、ビール瓶の中から泡が湧き上がるかのように噴き出してきた。

「允建《ユンゴン》さん、もう酔われたのですか？　そう、姓が金《キム》氏でいらっしゃいましたね？」

彼らは旧知であるなしに関係なく、あらためて挨拶を交わしていた。もとより、××銀行員は自分が金《キム》家であったので、金允建《キムユンゴン》の本貫〔祖先発祥の地〕が知りたかったのである。

「そうだよ。金允建《キムユンゴン》だ。金《キム》家だ……ふぅ……」

「では、本貫はどちらで？　お酔いになるにはまだはやいですよ」

「私は、金海金《キムヘキム》氏だ。酔っちゃあいないよ……」

「何ですって、金海《キムヘ》ですか。私も金海《キムヘ》です。ほう」

銀行員は手にしていたビールのコップを置き、大きな声で允建《ユンゴン》に手を差し出し握手を求めた。允《ユン》建《ゴン》も彼の声に一瞬われに返った。そのときちょうど、さっき通りかかった部屋から拍手の音も響いてきた。允建《ユンゴン》の胸の中で、じりじりと火のつきつつあった爆発弾がはじけるような、大きく爆発するものがあった。允建《ユンゴン》は銀行員と握手する代わりにビール瓶を逆さに持った。

「おんなじ金《キム》家の中でも金海金《キムヘキム》氏だ。それが嬉しいか……この野郎！」

銀行員は、一撃にして「うっ！」と倒れた。允建《ユンゴン》は扉を蹴って出た。隣りの部屋の戸を開けた。何人かが集まって麻雀をしているところで、目を丸くして立ち上がった。その部屋でも倒れないで済んだのは逃げた者だけであった。允建《ユンゴン》は飛びかかってくるボーイたちを枯葉のごとく蹴散らして、たくさんのスリッパの並べられた大部屋へとかけ込んだ。部屋の中では専門学生たち二、三十名と教員十人あまりが座を囲んで歓談の花を咲かせていたが、この無礼な侵入者に驚いてみな一斉に立ち上がった。允建《ユンゴン》のビール瓶は生徒も教員もなかった。手あたり次第であった。しかし、その部屋には力があって動きのはやいスポーツマンが何人もいた。結局は、その部屋で允建《ユンゴン》の手足は縛られてしまったのである。

こうして、六年ぶりに帰ってきた故郷であったが、寄る辺ない金允建《キムユンゴン》の身柄はその日の晩から官庁の世話になることとなった。

桜は植えたが

一

「そんなに振り返ってどうする。追い風が吹いているうちにさっさと歩かないと……」

と言いながら妻を振り返る彼も、こともなげな口ぶりではあったが、目にはまた涙がにじんでいた。この峠を越えてしまったら、あの村をもう二度と見られなくなると思うと、足に千鈞の重みが感じられるのであった。

この峠、家からたった半里の峠、薪《たきぎ》を背負い、この峠を越えるたびにいつも最初に目に入ったあの我が家、家から煙が立ち上っているのを見るたびに腰紐を締めなおし、また薪を背負ったこの峠。この峠からは、沈みゆく夕陽に、我が家の垣根に洗って干した妻の下衣《チマ》までもがはっきりと見えたものである。もうこの峠からあの家、孵《かえ》ったばかりのひよこのように、黄色く藁を葺《ふ》きかえた屋根のあの家を眺めるのも最後なのだな——。

彼は峠の頂上に立つと、背中の荷物を揺すり上げながら、もう一度振り返って村を眺めた。

どこに行こうとあれほどの村はあるまい。邑《ウプ》からの帰り道、城隍堂《ソナンダン》〔村の守護神をまつる祠〕のあるてっぺんをくだると風ひとつなく静かであり、洗濯もでき、飲み水にもよい村の前の小川、寒いときには裏山に登って松の葉を掻いてくれれば何日かは心配もなく焚けたものが……もう、みなよその村の話になってしまうのだな——。

「もう、行きましょう」

と、今度は後ろから来ていた妻が、涙と鼻水をかみながらさきを歩いた。

彼らは峠を越えるとわき目もふらず足をはやめた。夫は布団、服の包み、かまどの火かき、ひさごなどを荷物にぎゅうぎゅうにまとめて背負い、妻は子供を頭まですっぽりと布団にくるんでおんぶした上に何か油の瓶のようなものを持って、前になったり後ろになったりしながら、溝があれば飛び越え、まわり道になるときは田畑のあぜを突っ切り、耳もとに風がひゅうひゅうと鳴るほどの勢いで道を急いだ。

市日《いちび》ではなかったので道に人もほとんどいなかった。ときどき足もとから鶉《うずら》がばたばたと飛び立ち、畝あいから雉がケンケンと驚いて鳴きながら山へと飛び立つほかは何もなかった。

「道でも間違えたらどうするの……」

「いつも柴刈りに来ていたところが分からないとでも」

小さな分かれ道でこんなやり取りがあるくらいで、また口を閉ざして黙々と歩き、彼らはお昼もかなり過ぎてからソウル行きの大通りへと入った。

大通りには風がかなり強く吹いていた。電線がひゅうひゅうと鳴った。明日だったか明後日だったかが冬至で、氷のように鋭い風に彼らの襟首はしきりに震えた。

震えが来たのは風が冷たいからでもあったが、それよりも何とも広く、目の届く限り延々と続く長い道、その道は彼らの目に見慣れないものであり、足にも心にも馴染めない道なのであった。田や畑のあぜを通るときにはそれほどでもなかったのだが、いざ大通りの新道に出ると、いよいよ見知らぬ地へと行くようで、生活のためにあてもなく旅立つ不安が胸を覆ってきたのである。ひゅうひゅうと鳴る電線の音も、頬白や雉の鳴き声よりひどく恐ろしく感じられた。口にこそ出しはしなかったが、夫も妻もそうであった。

彼らはその道をひたすら一里二里と歩くよりほかはなかった。自動車が通り過ぎるときはもちろん、自転車がちりりりんと通り過ぎるときでさえ、あたふたと二人は一緒になって道のわきにおりて道をゆずりソウルへと向かってとぼとぼと歩くのみであった。

二

彼らは三人家族であった。彼ら夫妻、つまり方書房《パンソバン》〔書房は一一頁参照〕と金氏《キム》、そして金氏《キム》におぶわれた二歳になる娘の貞順《チョンスン》〔音訳〕であった。何日か前までは方書房《パンソバン》の父親まで含めて四人家族で、方書房《パンソバン》は今回発つことになるこの村で、生まれてこのかた三十二年間を、何ら不自由なしに暮らしてきた。他人の土地ではあったが、何代にもわたって耕し続けてきた金進士《キムジンサ》〔進士《ジンサ》は科挙の小科に合格した人〕のところの土地は、自分の土地のように安心して耕し暮らすことができた。金進士《キムジンサ》の代には村中の者が地代を一銭も払わなかったし、金進士《キムジンサ》が亡くなったあともほかの地方に比べればそれほどひどい地主ではなかった。金進士《キムジンサ》の息子、金議官《キムウィグワン》〔議官《ウィグワン》は朝鮮時代の官職の一つ〕も亡くなった父親の人徳に倣い、小作人に結婚や葬式などの大ごとがあった年にはいつも小作料を二石三石はまけてくれた。こんな金議官《キムウィグワン》が何をどうしてそのよき地を差し押さえられてしまったのか、愚鈍な小作人たちには事情をうかがい知ることができなかった。邑《ウプ》の人たちの話によれば、何やら日本人と金鉱に手を出したとか、会社を興したとかいうことを耳にした者はおり、また、なるほど一時、日本人と、何人かの洋服を着た人物が金議官《キムウィグワン》の家に出入りして、金議官《キムウィグワン》のところの二匹の大きな犬がいつもわんわんと吠えていたことは、今も昨日のように思い出されるのであった。

とにかく、金議官《キムウィグワン》の家が安城《アンソン》だかどこだかに引っ越して、地主が日本人の会社に替わってからは、自分の田畑をいくらかでもほかに持っている者でもない限り、やっていくことは難しかった。地代が何倍にも上がり、田には金肥〔金銭を支払って買い入れる肥料。人造肥料や化学肥料〕の使用が強いられ、それを貸し付けては秋に高い利子をつけ、稲は捨て値で計算し、何とか税、何とか料と理由をつけて、名前も聞いたことのないものを支払わされ、あとで計算してみると農作業の労賃どころか、むしろ借金を背負うこととなった。彼らの借金は返すあてがなかった。牛があれば牛を売り、家があれば家を売って返すしかすべがなく、それで一軒、また一軒と、三年間で五、六戸が村を去ったのであった。

郡の役場ではこれをひどく気にかけていた。以前には模範村とされていた村が廃村となる兆候を見せることは、郡として当然に対策を立てねばならぬことであった。そこで昨年の春に郡からこの村に桜二百本あまりが提供された。家々に二本ずつ分け与え、道や丘にも植えた。それで、その桜の花が雲のようにたくさん咲くと、無知なこの村の人々にも自分の村を愛する気持ちが深まり、むやみにほかの地に行きはしないだろうと考えたのである。

桜は数本を除いてほとんどがうまく育った。方書房《パンソバン》のところに植えたものも前庭の木、裏山の木、それぞれがすくすくとよく育った。郡から来た人によると、来年にはみな花が咲くであろうということであった。

しかし、去る人はやはり去ってしまった。

方書房《パンソバン》とて、あてもなく他郷へと発つのはもとよりいやであった。村を愛する心、自然への愛情や隣人への愛情、どれもみな桜を植える役場の人たちより何倍も、心の奥底からにじみ出るものであった。桜の木を植えたときも、もしかして枯れてしまう木はないかと朝晩に見回って心を砕いた彼らであり、瑞々《みずみず》しい枝ぶりに芽を吹くのを見たときには、自然の中に埋もれて暮らす彼らではあったが、そのときほど自然の神秘、春の喜びを感じたことはかつてなかった。

「来年には花をつけるということだな」

「そう……どんな花かしら」

「とにかく、こいつは立派な花が咲くそうだ」

「そうらしいわね」

しかし、去る人は次から次と去ってしまった。今年の冬だけでも方書房《パンソバン》のところで二軒目であった。

三

彼らは三日目にしてむくんだ足を引きずりながら、ちらちらと雪の舞う夕霞に包まれたソウルを眺めた。随分と日が暮れてから、彼らはソウルの城門内へと入った。

ソウルでは彼らを喜んで迎えてくれる人がいないわけではなかった。

「どちらからいらしたのですか？　どちらにお越しで？　どうぞ、うちの旅館に」

しかし、「お金がありません……」と言うと、その親切であった人々は、蜂にでも刺されたかのようにその場を立ち去るのであった。

お金がまったくないわけではなかった。家を売って借金を返した残りが五、六円であった。しかし、そのお金はのんびりと旅館で飯を食べていられるようなお金ではなかった。

疲れた足を引きずって交通巡査らに叱られつつ、あてもなく通りから通りへとさまよった彼らは、夜が更けてからある場所に荷物をおろした。いくら探し回っても彼らが雪をしのぐことのできる場所は、何という橋なのかは知らないが、この橋の下しかなかった。

「そいつに乳をやってくれ」

「乳が出ないの」

子供があまりにひどく泣くので、通行人が橋の下をしきりにのぞき込むのであった。

彼らは暗闇の中で荷物をほどき、固い粉餅《ポンボク》とゆで卵を水も飲まずに食べた。そして、しびれてずきずきと痛むひざを伸ばすだけの場所もなく、座ったまま、どうしても耐えられなければ立ち上がってうろうろとしながら長い夜を明かした。

翌日は、そんなところでも露天よりはましと考え、むしろを買ってめぐらし、鍋をひっかけ、米を買い、水を汲んできて、薪も買い入れた。そして家族三人はまず一日をゆっくりと休んだ。

降りしきる雪はこの日もやまなかった。夜になってからはぼたん雪が降り始めた。方書房《パンソバン》は雪の降るのを見つめて、この雪がやんだあとにはめっぽう寒くなるのだろうと考えた。そして、萩の箒《ほうき》を一本持ってくればよかったとも思った。

彼は明け方に起きた。足の甲が埋まるほどの雪の中、しばらく探し回って、リスの尻尾ほどの萩の箒一本を、しかも十銭も払って買ってきた。そして大きな元手でも手にしたかのように、まだ開いてもいない家々の門を叩いて回った。

「雪かきはいかがですか」

「うちはうちでやるよ」

「お宅は雪かきしないのですか」

「余計なお世話だ」

方書房《パンソバン》はがっかりとして、

「まったく！　庭もないってのに無駄な箒を買ってしまった！」

と、橋の下に戻ってきてしまった。

彼は職業紹介所にも行ってみた。行廊《ヘンナン》〔一〇四頁参照〕も探してみた。背負子《しょいこ》を担いで荷物運びをやってみようと歩き回ってみたが客はいなかった。一人の学生が行李を駅まで頼むと言ってはきたものの、いざとなるとあとで自分の足で橋の下に帰ってこられるかどうかが心配であった。それで、

「私一人で戻ってこられますでしょうか？」

と、まごまごしていると、その学生は何やら日本語で文句を言い、行ってしまうのであった。

ある日、橋の下に巡査がたずねてきた。戸口調査にやってきたわけではなかった。

「橋の下で火を焚くとは何ごとかね。毎日ここから煙が出ておる。今度火を焚いたらこの下で寝ることも許さんから、そのつもりでいろ……」

確かにその日の夕方からは煙が出なかった。煮るものさえあれば、橋の下から出てでも煮られないことはなかったが、その日は朝から糧食がなくなってしまったのである。

「どうしましょう！」

妻は気落ちして泣く気力もない。赤ん坊が出もしない乳をくわえて二、三度吸ってみては泣き、また吸ってみては泣いた。方書房《パンツバン》は黙り込んで座っていたが、ときどき、

「くそったれの世の中め！」

と、舌を打つばかりであった。

翌日の早朝、赤ん坊が父親の懐で眠っているときのことである。宵の口は母親の懐で寝て、寝小便をすると、その次には父親が自分の懐で抱いて眠るのであった。夜通し思案に暮れて眠ることのできなかった父親が、明け方にようやく眠り、赤ん坊とともにぐうぐうと寝ているときであった。

金《キム》氏は夫がこの上なく哀れに見えた。お酒一杯ろくに飲まず、煙草も仕事をしている日や手伝いに来た人たちにあげるためにしか買わなかった夫が、どうしてこのざまになったのかと思うと、世の中が恨めしいばかりであった。そして、たとえ飢えたとしてもあの家さえ売らずにそのまま住んでいたらと、故郷に帰りたい気持ちで一杯であった。

金《キム》氏はやむなくひさごを持って物乞いに出ることにした。故郷を発つときに隣りの家の人が、

「ソウルにはこんなものもないらしいから……」

と荷物にぶら下げてくれた、硬くて大きな、新しいひさごであった。

彼女はソウルに来てはじめて橋の下を出たのである。そして、ひさごを持って物乞いに出るのは生まれてはじめてであった。足がぶるぶると震えた。ちょうど一昼夜を食べておらず、赤ん坊に手を焼いた彼女の目には、空はすっかり明けているのにきらきらと光る星が見えた。しかし、しっかりと目を開き、彼女は裕福そうな家をたずね歩いた。見るからにどこも裕福そうであったが、どこも門がかたく閉められていた。彼女は門の開いている家を求めさまよい、後ろも振り返らず、あの路地この路地へと進んだ。さいわい門の開いた家があり、そうした家がみな恵んでくれるわけではなかったが、十軒につき一軒、冷えた飯、温かい飯をひさごに一杯分恵んでもらうことができた。しかし、道に迷って帰れなくなってしまったのである。この道から出ても別の道、あの道に出ても見知らぬところ、どこに行けばあの川のあの橋に出るのか分からなかった。途方に暮れた。通行人は多かったが、川の名前も橋の名前も分からなくてはどうしようもなかった。日が高くなるほどに通りには人が溢れ、それにつれて金《キム》氏は心が焦るばかりであったところへ、一人の老婆が親切げに金《キム》氏の背中を叩いた。

「どこかお探しで?」

金《キム》氏は涙がどっと溢れた。

「心配はいらないよ。私はソウルで知らないところはないんだ。私が探してあげるよ……」

その親切な老婆は金《キム》氏を連れて目の前の自分の家に入り、温かなおこげ湯に朝食までもてなしてくれた。

「心配しないでお上がり。その間に私は台所をちょっと片付けるから、それから一緒に出かけよう」

金氏《キム》はソウルもやはり人が住むところで人情があるのだなと、その老婆だけを神さまのように信じて感激の涙を食膳に落としながら遠慮なく匙《さじ》を手にとった。しかし、空腹の夫と赤ん坊をおいて自分の喉にだけご飯は通らなかった。おこげ湯だけを何口か飲んで、すぐに匙をおいて老婆のあとについて出かけた。

しかし、親切なはずの老婆は金氏《キム》を見当違いのところにばかり引っぱり回した。泥峴《ジンコゲ》〔現在の忠《チュン》武路《ムロ》あたり〕に、百貨店に、川といってもまったく違う川にばかり半日を引っぱり回して、

「今日は足が痛いから、明日探そうかね」

と言った。金氏《キム》は胸が張り裂けんばかりであったが、その親切な老婆の力を振り切って一人で出る自信はなかった。夜をずっと座ったまま明かし、それとなく催促をして翌朝もまたはやくから外に出たが、老婆はとんでもないところを連れまわすばかりであった。

老婆にははじめから目論みがあったのである。金氏《キム》のこぎれいな顔と肌の若々しさを、彼女は山猫が肉づきのよい雌鶏を目の前にしたかのように眺めていたのである。

「金になればいいんじゃが……」

これが、その老婆が金氏《キム》を見つけて考えたことであった。

四

金氏《キム》がふたたび橋の下へと帰ってこられるはずなどなかった。方書房《パンソバン》は炎をつけたかのように目を怒らせた。

「あいつめ！　赤ん坊をおいて逃げ出すとは！　けしからん！　ただではおかんぞ！」

と、歯ぎしりした。

方書房《パンソバン》は二日間も何も食べていない子を見るに見かねて抱いて出て、辛いものであれ、塩辛いものであれ、もらえるものはみな食べさせた。天気が急に寒くなった。赤ん坊は風邪を引き、下痢まで起こしていた。

夜通し暗闇の中で大小便を垂れ流し、布団と父親の上着《チョゴリ》の衽《おくみ》、下衣《パジ》のすそがぱりぱりに凍る中、赤ん坊の体は見ているこちらの目が熱くなるほどにかっかと火照っていた。

「どうしよう！　神さま、どうして助けてくださらないのですか？」

と、つぶやいてもみたが、明け方の冷たい風がひゅうと頬をかすめるばかりであった。

夜が明けるのを待って、子供をくるんで抱き、病院の場所を教えてもらってたずねた。

「どうかこの子を助けてください」

「先生がまだいらっしゃらないのです。それにしても、どうしてこんなになるまで放っておいたのですか。もっとはやくいらっしゃらないと」

「お金がなくて、お金が……」

「今はあるのですか?」

「ありません。助けてさえいただければ、それは私が稼いでお返しします。返さないなんてことはありません!」

「よその大きい病院にお行きになってください……」

方書房《パンソバン》はこうして病院の玄関から玄関へと半日も歩き回り、結局は橋の下に帰ってきてしまった。方書房《パンソバン》とて空腹であった。しかし病んでいる子を一人おいて、外に出ることはできなかった。それでも夕方になるとそのまま夜を過ごすわけにもいかず、目をぎゅっとつむって外に出たのである。方書房《パンソバン》がしばらくして冷飯を何匙か恵んでもらい、急いで帰ってきたときには日が完全に暮れていた。橋の下は真っ暗で、じっと目を凝らしてみると、子供は布団から出て凍った地べたに首を垂らしてはあはあと息を荒くししていた。抱きかかえて橋の外に出てみると痙攣を起こして目をむくのであった。

「死ぬのならとっとと死ぬがいい! あいつめ! あいつがこの子を棄てていってどれほど幸せに暮らせるものか……」

方書房《パンソバン》は何度も、

「とっとと死ね!」

と、子供を押しだしては、すぐにまた抱き寄せてのぞき込むのであった。そのたびに子供の息は次第に弱々しくなっていった。

しかし、眠気はどうしようもなかった。どれほど経っただろうか。ふと寝入ってしまい、あわてて飛び起きると、その間はほんの一瞬のようであったが、大きな変化が生じていた。日が明るくなり、子供のあの苦しげな呼吸の音はぴたりと止まっていた。かろうじて脇の下に微温が残っているだけで、あの熱く火照っていた顔と手足は、いつの間にか凍った魚のように冷たかった。

五

春が来た。あれほどにも方書房《パンソバン》を寒がらせた冬が過ぎ、かわりに方書房《パンソバン》にとってはひときわ悲しい春が来た。手折られたツツジと連翹《ケナリ》の花が、電車や自動車ごとにうら若き女性たちのように行き交い、南山《ナムサン》と昌慶苑《チャンギョンウォン》に桜の花が雲のように咲いたころである。太い血管の浮き出た方書房《パンソバン》の胸にもあの故郷、娘、妻が思い出され、悲しい詩人のようになるのであった。

ある日の朝、その日に限って運よく早朝から日本人の荷物を運んで、南山町《ナムサンチョン》の先まで行って軽く五十銭一枚が手に入った。一目散に飲み屋に行った帰り道、日本家屋の庭々に枝がしなるほどに咲いた桜の花を、彼は絵を見るかのようにぼんやりと立って眺めた。突然に故郷のことを思い出したのであった。

「私たちの植えた桜の木もこんなふうに咲いているのかな……村が桜で一杯だろう……」

そのとき、ちょうど一人の日本の女性が花の下を歩いていて方書房《パンソバン》と目が合った。方書房《パンソバン》は何か罪でも犯したかのようにびくりとして背を向けた。花のように輝く若き女性の顔！　方書房《パンソバン》は胸が揺さぶられる何かを感じながらきびすを返した。

そして、行きつけの店に入ってぴりっと辛い汁を肴《さかな》に、なみなみと二、三杯を飲みほした。老けた酌婦と何言か冗談まで交わすと、世の中は悲しいと言えばすべてが悲しいようでもあり、楽しいと言えばすべてが楽しいようでもあった。

「ええい。晩飯のことなど考えても仕方がない。もう一軒、飲み直すか」

と、大またで歩き、ふらりと立ち寄ったのが次の飲み屋であった。

「何だ?」

方書房《パンソバン》は背負子《しょいこ》をおろして外に置き、立ち飲み屋のカウンターに一歩足を進めて立ち止まった。

「こいつ!」

彼は炎をたぎらせた目でカウンターの向こうに腰かけた酌婦をにらんだ。酌婦は義父の他界のために着ていた喪服を脱いで薄紅色の上着《チョゴリ》を着ているほかは少しもたがわぬ、貞順《チョンスン》の母、つまり自分の妻であった。はじめは彼はあまりの怒りから両こぶしをぶるぶると震わせて立ちすくむばかりであったが、女性が方書房《パンソバン》に気がつき「うあっ」と声をあげて汁を手から落としたとき、はじめて方《パン》書房《ソバン》はこれまで感じたことのない情けなさをふと感じたのである。

「今、私の姿はどれほどにみすぼらしいだろう。しかし、私も男だ。あんな女に私の貧乏たらしいざまを見せているわけにはいかん」

彼はすぐに外に出てしまった。

金《キム》氏にはカウンターを飛び越える力はなかった。一旦部屋に入って、板の間を通り、内庭におりて中の洗い場を越え、便所のさきを通ってカウンターの前に出てきたときには、夫の姿は見えなかった。

「さっきの人はどこに?」

「出て行きましたよ」

外に出ても姿は見えなかった。「あなた!」と、ありったけの大声で何度も呼んでみたが、通行人が目を向けるのみ、夫の姿、そして、貞順《チョンスン》はどうしているのか、一人侘しく歩いていた夫の姿は夢でも見ていたかのように消えてしまった。

金《キム》氏は目眩《めまい》がし、道に座り込んでしまった。そして胸を打ちながら泣いた。

生き別れなど何でもなかった。白玉のようにやましいところのない自分の心を夫が誤解するのが口惜しく、たとえ夢にすぎなかったとしても、貞順《チョンスン》を一目見ることができなかったことが、胸が裂けるほどに切ないのであった。


(三三年一月二十九日)

福徳房《ポクトクパン》

ぱしゃん、前の家の板塀の下から水を捨てる音がした。指を折って計算していた安初試《アンチョシ》〔初試《チョシ》は科挙の一次試験に合格した人を指すが、一般に漢文の知識などがあるような人に対しての呼称としても用いられた〕はその音に驚いたのか、蔓《つる》の折れた老眼鏡ごしに、まるで餌をついばむ鶏のような目をして下水口に目をやる。白く濁った米のとぎ汁にいろいろなものが押し流されて来る。かぼちゃのへた、卵の殻、むいた緑豆の皮。

「緑豆ピンジャトック〔一一三頁参照〕を焼いとるんじゃな。ふん……」

五、六年ほど前から安初試《アンチョシ》はことばの尻に「くそっ」だの「ふん!」だのをつける癖があった。

「秋夕《チュソク》〔七六頁参照〕ももうすぐか! くそっ……」

安初試《アンチョシ》は思わず舌なめずりした。油のにおいが鼻について、すぐに口の中につばが一杯にたまり、以前に暮らしがまだ楽だったときに、虫歯だの風歯《プンチ》〔神経症による歯痛〕だのと言っていたのが嘘のように上下の歯が錐《きり》のさきのようにとがってくるのを感じた。

安初試《アンチョシ》はその鋭い歯を、空しくぎりぎりと一度噛み合わせてみてから頭をもたげた。

空は晴れ渡り、ちぎれ雲があちこちに広がっていた。ある雲は日に晒したキャラコのような白が目にまぶしい。安初試《アンチョシ》はすぐに自分の垢じみた単衫《チョクサム》〔八五頁参照〕へと思いが至った。袖を見おろす顔を彼はすぐにもたげることができない。そこには一かけらの緑豆ピンジャトクや一杯のお酒ではどうすることもできない、さらなる悲しみと寂しさがただようかのようであった。

ふうふうと袖のさきを息で吹いたり指のさきではじいてみたりして、木枕を置いて横になってしまった。

「二四が八で、四五が二十で、千になるな……。待てよ……。千だと？　四で計算すると四千か。四千坪……坪当たり少なく見積もって五円ずつとしても、四円七十五銭ずつが残るから、とすれば……四四が十六で、一万六千円と……」

安初試《アンチョシ》がふたたび計算を繰り返して出した総額が一万九千円、わずか千円の元手をかけても一万九千円になるという勘定になるから、一万円をかければいくらになる？　彼はがばっと体を起こした。額が火照った。組んでいた膝をさっと立て、大便をする人のようにうずくまった。マコー〔煙草の銘柄の一つ。大衆的な煙草であった〕の箱が空であると分かっていつつも、また手にとって押してみた。ポケットにはわずか十銭、それも眼鏡の蔓を直すと言ってすでに三度目だか四度目だか娘から四、五十銭ずつもらって、その都度、煙草代で使ってしまった最後の十銭、安初試《アンチョシ》はポケットに手を入れてそれを取り出した。白銅貨一枚を載せたやせ細った手のひらはかすかに震えた。徐参尉《ソチャムイ》〔参尉《チャムイ》は官職の名の一つ〕のごつごつとした手を考えると、あまりに薄っぺらで貧弱な手であるように思った。しかし、ときどき酒をご馳走にもなり、このように自分の部屋であるかのように彼の福《ポク》徳房《トクパン》〔家屋売買仲介所。老人らの世間話の場ともなっていた〕に泊めてもらうことはあっても、家の仲買などをして食べている徐参尉《ソチャムイ》の生活が羨ましいとは思わなかった。いつか一度は何かうまい具合にまた自分の家に住めるようになり、自分でご飯を食べることができ、自分の力と自分の顔でもう一度世の中と渡り合っていけるものと信じていた。

初試《チョシ》は以前にとある観相家が「親指を中に入れて手を握っていれば財物が出ていかない」と言っていたことを思い出した。いつもそうやって握っていようとしたが、ふと思い出して手を見おろすと、いつも親指が憎たらしくも外に出ていた。それで、反物屋をしても失敗をし、家まで担保にして箪笥屋を出しても火事で燃えてしまったと思うのである。

「この親指めが。中に入っておれ。くそっ」

と、練習がてら親指をさきに中に入れて、痛いほどに両手のこぶしをぎゅっと握ってみた。そして、すぐに使うお金ではあるが、その十銭玉をそうやって握った手にしっかりと持って煙草屋に出かけた。

＊　＊　＊

この福徳房《ポクトクパン》にはいつも三人の老人が集まった。

いつ誰が来て家を見せてほしいと言うかも分からないので、いつも笠《カッ》をかぶって、通りを眺めて座っている、顔が赤く目玉の大きい老人が主人の徐参尉《ソチャムイ》である。もともと参尉《チャムイ》で、合併後〔日韓併合後を指す〕には五年間をぶらぶらとしながら時機をうかがったが、どうしようもなさそうでかれこれ退屈しのぎにやるようになったのがこの家屋仲介業であった。最初はかろうじて食っていける程度の収入であったが、大正八年〔一九一九年〕から九年以降は地方の金持ちたちが税金に追われ、あるいは子弟らの教育のためにソウルに多く集まり、その上、景気がよくなって貫鉄洞《クァンチョルトン》、茶屋町《タオクチョン》のような中心地ではひどく古い家屋でもなければ一万円を軽く超えた。そうした中、春や秋のある月には三、四百円の収入があり、それが何年か続いて嘉会洞《カフェドン》に数十間の家を建て、また何年も経たずして倉洞《チャンドン》の近くに土地を買いはじめた。今は仲介業者もかなり増え、建陽社《コンヤンサ》〔植民地期に大きく発展した住宅専門建設会社。韓国式家屋を多く扱った〕のような大きな建築会社ができて本人同士が直接売買するのが原則のようになってきているので仲介料の収入は以前よりもずっと減ったわけである。しかし二十間あまりの家に学生を置けるだけおいているので、徐参尉《ソチャムイ》の収入がない月だからと言って米代が滞ったり薪代に困ることはなかった。

「世の中は何とか食っていけるものじゃよ」

徐参尉《ソチャムイ》がよくいうことばである。帯刀して訓練院《フルリョンウィン》〔朝鮮時代に武術や兵書などを教育した機関〕に出て兵法を習っていたときは、号令一下、山川でも退きそうな勢いであったその気骨と、今日の自分、一介の家屋売買仲介人である福徳房《ポクトクパン》の老人にすぎず、妓生《キーセン》、売春婦の類にでも月貸しの部屋一間を紹介してほしいと言われれば、はいはいとお供しなければならない万人の下僕であることを考えると、やるせなさに涙を流さずにはいられないのである。もとより酒好きではあったが、ときには人知れずこうした感懐を抑えきれず飲み屋に入ったことも何度もあった。

しかし、武人の気概というものは概して血気によるものなのか、体から血気が弱まるにつれてそうした感懐を起こすことさえ最近は少なくなってしまった。ある日、家で昼食を食べているとなにかの物売りの声が聞こえてきたのだが、それがどうも聞きなれた声であった。よく耳を傾けてみると、だんだんと近づいてくる声は、何かを買ってほしいというのではなく「空き瓶、醬油樽をお売りくだせぇ」という声である。顔を見ればその声の主が分かりそうだったので立ち上がって板の間の小窓からのぞいてみると、今度は「かます、新聞雑誌をお売りくだせぇ」と言いながらかます二、三枚を背負い、片手には秤《はかり》を持ち、中老ほどにもなった男が通り過ぎて行く。確かに知っている顔であった。しかし、彼にどこで会い、名前が何であり、何をしていた者であるかがさっぱり分からなかった。

「おお！　そうじゃ、確かに……」

と、彼はしばらくして頷いた。その空き瓶と醬油樽の声が路地から消えていくころになって徐参尉《ソチャムイ》は、彼が誰であったかを思い出したのである。

「同官だった金参尉《キムチャムイ》……まったく！」

年齢は自分よりはるかに年下であったが、学識と才気がある上に号令の声がよく、上官にいつも誉められていた青年武官であった。二十年あまり経って聞いてもそのままの声であり、その姿であった。昔日の彼を思い、現在の彼を見ると、少なからず身につまされる思いがして、食事の匙をとめて、水ばかりを何口も飲んだ。

しかし、昔、血気があったときとは異なり、そうした気分が長く続きはしなかった。中学校の卒業組である次男が学校から帰ってくるのを見て、そして米屋から米代の請求に来て妻があたり前の

ように十円札を出して数えているのを見ると、徐参尉《ソチャムイ》はすぐに心の中で、

「とにかく生きて行かんことにはどうしようもなかろうて。あんなに恥ずかしい思いをして回っとる者もおるんじゃから……ふむ」

と思っただけでなく、そこまで切迫した者に比べれば、自分はどれほどに立派なご身分かという自尊心もなくはなかった。

「昔のことなど思い出しても何の役にも立たんわな。生きている限りはな……はは」

余生を笑いながら生きるつもりであった。それで、もともとおどけたところがあったのに加え、最近になってからは誰に対しても冗談が増えた。そしていつも目が疲れて窪み、とがった口からは端々に「くそっ」ということばが出てくる安初試《アンチョシ》とは性分が合わなかった。

「そこの唐変木《とうへんぼく》、酒を一杯おごってやろうか」

唐変木ということばが自分を侮《あなど》っているようで、安初試《アンチョシ》はすぐにかっとなり、「おまえなんぞの酒は汚らしゅうて飲まん」と言う。

「花札ばかり一日中やったからって、おまえさんのおかみさんが生き返るわけでもあるまいに」

と、徐参尉《ソチャムイ》が足のさきで花札を押しやると、顔を真っ赤にして息を荒らげ、扇子なら扇子、煙草入れなら煙草入れ、自分のものをただちに手に持って、もう来ないとばかりにつんとして出ていってしまうのである。

「やつが女だったら、間違いなく誰かの妾《めかけ》じゃな」

と、徐参尉《ソチャムイ》は高笑いをするが、安初試《アンチョシ》がこのようになって出ていくと二日ほどは姿が見えなくなっ

た。

安初試《アンチョシ》の娘の舞踊会があった、ある夜のことであった。娘は安京華《アンギョンファ》といって、一時期、土月会《トウォルフェ》〔植民地時代初期の劇団。本格的な近代劇運動を志向した〕にも出て、大阪に行っているとか東京に行っているとか言っていたものが、五、六年後に舞踊家として有名になってソウルにあらわれたのである。ちょうど第一回の公演の夜であった。徐参尉《ソチャムイ》がねだりもしたが、安初試《アンチョシ》も娘の写真と記事がどの新聞にも出ていたので得意になって招待券を手に入れられるだけ手に入れて、徐参尉《ソチャムイ》だけでなく何人もの友人に配ったのであった。

「ほう！　あの真ん中で今、脚を振っとるのが、あれがあんたの娘さんかい？」

みな黙って見ているのに、徐参尉《ソチャムイ》は奇怪なものでも見るかのように、不快なそぶりでたずねた。

「舞踊っちゅうやつは、文明国であるほどに、脱いで踊るそうじゃな」

機転のきくところがある安初試《アンチョシ》は口封じのつもりでこう答えた。

「分からんな。まったく……今の若いもんらはみな腰抜けじゃな……」

「何でじゃな？」

と、今度は別の友人が口出しした。

「独り身のころじゃったら、あんなものを見せられたら堪《たま》らんかったわい」

「たわけ者め……年甲斐もなく、ありゃあ、犬だよ。犬……」

カチンときた安初試《アンチョシ》の口からは、さっそくこんなことばがついて出た。

出し物が一つ終わって明かりがついたときである。

「いっそ女優でやり直したらどうだと伝えておけ。女優はそれでもあんなふうに太ももをさらしたりはせんぞ」

「こいつ、何を偉そうに。おまえなんぞ居間《アンパン》や越房《コンノンパン》〔五二頁参照〕が何間かぐらいしか分からんじゃろ。何が分かると言うんかね？　見るのがいやなら出て行きなされ」

と、安初試《アンチョシ》は腹を立てた。すると、徐参尉《ソチャムイ》も居間《アンパン》だの越房《コンノンパン》だの言われたことにかっとして、大声で、

「じゃあ、おまえさんは何を分かっとるんだね？　この唐変木めが」

と、立ち上がってしまった。

このことがあってから安初試《アンチョシ》は、ほとんど一ヶ月あまりも徐参尉《ソチャムイ》の福徳房《ポクトクパン》に出て来なかった。それを朴喜完《パクヒワン》老人が連れて来たのであった。

＊　＊　＊

朴喜完《パクヒワン》老人は三老人の中の一人で、安初試《アンチョシ》のようにこの福徳房《ポクトクパン》に来て泊まって行きはしないがよく遊びに来る老人である。いや、遊びに来るだけではなく、来て勉強もしている。裁判所に勤める甥がいて代書業の準備をするのだと、『速修国語読本』をいつも小脇に抱えて来て、『三国志』を読むようなふうで、

「キ、ン、サ、ン、ド、コ、エ、ユ、キ、マ、ス、カ、」

などと暗唱しているのである。

しかし、『速修国語読本』の表紙が手垢にまみれ、また、ときには木枕の上に敷いて昼寝もするので頭の油で真っ黒になり、「朝鮮総督府編纂」という小さな文字が見えなくなるほどになっても、代書業の許可は依然としておりない様子であった。

「おまえさんにしてもわしにしても、老いぼれが商売をして何になる。今さら……ふん！」

と、あるときに、安初試《アンチョシ》は半日を花札の占いで過ごし、いい目が出なかったら、八つ当たりで朴喜《パクヒ》完《ワン》老人が手に持って音読している『速修国語読本』をいきなり引ったくり、通りに放り投げながら言うのであった。

「おまえさんはまた何の運を願って一日中、花札ばかりしとるんじゃ」

「退屈しのぎだよ」

しかし、内心、朴喜完《パクヒワン》老人よりもっと世の中への野心が湧いていた。娘は平壌《ピョンヤン》、大邱《テグ》へと地方巡回までやってそれなりのお金も貯めたようであるが、研究所を作るのだと家を改築したり、蓄音機を買い入れたり、付き合いで出歩いたりと、煩わしいとしか思っていないこの父親のために使うお金は予算に入っていない様子であった。

「おい、綿が古いのか、針内職が悪かったのか、下衣《パジ》の綿が所々ずれてひとえになっとるところもある。何とか、シャツを一揃え買わんといかん」

と、しばらく娘の機嫌を見計らって一度口を開くと、

「きっと買ってあげますわよ」

と、娘は快く返事はしつつも、シャツにはその年の冬が過ぎてもお目にかかれなかった。シャツは

おろか眼鏡の蔓を直すのにお金を一円欲しいと言っても、一円をわざわざ両替して五十銭玉一枚をくれただけであった。眼鏡は稼ぎがよかったときに買ったものなので、ふちだけで五、六円し、五十銭でそんな蔓は買えるものではなかった。五十銭の蔓もあったが、どうせ買うなら気の利いたものを選ぶのが初試《チョシ》の性分で、その上、顔の上で左右が違う蔓になるものを買いたくはなかった。いっそのこと、紙縒《こよ》りでそのまま使うことにし、五十銭は煙草代に使ってしまった。

「どうして眼鏡の蔓を直さないの?」

娘がその日の晩にたずねた。

「ふん……」

初試《チョシ》は何も言わなかった。娘は何日かしてもう五十銭をくれた。そして、何を言いたいのか、

「父さんの保険料だけでもひと月に三円八十銭ずつ支払っているのよ」

と言うのであった。保険金のためにはやく死んでほしい、というようにも聞こえた。

「そんなことわしに関係あるかね」

「父さんのために入ったのよ。そうじゃなければ、誰のために入るの?」

初試《チョシ》は「本当にわしのためなのなら、生きとるうちに一文でもおくれ。死んだあとのことはわしの知ったことではない」と口に出しかけたのを何とか堪《こら》えた。

「五十銭でどうして眼鏡の蔓を直せないの?」

初試《チョシ》は説明しなかった。

「今、お父さんは物のいい悪いを選り好みできる立場じゃないでしょう?」

しかし、五十銭はまたマコー代に消えた。こうしたことがおそらく三、四回目である。

「子供など何にもならん。ましてや娘は……。とにかく、自分の懐にお金がないと」

初試《チョシ》はお金の緊要さを日増しに深刻に感じた。

「お金さえあれば、いい世の中じゃよ！」

退屈して運動がてら少し出歩いてみると、あちこちの通りに造られるのは高層建築であり、街ごとに増えるのは絵に描いたような文化住宅であった。ちょっとでも気を抜くと、水から跳びだしたばかりの鯰《なまず》のようにすべすべとした自動車が後ろからけたたましくがなりたてる。振り返ると運転手は目をむき、その後ろには金時計の鎖がきらきらと光る太った中年紳士がにっこりと笑って座っているのであった。

「もうすぐ六十だってのに……くそっ」

初試《チョシ》は老いていくのが口惜しかった。どんなことをしても、これ以上老いる前に少なくともお金を一万円でも手にして、自分の手でもう一度この世の中と交渉してみたかった。今、このざまでは文化住宅がどれほど建とうと自分に何の関係があり、自動車、飛行機がアリやハエの群のように普及したところで自分と何の関係があるだろうか、世の中と自分とは、自分の手からお金がなくなったとたんに縁が途絶えたものと思われた。

「それじゃ、死んだも同然ではないか？」

初試《チョシ》がこうした問いを自らに投げかけてから随分と経つ。

「何かいい方法はないか？」

また、

「とにかく元手がないことにはな！」

そうして、

「それでもお金をつぎ込んだ者が儲けもするものじゃ」

と、それこそ元手さえ手に入れば、必ずや稼ぐ自信があった。

＊　＊　＊

そこへ、朴喜完《パクヒワン》老人から聞いた話であった。官辺にいる某有力者を通じて秘密裏に出てきた話で、黄海《ファンへ》沿岸に第二の羅津《ナジン》〔一九三〇年代に大規模港湾工事が行われた〕ができるというのであった。今は官庁から話がもれていないが、築港用地は秘密裏に買収済みで、遠からずして当局から公表されるであろうということであった。

「で、そこは荒地なのかい？　田畑なのかい？」

初試《チョシ》は目の色を変えてたずねた。

「畑だそうだ」

「畑？　じゃ、坪当たりいくらなんじゃと？」

「少し上がったよ。官庁で買っているのだから、いくら田舎の者だからといってそんなことも感づかんはずはない。じゃが、何のために官庁が買っているのかは分かっておらん……」

「そうか」

「それで、それほど上がってはおらんそうじゃ……。多分、坪当たり二十五、六銭で買えるようじゃな。まぁ、絵に描いた餅じゃな。わしらに何ができよう」

「うむ……」

初試《チョシ》はこめかみがうずいた。本当であれば、一刻でもはやく手がけた者がより多く儲かる話である。羅津《ナジン》も五、六銭であった土地が一旦開港されるという噂になると、その年のうちに五、六銭の百倍以上に高騰し、三、四年後には、土地によっても異なるが、ある要地では千倍以上にもなったところが多かった。

「老い先短いわしが長く考える必要もない。今年中に売っても少なくとも坪当たり五円になるのは間違いない」

と、心の中で考えた初試《チョシ》は、

「一体、そこは、どこなんだ?」

と、膝を寄せてたずねた。

「そんなこと、わしは知らん」

「となると?」

「その某氏という人だけが知っとるさ。それでわしに一万円だけでも投資してくれたら、自分はその中でもどこそこが要地であるというのを、設計図を複写して知っとる人間じゃから、その要地だけを買うっちゅうわけだ。それから分け前もあまり多くは望まん、費用をすべて差し引いて純利益の二割をくれたらいいと言うんじゃ」

「そりゃそうだ……誰がそんなところをただで教えてくれるものか……一割か……二割」

初試《チョシ》は考えるほどに、これが立派な儲けになりそうであった。羅津《ナジン》の前例もあるし、朴喜完《パクヒワン》老人の話では、満州国ができたことで中国との関係が微妙になり、黄海《ファンへ》沿岸にも羅津《ナジン》のような役割の大きな港が必要であることは、自分たちの常識でも推測できるとのことだった。初試《チョシ》の常識でもそれを信じることができた。

＊　＊　＊

今日は久しぶりにピジョン〔煙草の銘柄の一つ。マコーよりも高級〕を買って、その場で一本を取り出して吸いながら帰った。どうしたことか朴喜完《パクヒワン》老人の姿が終日見えなかった。ほかのところに資金の融通に回っているのだろうと思った。徐参尉《ソチャムイ》は昼前に出ていって、どこかで仲介の口でもあったのかまだ戻ってこない。安初試《アンチョシ》は鴨居の上から古びた花札を取り出した。

「ほう、こいつはいい！」

滅多にうまくいかない亀牌《コブクペ》〔亀の形に札や牌を裏返しに並べ、対を当てる遊び。占いにも用いられた〕が一回ですべて合ったのである。誰かがそばにいて見ていてくれたらよかったのにと思った。

「どうも、こりゃ尋常じゃない……。どうやら運がついてきたようじゃ」

初試《チョシ》は半分も吸っていないピジョンを通りに投げ捨てた。空腹なところへ煙草を何本も吸ったので喉がからからであった。前の家の下水口には、米のとぎ汁に流されて来て詰まってしまった緑豆の皮が黄色く見える。

「よし、来年の秋夕《チュソク》には……」

初試《チョシ》はこの日の夕方に朴喜完《パクヒワン》老人から聞いた話を娘にした。失敗はしたものの、それでも十数年を商業界に身をおいた安初試《アンチョシ》で、出資を勧める手管だけは娘が聞くにも別人のようで驚くほどであった。娘はその場では可否を告げなかったが、彼女もすぐに忘れられなかったのか翌日の朝には娘のほうがまずこの話をまた切り出し、初試《チョシ》が朴喜完《パクヒワン》老人に聞いた以上に根掘り葉掘り質問した。すると、初試《チョシ》もまた朴喜完《パクヒワン》老人以上に詳細に説明し、一年のうちに清算するとしても最低でも五十倍以上の純利益が出るであろうと大言壮語した。

娘は乗り気になった。三日のうちに研究所をある信託会社に抵当に入れて三千円の融資を受けることにした。初試《チョシ》はすぐに幸運が訪れたかのように、飛び跳ねたいほどに嬉しかった。

「徐参尉《ソチャムイ》のやつ、わしをひそかに見下しおって。わしはきっとおまえに仲介を頼んでおまえの家よりもいい家を買うぞ。おまえなんぞ一生、家屋仲介屋じゃわい」

しかし、信託会社からお金がおりる日に、はじめて会う一人の青年が初試《チョシ》の前に立ちはだかった。彼は娘の男だった。娘は父親の手にただの一銭も持たせず、必ずその青年にお金を使わせ処理するようにさせた。はじめはかっとして怒りを抑えきれなかったが、何日か経つと、少なくとも三千円が五、六万円の純利益にはなるだろうから、一万円くらいは間違いなかろうと妥協する気になって、安初試《アンチョシ》はぞくぞくしながら、その、いわば婿になる青年のあとについて出たのである。

＊　＊　＊

一年が過ぎた。

すべてが夢であった。夢にしてもあまりに悪い夢であった。三千円分の土地を買って毎日、新聞に目を通し、人にたずね歩いてみても、そこが築港されるという話は新聞にも、噂話にものぼらなかった。龍塘浦《ヨンダンポ》と多獅島《タサド》では土地が三十倍になったとか五十倍になったとかでにわか成金が出たという噂はあっても、こちらは何の知らせもないばかりか、あとで、やはりこれも朴喜完《パクヒワン》老人から伝え聞いたところでは、その官辺の某氏に朴喜完《パクヒワン》老人からして騙されていたのであった。築港の候補地として測量までやりはしたが、何の欠点があったのか中止になってしまい、いちはやくそこの土地を買っていたその某氏が土地の処置に困って打って出た芝居なのであった。

お金を使うときには一円札一枚すら触ることもできなかったのに、雷は初試《チョシ》のところに落ちた。三、四食を抜いてもご飯を食べる気にならず、ご飯を食べに帰ることもできなかった。

「金《かね》なんてものは親子間の義理さえ白菜の根っこのように断ち切ってしまうものなのか?」

ため息をつくばかりであった。ご飯よりも酒と煙草が恋しかった。もちろん、眼鏡の蔓は直すことができないままであった。しかし、今となっては五十銭玉はおろか、ただの十銭玉さえもらうすべがない。

秋夕《チュソク》も間近い天気は例年と同じく澄んでいた。空は晴れ渡りちぎれ雲があちこちに散らばっている。ある雲は日に晒したキャラコのように白がまぶしい。安初試《アンチョシ》はまたもや自分の垢じみた単衫《チョクサム》

〔八五頁参照〕に思いが至った。しかし、今回は袖のさきを息で吹いたり、叩《はた》いたりはしなかった。静かに流れる涙をその汚れた袖で拭《ぬぐ》うばかりであった。

＊　＊　＊

この夏はひどく暑かったのだが、寒さも同じく厳しい兆候であるのか、例年よりも初霜がはやく降った。徐参尉《ソチャムイ》がいつも通りかかる殖銀官舎〔朝鮮殖産銀行の官舎〕の垣根越しに咲いていたコスモスがゆがいたように真っ黒く萎《しな》びていた。

参尉《チャムイ》は頭が重かった。最近になって泣いてばかりいる安初試《アンチョシ》を一度慰めようと、昨晩は連れて出て中華料理屋に泥鰌汁屋《どじょう》にと、午前二時になるまで飲み歩いたせいであるようだった。朝食は何匙か食べはしたが、口の中がざらついている。安初試《アンチョシ》もそうであろうから、日はまだ午前であるが引っ張り出して迎え酒でも飲もうかと急いで戻ってみると、どうしたことか福徳房《ポクトクパン》と書いた麻暖簾がまだかけられていなかった。

「おい、起きろ……。何時だと思っていびきをかいておる」

しかし、いびきの音は聞こえなかった。障子を開けた徐参尉《ソチャムイ》はぎくりとした。安初試《アンチョシ》の口には血、顔は灰色である。

「何……？」

参尉《チャムイ》はまず障子を閉めて、目をこすって初試《チョシ》をのぞき込んだ。安初試《アンチョシ》はすでに息を引き取っており、見回してみると何かの薬の瓶が一つ転がっていた。

参尉《チャムイ》はしばらくして状況を呑み込み、涙を流した。

「どうしたものか……」

派出所へと行きかけて、それでも子供にまず知らせないといけないと思い、話だけ聞いていたあの安京華《アンギョンファ》舞踊研究所をたずねて安京華《アンギョンファ》を連れて出てきた。娘がしばらく泣いたあとである。

「警察にはやく知らせんと」

「およしになって」

娘は飛び上がらんばかりに慌てた。

「よすって?」

「私の名誉のこともちょっと……」

と、彼女は哀願した。

「それはいかん。名誉を考える者が父親をあんなふうに死なせるものか?」

「……」

安京華《アンギョンファ》はうつ伏せになってふたたび泣いた。そして、出て行こうとする徐参尉《ソチャムイ》の脚にしがみついて離さなかった。それから、

「どうか助けてください」

と何度も繰り返した。

「それじゃ、秘密はわしが守るから、わしの言うとおりにするか?」

「はい」

徐参尉《ソチャムイ》はもう一度座った。

「父親のために保険に入っておったのがあったじゃろ」

「はい。簡易保険です」

「何の保険でもよい……。いくらもらうんじゃ?」

「四百八十円です」

「父親のために入ったのだから、父親のために全部使わんとな?」

「もちろんです」

「それじゃ……、あの人はいつもシャツを着たがっておられた。上等の毛のシャツを買って着させて、それから絹の寿衣《スイ》〔死人に着せる衣服。経帷子《きようかたびら》〕を一揃えちゃんと作らせて……先祖の墓はあるか? 埋葬するところが?」

「そんな準備はしていません」

「では、共同墓地でも特等地で広いところを買って……葬式を盛大にやらんと、みすぼらしくやったらわしがただではおかん。分かったか?」

「はい」

と、安京華《アンギョンファ》はそのときになって、ハンドバッグを開いてとり出したハンカチで涙に濡れた顔を拭った。

＊　＊　＊

安初試《アンチョシ》のいわゆる告別式が、その娘の研究所の中庭《マダン》で開かれた。

徐参尉《ソチャムイ》と朴喜完《パクヒワン》老人は酒に酔っていた。朴喜完《パクヒワン》老人が何かを担保にして持ってきたという香典二円を徐参尉《ソチャムイ》が、

「葬式代は充分あるから、おまえの金をあの女にやることはない」

と、まず飲み屋に行ってほろ酔い加減に飲んできたのである。

告別式場にはかなり立派な弔問客らが集まった。礼服を着てきた人も二、三人いた。みな故人の知り合いではなく、舞踊家である安京華《アンギョンファ》のために来た人たちのようであった。中には故人の悲しみを知って泣いているのか、つられて気分で泣いているのか、涙を堪《こら》えようとしゃくりあげる人もいた。安京華《アンギョンファ》も目を濡らして、新式の喪服だとかいう繻子《しゅす》のような真っ黒の洋服で、棺の前に出て焼香をした。

そのあとに、二十名ほどが棺の前に出て頭を下げた。何かを話しかけて出ていく人もいた。

彼らの焼香がほとんど終わりかけたころ、

「えへん！」

と、顔を赤くした徐参尉《ソチャムイ》も前に出てきた。香を一握りも入れ、煙が真っ黒に立ち上ったかと思うと、火が起きた。ふうふうと息を吹いて火を消し、ひげを一度撫でて拝をした。そして、ふたたび、

「おほん……」

と、言うと、弔辞を述べた。

「わしゃ徐参尉《ソチャムイ》だ。分かるか？　ふん……おまえさんはまったく豪勢だ、豪勢じゃよ……死んでよかったんだよ。おまえさんは生きていたってこんな贅沢はできんじゃろう？　もう眼鏡の蔓を直す心配もせんでもよいし……とにかく……」

と、言っていると朴喜完《パクヒワン》老人が遮って、

「おまえ、酔っとるぞ」

と、徐参尉《ソチャムイ》を引きずり戻した。

朴喜完《パクヒワン》老人も胸がつまった。焼香をして何か一言言えば気も晴れそうで、しばらく突っ立っていたが、

「ううう っ……」

と、涙がさきにあふれて、そのまま出てきてしまった。

徐参尉《ソチャムイ》と朴喜完《パクヒワン》老人も墓地まで行くつもりであったが、そこに来ている者たちが誰一人とて気に入らず、また飲み屋へと引き返してしまった。


（丁丑〔一九三七年〕初春）

夕陽

梅軒《メホン》は、以前から機会をうかがっていた慶州《キョンジュ》行きを、よりによって三伏《さんぷく》〔真夏のもっとも暑い時期〕のころに出かけることにした。秋に一緒にと申し出てくれる友人も何人かいたが、秋はよいとしても、友人にあわせて待つつもりまではなかった。

もとより、誰とでもすぐに意気投合する性分ではない。いくら気のおけない友であっても、彼は一人であるほうがよほど気楽であった。おおぜいで騒ぎながらの百里より、一人での十里のほうが、遠出の味わいがあった。それで、彼は時間ができたのをこれ幸いと、真夏の暑さをもかえりみず、出発することにしたのである。

扶余《プヨ》が百済《ペクチェ》の古都であるのと同じく、慶州《キョンジュ》が新羅《シルラ》の古都であるということ以外、彼は慶州《キョンジュ》についての知識をとりたてて持ってはいなかった。ビューローに行って切符を買うときも、「慶州《キョンジュ》案内」のようなものは一枚ももらわなかった。履き物を軽いものに履き替え、ハイキング用のステッキを手にした程度で、かばんの一つもさげては行かなかった。行ったことのないところへ新たに見物に行くというより、一時なりとも煩わしさから逃れたい、できる限り単純にありたいという、または孤独に戻りたいという、そうした情趣に傾くほうなので、あれこれとかばんに詰め込んで出かける必要はないように思われた。慶州《キョンジュ》から戻ったら、当然に何ヶ所かから紀行文を頼まれるだろうが、原稿用紙の一枚すら入れなかった。彼は気を引き締めるよりは、気を楽にして休みたかった。彼はそれほどに、さまざまなことに疲れ果てていたのかもしれない。ただ、ポケットにさほど不足はしないであろうお金を入れるだけで充分であった。

ちょうど夏真っ盛りで、汽車はどこを走っても春や秋のように季節を競うようなところはどこにもなかった。また、京釜線《キョンブ》〔ソウルと釜山《プサン》を結ぶ鉄道〕には何度も乗ったことがあり、車窓にそれほど惹かれることもなく日が暮れていった。大邱《テグ》での乗り換えのときはまだ暗く、二、三駅過ぎるとようやく窓の外に見慣れぬ風景が見えはじめた。同じ青い平原でありつつも、露のかがやきが燦爛として朝らしい感があった。半夜月《パンヤウォル》という詩興をそそる名の駅も通り、もやのかかる川べりで農夫よりもはやく仕事に出た釣り師が釣り糸を垂らす姿も田舎らしい風情があった。日差しが次第に強くなり、窓のカーテンを閉めようかと思うころに、慶州《キョンジュ》に到着した。

朝鮮式の造りで建てられた駅舎を出ると、右側に石塔が一つ立っている。すでに暑くなりはじめた日差しは、朝とはとても思えない角度から照りつける。ところどころが欠け落ち、ひびの入った塔は、石というより何万年も前の地層から出てきた何かの動物の脊椎骨のように濁った黄色であった。山がぐるりと周囲を取り巻いており、細々《こまごま》と小さく広がった市街は、慶州《キョンジュ》のかけらとも言うべき感があった。

梅軒《メホン》はほどなくして、平屋建ての旅館に入った。部屋を借りることはせず、縁側に腰かけて朝食を済ませ、煙草を一本吸って博物館をたずねた。

もう少し広ければ散策するのによい、趣のある庭園である。大体は何かの一部が欠けたものであったが、石造《せきぞう》〔石造りのもの〕らに惹かれる。駅のそばで見た塔とは色あいの印象がまったく異なり、陶磁器でいえば、李朝のもののように生活の匂いがそのままにただよっていた。葉の茂る榠樝《かりん》の下に立つ石灯は決して過ぎ去った時代の遺物のようではなかったし、あの不安定な形の新羅《シルラ》の土器とは違い重厚な曲線によって造形された井戸の石は、今朝も誰かがその傍らで米を洗い、和《あ》え物をゆすいだかのように、手垢さえも感じさせるのである。

陳列室に入ってからは、王冠などは奇異な感じがあったのみで、彼を感激させたのは奉徳寺《ポンドクサ》の鐘であった。後ろにさがるほどに雄大で、そばに近づくほどに細やかに絡み合う繊細さがあった。雄大さと繊細さとが完全に一体化したもので、彼は文学における傑作『戦争と平和』を読み終えたときの感激をこの鐘の前であらためて味わうようであった。しかし、撞木《しゅもく》を引いて一度打つと、この鐘からは雄壮な音よりは哀しい響き、伝説そのもの〔聖徳大王神鐘の伝説。鐘を鋳造するときに幼子を人柱として捧げたと伝えられ、エミレーの鐘とも呼ばれる〕よりもさらに哀しい響きがにじみ出るかのようであった。

通りに出ると彼はのどが渇いた。だが、かき氷屋よりも骨董品店がまず目に入る。新羅《シルラ》の土器にはさほど愛着はないが、彼の古物への関心はこうした店の前をそのままに通り過ぎさせはしなかった。瓦が積まれ、瓦当《がとう》〔軒丸瓦のさきの半円または円形の部分で、文様が施されている〕が積まれ、器が並び、そして額縁に入れた当地の古跡の写真、絵葉書などがあった。瓦や瓦当には見るべきものがなかった。器ではソウルでは珍しい、単純な陰刻ではありつつもかなり変化を加えたものがいくつか目を引いた。これも買って持って歩く気にはならなかったが、ついいつもの癖で選んでいると、店内が息苦しいほどに蒸し暑い。縮み織のシャツを着てそばに立っている少年に水を一杯頼んだ。少年はすぐに奥へと入っていった。しかし、水の椀をお盆にのせてあらわれたのは少年ではなく、なぜか少女であった。眉目秀麗であることに梅軒《メホン》は驚いた。澄んでやや細いまなざしと、頬から下にふっくらとした顎が、穏やかで落ち着いた印象を与える。

「水が随分と冷たいな!」

「井戸から汲んできたのです」

しっかりとした話し方もそうだが、胸や背からしても少女ではない。白の生地に草緑の木の葉がまばらに描かれた地味なワンピースで、丈が短く肌があらわになっている。太陽にいささか焼けた、適度に肉付きのよい腕と足に、ちょっと見ではあるが、かなり洗練された「都会」が感じられる娘である。梅軒《メホン》は嬉しかった。娘の友人と言ってもよいほどの年ごろだが、都会の人間には都会的なところだけでも同郷の人のように嬉しいもののようであった。おそらくどこかの専門学校に通っており、休みで帰ってきているのであろうと思われた。

梅軒《メホン》はほとんど飲み干した水の椀を置いて、手にしていた水差しでもなく壺でもない器をあらためて手に取り、埃を息で吹いた。

「もう少し、変わったものはないかな」

「変わったものですか?」

「少し、面白みのある……」

「変わっていて、面白みがあって……。平凡ではあっても、いつまでも愛着の変わらないものをお選びになるのがよろしくないかしら?」

梅軒《メホン》は黙って娘の顔をふたたび見つめた。彼女のことばには立派な含蓄があった。長く置いても見ていて愛着の変わらない平凡さとは、その娘自身の顔つきを指すかのようで、淡々とした表情に限りない愛着を感じる。

「どれが、そんな感じかな? 一つ選んでおくれ」

娘はおもむろに二、三ヶ所へと手を伸ばし、李朝と言えば祭器とも言われる、糸底が高く上部が蓮の葉のように広がった一つを取り出した。

「なるほど、果物でものせると、立派な置物になるな!」

「何ものせないでおいたら、もっとよろしくてよ」

娘がやはり何気なく口にしたことばであったが深みがある。骨董品を扱う店の娘だからといってみなこうではあるまいと娘の教養に感嘆しながら、梅軒《メホン》はすぐにお金を支払ってしまうのが惜しかった。もう少し彼女の教養のある話に付き合いたかった。しかし、座る場所もなく、何よりも蒸し暑くて、このあたりではどこの旅館がよいかをたずねただけで出てきてしまった。

娘に聞いた旅館をたずねて、昼食を食べ、ふたたび外に出て瞻星台《チョムソンデ》と石氷庫《ソクピンゴ》を見て、半月城《パンウォルソン》〔新《シル》羅《ラ》の王城跡〕の尾根を歩いて鶏林《ケーリム》を通り、蚊川《ムンチョン》沿いに五陵《オヌン》〔新羅《シルラ》の始祖である朴赫居世《パクヒョッコセ》ら新羅《シルラ》初期の王と王妃らの陵《みささぎ》〕へと向かった。

相当歩かなければならなかった。彦陽《オニャン》街道に出て、ようやく橋の向こうに昔の陵《みささぎ》らしい鬱蒼とした松林が見える。

標識が立った狭い道は薄暗く、松の木に覆われていた。ゆっくりと歩いて汗がにじむほどになったときである。松の木が左右に退きこぢんまりとした空き地が開けたかと思うと、封墳《ポンブン》〔四二頁参照〕というよりもやや長めの芝の山が、柔らかい毛筆で描いたような曲線で宙に向けて小高く突き出ているのである。新羅《シルラ》の始祖、朴赫居世《パクヒョッコセ》をはじめとして、五つの陵が一ところに集まっているのであった。眺めるほどにそれこそ超現実的な奇異な風景である。近寄ると垣根が邪魔になって背伸びをしてもちゃんと見えない。長い垣根に沿って歩いてみた。扉に鍵がかかっている。やむをえず正門を通り過ぎ、かろうじて封墳《ポンブン》の上半分の輪郭だけが見える状態で、垣根に沿って歩きつづけた。大小や高低の異なる五つの封墳《ポンブン》の曲線は、見る角度によって少しずつ異なるリズムとハーモニーを奏でていた。ほとんど一周し終えるころである。地面が若干盛り上がっていて、つま先で立って見るにはもっとも都合のよい所であった。梅軒《メホン》はステッキに力を込め、踵《かかと》を一杯に持ち上げて陵の中をのぞき見た。しかしうまい具合には見えず、長くとっていられる姿勢でもない。手ぬぐいを出して汗を拭っていると、突然に、空中から、

「こちらに上がって、ご覧になって」

という声がする。驚いて振り返ると、かなり高い松の木の中ほどからの声である。梅軒《メホン》はひどく驚いた。

「上がっていらして。ここからが一番よく見えますわ」

梅軒《メホン》は声の主が分かると一瞬嬉しくもあった。しかし周囲があまりに静まり返っているので、何かの錯覚ではないかと思いすぐには動けなかった。地上でもなく何人分かの背の高さにもなる木の上から見下ろしている娘は、明らかにはじめから奇妙な魅力をただよわせていたあの骨董品店の娘であった。

「どうしたんだい？」

「私、いつも来るんです」

「そんな高いところに、どうやって登ったんだい？」

「上がってきてください。私はもっと上の枝に登ることもできてよ」

木の下には彼女の青いパラソルがあり、白い布靴が二つ脱ぎ捨てられていた。梅軒《メホン》は木の下へとやってきた。転がった娘の靴を手できちんと並べて置いた。靴の中底には薄くではあったが汗のしみがくっきりとにじんでいた。彼は心の中の奇妙な感覚を振り払い、脱いだ上着を低い枝にかけて、靴を脱いで娘の言うとおりゆっくりと木に登った。娘は座っていた枝から腰を浮かせて、さらに上の枝へと登った。

「落ちるぞ！　私はこれくらいでよいから、そのまま座っていなさい」

「大丈夫よ。もっと上がっていらして。そうしたら、もっとよいものをご覧になれますわ」

結局、娘が座っていたところまで上がってきた。

「おお！　ここからは封墳《ポンブン》の調和がずっと……」

「ずっと、どうですか？　形容してみてくださいます？」

五陵の風景（当時の絵はがきから）

見上げると、娘の足が、ほとんど頭にあたるほどに近くまで垂れていた。

「形容？」

「とてもニヒルじゃなくって？」

「ニヒル！」

五陵の美しさは、娘が見つけたこの松の木の中間あたりから見るのが一番効果的な姿勢《ポーズ》のようであった。見るほどに奥ゆかしさが身に染みて感じられる。陵というにはあまりに素朴なただの土の集まりである。墓というには線に愛着を覚える。虹が出るように地から上がり、地へと沈む線でありつつも、果てしない空間へと流れるような味わいがある。セミの声が聞こえるが、静かである。じっと眺めていると、涙が出そうなのか、感嘆しているのか、とにかくただただ呆然とするばかりである。娘が言うとおり、ニヒルと形容せざるをえなさそうである。

「ここの陵はみなこんな感じかい？」

「掛陵《ケヌン》、武烈王陵に行ってみても、こんな味わいはここだけのようですわ」

「それで、ここにときどき来るのかい？」

「ええ、私は慶州《キョンジュ》でここが一番好きなんです。昨日も来たのですよ」

「一人で怖くないのかい？」

「怖くなかったら、つまらないじゃない」

見つめようにも娘の顔は見えない。大人びているというか、偏った教養であるというか、彼女の精神は彼女の体に比べて不釣合いなところがあるようであった。

「慶州《キョンジュ》が故郷なのかい？」

「慶州《キョンジュ》に来て、何年にもなりません」

「京城だったのかい？」

「……」

梅軒《メホン》は無理にたずねるのもよくないので、話題をかえた。

「それにしてもあなたのような若い女性が、何でまたこんな昔の陵にしばしばやってきてニヒルを楽しむのかね」

娘からは、また返答がない。

「一人で静かに休んでいるところに来て、騒ぎ立てて申し訳ない」

「本を読んでいたのです」

「本かい？」

「ええ」

梅軒《メホン》は煙草を取り出して吸った。しばらくして、上から頁をめくる音がした。梅軒《メホン》は慶州《キョンジュ》に来てよかったと思った。五陵の神秘的な曲線は、人間にも神秘的な安息を与える。日差しは手前の封墳《ポンブン》に影を落としはじめた。セミの声も、このようなところで聞くと一層悠長な感がある。

いつの間にか、煙草を三本も吸い終わると、陵を影が覆ってしまう。

「ゆっくり休まれましたか?」

上から娘が静寂を破った。

「ゆっくり休んだよ。ここであなたに会えなかったら五陵をろくに見られずに帰るところだった」

「私はもう膝の裏が痛くなりましたわ」

梅軒《メホン》も体を起こして木をおりた。おりてきてまた驚いたのは、その娘が手にしている本であった。ちょうど昨年の春に出した自分の随筆集である。嬉しい反面、きまりが悪かった。こんなニヒルを語る教養で読むには、冷笑を免れない初期の感想文がかなり多く載っていたからである。

「ここのさきの川はとても澄んでいるのよ」

「一緒に歩いてもいいかな」

「どうぞ。もう、鮑石亭《ポソクチョン》〔新羅《シルラ》時代の別宮の跡で、宴が行われた石造水路《せきぞう》が残る〕にはおそらく行けないでしょう」

本を手にした娘の足取りは、さらに都会風の歩き方であった。上半身が短く下半身の長い、洋装の似合う体格である。しばらく歩いて梅軒《メホン》はたずねた。

「その本は面白かったかい？」

「ときどき、いい文章があります」

「その人のは、ほかのも読んだのかい？」

「この方は小説をおそらくもっと書かれるのでしょう？　小説は私はあまり読まないのです」

「どうして？」

「そうですね……。あまり読んでいませんが、小説にはお説教が多すぎるような感じがして」

「その本には、そういうのがなかった？」

「ときどきあります。それでも、かなり親しみの持てるお方のようですわ。少し、孤独なお方みたい」

「孤独礼賛が多かったんじゃないかな？」

「お読みになられたのですか？　この本」

と言いながら、娘は本を持ち上げて見せる。梅軒《メホン》は正体を隠したまま、

「読みましたよ」

と言う。

「孤独を礼賛しようとして書いたものは、むしろ孤独を軽いものにしてしまっていますでしょう？」

梅軒《メホン》は顔が熱くなった。娘はことばを続けた。

「主題が孤独に置かれていない文章に、むしろこの方の孤独がさりげなく出ているようです」

「本当に鋭い！　書いた人がおそらくあなたのような読者を持ったことを知れば、とても幸福に思うことでしょう」

「先生は、何をなさっていらっしゃるお方ですか？」

「私かい？」

突然にまぶしい日光が差し込んだ。松林を出ると川辺である。娘はこれまでの二人の対話を無視してしまうかのように、振り返りもせず、熱く焼ける砂の上を、畳んだパラソルを手に駆け出して行く。梅軒《メホン》はどうしたものか分からず、ふたたび松の陰へと入った。そして次第に、これは本当に現実であろうかと自分の目を疑うことになった。少女では決してなく、教養からしても普通の大人の境地よりも高いあの娘が、それほど離れていない溜め池の前で、ためらいもなく服を脱ぎ捨ててしまうのである。輝く砂の上、青く遠い山を背景に一瞬立った裸体、その神秘的な曲線は、五陵から飛び出した妖精でなくして何であろう！　ばしゃん、ばしゃん……。水は差し込む日差しに、金色にはじけた。娘はその中に満足げに浸っている。やがて上半身を出して、

「暑くないですか？」

と、声を上げるのである。確かに人間の声である。梅軒《メホン》は天才と白痴は一致するということばを思い出したが、この娘を白痴と考えるわけにはいかなかった。ゆっくりとその向こう側の溜め池に行って、汗を洗い流し、ふたたび戻ったときには、娘は服を着てパラソルを差し、足だけは裸足のまま、何かのメロディを小さな声で口ずさみながらのんびりと歩いていた。

梅軒《メホン》はなるべくこの娘の気分に干渉しないようにしようと思った。彼女の天真なさまをいちいち

解釈してみようとは思わなかったし、そばに人がいても、一人になりたいときにはすぐにためらうことなく一人になることのできる彼女の自然なままの態度を、彼は見習いたくもなった。大通りの橋の下まで、お互い一人であるかのように歩いた。

「この橋の下はとても涼しいのよ」

「本当にひんやりとしている！」

「もう少しすると、通りも涼しくなります」

と言いながら、娘は足を水に浸し、芝に腰をおろして座る。梅軒《メホン》も同じ姿勢で隣りに座った。橋の上を自転車もバスも人々も通り過ぎていく。

「失礼だが、どこの学校に通ったのかな？」

「私ですか？」

娘は珍しく、微笑みを浮かべた。

「私が自分の年のことを言うのも何だが、私は中学に通っている娘もいるんだ。失礼な口のき方だからと悪く思わないでおくれ」

「私、そういうのはまったく気にかけないのです。どうぞ、お気楽に」

「さっきはだまそうと思ったわけではなく気まずくて言わなかったのだが、あなたの持っているその本は恥ずかしながら私が書いたものだよ」

「あらっ、梅軒《メホン》先生でいらっしゃるのですか？」

「私の号だよ」

「そうだったのですね！」

「ちゃんと読んでくれて有難う」

「そういうことだとは知らず、私、さっきいい加減なこと言いましたでしょう？」

「いい加減？　随分身に染みたよ」

「そうだったのですね……」

娘はどうも「偶然」を信じられないようであった。淡々としていた両目の瞳が鋭く焦点を結んだ。

梅軒《メホン》は、熱くなってくる目をよそに向けた。

「文章を読んで想像していた先生と、まったく違いますわ」

「どう違うんだい？」

「あまり人に会わないほうがいいです。文章のほうがよろしいですわ」

「文章のほうが……」

「とても現実的な方でいらっしゃるみたいで」

梅軒《メホン》は笑って、

「現実的な……。文章を書くのも商売だから！　しかし、文章もまた私のものなのだから、嬉しいよ」

と言ったが、心の中では自分の文章にいささか嫉妬をする気持ちである。

少し前のことである。ある本の頁に自分の東京留学時代の写真が出ていた。自分であるとはすぐに分からなかった。私がこんなに若かったとは！　私はこのように人に情熱的な印象を与えることができたのか！　と感嘆し、今の顔を鏡に映してみて、写真を破ってしまいたい衝動にかられたことを、梅軒《メホン》はふとここで思い出した。

川の水は一杯に満ちて静かに流れ、五陵の前をめぐって流れて行く。底では砂も流れ、足がくすぐったい。梅軒《メホン》は悲しかった。自分の顔から、文章よりも何倍ももっと潑剌としていた浪漫の血を抜いていったのは、この川のように流れて戻ることのない歳月であった。

「私は同志社に通って、途中でやめたんです」

「どうして？　英文科だったのかい？〔同志社大学は一九四〇年十一月に英文学科がなくなり、英文・英語学専攻として一専攻の扱いに整理された〕」

「ええ。母も他界したし、慶州《キョンジュ》のほうが京都よりも居心地がよくて」

「お母さんは、いつお亡くなりに？」

「昨年の春に三回忌がありました」

「お父さんは、お店にいらっしゃるのかい？」

「半夜月《パンヤウォル》に行っています。果樹園があるのですが、今年から実がなりはじめたらしくて。それで、ここは私が任されているわけです」

「なのに、こんなに出歩いているのかい？」

「親戚の子を一人置いているんです。私のことは何でも好きにさせてやってほしいと、母が遺言を残してくれたんです。私はこの世で一番大切な遺産を継いだわけです。母は私の性格を幼いときからよく分かってくれました」

「立派なお母さんを亡くしたのだね」

「私は、でも、孤独だとは思いません。孤独でない人などどこにいるでしょう」

「失礼だが、名前は?」

「そう、それよ——」

「どうしたんだい?」

「失礼ということばを何度も使うこと、名前から知ろうとなさること、そういうのが先生の現実性ですよ。私が言ったこと、あたっているでしょう?」

梅軒《メホン》はいささかきまりが悪かった。そして、その気まずさが消えてからは、自分も遠い昔に失ってしまった「天真」さが全身によみがえるかのようであった。

娘は座ったまま後ろに下がり、足を水面から出した。真っ青な芝の上で水を落とそうとするように動く十本の足の指。梅軒《メホン》は突然に愛おしく思われた。彼女の精神よりもすべてが幼く見えるこの娘の体の中でも、彼女の足の指は一層可愛らしく見えた。梅軒《メホン》は両手で幼子の頰を包むように、ただ触りたい気持ちに熱くなった。すぐに娘の両足を手にした。いつの間にか片手にはハンカチを持っていた。それぞれの足の指の隙間を拭い、砂を払った靴に足を入れ、ボタンをポツン、ポツンとはめた。あまりに自然な手の動きに、あとになってむしろ驚いた。娘は相変わらず何ともない様子であった。

通りに上がって、梅軒《メホン》は煙草を吸い、娘は幼いころに歌ったような何か四四調の曲〔四音節が二つで一つの調子をなす曲〕を鼻歌まじりに歩いた。ふたたび、互いに一人であるかのようにしばらくそれぞれが考えにふけって歩いた。

「先生、明日、仏国寺《プルグクサ》に行きませんか？」

「案内してくれるかい？」

「暑いけれど、先生がお行きになるのなら！」

「じゃあ、行こう」

梅軒《メホン》の旅館の前に着いて、明日の汽車の時間を相談して別れた。

もう一度風呂に入り、夕食を済ませると、夜は短く、いつの間にか初更〔戌《いぬ》の刻、午後七時から九時ごろ〕も過ぎ、体も寝床に入って体を伸ばしたいほどに疲れていた。それで横になったが、眠りは訪れなかった。両隣りの部屋に客はいなかった。

ともすると、あの娘が夕食のあとに遊びにでも来てくれそうである。近くから蚊の音、遠くから蛙の声が聞こえ、無人の地のようにひっそりとしている。もしかしたら、あの娘がこちらから散歩がてら自分の店に来ないかと待っていそうでもある。かといって、ヘテ〔煙草の銘柄の一つ〕一箱をほとんど吸いきっても梅軒《メホン》は寝床から起きることはできなかった。歩き回っているときは分からないが、このように一度床にごろりとついてしまうと、なかなか起きられない。こうしたとき、家では妻が、どうしてだんだん怠け者になるのかしら？　と言ったが、梅軒《メホン》自身は怠けているのではないことを二、三年前からひそかに気づいていた。

「気力なのだろう！」

梅軒《メホン》はやせ細った両手を腹の上で結び、自分の骨の節々を毎年、重みを増して押さえ込むその無形の力にありのままに従おうと思った。

＊　＊　＊

翌日、娘は始発の時間にさきに出てきていた。あのワンピース、あの裸足に、あの白い靴、あのパラソルであった。梅軒《メホン》は遠くに娘を見ると、彼女のそばへ駆け寄った。とても嬉しかった。朝が自分の人生にもまた訪れたような新鮮さであった。

「青春！　青春は、青春それ自体で、どれほどに美徳であろう！」

一つさきの停車場までであるが、梅軒《メホン》は二等切符を買った。乗ってみるのは二の次で、何よりも気分がよかった。

田舎の朝の二等室は空いていた。娘は自分の好きなように窓辺の席に座った。広い車内でわざわざその娘と膝を突き合わせて座る勇気が出ず、梅軒《メホン》は斜向《はす》かいの別のボックスに座った。

「あれが雁鴨池《アナプチ》〔新羅《シルラ》の別宮の跡で、大きな池がある〕です」

「これも何々陵ですよ」

梅軒《メホン》は、雁鴨池《アナプチ》より、陵より、脂っこい朝食を食べたかのような、秋の果物のように潤わしい娘の唇と歯並び、一本一本が生きているようにそよ吹く娘の額の髪に、恍惚とした。しかし、汽車はただ日が差し、風をたなびかせて走るだけではなかった。ぐらりと傾きながら曲がり、娘の顔に陰を落としながら走りもした。娘の顔が、明るくなったり暗くなったりするのが三、四回ほどしたところで仏国寺《プルグクサ》駅に着いた。

紫霞門（当時の絵はがきから）　石段下段が白雲橋、上が青雲橋である。向かって左に釈迦塔、右に多宝塔が見える。

ハイヤーは客を一杯に詰め込んだ。狭かったので梅軒《メホン》は娘に自分よりも広い空間をとらせようとした。

「構いませんから。どうぞ、楽に座ってください」

しかし、梅軒《メホン》は車が揺れるたびに馬に乗るように身をすくめて一里の坂道を上った。

「どうですか？　写真よりも実際のほうがいいでしょう？」

車から降りて、何歩も歩かずして二人は立ち止まってしまった。寺というにはあまりに牧歌的な抒情が熟していた。青雲橋《チョンウンギョ》、白雲橋《ペクウンギョ》の流れるような石段は、まさに舞姫でもあらわれて踊りながらおりてきそうであった。

「私はここに来たら、あの石段を上りおりするのが一番の楽しみなのです。新羅《シルラ》の女性たちはどんな履き物をはいていたのかしら」

梅軒《メホン》は娘のあとについて白雲橋《ペクウンギョ》を上がり、青雲橋《チョンウンギョ》を上がり、紫霞門《ジャハムン》の中に入った。人の背ほどにも石を立てめぐらした新羅《シルラ》独特の様式であるという大雄《テーウン》殿《ジョン》の端麗な基壇、東側には多宝塔、西側には釈迦塔、梅軒《メホン》は宗教的な意義を離れて、塔というものは人間が見ることのできる美術品の中で最高の形式であろうと思われた。空間と立体の調和、どのギリシャの人体像がこれほどに自然で、荘厳であろう。

「あちこちに空いた礎石が多いでしょう？　この寺の境内には建物が二千間《けん》もあったそうですわ」

「どれほどにびっしりと並んでいたことだろう」

「それが一朝にして燃えてしまったのですから、ここは煌々と燃え上がる火の海だったわけじゃないですか？　その火の海の中でこの二つの塔だけがしっかりと立っているのを想像してみてください。どんなに英雄的で、悲劇的だったでしょう！〔一五九三年、文禄の役により仏国寺《プルグクサ》は大規模な延焼を経た〕」

そのことばを聞くと、塔はより一層厳然として見える。石を彫ったのではなく、溶かして鋳造したかのような柔らかい曲線の多宝塔は女性的な美の極致であり、簡素ではあるが髪の毛一本の隙間もなく組まれた釈迦塔は、金剛力士を百もまとめて立たせたほどの強力な印象である。多宝塔とよく対照をなす、男性的な美の極致である。

梅軒《メホン》は娘と並んで泛影楼《ボムヨンヌ》に腰かけて塔のさきに流れる雲を待ったり見送ったりしながら、半日を自分たちも雲になったような気分でゆっくりと過ごした。

ホテルに行って、昼食を一緒に食べた。廊下というよりも展望台として、ひんやりとした籐椅子がところどころに置かれていた。娘は影池《ヨンジ》に向かってもっとも展望のよい席へと梅軒《メホン》を導いた。梅《メ》軒《ホン》は煙草を、娘は太極の図柄の扇を手に、深く椅子にもたれて遠くへと視線を送った。何里ほどの距離であろうか。かすんだ空間の向こうに深緑の山頂が幾重にも重なっており、その下に渓谷が一つ、きらりと鏡のように輝いている。

「あれが影池《ヨンジ》か！」

「ええ。阿斯女《アサニョ》〔釈迦塔を造った阿斯達《アサダル》の妻。阿斯達《アサダル》は釈迦塔を造る間、女性に会ってはならず、待ちきれなかった妻は影池《ヨンジ》に身を投げたとされる〕が飛び込んで死んだという……私はここから眺めるこの空間が、何とも言えず好きなの！」

なるほど、五陵と一脈通じる悠久なニヒルがただよっている。よく見てみるといくつかの小さな丘陵があり、林があり、曲がりくねった道が延び、うねるように川が流れ、山すそに小さな村、田畑があり、そしてその上に雲が浮かび、さらにその雲のかげが村の上、あるいは川の上を覆い……。何も考えずに見ていると、ただ青々とした地と霞む大気のほかは何もないと言ってもそれまでであるように思われた。

梅軒《メホン》は吸っていた煙草を捨てて、大きな欠伸《あくび》をした。いくらも経たずして二人は深く眠り込んでしまった。

どれほど眠ったのか、日差しに下半身が熱くなって、梅軒《メホン》がさきに目が覚めた。汗で全身がじっとりとしていた。娘の額にも汗が玉の粒になっていた。梅軒《メホン》はハンカチを出して一番汚れていないところで、娘の額から汗を拭うというよりも、すばやく吸い取ってやった。気づかずにぐっすり眠っている。両方のふっくらとした胸が、呼吸にあわせてふくらんだり戻ったりする。扇子を持って静かに彼女に風を送りながら、梅軒《メホン》は娘の寝息に合わせて呼吸してみた。自分よりずっとはやいことに驚く。自分が五回呼吸する間に、彼女は六回は呼吸しなければならない。梅軒《メホン》は置いてきぼりにされたような孤独を味わいながら、ふたたびにじみ出る娘の額の汗を拭ってやった。日差しが次第に彼女の顔へとかかった。娘は口を動かし、つばを飲み込みながら目を開いた。

「ああ、何も夢を見ないで寝ていましたわ!」

「それでいいんだ」

「死ぬのって、こんな感じかしら」

「そうだな」

二人は小川へとおりて水遊びをした。夕陽は赤く染まり、山頂に沈みかけていた。娘はホテルの前の売店で仏国寺《プルグクサ》の写真が入った扇子を一つ買った。そして、夜の汽車に乗るための自動車の切符をあらかじめ一枚買った。

「石窟庵《ソックルアム》には行かないのかい?」

「私は夜の便で家に帰ります」

それ以上はたずねなかった。自動車の出発時間にはまだ一時間も残っていた。二人はまた白雲橋《ペクウンギョ》、青雲橋《チョンウンギョ》を上がり、多宝塔の後ろから寺の裏山へと登った。梅雨でところどころ崩れてはいたが、芝の道が散策しやすいように松林の間へ、坂道へと敷かれていた。山に登ると、太陽を遮った雲はばら色に輝いていた。二人は夕陽に向かって草の上に座った。影池《ヨンジ》はきらきらと臙脂《えんじ》色を帯びていた。山の背に瑞気がめぐり、どこからか風がそよそよと吹いてくる。娘は扇子を広げた。扇子にも娘の顔にも夕陽が恍惚と染まっていた。

「先生？」

「うん？」

「ここに何か一つ書いてください」

梅軒《メホン》は快く彼女の扇子を受け取った。万年筆を出してしばらく夕陽に向かって考えた。そして李義山〔晩唐の詩人、李商隠〕という、昔の詩人の夕陽の詩、一篇を書いた。

夕陽無限好
只是近黄昏
〔夕陽無限に好《よ》し、ただこれ、黄昏《たそがれ》に近し〕

夕陽は限りなく美しいが、程なく黄昏であるという嘆きであった。梅軒《メホン》は自分自身の夕陽を感じてこの詩が思い出されたのである。怜悧な娘はこの扇子を受け取り、顔をその上に寄せ、しばらく静かに目を閉じていた。

「手紙をお送りします」

夕陽は長いものではなかった。二人はすぐに立ち上がったが、下りの道はすでに黄昏であった。梅軒《メホン》は停車場まで同行し、愛らしい一時の道連れを、暗い夜の車に見送った。

梅軒《メホン》は仏国寺《プルグクサ》で三日泊まった。しかし、石窟庵《ソックルアム》にも登らなかった。毎日、ホテルの廊下に座って影池《ヨンジ》のほうを無聊《ぶりょう》に眺め、夕陽を迎えるのみであった。

家に帰って何日も経たずして娘から手紙が来た。慶州《キョンジュ》は秋がよいと、とりわけ五陵や、仏国寺《プルグクサ》ホテルから影池《ヨンジ》への展望がすばらしいと書いてあった。秋にいらしたら、そのときには自分も仏国寺《プルグクサ》に行って何日間か泊まって同行できるかと思う、とあった。彼女の名前は陀玉《タオク》と書かれていた。

「陀玉《タオク》！」

梅軒《メホン》はすぐに返事を書いた。自分も秋にもう一度行くことを決心して帰ってきたことと、さらに陀玉《タオク》と一緒に行ってみたくて石窟庵《ソックルアム》は行かずにとっておいたと書いた。そして自分の限定版の随筆集を一冊求め、それを一緒に送った。

陀玉《タオク》からは、また手紙が来た。本を送ってくれたことと、石窟庵《ソックルアム》行きをとっておいてくれたことを感謝し、はやく慶州《キョンジュ》に秋が来ることを待ちこがれているとのことであった。

秋が来た。しかし秋の訪れを梅軒《メホン》はあまりにはやく感じた。また、ぐずぐずしている間に秋が過ぎ去るのもあっという間であった。一定した出勤時間がある者だけが、行動が拘束されるというものでもなかった。「清福を得るほどの幸が私にはないようでした」と嘆く手紙を送って、翌年の秋を期するよりほかなかった。

梅軒《メホン》はときどき陀玉《タオク》が恋しかった。慶州《キョンジュ》ではなく陀玉《タオク》であった。陀玉《タオク》に会えるのであれば、秋でなければならない必要があろうかとも思われた。

梅軒《メホン》は朝の出がけに「今日、ひょっとしたら田舎にちょっと出かけるかもしれん」と言ったことが何度もあった。しかし、家を出て考えると、陀玉《タオク》に会うために出かけることが、どうも自分でも気まずく感じられもした。

「私は陀玉《タオク》を愛しているのではなかろうか」

梅軒《メホン》はおそらく今の自分の呼吸は陀玉《タオク》と六対四ほどなのだろうと自嘲して、ゆっくりと家に帰り、テーブルの上に置かれた、あの陀玉《タオク》が「何ものせないでおいたら、もっとよろしくてよ」と言っていた新羅《マ》の土器《マ》を長時間正座して眺めたりした。

しかし、人生の危機は老少を問わず、どの季節よりも春に訪れるのであろうか。

梅軒《メホン》は春をじっとしておれず、ツツジの散る前に慶州《キョンジュ》に来てしまった。陀玉《タオク》は喜んで迎えてくれた。しかし、梅軒《メホン》は驚きというか幻滅というか、陀玉《タオク》に会った瞬間、一変してしまう自分の心境をどう収拾してよいか分からなかった。別の、まったく異なる陀玉《タオク》であった。慶州《キョンジュ》にいる陀玉《タオク》はやはり悠々と秋を待って会ってもよい陀玉《タオク》であった。毎日のように気をもんできた相手が梅軒《メホン》自身の心の中に生まれた一人の妖女であったかのように、実際の陀玉《タオク》の前に立つと、梅軒《メホン》の邪念は根こそぎ取り払われてなくなってしまうのであった。

「先生はそれでも浪漫がおありなのですね！」

陀玉《タオク》はこんなことばさえ平気で、いや水のように淡々とした表情でしゃべった。梅軒《メホン》の曇っていた眼精が、その淡々とした水にすぐに洗われた。梅軒《メホン》は悪夢から覚めたように、ふたたび心の中で、

「いっそ、幸いだ！」

と思った。

二人はまず、五陵に来た。あの松の木に陀玉《タオク》が先に上がり、梅軒《メホン》があとに続いた。五陵のニヒル

な味わいは、春でも夏でも変わるところがなかった。

二人はこの日、仏国寺《プルグクサ》に来た。白雲橋《ペクウンギョ》、青雲橋《チョンウンギョ》の長い階段は、相変わらず舞姫でもあらわれて踊りながらおりてくるかのような趣であった。松葉こそ異彩な生気を青く浮かべているが、多宝塔と釈迦塔はそのままの色、そのままの姿勢であった。

「おお、二つのスフィンクス！　いつまでそのままに立っているのか！」

梅軒《メホン》は少なからず哀しく思われた。

ホテルに着くと、すでに影池《ヨンジ》は濃い黄昏に埋もれていた。ランプの灯の下で晩ご飯を食べ、ランプの灯の下で昔の伝説を味わい、文学を語り、美術を語り、国々の興亡について語り、ときに深まる夜に耳を傾け、今夜の月が今、地球のどのあたりを薄明るく照らしているかを議論して、結局、梅《メ》軒《ホン》のほうが疲れて、さきにぐうぐうといびきをかいて寝てしまった。

翌日は、石窟庵《ソックルアム》へと登った。石窟は自然とは一線を画した人造美の殿堂であった。芸術の恍惚の境地であった。陀玉《タオク》が言うように、石から筋肉と綾羅《りようら》〔綾絹と薄絹〕の美が感じられるということは感嘆するのみであった。陀玉《タオク》は仏陀の膝の上におろした右手の小指だけでも取って自分のものにしたいと言った。最初は、梅軒《メホン》はただ見えるがままの概念でも得られればそれまでだと思っていた。しかし、あまりに精力的な美の圧倒には、気をしっかりと持ち直さなければならなかった。まず、石窟の構造から目を凝らしはじめた。梅軒《メホン》はすぐに疲労を感じた。外に出てしばらく休み、数々の仏像を見はじめた。正面の仏陀像は賛辞を送ること自体がむしろ軽々しいように思われた。仏陀像のすぐ後ろに立っている十一面観音、どれほど美しい女性であっても本当に崇高な美というのは、宗教を、または哲学を体得していなければ発揮できないのだなと悟った。梅軒《メホン》は陀玉《タオク》を呼んだ。十一面観音の前に並ばせた。十一面観音の厚い手の甲を撫でて、その手でこれまた厚い陀玉《タオク》の手を撫でた。耳順《じじゅん》〔六十歳〕にも近い自分の執拗かつ邪《よこしま》な情欲を会って一瞬にして忘れさせる陀玉《タオク》も、やはり自分には崇高な永遠の女性であった。

「陀玉《タオク》!」

窟の中はひときわ厳粛な静寂であった。

梅軒《メホン》は陀玉《タオク》とともに仏国寺《プルグクサ》で三日を過ごした。

梅軒《メホン》は三日の間、陀玉《タオク》を李朝白磁のような女性であると思った。華麗な器は置かれる場所を争うもの、主人の目が別のところに行かないか妬むのであり、見れば見るほどに騒々しく疲れるものである。李朝白磁はすべてがそれとは反対であった。忙しいときにはなきに等しく見えないものであるが、静かなときにはすぐそばで待ってくれていた。静かに慰めと安息を与え、飽きることのない永遠の器である。

梅軒《メホン》はソウルに戻ると、自分が文箱の上に置いて日夜めでていた李朝白磁の筆架を一つ、陀玉《タオク》に送った。さらに秋が来て、また春が来て、ふたたび秋が来て、その間にも陀玉《タオク》との純潔な書信往来は途絶えることがなかった。

梅軒《メホン》はある書店と単行本一冊の執筆を約束した。秋のうちに出版しなければならないものを初冬になるまで脱稿できなかった。ひと月あまりを机に向かって座っていると横腹と肩が凝るのはもちろん、以前とは異なり目眩《めまい》までする。天気が次第に寒くなり、部屋を暖かくすると油気のない皮膚が張るだけでなく、心まで潤いを失くしてしまった。梅軒《メホン》は結局、家で脱稿できず海雲台《ヘウンデ》温泉に持って行った。

慶州《キョンジュ》が近いので、出てくるついでに陀玉《タオク》に知らせた。しかし、原稿を書き終える日にあらためて知らせるので、そのときに来てほしいと伝えたのに、陀玉《タオク》は連絡を待つことなく、すぐにやってきたのである。

陀玉《タオク》は満開の花のようであった。彼女の柄の入った薄緑色の上着《チョゴリ》は、彼女の顔を池亭に咲く一本の蓮の花のように見せた。梅軒《メホン》に老いがしのび寄る間に、陀玉《タオク》は青春が絶頂に至っているようであった。きっとそうであった。会って話をするのは手紙での内容よりもむしろ淡白な彼女であったが、彼女の満開の青春の光彩だけでも、梅軒《メホン》には深く身に染み入るものがあった。

「陀玉《タオク》はこんなにも美しかったかな」

「私をそんなにみっともないと思っていらしたの？」

「私も随分老けただろう？」

「老いるというのも、気持ちの問題じゃないかしら」

「そうだろうか！」

陀玉《タオク》は湯に浸かってきて、ほかほかとした手で、梅軒《メホン》の万年筆をそっと奪った。梅軒《メホン》は目眩《めまい》のする目をしばらく閉じたあと、起き上がって、陀玉《タオク》とともに海辺に出た。

海辺は風がかなり冷たかった。波も高かった。梅軒《メホン》は外套の襟を立てて首をすくめたが、陀玉《タオク》は結び紐をゆるめにした上着《チョゴリ》姿で前を走った。

「はやくいらして」

梅軒《メホン》はこの海辺に来るのは何度目かであるが、走ったことはなかった。

「先生？」

「何だい？」

陀玉《タオク》は呼びかけておいて、海を見つめるばかりである。

「先生？」

「何？」

「波の音はお好きですか？」

「もちろん！」

「波の音を聞くと、タゴールの瞑想が思い出されません？」

「タゴールを連想するには、私には寒すぎるな」

「波といっても、天気はもちろん、海辺の形によって、砂によって、水そのものの澄んでいるか濁っているかによって、音が少しずつ違うと思うの。世界中の岸辺を回ってみたいわ！　どこの波の音がその中で一番素敵かしら」

「大変な瞑想だな！」

「波の音って、とっても悠久じゃありません？」

「ふくらはぎが冷えているんじゃないか？」

ひらめく黒いサージの下衣《チマ》の下にすらりとした両足。その足に薄い絹の靴下を一杯に引き上げてはいているのも、梅軒《メホン》には新たに感じる陀玉《タオク》の感触であった。

この日の晩である。海辺から体をすくめて帰ってきた梅軒《メホン》は、温かな夕食の食卓で酒まで三、四合飲むと、全身に疲れが押し寄せた。食事を終えて、陀玉《タオク》と何言もしゃべらないうちにふと、うとうとしてしまった。はっとして目を開けると、その間がほんのわずかだったのか、あるいは長かったのか、陀玉《タオク》は一人寂しげに天井を見つめていた。当惑して思うように動かない目を動かす梅軒《メホン》もまた、内心この上なく寂しかった。自分が寝入っている間に、陀玉《タオク》の魂がそっと別の人と対話をしていたかのように、嫉妬のようなひりつく孤独が乾いた胸をぐっと刺すのであった。

「うたた寝してしまったな」

「何日も無理をなさったから。過労はよくありません」

「過労と言うほどのこともないのだが……。で、慶州《キョンジュ》のあたりでも高麗磁器がときどき出るんだって?」

「誰が慶州《キョンジュ》って言いまして? 金海《キムヘ》ですよ。一見、鶏龍山《ケーリョンサン》の系統のようでありつつ、鶏龍《ケーリョン》よりもずっと肌の柔らかなのがときどき出るそうです」

「務安《ムアン》のものに似ているのがあるだろう……あれは……」

梅軒《メホン》はまたうとうととしてしまった。

「先生?」

「……」

「先生？」

「あれは……あれは、高麗じゃなくて……」

「はやくお休みになって」

陀玉《タオク》はふすまを開けて、隣りの部屋へと戻って行った。梅軒《メホン》はまた椅子に座ったまま寝入ってしまった。しばらくして目を開けると、酔いもすっかり醒め、ひんやりと寒い。風呂へと行った。一時間ほどぽかぽかに体を温めて出てくると、寝床に入るのが惜しいほどに意識がすっきりとしてくる。また、最近の経験からして夕刻に少しでもうたた寝してしまうと、はやく床についたところでなかなか眠れないのである。煙草を吸いながら、ペンをとった。

ペンを持ったときほどに、時間がはやく感じられるときはない。いつの間にか手がかじかむほどに体が冷えてきたとき、そっとふすまが開いた。乱れた髪を片手で直し、片手で寝巻きを整えながら、陀玉《タオク》があらわれた。

「もう、こんな時間まで……」

そのときになって梅軒《メホン》は時計をのぞき見た。夜中二時近くであった。

「無理なさらないでと申し上げているのに」

梅軒《メホン》はペンを置いて、背伸びをして立ち上がった。眠りから覚めきらない陀玉《タオク》は、肉づきのよいあごの下まで桃の花のように赤みを帯びつつも、しかしそれは透き通るようであった。

「もうお休みになって」

「寝るよ」

陀玉《タオク》はまた自分の部屋に戻って、自分の枕を持ってきた。そして、梅軒《メホン》の枕を持っていき、もとの自分の枕の位置に置いた。

「先生は私の部屋でお休みになってください」

「どうして?」

「どうしてでも」

「どうして?」

「どうしてでも」

と言いながら、陀玉《タオク》は梅軒《メホン》の寝床に寝そべってしまうのである。

梅軒《メホン》はそれ以上は聞かなかった。温かな寝床を譲ってくれた陀玉《タオク》の心にそっと口づけし、その温泉よりも香《かぐわ》しくもある陀玉《タオク》の体温の中に、ぬくぬくと身をうずめた。

どれほど寝ただろうか。海雲台《ヘウンデ》に来てはじめての寝坊であった。目を開けるとカーテンの隙間からの日差しがまぶしい。時計を見ようと枕もとをまさぐってみると、紙が一枚、置かれていた。手にとって見ると、陀玉《タオク》の字である。

「先生、私は帰ります。最近、婚約しました。昨晩、話の終わりにこのことを申し上げようと思っていましたが、言いそびれてしまいました。今朝の船で相手の方が東京から帰っていらっしゃいます。釜山《プサン》に迎えにいくため、先生がお目覚めになる前に、そのまま失礼することにいたします。お許しください。どうかあんまり無理なさらず、ゆっくりと休んで、よい作品を完成させてお帰りになることを願っております。先生、私たちの将来を祝福してくださいね」

梅軒《メホン》は、ばっと体を起こした。枕もとにあったのはこの手紙だけではなかった。原稿を書いていた机に置いていた煙草とマッチ、きれいに洗った灰皿まで持ってきて、きちんと並べておいてくれたのである。

梅軒《メホン》はしばらくの間、頬杖をついて目を閉じ、陀玉《タオク》の手紙をもう一度読んでみた。ふすまをさっと開けてみた。がらんとしていた。誰もいない部屋から冷たい空気が流れてきた。梅軒《メホン》は煙草を手にとった。半箱以上残っていたのを、次々とみな吸ってからようやく起き上がった。

「行ってしまったのだな」

一日中、落ち着かなかった。酒も飲んでみた。煙草も続けて吸ってみた。風は昨日よりもさらに鋭く吹きつけるようであったが、梅軒《メホン》は海辺へと出た。

波の音は昨日と変わるところはなかった。陀玉《タオク》の言うように、海の音は悠久なものであった。

夕陽は海辺でも美しかった。しかし、刻々と変化した。あまりにはやく、黄昏となってしまうのであった。


〈壬午〔一九四二年〕正月念七日〔一月二十七日〕〉

解　説

熊木　勉

山、それは山のみにあるのではなかった。平地にも、都市にも、どこにでもあった。
私をときに孤独にし、哀しませ、辛くさせるすべてのものは、
一種の山なのであった。
（李泰俊《イテジュン》「山」より）

一　生涯

尚虚《サンホ》・李泰俊《イテジュン》（一九〇四年〜？）の生涯については、長編『第二の運命』（一九三七年）の著者略伝（以下、略伝とする）を除いては不明瞭な部分が多い。以下では、先行研究で明らかになっていることや、彼の随筆（書誌情報は巻末に提示する）なども あわせて参考としつつ、大まかにではあるが彼の生涯についてまずは概観しておくことにする。

幼年期　李泰俊《イテジュン》は一九〇四年十一月四日、江原《カンウォン》道《ド》鉄原《チョルウォン》郡《グン》畝長《ミョジャン》面《ミョン》真面《チンミョン》里《ニ》で生まれた。原籍は

李泰俊

鉄原郡《チョルウォングン》鉄原面《チョルウォンミョン》栗梨里《ユルリ リ》六一四。父は梅軒《メホン》・李昌夏《イチャンハ》（一八七六～一九〇九年）、母は順興安《スンフンアン》氏であった。母は本妻ではなかったようである。

まず、父である李昌夏《イチャンハ》の経歴を見ておくと、本書収録『思想の月夜』で松彬《ソンビン》の父が徳源《トクウォン》監理《カムニ》とされているのとは異なり、職歴で現在確認できるのは徳《トク》源《ウォン》監理《カムニ》署主事までである。ただし、主事も判任官（大臣の任命職）で監理《カムニ》に次ぐ立場であり、徳源監理《トクウォンカムニ》署の重責にあったことに違いはない（一九〇四年五月就任、一九〇五年十一月「重病」により徳源監理《トクウォンカムニ》署を辞す）。開化派に属して日本にも行き来し、何らかの活動をしていたようである。開化派の中心人物の一人であった朴泳孝《パクヨンヒョ》と直接に会うほどの関係があったらしい。

父の職歴については李泰俊《イテジュン》に誤解があったのか、あるいは意図的に実際よりも高い職位で書いたのかは分からない。いずれにせよ、李泰俊《イテジュン》にとって父は愛国の志士の象徴とも言うべき人物にほかならなかった。父の存在は、彼の自尊心のよりどころとして、のちのちまで重大な影響を及ぼすことになったものと思われる。

私が生まれた年であるという。父は徳源《トクウォン》の中心地であるこの地の支配者として来ていた。私が六歳のときに父は朝鮮を愛するがためにこの地を捨てなければならない運命となり、ロシア商船に私たちを乗せて永遠に朝鮮を発った、その哀しみの港がこの元山《ウォンサン》であった。（「旅情の一日」）

開化派であったことが災いしてか、あるいは何らかの事件に直接関係するなど、ほかの原因があったのかは正確には不明であるが、李《イ》氏家族は一九〇九年にウラジオストクの地へと亡命する。この異郷で李昌夏《イチャンハ》は死亡し、一家は父の亡骸を載せて小さな船で梨津《ペギミ》へと移り、近くの素清《ソチョン》に居を構えることとなるのである。一旦この地に父を埋葬し、その後、母が人を雇い墓を掘り起こして自らの手で夫の遺骨を洗い包んで家僕の鄭《チョン》氏に持たせ、故郷に送ったという点は小説と随筆（「孤児の追憶」）が一致するところである。しかし、結局一九一二年、李泰俊《イテジュン》は母までも亡くし孤児になってしまう。彼は長男で、姉と妹が一人ずついた。このとき、彼は数え年で九歳、姉は十二歳、妹は三歳であった。

放浪期　李泰俊《イテジュン》らは素清《ソチョン》に三年ほどいたようである。母方の祖母が一緒にいたのであろう。その後、鉄原《チョルウォン》に戻り、親戚の面倒になる。しかし、彼らは父方の親戚で不遇な体験を経なければならなかったようである。彼の故郷での記憶は、友人たちと遊んだわずかな楽しみを除いては哀しいものでしかなかった。ディテールはともかくとして、『思想の月夜』に描かれた松彬《ソンビン》の疎外感と孤独感は、実際の経験と共通するものであったと見てよい。

ところで、略伝で李《イ》泰俊《テジュン》は「現住所」としてのソウルの自宅住所（京城府城北洞二四八番地）にあわせ自らの出身について本籍地ではない「出生地」として真面里《チンミョンニ》を記している。もしかしたら、つらい記憶しかない本籍地としての父方の実家ではなく、真面里《チンミョンニ》（母方の実家があったか?）をあえて略伝に記した可能性があるのかもしれない。「真面里《チンミョンニ》」は、『思想の月夜』に出てくる「チンメンイ」だろうか。真面里《チンミョンニ》は山明里《サンミョンニ》の誤謬との見解もあるが、これは一九一三年、朝鮮総督府において面・里・洞の行政区画を統廃合したことに伴う名称変更で、当時の地名は真面里《チンミョンニ》のままで正しい。

まもなく、彼は鉄原《チョルウォン》龍潭《ヨンダム》から安峡《アンヒョプ》の「モシウル」というところに預けられ、鳥の鳴き声も哀しく、水流の音にも涙を誘われるような孤独な日々を送る（「山」）。その後、鉄原《チョルウォン》に戻り私立鳳鳴《ポンミョン》学校へと編入、一九一八年三月に同校卒業。このころの彼の心に傷として残ったものに、名節《ミョンジョル》（民族的な祝祭日）の時間を過ごすときのみじめさがあったようである。周りの子らが着飾るこの日に一人汚れた服で人目をはばからなければならない切なさは、随筆に描かれるのみならず、初期の少年小説のモチーフにもなっている。ただ、成績はよかったようで、卒業式には賞状と賞品をもらったという。かつて母を亡くしたときにさえ、喪主になることを嫌がって逃げ隠れし、周囲の人たちから同情されることにむしろ憮然とし、辱《はずかし》めを受けたような感を抱き、母が恋しいよりも恨めしかったという彼であったが、賞状と賞品を手に家に帰ったこの日、彼ははじめて母を想って一日中泣いた

安東市街地。撮影年不詳

安東中国人街。撮影年不詳

のであった（「私にはなぜ母がいないのか」）。

　小学校を卒業したあと、ナポレオンにあこがれていた李泰俊《イテジュン》は、軍官学校に通うべく、上海を目指して家を出る（「青春告白―空想時代」）。このころから、彼は母が自分を守ってくれているような感覚を抱くようになったようだ。そして旅に出て偶然に知り合った仲間とともに上海に向かうが、中国国境を越えた安東《アンドン》県で引き返してしまうこととなる。しかし、一文無しで白馬《ペンマ》、南市《ナムシ》、宣川《ソンチョン》、定《チョン》州《ジュ》、五山《オサン》、麗美《リョミ》、安州《アンジュ》、蕭川《スクチョン》、順川《スンチョン》まで歩いたこの旅は、彼に忘じがたい思い出となったらしく、繰り返しこの旅について懐かしげに随筆で言及している。一文無しであったにせよ、つねに気兼ねしなければならなかった生活から解放された旅は、悔しさと涙にくれた彼にとって、はじめてともいえる自由だったのかもしれない。

　その後、元山《ウォンサン》で食事代をめぐる件で捕まり（「私の孤児時代」）、客主屋《ケクチュチプ》（二九頁参照）の小使いとなって、客の送迎などの仕事に従事することとなる。しかし主人は李泰俊《イテジュン》を認めるようになり、京城での勉強を希望する彼をなかなか放してくれなかった。主人には彼を婿にしようという考えもあったようである。李泰俊《イテジュン》はやむなく主人のいない間に番頭の了解を得て、京城へと上京するのであった。

中学時代　京城に着いたあとの李泰俊《イテジュン》の足跡はよく分からない。多くの研究で一九二〇年四月に培材《ペジェ》学堂に合格したものの、入学金を準備できずに働きながら青年会館の夜学高等科で学んだとしているが、裏付けは取れない。李泰俊《イテジュン》の足跡として確実なのは、一九二一年四月一日付で徽文《フィムン》高等

元山市街地。撮影年不詳

元山海岸桟橋。撮影年不詳

普通学校（高等普通学校は今の中学校に相当。修業年限は四年、一九二二年以降は五年であった）に入学したことと、一九二四年六月十三日付で同盟休校（学生ストライキ）の首謀者の一人として退学処分となっていることである。

徽文《フィムン》高等普通学校時代は、彼自身のことばを借りて言えば「黄金時代」であった（「追憶（中学時代」）。かといって、すべてが順調であったという意味ではない。月謝を払えず働いてお金を稼ぐために欠席が多かった。一年のときは二十一日、二年のときは三十日、三年になると同盟休校の関係もあろうが、退学までに四十一日の欠席があった。しかし、彼にとってこの時代が黄金時代であると思われたのは、彼なりの学校への愛着のみならず、文学や勉強に熱中したこと、そして恋愛の記憶もあったからではないかと思われる。成績は、理系科目が苦手であったが、欠席が多い割には良好であった。恋愛については具体的なことは分からないが、恋愛禁止であったにもかかわらず、女性と歩いたことが一度や二度ではなかったと随筆に記されている（「追憶（中学時代）」）。

彼に何より貴重な経験となったのは、読書体験であったことだろう。とりわけ『若きウェルテルの悩み』は、彼を感動させたようである。おおよそ『思想の月夜』に言及のある『復活』『ああ無情』『その前夜』などはこの時期に読んだものであろう。彼が文学に目覚め、読書に明け暮れ、文学の素養を積んだのが、この中学時代であった。彼の学籍簿の「嗜好及び志望」欄には「文学」と記されており、すでに文学への関心が一年生のときから芽生えていたことがうかがえる。さらに彼の文学熱は読書のみにとどまらず、実作へと至るのである。彼は同校文友会『徽文《フィムン》』第二号（一九二四年）に文章や詩を寄せている。李泰俊《イテジュン》は第二号発行時には学芸部長でもあった。経済的に苦しい環境に置かれながらも、彼にとっては充実した時間を送った時期であったことがうかがえる。

しかし、彼の中学生活は「退学」という形で幕を閉じることとなる。おそらく、この処分は彼にとって一生の痛手となったのではないか。というのは、その後の「進学」という道がきわめて困難になったからである。

退学に至る事件のあらましを簡単に見ておこう。

徽文《フィムン》高等普通学校では、李泰俊《イテジュン》が入学する以前の一九二〇年にはすでに同盟休校の事態が起きており、在学中の一九二三年にも、深刻な同盟休校があった。社会主義者、アナーキストによるものともされたが、学生たちが行っていたのは学校改革運動であった。この学校改革運動は一次的には校長排斥運動であったが、背景には経営主であった閔泳徽《ミンヨンフィ》の専横と学校私物化、校長を中心とした幹部による無能な学校経営、スポーツ選手の不正入学などがあった。閔《ミン》氏が学校に来たときには授業をやめてまで出迎え、遠足などでも閔《ミン》氏の先祖の墓の前をそのまま通り過ぎることはできず、多くの資金をスポーツに注入して図書施設などにはお金を使わないなど、学校のあり方に対し、学生たちの不満は極限に達していた（一記者「問題の中心は制度改革に」、『開闢《ケビョク》』第四三号、一九二四年）。まさに『思想の月夜』に描かれた通りの経営主や教員たちの横暴や強圧は、現実として徽文高等普通学校の中でまかり通っていたのである。李泰俊《イテジュン》が「首謀者」の一人となって行われた一九二四年六月の同盟休校もこの学校改革運動の延長線上にあった。

一九二四年六月十二日、同校三、四年生の学生たちが集まり、学校の将来のためとして校長と教務主任の辞職勧告を決議した。これに伴い、両氏への辞職勧告書が提出され、閔泳徽《ミンヨンフィ》にも「建白書」

ソウル市内のパゴダ公園（現・タプコル公園）。撮影年不詳

関釜連絡船徳《トク》寿《ス》丸《ファン》。撮影年不詳

が提出された。学生たちが立ち上がったのは、前年の同盟休校で約束されていたはずの両氏の辞職がなされなかったこと、退学処分になった学生たちへの不公平な対応などに主たる原因があった。この学生たちの動きは大規模なものとなり、全学年にまで広がって、二十四日には一年生から四年生まで七百余名が退学届を提出、さらに朝鮮労農総同盟、朝鮮青年総同盟からも校長と教務主任の辞職が勧告されるなど、社会団体にまで学校への批判が広まったのであった。しかし警察がこれに対応し、とくに校長が直接名前を申告した李泰俊《イテジュン》と朴圭潤《パクキュユン》の二名は、同二十七日「首謀者」として拘束されることとなる。結局、校長らは辞職、退学届により除名されていた学生たちはほとんど全員が復学するに至る。

　李泰俊《イテジュン》がこの同盟休校において中心人物の一人であったことに疑いはない。彼としては悔いるところはまったくなかったであろうが、学校を卒業できなかったことは、彼の人生に暗い影を投げかけるものとなったことであろう。しかし、彼は学校に愛着を持ち続けたようで、日本留学後に母校を訪ねてもいるのである。

日本留学時代　李泰俊《イテジュン》は徽文高等普通学校を退学となって、さほど時間を置かずして日本へと渡ったようである。一九二五年四月、早稲田大学専門部政治経済科に聴講生として入学。彼の来日は当然にそれ以前ということになり、仮に『思想の月夜』に従うとすると一九二四年夏以前には日本に来ていたということになる。

　日本に着いたとき、李泰俊《イテジュン》はお金を一円六十銭しか持っていなかった（この点は小説と随筆の記述

友愛学舎、奥にベニンホフ邸が見える。撮影年不詳

友愛学舎のテニスコート。撮影年不詳

が一致する)。当時、苦学を覚悟して来日しつつも結局は学ぶことが叶わず、専業労働者とならざるをえなかった朝鮮出身の若者が決して少なくなかったことを考えると、手中にほとんどお金がない状態であったにもかかわらず来日してまもなく勉強を始めることのできる、ある意味では稀有な機会を彼は得ていたとも言えるであろう。その機会を与えてくれたのは宣教師ベニンホフであった。

ベニンホフ(Harry Baxter Benninghoff:一八七四〜一九四九年)は実在の人物で、米国バプテスト教会から派遣された学校教育担当宣教師であった。早稲田大学で米国制度、英語会話などの授業を担当し、寄宿舎である友愛学舎(旧牛込区〈現新宿区〉弁天町)、協愛学舎(旧豊多摩郡下戸塚村・現新宿区西早稲田)、伝導奉仕のためのスコットホール(同上、戸塚村)などを設立している。李泰俊《イテジュン》がベニンホフと知り合ったきっかけは正確には明らかではないが、小説にあるように、新聞配達をする中で知り合ったということについては違和感はなさそうである。ただし、小説の通り、すぐに友愛学舎に入居できたかどうかははっきりとは分からない。

関東大震災により友愛学舎はかなり傷んでいたものの、まだ寮生は若干残っていた。友愛学舎が閉鎖されたのは一九二五年春のことである。小説とは異なり、ベニンホフの援助を得て早稲田大学専門部聴講生となるころに友愛学舎へと入居したと考えるのが自然なのであろう。ともあれ、李泰《イテ》俊《ジュン》はベニンホフのスコットホール事業の補助をすることで収入を得て、寮生たちが退去した友愛学舎で勉強の場を得ることもできた。彼は友愛学舎のテニスコートを散策し、また読書にも明け暮れるのであった(「意無尽記」)。

この年、つまり一九二五年に李泰俊《イテジュン》は短編「五夢女」を執筆、『朝鮮文壇』に投稿し当選(七月号）、ただし作品は何らかの事情で同誌ではなく『時代日報』（一九二五年七月十三日）に掲載された。

それにしても疑問なのは、李泰俊《イテジュン》が早稲田大学専門部聴講生として実際に授業に出ていたかどうかである。彼は一九二五年に専門部聴講生として入学したが、翌年に留年、同年五月に除名となっている。一方で彼は一九二五年九月に早稲田専門学校政治経済科に聴講生として入学（専門部夜間コース）、これも一九二六年五月に継続手続き不履行につき除名となっている。同じ年度に二重に登録することにも違和感があるが、いくら苦学したとしても、こうした形での中退はいささか不自然であるようにも思える。推測にすぎないが、徽文高等普通学校を退学処分となり、正式に卒業した証明を受けられなかったことが何らかの形で影響しているのかもしれない。そして、一九二六年春ご

ベニンホフ。撮影年不詳

スコットホール。撮影年不詳（関東大震災による改修後）

ろには「朝鮮青年たちにはあなたたちが導こうとしている宗教生活よりももっと差し迫った生活があると言って自由に思想青年たちと接近するために」(「感謝」)ベニンホフと訣別し、友愛学舎を出ることになるのである。

その後、李泰俊《イテジュン》は代々木方面へと引っ越し、一九二七年四月に上智大学「選文」に入学している。「選文」は文科予科の選科を指す。同校在学証書には一九二〇年四月「京城府徽文高等普通学校へ入学ス」、一九二四年三月「右校四学年修業ス」とある。実際とは一年のずれがあり、退学のことも記されていない。彼はこの上智大学にもほとんど通っていない。一九二七年七月には作家・羅稲香《ナドヒャン》の一周忌に寄せた「稲香《ドヒャン》のこと幾つか」を鉄原《チョルウォン》で書いており、夏には徽文高等普通学校を訪問、略伝に従えば十一月に日本を引き揚げて、朝鮮に戻っている。

それでも、この日本時代において李泰俊《イテジュン》は重要な経験を重ねたものと思われる。一つはベニンホフとの出会いであり、もう一つは「五夢女」の発表を含めた文学への意志の明確化、そして彼の周辺を取り巻いた文学的な環境である。

ベニンホフとの出会いによる影響としては、生活面での援助や学校の世話以外にも、李泰俊《イテジュン》の文学世界と関連して、いくつかのことが想定しうるように思われる。一つは西洋人宣教師に対する肯定的なイメージの形成である。『久遠の女像』をはじめとして彼の複数の小説にそうした一面をうかがうことができる。もう一つは音楽への関心である。これも同じく彼の小説にしばしばうかがわれるものであるが、彼の音楽に対する素養はベニンホフによってその土台が培われたと考えることができるかもしれない。ベニンホフは音楽愛好家であった。李泰俊《イテジュン》自身、東京時代にベニンホフのピアノ演奏を聴いて音楽の魅力に充たされた経験があるとも記している（「音楽と家庭」）。

もう一つの側面、つまり「五夢女」の当選が、文学を志す一つの契機として李泰俊《イテジュン》に貴重な体験となったことは言うまでもなかろう。また、すでに少なからぬ小説を発表していた羅稲香《ナドヒャン》との関係は彼の朝鮮文壇との距離感という点で文学体験において貴重なものとなった可能性がある。一時的な居住か単なる行き来であったのかは分からないが、羅稲香《ナドヒャン》は李泰俊《イテジュン》と友愛学舎でともに時間を送ったことがある。李泰俊《イテジュン》と羅稲香《ナドヒャン》は年齢も近く（羅稲香《ナドヒャン》が二歳年上）、さらに羅稲香《ナドヒャン》の祖父と李泰俊《イテジュン》の叔父は民族主義団体であった鉄原《チョルウォン》愛国団のつながりで関係があったことが明らかになっている。羅稲香《ナドヒャン》自身が李泰俊《イテジュン》の叔父のもとを訪ねたこともあった。李泰俊《イテジュン》と羅稲香《ナドヒャン》にはそれなりの因縁があったのである。その後、肺を病んでいた羅稲香《ナドヒャン》は一九二六年六月前には朝鮮へと帰り、八月に他界する。

ところで、作家・廉想渉《ヨムサンソプ》の短編小説に「遺書」（一九二六年）というものがある。この小説は日本時代の羅稲香《ナドヒャン》の自殺騒動を描いたもので、当時の東京の朝鮮人文学者たちの姿を知る上で興味深い。ここにB町に住むTという人物が登場する。これは、弁天町に住んでいた李泰俊《イテジュン》と見て間違いなかろう。李泰俊《イテジュン》の周辺にはこのように羅稲香《ナドヒャン》、廉想渉《ヨムサンソプ》がおり、済州島《チェジュド》出身の詩人・金志遠《キムジウォン》とも親しかった。

また、親しい間柄ではなかったようだが、詩人、のちに国文学者となる梁柱東《ヤンジュドン》や、朝鮮の伝統的な定型詩・時調の創作で知られる李殷相《イウンサン》も近くにおり、接触があった。李泰俊《イテジュン》の随筆には、大空詩人・永井叔《よし》を見かけて書いたと思われる文章も存在する（「春雨の音」）。こうした東京での文学体験は、李泰俊《イテジュン》の文学の土壌の一端となっていったものと思われる。

ただし、一方で、彼が結局、徽文《フィムン》高等普通学校も、早稲田大学や上智大学も卒業できなかったことは、おそらく彼に学歴に対する一種のコンプレックスを植え付けたのではないかとも思われる。彼の華やかな文壇活動や美文とも言われたその文章にもかかわらず、彼の文学の裏面には孤児としての貧しさと哀しみの体験が深く染み込んでおり、学校に通うことがままならなかった負いめのような心的負担もところどころに見えかくれしているというのが訳者の印象である。


朝鮮に帰る　朝鮮に帰ってまもない時期、李泰俊《イテジュン》が何をしていたかは、略伝が一九二七年十一月に上智大学を中途退学したとするのみで、明らかではない。分かることと言えば、さきに触れたように一九二七年夏に徽文《フィムン》高等普通学校を訪問しており、同じころ羅稲香《ナドヒャン》の一周忌にあたって追悼の文を鉄原《チョルウォン》で書いているという程度である。おそらく一九二七年から一九二八年ごろの彼は、短編「故郷」にもうかがわれるように、職を求めて不安定な時期にあったのではなかろうか。

彼が一定の職に就くことができるようになったのは、一九二九年以降であろう。この時期に開闢社に入社、『学生』『新生』の編集にも関与している。さらに、創作面でも『朝鮮日報』『オリニ（児童）』『学生』などに作品を発表しはじめている。

一九三〇年には梨花《イファ》女子専門学校で音楽を学んだ李順玉《イスンオク》と結婚、家庭的にも安定した中で創作活動も活発になっていく。京城保育学校、梨花《イファ》女子専門学校などで講師を歴任。『中外日報』の記者を経て、同新聞を引き継ぐ『朝鮮中央日報』の学芸部長にも就いた。短編にとどまらず長編の執筆や単行本の出版なども含め、継続して積極的な文芸活動を行い、名実ともに朝鮮文壇の中堅を担う存在となっていく。とりわけその文章力は高く評価された。彼を「文人の中で誰よりも「文章」によって読者を惹きつける」と評したのは、詩人であり評論家でもあった金起林《キムギリム》であった（「スタイリスト李泰俊氏を論じる」『朝鮮日報』一九三三年六月二十七日）。

一方、当時の文壇で彼の文学的な方向性を印象づけたのは、九人会への参加ではなかったろうか。九人会について簡単に触れておこう。

九人会は一九三三年八月に文学者らが集った親睦団体で、李泰俊《イテジュン》、鄭芝溶《チョンジヨン》、金起林《キムギリム》、李孝石《イヒョソク》ら九人がこれに参加した。若干のメンバーの変動があり、『川辺の風景』で知られる朴泰遠《パクテウォン》、『烏瞰図《オガムド》』の詩人・李箱《イサン》なども参加している。メンバーは主として純粋文学を志向する傾向を見せ、厳しい検閲や弾圧もあって退潮の兆しを見せつつあったプロレタリア文学とは対極に近い立場から作品を書き、その存在感を示した。機関誌『詩と小説』（一九三六年）は一号にとどまり、サロン的に集まる域を必ずしも出なかったが、参加したメンバーは文壇でそれなりに存在感のある作家たちであった。文学史的にもいわゆる詩文学派を引き継ぐ純粋文学の流れや、モダニズムの影響の側面から注目すべき存在であったと言える。李泰俊《イテジュン》はこの会の中心人物の一人に数えられる。

また彼自身、自伝的小説「解放前後」（一九四六年）で、「九人会時代」「『文章』時代」ということばを使っている。九人会や、一九三九年創刊の文芸誌『文章』のころを、一つの「時代」として意識していたことがうかがえる。

つまり、九人会のころが彼の一つの重要な時代であったとすると、もう一つの時代が『文章』時代ということになるのであろう。『文章』は一九三九年から一九四一年まで刊行された文芸誌で、植民地時代末期の朝鮮において最高峰の文学的水準を誇った。『文章』は多くの新人を推薦制によって発掘し登壇させたことでも知られる。小説部門は李泰俊《イテジュン》、詩部門は鄭芝溶《チョンジヨン》が審査にあたった。李泰俊《イテジュン》の審査はかなり厳しいものであったという。九人会のころからこの『文章』での活躍のころは、李泰俊《イテジュン》にとって作家としてももっとも充実した時期であったのではないかと思われる。

かといって、李泰俊《イテジュン》にも文学的な転機がまったくなかったわけではない。また、太平洋戦争期において時代的な苦難を否応なしに背負わなければならなかったことは、ほかの文人たちと変わるところはなかった。

李泰俊《イテジュン》の文学的な経歴の中で転機と言える時期は、一九三八年、哀愁があっても思想がないとされた自らの創作のあり方について、変化の必要性を自覚したことがあげられよう。彼はたとえ寡作となることがあっても本当の芸術家としての役割を果たしたいと決意するのである（「本当の芸術家の役割」）。こうした意識が「浿江冷《ペガンレン》」（一九三八年）や「農軍」（一九三九年）といった作品におそらくは関係していると考えられる。ただ、全体として見ると、文学的な傾向は本質的には大きく変わったようには見えない。文学の傾向に大きな転機があったとすれば、解放後、北に渡ってからの作品、ということになるのであろう。

他方、太平洋戦争期において李泰俊《イテジュン》は、ほかの文人たちと同様に時代的な要請にある程度応じざるをえないこととなる。例えば、『大東亜戦記』（一九四三年）は当局の要請によって翻訳されたもの（李泰俊《イテジュン》が海軍、李無影《イムヨン》が陸軍を担当）と推測されるが、彼の経歴の大きな汚点になったことは間違いない。彼は時局に巻き込まれることを極力避けようとしたようであるが、朝鮮文人報国会の小説戯曲部会の相談役に就任、新太陽社朝鮮芸術賞を受賞するなど、当時の時代的な流れから完全に離れることはできなかった。国民総力朝鮮連盟からの指示で文人報国会の一員として木浦《モクポ》造船鉄工会社へと現地視察に派遣、これにより創作された「第一号船の挿話」（一九四四年）という日本語小説も存在する。しかし、彼の対日協力は時代の要請に一面では沿いつつも、総じて消極的なものであったという印象がある。

解放後　解放後の李泰俊《イテジュン》の足跡で注目できるのは、一つは文学団体への積極的な関与であり、もう一つは文学傾向そのものの変化ではないかと思われる。まずは彼の文学団体への関与について見ておこう。

日本の敗戦の翌日、ソウルでは、かつてカップ（朝鮮プロレタリア芸術家同盟）に集った林和《イムファ》と金《キム》南天《ナムチョン》を中心として朝鮮文学建設本部が設立され、一九四五年八月十八日には同建設本部の上部機関となる朝鮮文学建設中央協議会が設けられた。疎開先であった江原道《カンウォンド》からソウルへと戻った李泰《イテ》俊《ジュン》はこれに合流し、朝鮮文学建設本部の中央委員長となるのである。上部機関であった中央協議会の議長は林和、書記長は金南天であった。朝鮮文学建設本部は懐を広めに構えて人材を集めようとしたが、対日協力を積極的に行った人物については、李泰俊《イテジュン》は加入に反対したようである。こうした動きの一方で、右派や中間派を取り込んだ協議会を批判する形で一部の文人らが九月二十日に朝鮮プロレタリア文学同盟を結成、一九三五年に解散したカップの再建をめざした。その後、朝鮮文学建設中央協議会と朝鮮プロレタリア文学同盟の両者は合同へと至り、十二月十三日に朝鮮文学同盟を立ち上げることとなる。李泰俊《イテジュン》はこの副委員長に就いている。彼は主として左派に近い文学者たちの動きの中心部にいたとみることができる。

李泰俊《イテジュン》のこうした動きは、周囲の文人たちに意外な感を与えたようだ。しかし、彼は積極的な共産主義者であったとは考えにくく、彼の信念にはやはり「朝鮮」があったのではないかと思われる。この時期、彼自身が行わなければならなかったのは、過去の自身の対日協力をいかに合理化するかであり、もう一つは朝鮮独立への姿勢を明確に示すことであった。前者は「解放前後」（一九四六年）でその一端をうかがうことができるであろうし、後者はのちにあらためて触れるが、『思想の月夜』の改作がそれにあたると言えるのかもしれない。ともあれ、彼は朝鮮に尽くすべく、何らかの実際の行動でもって寄与したいという気持ちが強くあったようにも見える。彼は一九四六年八月初旬、突如として三十八度線を越えて北へと渡るのである。当時、長編『不死鳥』を連載しており、それを放棄して北に行ってしまった形で、かなり急な印象も拭えない。

彼は越北してまもなく一九四六年八月から十月にわたって、訪ソ文化使節団の一員としてモスクワやレニングラードなどを旅行する。朝鮮に戻ってソ連を手放しに絶賛した『蘇聯紀行』（一九四七年）を刊行。その後も彼は小説を北で書き続ける。しかし、解放後の彼の一連の作品は、概して文学的な成果を収めたとは言いにくい。北朝鮮文学芸術総同盟から厚遇はされたが、とくに「埃」（一九五〇年）は彼にとっての文字通り「問題作」となり、厳しい批判の対象ともなった。結局、朝鮮に貢献したいと願ったであろう彼の意思は叶わず、むしろ政治に翻弄されることとなった感がある。

彼は朝鮮戦争の折には従軍作家として南下、ソウルにも訪れ、一説では帰順の意思を持っていたともされるが、態度を決めかねて北へと戻る。しかし、朝鮮戦争のあとに待っていたのは南朝鮮労働党（南労党）系の人物の粛清であった。林和《イムファ》や金南天《キムナムチョン》はもちろん、南労党の中心人物である朴憲《パクホン》泳《ヨン》に人脈的につながりのあった李泰俊《イテジュン》も批判の対象となったが、ソ連派の庇護もあり、厳しく批判を受けることになるのは一九五四年末から一九五五年ごろであったようである。しかし命だけは助かり、地方新聞の校正員、屑鉄収集労働者などの仕事に就く。一九六四年には対南心理戦総参謀部である中央党文化部に専属作家として戻ったともされるが、このあたりのことは具体的な資料を見つけることができず、明確には把握できない。一九六九年五月に彼に会ったという人物の証言もあるが、それを確認するすべもない。

二　『思想の月夜』について

以下では『思想の月夜』への理解を深めるために、まずは李泰俊《イテジュン》の文学についてごく簡単に概観し、さらに『思想の月夜』について検討、また、解放後の改作部分についても触れておくことにしたい。

李泰俊の文学　まずは『思想の月夜』を検討する前提として、李泰俊《イテジュン》の文学について、その全体的な傾向を簡単に見ておくことにする。

李泰俊《イテジュン》は主として一九三〇年代の純粋文学を代表する旗手として、また金東仁《キムドンイン》や玄鎮健《ヒョンジンゴン》らを引き継いで朝鮮の短編小説を完成させた作家として評価される。とくに美文とすぐれた人物描写は当時から高い評価を受けていた。思想の不在が指摘されつつも、彼の小説は繊細かつ哀愁を帯びた表現により、多くの読者を魅了したと言える。こうしたことから彼の小説は「抒情的小説」と呼ばれる向きもある。かといって、彼の小説に社会的な要素がまったくなかったというわけではない。本書収録の「故郷」「桜は植えたが」に見られるように、彼の小説に当時の現実を描写し告発する側面は少なからず見受けられ、とくに「桜は植えたが」は解放後の北においても一定の評価を受けたようである。また、「農軍」は一九三一年の万宝山事件に取材し、社会性を前面に出した作品であった。彼の現実認識や社会性をうかがわせる作品は、ほかにも複数あげることができる。

しかし、彼の文学、少なくとも解放前の小説で現実への批判意識や社会性が中核をなしたとは考えにくく、むしろ人物を通して個々の生を描くことに彼の主眼点があったように思われる。彼の小説に描かれる主人公はある程度類型化して理解することが可能である。例えば挫折した知識人、没落する老人、下層民、愚昧な人物、不遇な教員といった具合に、おおむね社会の陰で生を営む人々が鮮明に性格づけられるのである。こうした人物像は主として短編小説において多様な姿で描かれることとなる。ただし、彼はそうした対象にのめり込むことを避け、主人公の内面にまでは深く踏み込まない立ち位置を維持している。

彼は長編よりも短編に愛着を抱いていたらしい。彼は短編を「人生を描写するにあたって一つの経済的な手段として発生した形式」（「短編と掌編」）と捉え、自分が書きたいときに書きたいように書けるとし、「ジャーナリズムとの妥協なしに比較的純粋な自分」（『烏』序文）で表現できると考えるのである。

一方、李泰俊《イテジュン》の長編は大衆的な人気は得ていたものの、短編に比べて文学的な評価は高くなかったと考えられる。内容面で主として恋愛小説にとどまったと思われがちであった側面があるのかもしれない。しかし、植民地時代の執筆だけで十数編を数える彼の長編小説は、量的にも必ずしも少ないとは言えず、彼なりに長編への思い入れがなかったわけではないように見える。通俗的との批判はあったにせよ、彼の長編小説は読む者を飽きさせない。登場人物らが生き生きと奔放に描かれるさまは、むしろ短編小説よりも長編小説のほうに惹きつける力があるようにさえ感じられる。短編で目指された美意識や、対象から一定の距離を保つ描写方法の一方で、主人公と社会との間に映し出される葛藤に対する主人公の態度という点で、長編なりの魅力が確保されているようにも思われるのである。

ただし、彼の長編が一定のパターンを有していることはすでに多く指摘されてきた。すなわち彼の長編の主人公がおおむね、①不遇な環境に生まれており、②その人物が三角関係をめぐって権力や財力を有する人物に敗北し、③社会や民族のために身を捧げることを決意して啓蒙的な活動を行うようになる、というものである。つまり、彼の長編は主として恋愛という側面と、社会や民族のために身を捧げる啓蒙志向の二つの方向を同時に有していると考えられる。こうした典型は、『思想の月夜』でも必ずしも例外とはならない。『思想の月夜』は自伝的要素が濃厚であるという意味から彼の長編の中でもかなり異色であり（他の長編でも彼の生涯に関係しそうな部分はところどころに存在はする)、他の長編に見られないような抒情性のにじみ出た文章という点からも、かなり独特な作品である。しかし、それにもかかわらず『思想の月夜』もまた、彼の長編の一連のパターンから自由ではありえないのであった。

これまでの研究で、李泰俊《イテジュン》の文学における強い自尊心についてもたびたび触れられてきた。孤児であった彼に亡き父の存在は大きいものであったし、その息子としての自尊心が、挫折に直面したときに彼の内面を支え続けたことは充分に想像できる。自尊心こそが彼の最後の拠りどころなのであった。それがある程度、彼の文学にも反映されたことは間違いない。さらには、朝鮮の開化に身を投じた父への思いは、のちに彼が北へと渡る内的契機とも、おそらくは部分的には結びついた可能性があるのではないかとも思われるのである。

『思想の月夜』　『思想の月夜』は『毎日新報』で一九四一年三月四日から同年七月五日まで連載された。金南天『大河』(一九三九年)あたりを嚆矢《こうし》として、この時期には家族史小説、年代記小説と言えるような小説が複数創作されている。韓雪野《ハンソルヤ》『塔』(『毎日新報』、一九四〇年八月一日から一九四一年二月十四日連載)などもこの時期に書かれたものである。李泰俊《イテジュン》の『思想の月夜』は、家族史あるいは年代記小説というよりは、成長小説ともいうべき性格が濃厚であると言える。家、世代間の葛藤といった主題を扱うのではなく、一貫して松彬《ソンビン》という人物の足跡と個としての葛藤(貧しさ、恋愛、日本体験など)を通じた覚醒や成長の軌跡を描いている。この小説の魅力は、何よりも哀しげな抒情を感じさせる文体にあるものと思われる。その中で重要な意味を持つのは場面場面で描かれる月の存在であり、松彬《ソンビン》の自意識の根源を映し出すとも言える天桃硯滴《チョンドけんてき》の存在であろう。

月は時間を超えて変わることなくあり続ける存在である。時間を超えるということは、主人公松《ソン》彬《ビン》の両親が存命であった時代から、彼が東京で苦学する時代に至るまでも、つねに彼を見つめ続けた存在であり、彼を取り巻いたすべての時間の象徴でもあった。もとより、李泰俊《イテジュン》はこの小説の冒頭(作者のことば)で月夜を「感性の慈母」と形容している。彼は月夜があることによって人がどれだけ多くのことを考え、そのことによって人はどれほどに真実でありえてきたかと述べる。月はまさに松彬《ソンビン》の感性の慈母として、あるいは過去の時間や愛情の総体として、この小説の抒情の軸を形成するのである。小説は「最初の月夜」からはじまり、「東京の月夜」で中断される。父を亡くした月から、科学に覚醒して月に反感を持つに至るまでの月夜が描かれる。しかし、月は松彬《ソンビン》のそばから離れることはない。月はつねに松彬《ソンビン》とともにあり、そのもとで彼は考え、哀しみ、ときには甘酸っぱい時間を送り、反発もするのである。月は、この小説において抒情の核心であると言っても過言ではない。

天桃硯滴は父と松彬《ソンビン》を媒介すると同時に、屈辱に耐えねばならなかった松彬《ソンビン》の、自尊心の最後の拠りどころを象徴するように思われる。その自尊心は、最終的には開化を目指す志士であった父の意思を引き継ぐものにほかならなかったことだろう。したがって、小説で強く意識される成功願望は、少年期の漠然たる希望を除けば、朝鮮のために尽くすという前提から外れることはなかった。それが『思想の月夜』でもっとも明確に示されるのは、ベニンホフとの訣別である。松彬《ソンビン》は安楽であることや単なる立身出世を目指しておらず、朝鮮のために熱弁をふるう学生たちの側に立ち、べニンホフから提案された米国行きを迷うことなく拒絶する。松彬《ソンビン》は孤児としての哀しみから解放されることは決してなかったであろうが、もとの苦しい境遇に戻ることがあったとしても、毅然と正しいと信じた道へ進もうとするのである。彼の受けた疎外感は、むしろ彼の自尊心と成功願望をより強固にする契機となっていった感すらある。徽文《フィムン》高等普通学校での同盟休校であれ、ベニンホフとの衝突であれ、自らの志に反するものは決して受け入れようとしない、ある意味での激しさや無謀さに近いものがこの小説にかいま見られるように思われる。

また、これらの描写の一方で、小説の大きな流れを構成するものに恩珠《ウンジュ》との恋愛があり、科学への信頼あるいは旧習への反感というものも重要な側面となっている。恩珠《ウンジュ》との関係は三角関係という小説としての装置の意味もあろうが、恩珠《ウンジュ》は孤独でしかありえなかった松彬《ソンビン》の内面を治癒するすべての愛情を込めた対象として描かれる。科学への信頼や旧習への反感という点は、この小説のところどころにうかがわれる部分であるが、例えば前者は龍潭《ヨンダム》時代の火の玉事件や東京での科学への傾倒を典型としてあげられるであろうし、後者は徽文《フィムン》高等普通学校での改革や、朝鮮の伝統的な衣服を一種卑下するような見方などに端的にうかがわれることであろう。恋愛、科学への信頼、旧習の打破というテーマはこの作品の重要な脈絡を構成していると言えよう。

一方、李泰俊《イテジュン》の実際の生涯と小説の内容に不一致が見られることはさきに触れた生涯の概略からもある程度はうかがえるが、反対にこの小説が事実をある程度反映して書かれていると思われる部分も決して少なくないことも念頭に置くべきであろう。例えば、砂だらけであったという素清《ソチョン》通りの様子は、衛星写真を通じてみる限り現実を反映したものであることがおおむね確認できるし、李《イ》泰俊《テジュン》が徽文高等専門学校の同盟休校で首謀者の一人であったのも、さきに経歴で紹介した通り事実である。また、ベニンホフ邸の描写やスコットホールでの集会に関する部分についても、ほぼ現実と一致している。スコットホールが社会主義関係の朝鮮人学生たちのために困り果て、場所を貸さなくなっていたことも事実である。

大まかには、対話などのディテールはともかく、物語全体の枠組みや人物の性格、建物の外観などの描写は、彼が体験した現実にかなり近いところが多いように思われる。何より、孤児としての哀しみ、親戚からの疎外感、ときに激しくなる性格、あるいは成功願望といった松彬《ソンビン》の内面は、彼の文学の本質にかかわるもので、作家・李泰俊《イテジュン》を理解する上でも重要な部分であろう。

結局、李泰俊《イテジュン》は『思想の月夜』を上編で終えることとなる。戦争へと突き進んでいく時代に彼がこの作品を書いた以上、続編を書くことが容易でなかったことは想像に難くない。自由な表現がままならない時代であっただけに、執筆に慎重にならざるをえない部分は確実にあったはずである。しかし、何より李泰俊《イテジュン》自身、東京時代以後の時期を対象に、何らかの内的補償をこの作品でさらに追求する必要がなかったという理由も大きかったのではないかとも思われる。朝鮮の学生たちの側に立ち、ベニンホフと訣別したところで、この小説は彼としては長編の典型を一旦は完遂したことになり、それ以上の展開を書く必要はなかったということである。すっきりと結末をつけることができたわけではなかったにせよ、この小説は彼の内部では上編終了の時点で完結した物語となりえたのではなかったろうか。

ともあれ、李泰俊《イテジュン》にとって『思想の月夜』は、自らの幼少年期から日本留学期までの成長と葛藤を虚構と事実をおりまぜつつ抒情的に描いた作品であったということになろう。つまるところ、その深層には、傷つきつづけてきた過去の自らの心情を記すことで内的外傷を癒す、一種の過去克服への願望が投影されていると見ることも可能なのではないかと思われるのである。

改作について　李泰俊《イテジュン》は『思想の月夜』を解放前に連載したあと、解放後、一九四六年十一月に乙酉《ウルユ》文化社から単行本でこれを刊行している。刊行は、李泰俊《イテジュン》が越北したあと、南でということになるが、原稿を整理したのは時期的に見ておそらく北に渡る直前あたりだったのではないかと思われる。時期や事情は正確には分からないが、ともあれ、李泰俊《イテジュン》はこの小説を単行本で出版するにあたり、改作を行っている。具体的には、本書の二五九頁四行目以下は削除され、かわりに次のような形で小説の完結がはかられるのである。若干長くなるが改作された部分を全文、翻訳して引用しておく。

「遠く百済《ペクチェ》の時代には王仁《わに》が文字を持ってこの海を渡った！　文字だけでなく、医術、占術、鉄工術、美術、のちには造園師まで百済《ペクチェ》から渡っていった。それなのに日本人たちはその代わりに何を持ってこの玄界灘を渡って朝鮮に来た？　壬申の乱〔文禄・慶長の役〕で、日韓併合で、日露戦争と日清戦争で、ただ銃と刀を持ってやってきただけだ。こんなにもあくどい隣りの日本に、いや、今は恐ろしい統治者日本に、僕は勉強のために向かっている！　今日、僕たちは頭を空にして、科学と思想を向こうに学びに行くことになった。哀しい、あまりにつらい逆転だ！」

そして、松彬《ソンビン》が驚くようにして身を起こしたのは、

「そうだ！　父さんも昔、玄界灘を渡ったんだ！」

と思い出したからであった。長崎で洋服を着て撮った写真は、あの天桃硯滴とともにまだ姉の松玉《ソンオク》が預かって持っているのである。

「玄界灘は僕たちすべての歴史の海だ！　あらゆる歴史の波なんだ！」

松彬《ソンビン》は立ち上がった。この海を、この玄界灘を見たかった。足がおぼつかない。よろめきながら階段を上がって甲板に出た。空も海も暗い。風は船がかき分ける海の中から吹いてくるように、冷たくひんやりとしている。

「ああ、これが玄界灘！　歴史から遅れた朝鮮を日本ほどにしようとしていた金玉均《キムオクキュン》先生が行き来し、そのあとには亡命のために渡ったこの玄界灘！　僕の父さんもこの海を渡るときには大志を抱いていたことだろう。結局、志を果たすことができないままにこの海を戻り、のちにはやはり時代のことに暗かった井の中の蛙のような愛国者たちに売国奴だの逆賊だのという悔しい汚名を着せられ、それで祖国を捨ててこの玄界灘とつながっている日本海に出てロシア領へと亡命したんだ！　そこで他界した、まだ三十五歳であった僕の父さん！　その哀しみやいかほどだったろう！」

「ああ、父さん、力及ばずとも父さんの志を継いでいきます！　先覚者たちの受難にこたえます！　金玉均《キムオクチュン》先生のような方を、父さんのような方を、売国奴だとか逆賊だとか言ってい

たあの頑迷な保守主義者たち、今も民鉄《ミンチョル》の祖父や、元燮《ウォンソプ》の祖父のような人が朝鮮には一杯います。彼らは今はみな男爵だの侯爵だの爵位をもらって、民族は塗炭の苦しみの中にあってもやつらだけは権勢を誇って贅沢をしています。誰が本当の民族の逆賊で、誰が本当に国を売りとばしたやつなのでしょう。父さん？　この船にも今、朝鮮の青年たちがたくさん乗っています。その中には売国奴たちの息子で日本の官立学校を卒業して、自分の祖父、自分の父親の権勢を引き継ぐつもりの間抜けもいるだろうけど、まだ金玉均《キムオクチュン》先生や父さんが日本に祖国を売るためではなく、日本の維新を学びに行ったように、日本に協力するためでなく、今後日本と闘い、朝鮮を取り戻すその準備として学問と思想を学びに行く本当の愛国青年たちがいないわけではないのです！　霊魂でいらっしゃるのなら、この人たちの将来を導いてください！」

冷たく冷えた松彬《ソンビン》の頬の上には、熱い涙が流れた。今日の自分の寂しさ、今日の自分の貧しさが、昔、そんな父さんがこの玄界灘を渡ったところに起因するのだと思うと、松彬《ソンビン》はこれまでの苦労がむしろ誇らしく、これから経なければならないであろう苦労に対してさらに勇気が湧くのであった。

船は突き上げる波をかき分け、引く波のときには滑るように越えながら、変わることのない速度で進んでいく。松彬《ソンビン》は遠く海の向こうの空が明けはじめるまで、明朝からの新しい運命に向かって立ちつくしていた。

単行本で書き換えられたのは、大きくは結末部分のみであるが、かなり大幅な改作である。

内容的には、日本統治への怒り、朝鮮文化に対する自負、保守主義者への批判、金玉均に対する評価、志士であった父への思いが描かれる。急いで書いたのであろうか、いささか荒っぽい印象は免れない。

問題となる点は大きくは二つありそうである。一つは改作によって何が書かれたかということであり、もう一つは何が削除されたかということである。この二つの確認を通じて、ひいてはこの小説がなぜ単行本で出版される必要があったのか、ということにもおそらくつながってくる可能性がありそうである。

改作後にあらたに書き加えられた結末部でとくに強調されるのは、日本への批判、朝鮮の頑迷な保守主義者たちへの反発、本当に売国を行ったのは誰なのかという問いかけである。削除されたのは朝鮮の衣服を卑下した場面、そして「東京の月夜」の章が丸々すべてである。汽車の中の朝鮮の老婆とのエピソード、ベニンホフとの関係、友愛学舎やスコットホールでのすべてのことが削除されている。当然、この作品は単行本にせずにまとまった形で世に出さない選択肢もあったはずである。しかし、あえて出版に踏み切ったところを見ると、おそらくこの改作は、越北を決心した上での準備として、自らの思想を示す意味でなされた側面もあるとするのが妥当なのかもしれない。

言うまでもなく、朝鮮の卑下は、解放後の彼が文学を展開するうえであってはならないものであった。また、消極的な協力ではあったにせよ、対日協力の負いめが彼には重くのしかかっていたはずで、「親日」の問題が政治的にも文学的にも厳しく問われなければならなかった当時の状況が前提としてあるからには、彼は明確に「売国奴」とは一線を画さねばならなかった。彼は植民地期に爵位を与えられたような人物に対する攻撃をあらわにするのである。同じく対日協力を行った蔡萬植《チェマンシク》の「民族の罪人」（一九四八年。本シリーズの蔡萬植《チェマンシク》『太平天下』に収録）における自己批判（自己弁護と見ることも可能であろうが、訳者が考えるにはその筆致にはやはり後悔の色彩が濃い）とは相当に異なる自己合理化を、李泰俊《イテジュン》は『思想の月夜』と「解放前後」で行っているようにも感じる。

孤児として厳しい時代を生き抜き、家庭を持ち、作家として相当の評価を得ていた彼にとってやむをえない処し方であったし、それを安易に批判する立場には、訳者としては立たない。しかし、この時点で彼はかつての純粋文学の道を放棄し、政治的な色彩の濃い小説へと大きく舵を切ることとなるのである。越北という行為も含めてである。

解放後の彼の文学への姿勢を考えるにあたって、この改作は重要な転換点となるはずであり、その動機と内容に至るまで、今後さらなる検討が必要となることであろう。

三　短編小説について

本書には『思想の月夜』のほかに五篇の短編を収録した。本シリーズの前提が植民地期の文学ということになっているため、すべて解放前に発表された作品である。

作品の選定にあたっては、彼の作品傾向の変化を一定程度考慮し、あわせて李泰俊《イテジュン》の小説の典型とも言える弱者や、社会の陰にある人物を異なるタイプから読むことができるよう意識した（好古趣味を反映した作品「夕陽」は例外である）。また、一九三〇年代から一九四〇年代にかけての作品を対象に発表時期をある程度ばらつかすようにした。

以下、本書に収録した短編について、簡単に解説を付しておくこととする。

「鉄路《レール》」一九三六年十月、『女性』に掲載された。かつて李泰俊《イテジュン》の小説は女性誌に発表した作品を中心に「女学生小説」という呼ばれ方をしたこともある。小説の思想性の欠如について評したものであろう。しかし、当時、必ずしも高い評価を得ることができなかった彼の長編にせよ、こうした女性誌に発表した作品にせよ、まずは個々の作品を正当に評価していく必要があることであろう。

この作品は短くこぢんまりとまとめられた小品である。漁のことしか知らない少年の淡い恋心を淡々と描いたもので、読み物として一定の安定感を保っている。また、陽のあたらない主人公と挫折という側面で、彼の小説のパターンを踏襲している。

小説の舞台となっている松田《ソンジョン》に、李泰俊《イテジュン》は何度か行っている。紀行文「海村日誌」には松田《ソンジョン》の魚の値段や、漁民から貽貝《いがい》と鰈《かれい》を買ったこと、物々交換でなく現金で買うことを漁師が喜ぶことなどが書かれており、こうした体験に取材してこの小説を構想したことがうかがえる。李泰俊《イテジュン》は松田《ソンジョン》をかなり気に入っていたようである。当地の漁民の淡い恋、その主人公の素朴さが何とも切ない。李泰俊《イテジュン》の短編の一つの典型をうかがわせる作品であると思われる。

「故郷」この小説は短編小説ではあるが、『東亜日報』に一九三一年四月二十一日から二十九日まで八回にわたって掲載された新聞連載小説である。一九三一年ということは、彼が小説を積極的に書き始めていくらも経っていないころの作品となろう。小説の構成、表現に至るまでいささか荒っぽく未熟な感を免れないが、『思想の月夜』のあとの李泰俊《イテジュン》の体験をうかがわせる部分もありそうであること、当時の就職難、理想としていた故郷への幻滅など、注目すべき部分もあり、収録することとした。

大阪朝日新聞社特撰「最新満蒙大地図」、昭和７年より

李泰俊《イテジュン》の小説の一面として、社会性や民族性の側面もしばしば論じられる。「故郷」はこの種の議論において必ずと言ってもよいほど言及される作品の一つである。

この小説が発表される少し前に、小津安二郎の映画『大学は出たけれど』（一九二九年）が公開されている。日本も深刻な就職難であったが、朝鮮は一層厳しい状況に置かれていた。コメディタッチで描かれた小津の映画とは反対に、李《イ》泰俊《テジュン》の「故郷」は彼の小説としては珍しく文章が感情的で、攻撃的な感すらある。結末も悲惨なままに終わりハッピーエンドとはなりえない。朝鮮に戻った当時の彼が直面しなければならなかった現実が、それなりにリアルに描かれている可能性があろう。彼は小説の題名を「故郷」としたが、実際のところ、彼は故郷を喪失していた。しかし、彼の自意識の拠りどころは、「朝鮮」から決して離れることはないのであった。

他方、彼は生気を失い無気力な姿を見せる朝鮮の人々の姿をもこの作品に描いている。『思想の月夜』でも朝鮮人を卑下する描写は一部で見られたが、この作品でもわずかにそうした面が見うけられる。しかし、注目すべきは朝鮮の厳しい就職環境、そこで難なく就職できる典型的な人物像、うわべだけの社会主義者、労働者の苦境などを描いているということであろう。本シリーズ蔡萬植《チェマンシク》『太平天下』収録の短編「レディメイド人生」（一九三四年）も知識人の就職難を描いている。ともに主人公は最終的には投げやりな行動へと至るのである。

「桜は植えたが」　一九三三年三月、『新東亜』に掲載された。主人公は小作人として比較的平穏に暮らしていたが、日本人の会社が地主となってからは何かにつけ搾取されるようになり生活が成り立たなくなってしまう。役所も村人たちの定着をはかって桜を植えるなど努力はするが村は衰退するばかりで、主人公一家もまた農村を離れることとなる。結局、ソウルで妻がだまされて家庭が崩壊し、子も死に至るという悲惨な状況となる。

この作品は全体として現実批判的な傾向を見せるが、一方で当時における朝鮮の中の日本が映し出されている点も興味深い。そもそも、平和に暮らすことができた主人公一家を離農させたのは日本人の会社であった。当時の朝鮮人小作農が置かれた窮状を告発しているとも見ることができよう。さらに、荷物運びをしようとするときに声をかけてきた学生に、道も分からずまごまごとする主人公に向けられた文句は日本語によるものであった。また、妻子を失ったあと、ある日、荷物を運んだところは日本人が多く住んだ南山町《ナムサンチョン》で、主人公はそこで故郷の桜のように美しい日本女性とたまたま目が合い、何か罪でも犯したかのように背を向けるのであった。故郷の桜を思い出させる日本女性に背を向けるのは、植民地に生きる、しかも社会からの落伍者としてのコンプレックスのような感情によるものであろうか。主人公の「胸が揺さぶられる何か」には、おそらく不合理な日本統治ということも含まれていたはずである。

家族が完全に崩壊し、誤解のままに結末を迎えるこの作品は、人物描写にもすぐれ、淡々と物語を進めていく作家の筆致により、さらに悲惨さを浮かび上がらせている。

本書に収録した作品のうち、この作品と「福徳房《ポクトクパン》」については、すでに鄭人沢《チョンインテク》による訳がある(『福徳房』モダン日本社、一九四一年。東方社、一九五五年再刊)。

「福徳房《ポクトクパン》」　一九三七年三月、『朝光』に掲載された。短編小説の中でも彼の代表作に数えられるものの一つであろう。没落する老人、そして新しい世代の娘との不和を描き、死んでからようやく贅沢できるというアイロニーを作品に映し出している。欲望、葛藤、友情といった感情を巧みに描き出した秀作である。

この作品は、お金にまつわる人間関係をどろどろとした形ではなく比較的淡々とした語り口で扱

慶州駅。撮影年不詳

慶州博物館。撮影年不詳

っている点が特徴的である。さきの「桜は植えたが」以上に登場人物の内面への干渉を節制している印象がある。また、父を邪険に扱う新女性の娘にとどまらず、過去に青年武官として学識と才知に満ちていた金参尉《キムチャムイ》の没落、朝鮮総督府編纂の『速修国語読本』、築港工事にからむ老人への詐欺など、現実社会に対する批判的な視角をうかがうこともできそうである。

福徳房という場所に集う老人たちやその周辺人物らの姿を通じて、当時の社会と生活における不合理の断面を見事に切り取って描いた作品と言えよう。

「夕陽」 一九四二年二月、『国民文学』に掲載された。主人公である梅軒《メホン》は李泰俊《イテジュン》の父の号からとったものであろう。この小説にも描かれる仏国寺《プルグクサ》について言及した随筆は複数ある。彼は李朝祭器を文箱の上に置いてときどき見つめるとも書くのである（「一分語」）。この小説で注目できるのは、こうした好古趣味と、戦時中に発表された作品であるにもかかわらず政治色のない、むしろ高踏的とも言えるような姿勢を見せている点ではなかろうか。

李泰俊《イテジュン》の好古趣味については、おそらくは彼の父や朝鮮へのこだわりとも深く関係することであろう。

ただし、一面では、彼の好古趣味は彼の成長過程とも関係する何らかのコンプレックスに起因した、ある意味で意識的に志向された内的補償の部分も小さくなかったような印象を訳者としては持つ。

一九四二年という時代にも注目しておきたい。この時期の文学が完全に政治色に染まっていたわけではなかったが、時代的にも掲載誌『国民文学』の性格的にも、政治色が相当に強まりつつあったのは事実である。朝鮮において日本語による創作が大幅に増えていくのもおおむねこの年以降のことである。自由な創作は制限され、発表媒体も必ずしも多くなかった。この作品は、この時代ではかなり個性的であったとの見方が可能ではあろう。

一方で、戦時中において仏国寺《プルグクサ》や、骨董趣味を扱ったりすることは、逆に小説として書きやすい側面もあったのではないかという気もしなくはない。というのは、外部状況を作品に取り込んで描くと、畢竟《ひっきょう》、政治的な言辞を避けることは難しく、私小説的な色彩を帯びさせつつ骨董への傾向をうかがわせることは、李泰俊《イテジュン》なりの時代への文学的な対応策の一つであった可能性があるということである。時代を描くことを意図的に避けている感すらある。

ともあれ、この作品は彼の短編の中でもかなり異質であるが、李泰俊《イテジュン》が時代にどう対応したかをうかがわせる、植民地期末期の李泰俊《イテジュン》の文学を考えるにあたって興味深い作品である。

四　おわりに

以上、李泰俊《イテジュン》の生涯、『思想の月夜』、本書収録の短編小説について簡単に解説を付したが、実績の多い作家であるだけに研究論文も多い。日本語で読めるすぐれた李泰俊《イテジュン》の研究論文をいくつか紹介しておくことにする。李泰俊《イテジュン》について本格的な論考を参照される場合は、以下の論文をまずは手がかりにされることをお勧めしたい。

長璋吉「李泰俊」、『朝鮮学報』第九二輯、朝鮮学会、一九七九年。

三枝壽勝「李泰俊作品論——長編作品を中心として」、『史淵』一一七号、九州大学文学部、一九八〇年。

三枝壽勝「解放後の李泰俊」、『史淵』一一八号、九州大学文学部、一九八一年。

和田とも美「李泰俊文学の底流にあるもの——李泰俊はなぜ短編作家なのか」、『朝鮮学報』第一五八輯、朝鮮学会、一九九六年。


とくに、長璋吉氏、三枝壽勝氏の論文は、韓国の李泰俊研究においても基礎資料と言えるほど重要とみなされているものである。李泰俊の日本体験を追ったにすぎないが、拙稿「李泰俊の日本体験——長編小説『思想の月夜』の「東京の月夜」を中心に」(『朝鮮学報』第二一六輯、二〇一〇年)も紹介のみしておく。

なお、本書では『思想の月夜』の翻訳にあたり、一九四六年乙酉《ウルユ》文化社版をテクストとしたキップンセム社版『思想の月夜』(初版一九八八年・増補版一九九六年)を底本とした。本来は初出である『毎日新報』の連載を底本とすべきところであったが、活字が読みにくく、便宜上、誤植など、確認を要する場合にのみあたる程度にとどめた。結末部分の改作がなされた部分については、キップンセム社版に乙酉文化社版と『毎日新報』版の両方が収録されており、これを底本とした。短編の訳出は、すべて初出によった。

もう一つ、やや変則的であるが、短編の本書への収録にあたっては、「鉄路《レール》」を本書の中では発表が一番早い「故郷」の前に入れた。「故郷」が日本留学から朝鮮に帰った学生を扱った作品であるため、『思想の月夜』から連続して「故郷」を読むと若干の混乱や読みにくさを覚える可能性があると判断した。この二作品は発表年代順ということにはなっていないが、ご諒解をたまわりたい。

本書の編集を担当してくださった関正則氏には、筆者の怠慢から原稿が大幅に遅れたことで、大変なご迷惑をおかけした。深くお詫び申し上げるとともに、根気強く原稿をお待ちくださったことに感謝申し上げたい。この作業については直井祐二氏が引き継いでくださった。製作にあたっては長井治氏に大変お世話になった。両氏に心よりお礼申し上げる次第である。直井氏は小説冒頭に引用されたジュール・ルナールのことばの出典までも調査し、李泰俊《イテジュン》が読んだであろう翻訳を特定してご教授くださった。今後の李泰俊研究に大きな示唆を与えることであろう。また、李泰俊《イテジュン》について調べる中で早稲田奉仕園の胡谷朋子氏には格別なるご協力をたまわった。本書に収録したベニンホフ氏、友愛学舎、スコットホールの写真は早稲田奉仕園のご協力をいただいて掲載するものである。ただただ感謝の念にたえない。本書の翻訳にご同意をくださった金明烈《キムミョンニョル》先生（ソウル大学名誉教授。李泰俊《イテジュン》の甥でいらっしゃる）にも心からお礼を申し上げたい。金明烈先生は李泰俊《イテジュン》の写真までもご提供くださった。また新潟県立大学名誉教授の波田野節子先生からの叱咤激励とお力添えがなければ、本書は日の目を見ることもなかったはずである。あまりにも多くの方にご迷惑をおかけした。そしてお力添えをたまわった。

李泰俊《イテジュン》が日本留学時に働いたスコットホールの資料には、李泰俊《イテジュン》の名前は見つけることができなかった。かろうじて、彼の名前は、日本では早稲田大学や上智大学の学籍簿類で見ることができるにとどまる。こうやって、李泰俊《イテジュン》の名によって小説集を翻訳できることは、幼少時から苦難の中で育ち、孤独に生きなければならなかった彼を思うと、いささか感じ入るところがなくもない。苦難と孤独に生き、のちには政治に翻弄され波乱に満ちた生涯を送らなければならなかった彼の名前が、日本でも記憶されることを願うばかりである。

最後に、本書に対して翻訳・出版助成金を出してくださった韓国文学翻訳院に、謹んで感謝の意を表したい。

解説で言及した李泰俊の作品一覧（本書収録作品を除く）

小説

『久遠の女像』（『新女性』、一九三一年一月～一九三二年八月連載）
『第二の運命』（漢城図書、一九三七年）
『烏』（漢城図書、一九三七年）
『大東亜戦記』（人文社、一九四三年）
『不死鳥』（『現代日報』、一九四六年三月二十七日～七月十九日連載、中断）
『蘇聯紀行』（白楊堂、一九四七年）

「五夢女」(『時代日報』、一九二五年七月十三日)
「涓江冷」(『三千里』、一九三八年一月)
「農軍」(『文章』、一九三九年七月)
「第一号船の挿話」(『国民総力』、一九四四年六月)
「解放前後」(『文学』、一九四六年八月)
「埃」(『文学芸術』、一九五〇年三月)

随筆など

「稲香のこと幾つか」(『現代評論』七号、一九二七年)
「追憶(中学時代)」(『学生』、一九二九年四月)
「春雨の音」(『新生』、一九三〇年三月)
「私の孤児時代」(『白岳』、一九三二年三月)
「私にはなぜ母がいないのか」(『新家庭』、一九三三年五月)
「音楽と家庭」(『中央』、一九三四年六月)
「旅情の一日」(『朝鮮中央日報』、一九三四年十二月十三~二十日連載)
「青春告白―空想時代」(『学生』、一九三五年一月)
「感謝」(『梨花』第六輯、一九三六年三月)
「孤児の追憶」(『朝光』、一九三六年六月)
「海村日誌」(『朝鮮中央日報』、一九三六年七月十一日~八月一日連載)

「本当の芸術家の役割」（『朝鮮日報』、一九三八年三月一日）
「意無尽記」（『春秋』、一九四三年五月）
「短編と掌編」（『無序録』博文書館、一九四一年、所収）
「一分語」（同）
「山」（同）

［著者紹介］
李泰俊（イ テジュン）
1904年、江原道鉄原郡の生まれ。詳細は本書「解説」をご参照ください。

［訳者紹介］
熊木勉（くまき つとむ）
1964年生まれ。福岡大学人文学部教授。朝鮮近代文学、特に朝鮮近代詩。著書に『朝鮮語漢字語辞典』（共編、大学書林、1999年）、蔡萬植『太平天下』（共訳、平凡社、2009年）、論文に「鄭芝溶の日語詩」（2001年）、「尹東柱の文学に対する評価をめぐって」（2002年）、「太平洋戦争下の朝鮮における抒情詩の姿（上）」（2007年）、「『同志社大学予科学生会誌』『自由詩人』のころの鄭芝溶」（2016年）など。

朝鮮近代文学選集　7

思想の月夜　ほか五篇

発行日………二〇一六年八月二四日　初版第一刷

著者…………李泰俊《イテジュン》

訳者…………熊木　勉

発行者………西田裕一

発行所………株式会社　平凡社
〒一〇一―〇〇五一　東京都千代田区神田神保町三―二九
電話〇三―三二三〇―六五七九（編集）
電話〇三―三二三〇―六五七三（営業）
振替〇〇一八〇―〇―二九六三九

装幀…………代田　奨

印刷・製本…中央精版印刷株式会社

ISBN978-4-582-30239-4　NDC分類番号929.1　四六判（19.4cm）　総ページ438

平凡社ホームページ　http://www.heibonsha.co.jp/

『朝鮮近代文学選集』

■ これまで日本で紹介されてこなかった長中編小説を中心に，第一線の朝鮮文学研究者が編集・翻訳した初めての本格的な朝鮮近代文学選集。
■ 日本近代文学との格闘から生まれた朝鮮近代文学が大きく成長を遂げた時代（1910年代から1945年まで）の主要な作品を系統的に紹介。
■ 近代化と植民地化が朝鮮の社会と思想にいかなる影響を与えたのかを物語る，貴重な歴史的な証言・資料でもある。
■ 韓国・朝鮮の近代文化・文学の理解にはもちろん，日本の近代文化・文学の理解にも，必読の文学選集である。

編集・翻訳
朝鮮近代文学選集刊行委員会：
大村益夫，熊木勉，白川春子，白川豊，芹川哲世，
波田野節子，藤石貴代，布袋敏博，山田佳子（50音順）

第1期全4巻
李光洙『無情』（1917年）訳＝波田野節子
姜敬愛『人間問題』（1934年）訳＝大村益夫
短編小説集 朴泰遠『小説家仇甫氏の1日』ほか
蔡萬植『太平天下』（1938年）訳＝熊木勉，布袋敏博

第2期全4巻
金東仁『金東仁作品集』訳＝波田野節子
廉想渉『三代』（1931年）訳＝白川豊
李泰俊『思想の月夜 ほか五篇』訳＝熊木勉